D1922069

R&B

Bruce Wagner

Der Goldblütenpalast

Roman

Aus dem Amerikanischen
von Bernhard Schmid

ROGNER & BERNHARD
BEI ZWEITAUSENDEINS

1. Auflage, Dezember 2006.

Copyright © 2005 by Bruce Wagner.
Die Originalausgabe erschien 2005 unter dem Titel
The Chrysanthemum Palace bei Simon & Schuster, Inc., New York.
Alle Rechte vorbehalten.

Copyright © der deutschen Ausgabe 2006
by Rogner & Bernhard GmbH & Co. Verlags KG, Berlin.
ISBN 978-3-8077-1024-2
www.rogner-bernhard.de

Alle Rechte vorbehalten, insbesondere das Recht der mechanischen, elektronischen oder fotografischen Vervielfältigung, der Einspeicherung und Verarbeitung in elektronischen Systemen, des Nachdrucks in Zeitschriften oder Zeitungen, des öffentlichen Vortrags, der Verfilmung oder Dramatisierung, der Übertragung durch Rundfunk, Fernsehen oder Internet, auch einzelner Text- und Bildteile.
Der gewerbliche Weiterverkauf und der gewerbliche Verleih von Büchern, CDs, CD-ROMs, DVDs, Videos, Downloads, Streamings oder anderen Sachen aus der Zweitausendeins-Produktion bedürfen in jedem Fall der schriftlichen Genehmigung durch die Geschäftsleitung vom Zweitausendeins Versand in Frankfurt am Main.

Lektorat: Yamin von Rauch, Berlin.
Umschlag: Philippa Walz und Andreas Opiolka, Stuttgart.
Satz und Herstellung: Dieter Kohler GmbH, Wallerstein.
Gesetzt aus der Galliard.
Druck und Einband: Kösel, Krugzell.
Printed in Germany.

Dieses Buch gibt es nur bei Zweitausendeins im Versand,
Postfach, D-60381 Frankfurt am Main,
Telefon 069-420 8000, Fax 069-415 003.
Internet www.Zweitausendeins.de, E-Mail Service@Zweitausendeins.de.
Oder in den Zweitausendeins-Läden in Berlin, Düsseldorf,
Frankfurt am Main, Freiburg, 2 x in Hamburg, in Hannover, Köln, Leipzig,
Mannheim, München, Nürnberg, Stuttgart.

In der Schweiz über buch 2000, Postfach 89, CH-8910 Affoltern a. A.

Für Laura

L'Infinito

Immer lieb war mir dieser einsame
Hügel und das Gehölz, das fast ringsum
ausschließt vom fernen Aufruhn der Himmel
den Blick. Sitzend und schauend bild ich unendliche
Räume jenseits mir ein und mehr als
menschliches Schweigen und Ruhe vom Grunde der Ruh.
Und über ein Kleines geht mein Herz ganz ohne
Furcht damit um. Und wenn in dem Buschwerk
aufrauscht der Wind, so überkommt es mich, daß ich
dieses Lautsein vergleiche mit jener endlosen Stillheit.
Und mir fällt das Ewige ein
und daneben die alten Jahreszeiten und diese
daseiende Zeit, die lebendige, tönende. Also
sinkt der Gedanke mir weg ins Übermaß. Unter-
gehen in diesem Meer ist inniger Schiffbruch.

GIACOMO LEOPARDI
Übersetzung: Rainer Maria Rilke

Für einen mit Empfindung und Vorstellungskraft begabten Menschen, der – wie ich während langer Zeit – auch beständig in seinen Empfindungen und Vorstellungen lebt, ist die Welt, sind die Gegenstände gewissermaßen doppelt. Mit den Augen sieht er einen Turm, eine Landschaft; mit den Ohren hört er den Klang einer Glocke; und gleichzeitig sieht er in seiner Vorstellung einen anderen Turm, eine andere Landschaft und hört einen anderen Klang.

GIACOMO LEOPARDI, Das Gedankenbuch

ICH BIN SCHAUSPIELER.

Vor nicht allzu langer Zeit – und durchaus planmäßig – überkam mich, wie eine Offenbarung, die haarsträubende Erkenntnis, die unweigerlich fast alle vom Fach ereilt: Die Zeit wird knapp. Die Hartgesottenen unter uns mögen sich in diesem Augenblick dafür entscheiden, die Realität schlicht zu leugnen und einfach stur weiter zu machen, die Wange auf der kühleren Seite des Kissens, mit wohltuenden Träumen vom plötzlichen Durchbruch aus einer Laune des Schicksals heraus. Vielleicht macht man sich im Geiste an eine Bestandsaufnahme all der Persönlichkeiten von Film und Bühne, die vom Ruhm, sagen wir mal bis zum fünfzigsten Lebensjahr, relativ unberührt geblieben oder gar erst mit fünfundsechzig in den Olymp gekommen sind. Falls einen der Traum vom Lottogewinn nicht zu erregen vermag, bietet sich ein faderes (aber dennoch brauchbares) Idyll: der durch einen endlosen Strom von Wiederholungsgagen für Werbespots und Off-Sprecher-Jobs in Film, Funk und Fernsehen finanzierte Ruhestand in einer Pension in Carmel-by-the-Sea, wo man, in legendärer Bonhomie, den Kopf voll ausgeschmückter Erinnerungen an einstige Rollen, den Rest seiner Tage verträumt. Ist der Mime dagegen von zarterem, wenn nicht gar neurotischem Naturell, mag er sich eher dafür entscheiden, seine Segelmütze mit würdiger Miene auf einen neuen Kurs auszurichten – sich »beruflich neu zu orientieren«, um dieses abscheuliche Klischee zu bemühen. Kurzum, er beschließt, sich als Drehbuchautor zu versuchen.

So – das wäre gesagt.

Es existieren, was derlei Metamorphosen angeht, unwahrscheinliche Erfolgsgeschichten in Hülle und Fülle, was unseren Abenteurer, je nach Gemütslage, entweder beflügelt oder verzagen lässt. Ergo verwandte ich, mit der ungebärdigen Energie des Kultbeflissenen, nahezu vierundzwanzig Monate auf die hehre Jagd nach der richtigen Story, an der mein bislang unerprobtes Talent sich austoben könnte; desgleichen galt für das Schema, in das die ganze Geschichte sich dann, mit Blick auf maximale künstlerische und kommerzielle Wirkung, würde pressen lassen. Dass ich felsenfest überzeugt war, einen Kassenknüller zu schaffen, schloss, jedenfalls meiner bescheidenen Meinung nach, das Entstehen eines authentischen Kunstwerks keinesfalls aus – ich hatte vor, auf beiden Hochzeiten zu tanzen, auf der des Kommerzes *und* der der Kunst. Im Zuge dieser Gralssuche nach der richtigen Story surfte und saugte ich mich durch das Web, graste obskure Regionalblättchen ab, guckte schlechte Filme aus den Dreißigern und durchfischte schamlos mit der Schleppangel das anekdotische Treibgut von Freunden und Verwandten nach dem einen oder anderen plotreichen Schatz; ja, noch nicht einmal vor meinem eigenen Leben – Lieben und adoleszente Regungen inklusive – machte ich bei meinen Ermittlungen halt. Unablässig auf Fischfahrt nach Dialogen, gerieten mir meine Abendessen, um besser dem Gezanke ins Halbdunkel von Steakhäusern gehüllter Pärchen lauschen zu können, zum Solitär. Nach viel mühsamer, geradezu wissenschaftlicher Überlegung verfiel ich denn auf die eine oder andere Drehbuchidee und versah sie mit dem gebührenden Bombast, als Treibstoff sozusagen für den richtigen Start. Mein Stehvermögen war beneidenswert, denn obwohl ich nicht mit ganzem Herzen bei der Sache war (das war ich zu keinem Zeitpunkt), tat ich – hatte ich mich erst einmal auf Protagonist und Thema kapriziert – nicht nur, als hätte ich eine Flaschenpost mit dem Patentrezept für eine bessere und schönere Welt aus den Wellen gefischt, sondern als wäre diese Flaschenpost nur von einem Einzigen auf dieser Welt zu entschlüsseln, dem Einen von der Göttin selbst Auserwählten – von mir. Mit Feuereifer legte ich eine Reihe verstolperter Fehlstarts hin, bevor ich die Flasche, die nur Tage zuvor so viel zu versprechen und schließlich so gar nichts zu halten schien, nach Zweckentfremdung der krakelig-verschmierten Hieroglyphen auf dem feuchten Zettel darin, ziel- und korkenlos wieder ihrem sinnlosen Auf und Ab auf dem Meer anheim gab.

Nachdem meine Wunden geleckt waren, sah ich jeden Fehltritt als Teil eines Übergangsritus, einer ausgefeilten Initiation, die mich unerbittlich meinem Ziel näher brachte, sah darin Stoff für eine künftige Branchenlegende, die Insiderstory eines großen, mit schierer Sturheit errungenen Siegs. Wie ein mitten in der Meditation aus der Reiterstellung gestoßener Buddhistennovize schwang ich mich mit kühlem Eifer wieder in den Sattel. Um die beabsichtigte Transformation vom Loser zum Oscar-Gekrönten zu schaffen, (ein Triumph, den ich, stets der Pragmatiker, immer um zwei Jahre in die Zukunft rückte, eine Zahl, die die Fertigstellung des Skripts beinhaltete, die Entdeckung besagten Skripts durch einen dynamischen Agenten oder Produzenten, die Produktion besagten Skripts durch ein großes Studio, eventuell auch ein Indie-Konsortium, und schließlich die Premiere entweder in einer Programmkinokette oder in viertausend kommerziellen Häusern auf einen Streich), um dieser Transformation willen mied ich die Silverlake-Szene, lehnte sogar einige – na schön, einige wenige – Einladungen zu

Branchenveranstaltungen ab, die mir als Nachwuchsmime bei Film und Fernsehen durchaus hätten Profil geben können. Ich reduzierte Drogenkonsum (und Beziehungen romantischer Art) auf ein Minimum und nutzte die Treffs der Anonymen Alkoholiker als Kandare, um nicht aus der Rolle zu fallen.

Um ungestört meine ersten künstlerischen Schritte zu tun, kapselte ich mich ab. Ich übte mich in Geduld, arbeitete diszipliniert, harrte in stolz-sturem Fleiß hinter den Kulissen auf meinen ersten Erfolg.

Nun, auch wenn derlei Bemühungen einer ganz anderen Sorte Beharrlichkeit bedürfen als der, die einem Schauspieler abverlangt wird, kann sich der Glücksfall alchimistischer Drehbuchmagie sehr wohl als Irrlicht erweisen, zumal wenn man, von diverser Software oder lästigen Handbüchern für den angehenden Drehbuchautor einmal abgesehen, ohne Anleitung oder Mentor zugange ist. Leider stellte es sich schon beizeiten heraus, dass das Drama meine Sache nicht war, und was immer meine Fantasie heraufbeschwor, war weniger auf ein Übermaß an Talent zurückzuführen als auf ein Zuviel an Blut, Schweiß und Angst (nicht zuletzt auch der Angst vor dem platten Plagiat). Wie es der Zufall so wollte, waren auch meine Bundesgenossen aus dem Schauspielunterricht ähnlich verstohlen mit ihren eigenen kraftlosen Versuchen in diese Richtung befasst. Im Rückblick nehmen wir uns wie Zauberlehrlinge aus, Möchtegernhexer und -hexen, die den Wald nach Knollenblätterpilzen und Charlie-Kaufman-Zungen absuchten, ohne auch nur den Hauch einer Ahnung zu haben,was da nun giftig oder essbar sein mochte, ganz zu schweigen von einer Ahnung, welche Ingredienzien nötig wären, um einen magischen Eintopf für Sundance anzurühren – kurzum, wir waren Kinder, die auf Ästen sitzend vom Ritt auf dem Besenstiel träumten.

Dummerweise hatte sich die geheimnisvolle rosige Blüte der Jugend längst von unseren modisch mit Stoppeln bedeckten und von der Sonne verwüsteten Wangen verabschiedet; einer nach dem anderen kamen die Ausflüge ins Land der Geschichten zu einem vorzeitigen Ende; korbweise Papier – Hammermill, dreifach gelocht – aus dem Schredder und ein bitterer Nachgeschmack waren alles, was blieb.

Bei alledem muss ich gestehen, dass mich mit dem Zucken der Achseln, das jedem Scheitern folgte, ein Schauer der Erleichterung überlief – als hätte ich einen Job in einer trostlosen, abgelegenen Mall aufgegeben, dankbar, dass mich an der Kasse kein Verwandter auf Abwegen erkannt hatte – oder gar ein anderer Reisender in Sachen Wahn.

Diese Phase meines Lebens hatte zum Glück auch wieder ein Ende; meine Ambitionen freilich verlor ich nicht. Schließlich erwachte ich eines schönen Morgens wie aus einem tiefen Schlaf mit einer Idee: die tollste aller Geschichten hatte sich, ohne dass mir das bewusst geworden wäre, direkt unter meiner Nase abgespielt. Selbstverständlich machte ich mich Hals über Kopf daran, sie »auf die Reihe zu bringen« (wie die jüngeren meiner Freunde aus dem Kreis angehender Hexer das nannten), was letztlich nur ein Euphemismus dafür ist, mit viel Planung und großer Konzentration aufs Unwichtige eine kolossale Pleite zu inszenieren. Dieser Scheinversuch, meine Idee auf die Reihe zu bringen, dauerte einige Wochen, aber zum letzten Anstoß kam es erst an einem bestimmten Donnerstagnachmittag, als ich in Erwartung meines Sojalatte in der Sugar Plum Bakery am Beverly Boulevard saß – ich hatte eine Offenbarung, eine angenehmere diesmal, die so zwingend war, dass sie keinen weiteren Aufschub duldete. Ich sah mich aus heiterem Himmel, wie durch eine gerichtliche Vorladung fast, aufgefordert, mein augenblickliches Projekt stehen und liegen zu lassen (einen ekelhaften kleinen Roman für die Leinwand zu adaptieren, wofür man mich doch tatsächlich bezahlte; aber darüber später mehr), um schnurstracks nach Hause zu laufen und meine Geschichte zu notieren.

Zu meinem großen Verdruss erfolgte mein verbaler Erguss nicht in Skriptform, sondern im Medium stümperhafter Prosa (ich hatte, einige Jahre zuvor, eine Zeitlang Tagebuch geführt, es aber wieder aufgegeben, weil die Einträge einfach zu preziös waren. Ich war schon immer eher der ungelenke Typ und hoffe, der Leser übt sich in Geduld, bis ich etwas aufgewärmt bin). In diesem Fall sagte ich mir die ganze Zeit über, hätte ich erst einmal alles zu Papier gebracht, so könnte ich die Melodie, wie ein Sänger, der etwas in eine andere Tonart transponiert, schon in die Form bringen, die mir als idealste erschien. Ich wusste nur, es war wichtig, so viel von meiner Geschichte wie nur möglich sofort zu Papier zu bringen, jetzt, sozusagen im gestreckten Galopp. Hier galt es, erst die Eingebung in die Flasche zu bringen und dann die »Post«.

Dieser schmale Band ist das Resultat.

Wie gesagt: Ich saß im Café und wartete auf meinen Latte, als ein junger Vater hereinkam, ein Baby im Arm. Nun, wer fasste nicht eine spontane Sympathie für einen liebevollen jungen Mann mit einem Kind im Säuglingsalter? Zumal wenn keine Mutter zu sehen ist, gilt dies doch der Welt als heiteres Argument wider die Ansicht, der Mann sei des Hegens und Pflegens nicht fähig, und sorgt so auf freundliche Art für eine wohltuende Balance. Ich sollte anmerken, dass ich fast vierzig bin, sodass sich mir in jüngster Zeit beim Anblick einer solchen Szene ein Leuchten ins Auge stiehlt – im Verein mit der selbstgefälligen Überzeugung, dass mein eigenes Uhrwerk, während das der Frau in einem solchen Alter den letzten Stunden entgegentickt, sich noch immer pflegen, wenn schon nicht nochmal aufziehen lässt. Seit jeher ziehe ich, wie ein Magnet, die Blicke von Babys auf mich. Mag es nun Eigenliebe sein oder etwas an meiner Aura, jedenfalls errege ich, soweit ich zurückdenken kann, in fast schon peinlichem Maße und sehr zum verwunderten Amüsement von Eltern oder Kindermädchen ihre Aufmerksamkeit. So wand sich denn auch diesmal, wie auf Stichwort, der Kleine in der Latzhose und richtete sich nach mir aus. Während ich mich bereits großspurig auf die gewohnte Reaktion, den langen gebannten Blick, einstellte, blieb dieser, wider aller Erfahrung, an irgendeinem Punkt über mir hängen. Der Kleine begann zu glucksen, aber nicht mit dem ach so putzigen Bühnenlachen, das die menschliche Art bereits wenige Wochen nach dem Verlassen des Mutterleibs zu beherrschen scheint, sondern mit einer freudigen, betörenden, ungezügelten Musik baren Staunens. Paps und ich versuchten dahinterzukommen, was ihn derart fesselte, aber es wollte uns nicht gelingen; er war der Welt völlig entrückt – ganz und gar im Banne von etwas transzendent Schönem, von dem ich, es scheint mir noch nicht einmal jetzt übertrieben, sagen möchte, es umfasste die Weltordnung, den Kosmos selbst.

Sein Lachen plätscherte munter weiter, ohne dass sich auch nur eine falsche Note einschlich.

»Was siehst du denn?«, fragte sein Vater mit zartfühlender Aufmerksamkeit. »Was siehst du denn da?«

Der kleine Seher lächelte, den Blick prüfend im unsagbaren Blau des Alls. Einen Augenblick lächelte ich selbst – bis ich begriff.

Im selben Augenblick noch raffte ich, aufgewühlt, unter Tränen, meine Sachen zusammen und rannte, von einer Bestimmung erfüllt, hinaus.

ABER ICH HABE MICH noch nicht einmal richtig vorgestellt.

Ich heiße Bertram Valentine Krohn (Valentine ist der Held von Heinleins *Fremder in einer fremden Welt* und außerdem Henry Millers zweiter Vorname. Paps hat mich so getauft und damit wirklich Farbe bekannt.) Ich bin achtunddreißig Jahre alt, aber praktisch alle Welt nennt mich Bertie. Der Vater, dem ich meinen Namen verdanke, ist Perry Needham Krohn, Schöpfer und Produzent in perpetua von *Starwatch: The Navigators*, der zählebigsten Weltraumoper in der Geschichte des Fernsehens. Sie haben vielleicht von ihm gehört – er steht nach all den Jahren noch immer im Rampenlicht von *Variety*, der *Times*, dem *Beverly Hills Courier* und *213* – wenn auch weniger seiner Deals wegen als im Zusammenhang mit der jeweiligen Organisation, die ihm gerade, was alle zwei Monate vorzukommen scheint, ihren Tribut zu zollen beliebt (für den er sie freilich, wie ich erwähnen sollte, bezahlt). Sie müssen wissen, dass Paps seinen Namen für sein Leben gern der einen oder anderen guten Sache verschreibt, um altes/neues Geld für alte/neue Krankheiten locker zu machen; im Tumult stiller Auktionen und Festivitäten in Abendkleidung lebt der Mann auf – sie halten ihn jung, wie er meint. Mama kann mit alledem überhaupt nichts anfangen, aber ich glaube, es ist schiere Eitelkeit, die sie davon abhält, auf seine Galas zu gehen. Aber auch über sie später mehr.

Ich bin, Sie haben es womöglich bereits erraten, Spross einer privilegierten Welt. Ja, und so traurig sich das anhören mag, aber ich halte »Bertie Krohn: Die Frühen Jahre« mit für die glücklichsten meines Lebens. Und obzwar dieses Dokument eher zur Reportage tendiert als zum Memoirenband, kam mir doch der Gedanke, es könnte durchaus nichts schaden, ja geradezu ideal sein, einige persönliche Anekdoten aus meiner Jugendzeit zu erzählen. Wie bereits angedeutet, sollte es mir helfen, die Muskulatur aufzuwärmen (ich spüre bereits, dass sich ein Schreibkrampf abzeichnet), und außerdem bin ich der Ansicht – ich und wenigstens zwei Kritiker, ein Biograph und jemand, von dem hin und wieder eine Story im *New Yorker* zu lesen ist (übrigens alles Freunde von Paps, die meine Wenigkeit, wenn auch indirekt, diesbezüglich ausgeholt hat) –, wir sind der Ansicht, dass man das, was erzählt wird, umso eher anzunehmen bereit ist, je näher man sich dem fühlt, der es erzählt.

Wie den meisten von uns war auch mir nichts erspart geblieben: die kleineren Freuden, die größeren Leiden, die eine oder andere Begegnung mit dem Tod, eben alles, was von Rechts wegen zum Erwachsenwerden gehört, und so lassen Sie mich denn mit dem Tod beginnen, ich arbeite mich dann bis zur Ekstase zurück. Erinnern Sie sich noch an die ganz unglaubliche Fernsehserie *Geschichten aus der Gruft*? Es handelte sich dabei ursprünglich um eine Comicreihe mit dem Titel *Phantastische Geschichten*. (Paps hat sie, in Leder gebunden, komplett.) Nun, gestatten Sie mir, einige meiner eigenen Bildchen durchzugehen – meine »Uncomics«, wie Clea sie gern genannt hat. Sie sind etwas makaber, aber für meine Geschichte, wie ich Ihnen versichern kann, durchaus relevant.

Ich bin ein Einzelkind. Auch nicht einer aus dem engeren Familienkreis starb während meiner formbaren Jahre (die, wiederum Clea, von meinen späteren »deformierten« zu unterscheiden sind) – mit Ausnahme vielleicht eines künstlerisch angehauchten Cousins, der an einem Non-Hodgkin-Lymphom starb; aber der lebte irgendwo im Mittelwesten, und ich habe ihn in der entsprechenden Region meiner Erinnerung unter die Erde gebracht. Die kleine Schwester eines Freundes wurde einige Meilen von meinem Elternhaus im Benedict Canyon von einem Auto überfahren, aber da ich sie zuvor kaum je zu Gesicht bekommen hatte, wurde mir ihr Gespenst eher zum schaurigen Faszinosum als zur Geschichte mit einer Moral. Um die Zeit meines Eintritts in die High School verlor eine kleine Streberin aus der ersten Klasse bei einem Brand im ersten Stock eines Hauses am South Roxbury Drive die Finger der einen oder anderen Hand; als sie im zweiten Halbjahr des folgenden Schuljahres wiederkam, behandelten die Mitschüler sie, als wäre sie in der Zwischenzeit einer indischen Kaste beigetreten: als eine Mischung aus Brahmanin und Unberührbarer, eine Art Heilige – Mutter Theresa in Formaldehyd. Und dann war da noch Aaron, dessen Eltern die Apotheke im Ort gehörte. Er schaffte es gerade mal bis zur sechsten Klasse, als er eines Sommers bei Indian Wells an einer Hirnblutung starb.

Den bei weitem höchsten Wert auf der Richter-Skala der Sterblichkeit hatte jedoch der Tod Leif Farragons, der nicht nur der hübscheste Junge war, den ich je gekannt habe, sondern auch der witzigste. Er war ein hoch aufgeschossener Wuschelkopf ohne Vater mit einem Grübchen im Kinn und einer tollen Mutter, die an der Horace Mann die zweite Klasse unterrichtete. Noch heute vermag ich den durch die damals modischen Plüschrollis gefilterten Geruch seiner Haut heraufzubeschwören, der für die gesellig-gemütliche gojische Lebenskraft stand, die so unwiderstehlich und typisch Leif war. Alle Kinder aus meiner Bekanntschaft hatten Geld, außer ihm. Statt El Rodeo oder Hawthorne besuchte er ausgerechnet die Schule, an der seine Mutter unterrichtete, eine geradezu randständige Schule (die ärmste und abgelegenste der vier öffentlichen Grundschulen von Beverly Hills); derber Sarkasmus, sportliche Eleganz und Großmut jedoch ermöglichten es dem charismatischen Jungen, die Grenze – den Wilshire Boulevard – buchstäblich zu überqueren, und die gesellschaftliche Oberschicht des Bezirks nahm ihn auf.

Ich erinnere mich noch an eine Party mit ihm am North Rodeo Drive. Meine damalige Freundin – wir waren alle kaum dreizehn Jahre alt – war die bereits erwähnte Clea Fremantle, Tochter der legendären Filmdiva Roosevelt Chandler, geborene Delia LeMay Chaiken. Ich bezweifle, dass sich da viel geändert hat, aber damals hatten die Kinder reicher Leute ihre ersten handfesten Partys bereits in recht zartem Alter, wozu nicht nur die bequeme Verfügbarkeit von Örtlichkeiten beitrug, die schattigen Gärten großer Anwesen mit ihren zahlreichen Möglichkeiten zum Stelldichein, sondern auch die wohl gemeinten, aber unzureichenden Ränke ständig abwesender Eltern, die sich allerhand einfallen ließen, um durch die nachsichtigen, gleichgültigen Augen altgedienter Hausangestellter nach ihrem Nachwuchs zu sehen. Unter uns Königskindern kam es reichlich zu Zungenküssen und Fummeleien, bei denen auch schon mal eine Hand ihren Weg um einen Brustansatz fand. Ich erinnere mich noch heute an Cleas Gerüche; weniger vertraut als Leifs, lähmten sie mich manchmal, ohne dass ich hätte sagen können warum – immer wieder erstarrte ich wie ein ängstlicher Jäger, während Hand, Herz und Drüsen wacker voranschritten, den bebenden Finger um einen empfindlichen Abzug gelegt. Wir requirierten das eine oder andere Gästezimmer und erfüllten es, unter dem gütigen Blick ihrer Mutter auf einem Filmplakat über uns, mit dem Moschusduft nicht eben jugendfreier Küsse, und während wir an der Tollerei unserer Zungen zu ersticken drohten, die in Zeitlupe miteinander rangen wie feiste Weinbergschnecken, öffnete ich gelegentlich ein Auge, um nach der monumentalen Sinnlichkeit Roos Chandlers zu schielen, der Frau, die ganz dem Mythos entsprechend die Verwandlung von der

Kleinstädterin zur unsterblichen amerikanischen Ikone vollzogen hatte, der Frau mit dem selbst gewählten *nom de ciné* aus der Zeit des Film noir, der Frau, die hin und wieder mit ausgelassener Unbekümmertheit nächtens nackt in den Pool sprang (ihrer kaum flüggen Tochter zur Scham, deren kleine Freundinnen auf eine Pyjamaparty gekommen waren), der Frau, die vor ihrem Dreißigsten bereits drei Gatten verschlissen hatte, der Frau mit den drei aufeinander folgenden Oscars – Beste Nebendarstellerin, Beste Schauspielerin, Beste Schauspielerin.

Lassen Sie mich Ihnen erzählen, was passierte, als der schlaksige Leif – acht Monate älter als Clea und ich und mehr als nur ein klein wenig angeheitert – eines warmen, vom Santa Ana gestriegelten Abends in unser geborgtes Liebesnest stolperte. Er hatte eine Flasche Scotch dabei und das schrille ansteckende Lachen, das aus der Kehle eines jeden anderen albern geklungen hätte. Vom indiskret grellen Licht im Flur aufgeschreckt, fuhren Clea und ich, modisch derangiert, peinlich berührt, auseinander. Nachdem er die Tür hinter sich geschlossen hatte, reichte Leif uns die bernsteinfarbene Flasche. Ich nahm den ersten Schluck – es kostete mich alles an Mannhaftigkeit, was ich nur aufbringen konnte, um mich nicht zu erbrechen –, dann reichte ich sie Clea, deren Gesicht rosig war wie das eines Neugeborenen nach unserer unsanft unterbrochenen Knutscherei. (Damals habe ich mich des Öfteren gefragt, warum sie gar so introvertiert war, heute springt einem das *Familienbande*-Syndrom geradezu ins Gesicht: Da sie wusste, dass sie unmöglich wilder leben konnte als ihre Mutter, hatte sie instinktiv die entgegengesetzte Richtung eingeschlagen. Was ich wahrscheinlich auch so anziehend fand – genau so verrückt wie Roos wäre sie mir einfach zu viel gewesen.) Ehe ich mich's versah, küsste Leif sie, und irgendwie schien das völlig in

Ordnung, auch wenn ich durchaus nicht das Gefühl hatte, dass es in Ordnung war … es nahm sich eher aus wie eine beiläufige Probe für künftiges Herzeleid und Kummer ganz allgemein. Da Leif mir in gewisser Hinsicht nicht weniger lieb war als Clea, blieb mir nichts anderes übrig, als das Ganze zu übersehen. Ich wusste, dass auch sie ihn gern haben musste, vielleicht sogar umso mehr der schieren Unverfrorenheit wegen, zu der ich unfähig war. Ich gebe zu, dass derlei Feinheiten damals über meinen Horizont gingen; meine unmittelbaren Bedenken waren eher primitiverer Art. Ich hoffte, ja ich betete darum, die beiden würden nach dieser Nacht nicht »mit'nander gehen« – solche jähen Gezeitenwechsel waren gar nicht so ungewöhnlich, und in solchen Fällen wusste die hellsichtige Schülerschaft in der Regel bereits von der Schmach des Hahnreis, wenn er am nächsten Morgen gesenkten Haupts in der Schule eintraf. Es blieb dem Betreffenden nichts anderes übrig, als die Jacke mit dem scharlachroten Buchstaben zu tragen und sich nicht weiter darum zu scheren.

In diesem Alter kommen und gehen Freunde im D-Zug-Tempo. Nach dem Kuss schafften Leif und ich es irgendwie, aus Gründen, die so einfach wie komplex waren, einander mehrere Monate nicht zu sehen. Schließlich blieben wir denn doch befreundet, aber es war nicht mehr wie zuvor. Man könnte sagen, wir überwarfen uns über seinen Verrat nicht weniger als über die Peinlichkeit der Situation an sich (es war gerade so, als hätten Leif und ich uns geküsst), aber meiner Ansicht nach war die Entfremdung größtenteils auf nichts weiter zurückzuführen als den Rhythmus der Wachstumsschmerzen an sich; so geht das eben – oder ging das eben in diesem Fall. Wie auch immer, Leif gehörte einer ganzen Reihe von Cliquen an, so etwa einer auf der anderen Seite des Wilshire Boulevard, die ich nie kennengelernt hatte, und ich war mir absolut sicher, sie betrachteten ihn nicht weniger besitzergreifend als einen der ihren als die mit dem Geld. Rückblickend war es wahrscheinlich besser, dass das Schicksal sich verschwor, uns zu trennen, bevor er ein Jahr darauf bei einem Unfall auf dem Pacific Coast Highway ums Leben kam. (Einen Freund auf der Küstenstraße zu verlieren, ist ein Übergangsritus; für jemanden von der Westside gehört das nun mal dazu.) Ich weiß nicht mehr, wer es mir gesagt hat und wo, und habe die näheren Umstände auch nie erfahren. Ich ging dem ganz bewusst aus dem Weg – mag sein, dass er in einem VW-Bus mitfuhr oder nicht, mag sein, dass er auf einem Motorrad saß, mag sein, dass er auf dem Sozius eines Choppers saß, dass er irgendwohin trampte oder einfach nur mit dem Surfboard über den Highway gelaufen war, auf dem Weg zum Strand.

In diesem Alter sind schicksalsschwere Einzelheiten eben nicht interessant.

* * *

Kurze Zeit nach seinem Tod erlitt ich einen weiteren Verlust, der zwar nicht dieselbe Wirkung hatte, mich aber dennoch bis ins Erwachsenenalter verfolgt hat.

Roos Chandlers Tod war laut der Medien die Folge »einer widrigen Reaktion auf verschreibungspflichtige Medikamente«. In meiner naiven Loyalität Clea gegenüber glaubte ich jedes Wort. Bald jedoch wurde das Geflüster an der Schule zum grausamen Tratsch, der die offizielle Version als eine jener Lügen entlarvte, die immer wieder an die Wand geschmiert werden, dann durchgestrichen, mit neuen Namen versehen, ausgelöscht, mit dem Sandstrahler weggeblasen, weiß übertüncht, übermalt in tausend Schattierungen von Martyrium und Komplott, bis der Zyklus verleumderischer Graffiti, das bissige Hohelied neu abgemischt und umgetextet, aufs Neue beginnt. Als öffentliches Eigentum war das über die Maßen turbulente Leben von Cleas Mutter mit Blick darauf, den populären Mythos irgendwann der Ewigkeit anheim geben zu müssen, längst archiviert – nun hatte man vorfabrizierte Nachrufe auf den Stand der Dinge gebracht, aufpoliert, in nüchterner Voraussicht daran gefeilt. Nachdem die gebleichten Gebeine ihres verwüsteten, sinnlichen Körpers dergestalt dem kollektiven Unbewussten geopfert waren, machte ihre sterbliche Hülle sich unter der ewigen Flamme boulevardblattgerechter Ölfackeln auf einen eher profanen letzten Gang, gestützt von den breiten, profitgeilen Schultern von Agenten, falschen Freunden, Klatschkolumnisten und Hollywoodanwälten, die als Sargträger angetreten waren.

Dass ihr Tod mich verfolgen sollte, hatte folgenden Grund: Kurz nach der Nachricht von Roos Chandlers Ableben ließ ich mich selbst verschwinden, und es sollten fünfundzwanzig Jahre vergehen, bis ich mit meiner eigenen flackernden alten Flamme – Clea – wieder sprach. Die Nachricht hatte mich bis ins Mark erschüttert, so sehr, dass ich um mein Leben lief – als wäre der Tod über den Zaun gesprungen wie ein Buschfeuer, um mich in das kleine Mädchen mit den knorrigen Stummelfingern zu verwandeln, das aus dem Großbrand am Roxbury Drive im Kopfverband als geschwärztes Schaf in die Herde zurückgekehrt war. Es dauerte nicht lange, und ich begann meine arme, liebe, besudelte Clea mit beträchtlichem Aufwand zu meiden, um mir nicht zu holen, was immer sie haben mochte. Wenigstens hatte sie Stil genug, nicht in mich zu dringen, obwohl es auch eine angeborene Zartheit gewesen sein mochte, die sie vor der Konfrontation zurückschrecken ließ. (Leicht zu finden war ich nun sicher nicht.)

Wie ich eines Tages erfahren sollte, traten meine Gespenster hinter ihren eigenen zurück.

* * *

Schon komisch, was uns an anderen anzieht; komisch auch, dass wir oft den Plan dahinter nicht sehen. Söhne rebellieren dramatisch gegen die Väter, um die Schuld dem gegenüber zu tilgen, der einem ein Dach über den Kopf gegeben, aber keine liebende Hege hat zuteil werden lassen – es ist nicht einfach, sich eine Identität zu schaffen, während man die metaphorische Miete bezahlt, und noch schwieriger, wenn der Patriarch reich und vom Machtstreben getrieben ist. Aber was soll ich sagen? Ich habe mich von Paps scheiden lassen, aber es war nicht genug. Ich kannte seine Schwachstellen und hatte mein Vergnügen daran, das Messer darin zu drehen.

Perry Krohn hatte am College Kurzgeschichten geschrieben; ganz unbescheiden sah er sich als Mischung zwischen Camus und Philip K. Dick (so jedenfalls meine Mutter Gita, die ich Ihnen bisher vorenthalten habe). Aus einer seiner Storys – »Starry Night« – wurde eine Pilotepisode für eine Fernsehserie, aus der sich die heilige Milchkuh *Starwatch: The Navigators* entwickelte. Er erwarb ein Vermögen, das seine kühnsten Träume übertraf, hielt sich aber in seinen finstersten Stunden für einen Versager, der Dutzendware lieferte. Über Augenblicke des Selbstzweifels half ihm sein Geld hinweg – und seine Affären, nicht zu vergessen die allwöchentliche Herrenbridgepartie im Friar's Club, die Basketballspiele am Samstagnachmittag auf seinem Privatplatz gegen die Simpsons-Gang und die Klezmer-Combo, in der er – ganz à la Woody Allen – am Donnerstagabend im Chickpea, seinem eigenen Restaurant in West Hollywood,

Klarinette spielte; und dann natürlich die Krohn Family Foundation, die Kindern aus den Großstadtghettos das Medizinstudium finanzierte, wofür sie sich verpflichteten, nach dem Studium in der Dritten Welt das Evangelium der AIDS-Prävention zu verbreiten. Fast hätte ich die Sammlung von Aquarellen von D. H. Lawrence und William Blake vergessen, die gut fünfzig Dioramen von Joseph Cornell, die acht Renoirs, vier Degas, fünf Courbets, die Schnabels, Hirsts, Barneys, Rodins, Ruschas, die achtzig Tonnen Serra im – *wenn ich es sage* – im Vorgarten, die fünfzehn Einzelseiten aus van Goghs Tagebuch und so weiter und so fort, jede Neuerwerbung die Eroberung eines Stücks Kultur als Bollwerk gegen die Flut eines beschämend mittelmäßigen Talents, gegen die Gefahr für die Kunst, als die Vater sich selbst insgeheim und zu seinem eigenen Kummer sah. Und dennoch, wie um sich – welch Donquichotterie – gegen eine Krankheit zu impfen, an der er bereits starb, sammelte unser unentwegter Dr. Jekyll stur weiter Skulpturen, Gemälde, Menschen und Wohltätigkeitsorganisationen wie jüdische Familien, die es vor dem Ramschholocaust unter Mr. Hydes Händen zu bewahren galt, versteckte sie hinter Bücherwänden vor dem eigenen Blick und einer kompromittierten, krass kommerziellen, von Einschaltquoten bestimmten Welt – blaue Schatten in einer mit Edelsteinen geschmückten Untergrundbahn, weit weg von den Gestapo-Augen einer auf Umsatz bedachten *Starwatch*-SA. Und diese Mischung aus Ästhet und unbedarftem Banausen ist mein Vater geblieben, bis auf den heutigen Tag.

Da ich wusste, dass ihm all das als Absicherung bei der einen, geradezu erhaben falschen, wenn auch siegreichen Wette in seinem Leben – *Starwatch: The Navigators* – diente, und mir obendrein klar war, dass ich nie und nimmer, aus Gewissensgründen wie aus Neigung, auch nur in der Nähe der ungeheuren Schrauben dieses lukrativen Monsters in einiger Sicherheit würde Wasser treten können, entschloss ich mich, den Mann zu peinigen, indem ich selbst zum versunkenen Schatz mutierte oder immerhin eines der kaum fassbaren *objets* zu verkörpern trachtete, die er von Auktionen nach Hause brachte, ohne sie je wirklich besitzen zu können. Nach einem Jahr in Oxford ging ich nach Berkeley, wo ich eine Schauspieltruppe aufzog. Wir spielten Artaud – nackt – und produzierten eine umstrittene, weil nur mit Weißen besetzte Version von *A Raisin in the Sun*. Im dritten Semester schrieb ich einen Einakter, den ich kess als waschechten, eben entdeckten Beckett ausgab; nach zehn Vorstellungen schickte uns eine Kanzlei in Frankreich einen Unterlassungsbefehl. Perry flog mit dem Privatjet zur Eröffnung und saß dann in der letzten Reihe der kalten Lagerhalle, lächelnd, mit begehrlichem Blick. Ich warf ihm nach wie vor seine Vaterschaft vor und wies scheinheilig das Geld zurück, das er mir zu geben versuchte, während ich es heimlich von Gita nahm.

Des Revoluzzerlebens überdrüssig, beschloss ich, mir einen Namen als Filmschauspieler zu machen. Ich ging von der Universität ab und zog nach Venice. Während ich damit liebäugelte, mit meiner Platin-Amex einen eigenen Film zu finanzieren (ich könnte ihn schreiben, Regie führen und selbst darin spielen), arbeitete ich während des Booms nebenbei für eine Partnervermittlung (cupidsarrow.com), dann, während der Talfahrt, machte ich eine Lehre bei einer Firma für Computergrafik. Ich bekam eine Rolle in *Zeit der Sehnsucht* und widerstand blasiert dem Ruf kleiner Bühnen. Ich ging auf die richtigen Partys, besuchte die richtigen Clubs, freundete mich mit wilden jungen Agenten und unrasierten, aber irre cleveren Promotern – jeder ein künftiger Brent Bolthouse – an. Irgendwie lernte ich John Cusack und

Regisseur Miguel Arteta kennen und begann, kleine Rollen in einigen ihrer Filme zu spielen. Ich trank zu viel, schluckte zu viele Pillen, arbeitete mich durch die Zwölf Schritte – halt machte ich nur davor, von heute auf morgen mit dem Wellbutrin aufzuhören, weil ich überzeugt war, dass es mir mit dem Rauchen half. Die Ergebnisse waren abzusehen: grauenhafte Depressionen, Stimmungsumschwünge, gereizte Nüchternheit, fruchtloses Networking mit Branchenleuten bei den Treffs der Anonymen Alkoholiker, die üblichen *liaisons dangereuses*. Ich zog noch einige kleine Jobs an Land, bevor ich das Kino zugunsten des Fernsehens aufgab, obwohl ich letzteres als das Revier meines Vaters betrachtete, was meinem Wechsel einen Beigeschmack von Kapitulation und Losertum gab.

Perry und ich kamen uns näher, eine Annäherung freilich, die weniger auf ein Nachlassen meiner eigenen Ambitionen zurückzuführen war als darauf, dass mir sein Krebs Angst machte. (Roos Chandler war mir Lektion genug gewesen; noch einmal davonzulaufen brachte ich nicht übers Herz.) Ich sah mit eigenen Augen, aus nächster Nähe, wie es einen Menschen zermürben konnte, monatelang in einen Beutel zu defäkieren; ich spürte die zermürbende Wirkung durchaus auch an mir. Zu meiner Überraschung begann ich tatsächlich darüber nachzudenken, in der Serie meines Vaters einzusteigen – als Autor, Schauspieler, egal, irgendwie. Mein Therapeut und selbst meine Freunde sahen in diesem Impuls ein Zeichen von Reife und frisch gebackener Normalität. Ich wehrte mich halbherzig gegen den Gedanken, bis ich eines Morgens vor dem Spiegel stand und mir sagte: *Nun stell dich mal nicht so an!* Der 11. September lag erst einige Monate zurück, und nichts auf der Welt schien mehr sicher zu sein; es schien an der Zeit, auf mein Geburtsrecht zu pochen und auf einige Hektar potenziell fruchtbaren *Starwatch*-

Terrains zu bestehen. Vielleicht begann ich auch, wie mein Therapeut meinte, unterschwellig an einem Nest zu bauen – was für ein schreckliches Bild! Man sucht sich eine Stellung, lernt ein Mädchen kennen, kauft sich ein Haus (und ein chinesisches Baby, falls die Zeugungsorgane nicht mitspielen wollen). Man legt sich eine Existenz zu – wie jeder andere auch.

Nest hin oder her, im Hinterkopf, vielleicht auch weiter vorn, verspürte ich das erste Rumoren eines Traums von einer eigenen Serie für HBO, etwas mit Stil. Es bedurfte keiner Therapie, um eine grundlegende Wahrheit zu erkennen: Ich war zu alt, um weiter wider den Stachel zu löcken, sei es nun der des Vaters oder ein eingebildeter. Andererseits hielt ich mich für einen harten Brocken, einen unabhängigen Denker und freien Geist. Gita gönnte mir meinen stolzen kleinen Protest – nie und nimmer, so sagte ich mir, werd' ich eines von den Arschlöchern, die jeden Tag im BMW auf das Studiogelände kommen. Wer bin ich denn? Während unserer gemütlichen Tête-à-têtes sprach meine Mutter mir Mut zu: »Mach einfach, wonach dir ist, Bertie. Wofür immer du dich entscheidest, es ist das Richtige.« Sie war dabei so überzeugend, dass ich ihr jedes Mal glaubte. Sie war mein »Cut-Man«, oder wie immer man den Typ nennt, der an der Ringecke darauf wartet, sich zwischen den Runden um Platzwunden zu kümmern – nur dass ich mein eigener Gegner war. Mamas Kunst bestand darin, mir einzureden, ich hätte tatsächlich die Wahl: Prinz oder Bettelmann, es wäre beides in Ordnung, für sie und für welchen Gott auch immer. Die Wahrheit war einfach, dass es für sie bei ihrer Affenliebe für mich keine Rolle spielte, solange mir nur nichts passierte, solange es mir halbwegs gut ging und sie mich um sich hatte. (Die schlimmste Vorstellung war für sie, ich könnte wieder wegziehen.) Gita wusste, was gut für uns war, und zwar für uns beide, und dass es mich vor meiner eigenen Sturheit zu schützen galt. Sie wusste, ich brauchte Sicherheit, Selbstwertgefühl, alles, was eine feste Stellung eben so mit sich bringt. Wie wär's mit einer Stellung im Familienbetrieb? Ich wehrte mich mit Händen und Füßen, meine Argumente waren so eloquent wie überzeugend (am Anfang der so genannten besten Jahre hat man noch die Kraft, selbst Niederlagen dynamisch mit Tendenz zu versehen); dann ließ ich mich von meiner lieben Mutter, der Verräterin, wie ein Lamm auf die samtbezogene Schlachtbank führen. Nicht dass ich es ihr je vorwerfen würde.

Also steckten wir die Köpfe zusammen, ich und mein alter Herr, und begannen Pläne zu schmieden; er hätte nicht seliger sein können. Wir trafen uns mit den Leuten, die das Sagen hatten; sie hätten nicht seliger sein können. Wir plauschten mit den Casting-Leuten, und auch sie hätten nicht seliger sein können. Und Gita, der das Sodbrennen, das ich ihrem Gatten all die Jahre über beschert hatte, durchaus – und gar nicht so insgeheim – recht gewesen war, kriegte sich vor unverhohlener Begeisterung schier nicht mehr ein. Sozusagen mit amtlicher Zulassung nahm man mich wieder im Schoß der Familie auf, womit mir der Backstageausweis zustand und alles, was dazugehört. Das Leben war prima. Und totaler Scheiß. Man nahm sogar meine Vorschläge zur Kenntnis, welche Rolle ich auf der *USS Demeter*, diesem albernen Wolkenkuckucksheim im All, spielen sollte. Ich bestand auf einen Part ohne Gesichtsprothese (die von der Maske hätten nicht seliger sein können), und irgend so ein Held aus dem Stab kam auf die glorreiche Idee, mich auf diesem bunten Lutscher von einem Raumschiff einen Piloten spielen zu lassen, einen richtigen Amerikaner und ewig geil, eine augenzwinkernde Anspielung auf *Top Gun* und Tom Cruise. In nur sechs Wochen stand ich auf der

Brücke, zusammen mit dem legendären Captain (der eben erst in einem publicityträchtigen Schlagabtausch mit dem Studio seine Gage hatte korrigieren lassen) und seinem Fähnlein von Getreuen. Ich passte mich dem Rhythmus der Episoden an, als wäre ich dafür geboren (was ich ja eigentlich auch bin). Die Zeit, die ich nicht vor der Kamera stand, arbeitete ich – mit der sinnlichen Apathie einer Geisha beim Fußbad – in meinem Trailer an Treatments, da es für mich letztlich nur eines gab: meine eigene groß angelegte, ganz entschieden persönliche, intelligente Serie zu produzieren. Ich würde also meine Zeit kreativ verbringen und dafür auch noch bezahlt. Mann, was war ich clever! Ich würde mir den Arsch aufreißen, bis ich meine Chance bei HBO bekam. Ich stand sozusagen im Training, um mit den ganz Großen zu spielen.

* * *

Aber ich schweife ab.

Ich sprach davon, wie blind wir doch oft gegenüber den Mustern der Anziehungskraft anderer auf uns sind; es ist immer wieder erschreckend, wie früh wir da festgelegt werden, auch hinsichtlich unserer Neigungen. Rückblickend ist die Attraktivität Cleas für mich leicht zu sehen: Wie ich mit meinem Vater hatte sie unter dem titanenhaften Schatten einer Mutter zu leiden, die sie beim besten Willen nie würde übertrumpfen können. (Als wir noch Kinder waren, *Starwatch* hatte die ersten erstaunlich erfolgreichen Staffeln hinter sich, waren Roos und Perry für mich gleichermaßen geächtet und aus meiner Welt verbannt.) Unser Bündnis war maßgeschneidert; wie taube Kinder oder Kinder von Tauben beherrschten wir eine Sprache, die keiner Worte bedurfte. Klassenkameraden waren gerade mal Embryos verglichen mit unseren voll ausgebildeten Identitäten als »die Kinder von«, und auch wenn wir instinktiv wussten, dass uns dieser Status auf lange Sicht ganz furchtbar zum Nachteil gereichen würde, in unserem zarten Alter empfanden wir unsere gesellschaftliche Stellung als Segen, denn mit dem Geburtsrecht kommen Aura und Ehren, mit denen man die Nachkommen königlichen Geblüts überhäuft. Wie gesagt, wir schienen frühreif und, uns dessen nicht ganz bewusst, im Besitz der geheimen Erkenntnis, dass wir – wie Hämophile – irgendwann einen schrecklichen Preis würden zahlen müssen, hatten aber das Gefühl, der Himmel hätte uns erst noch einmal Aufschub gewährt. Es war wie dauernd Ferien. Kinder sind nun einmal süchtig nach Aufmerksamkeit, und wir fanden die herrschaftlichen Privilegien, die unsere Position mit sich brachte, aufregend amüsant: die plumpe Speichelleckerei der Gleichaltrigen, die indirekten Schmeicheleien ihrer Eltern, selbst die Lehrer würdigten insgeheim unsere herausragende Stellung am überfüllten Sternenhimmel örtlicher Prominenz. Wir waren die strahlendsten Sterne gleich neben dem Honigmond jener glücklichen Zeit.

In solchem Mondlicht betrachtet, erscheint mir die Tatsache, dass ich zwischen mir und Clea nach dem Tod ihrer Mutter eine solche Kluft hatte aufklaffen lassen, heute rücksichtsloser denn je: Ich hatte die schlimmste aller Sünden begangen, indem ich meinesgleichen im Stich ließ. Als sachte von der Inzucht gestreifte Blaublüter konnten wir in einer widrigen Welt nicht gedeihen – wie hätte es auch anders sein sollen? Wir hatten uns immer göttlicher Protektion erfreut, und im Regelbuch stand nichts darüber, dass diese Götter – unsere Eltern – irgendwann nicht mehr wären.

Ich wusste das noch, weil ich damals verzweifelt – und vergeblich – den Index durchging.

* * *

Ich habe sie erst an meinem siebenunddreißigsten Geburtstag wiedergesehen; wir liefen uns bei einem AA-Meeting in einer Kirche in Brentwood über den Weg. (Clea meinte, man könnte ruhig ein A weglassen und einfach *Alkoholiker* sagen – »Wer ist hier schon anonym?«) Sie war seit drei Monaten trocken und sah gar nicht gut aus.

Zehn Jahre zuvor, so um die Zeit, als ich aus der Bay Area zurückgekommen und nach Venice gezogen war, hatte Clea sich erste Lorbeeren als Schauspielerin erworben. Sie hatte nie Karriere gemacht, aber in kleinen, respektablen Filmen respektable Arbeit geleistet; sie hatte sogar eine Auszeichnung bekommen, bei einem renommierten Filmfestival in Berlin. Eine Zeitlang brachten die Magazine Bilder von ihr, ausnahmslos beim Plausch mit Freunden – alles angesagte Söhne und Töchter anderer Ikonen wie Natasha Gregson Wagner oder Charlie Sheen. (Die Beleuchtung schien immer die klaren Linien ihrer Züge zu betonen, von den Augen ganz zu schweigen; beides hatte sie von ihrer Mama.) Ich las die Interviews, sah mir die Filme an (sie liefen fast alle im Sunset 5); ich verfolgte Cleas Karriere mit dem Blick eines wohlgesinnten Stalkers. Sie war gut, manchmal sehr gut. In einigen Filmen war sie nicht ganz angezogen. Na schön, ich gebe zu, meine Aufmerksamkeit hatte einen Anflug von Morbidität; oder vielleicht ist das nicht das richtige Wort. Ich spielte mit dem Gedanken, mich mit ihr in Verbindung zu setzen, tat es aber nie. Ich glaube, nein, ich bin mir sicher, ich schob das Wiedersehen auf, bis ich selbst einen gewissen Erfolg würde aufweisen können. Ich wollte wenigstens ein bisschen erreicht haben, bevor wir Brot brachen – Wein, Heroin, was immer sie brechen wollte. Ich war offen gesagt ziemlich erstaunt, dass dieses fast pathologisch schüchterne Mädchen nicht nur hatte Schauspielerin werden wollen, sondern sich darüber hinaus wirklich gut gemacht hatte. Ich fühlte mich außerdem – wie durch ein Flüstern in unserer alten Geheimsprache – daran erinnert, dass Kinder wie wir genetisch darauf programmiert waren, mitten in die Flamme ihres extravaganten Erbes zu fliegen. Verhängnisvoll, masochistisch, wenn man so will, gehört es zu unserem Reiz.

Ihre Karriere blinkte noch einige Jahre auf dem Radar des Showbiz, bevor sie verschwand. Man munkelte gehässig von Drogen – ein gefundenes Fressen für die Gerüchteküche der Stadt –, und in Clubs, Kinos und auf Premierpartys war das übliche fantasielos psychologisierende »wie die Mutter, so die Tochter« zu hören. Ich erinnere mich noch an Cleas unscharfes Gesicht auf dem Titel einer Gazette am Kiosk; ich kam mir sehr edel vor, sie nicht zu kaufen (ich blätterte sie lediglich durch). Die Presse erwähnte sie noch einige Male – hier und da ein noch nicht einmal mehr knallig aufgemachter Bericht über ihren Niedergang, die Titelseite war sie längst nicht mehr wert, bevor sie in der Versenkung verschwand. Ich war damals ein großer Fan von Howard Stern, und eine ganze Weile lauschte irgendetwas in mir mit perversem Grauen auf seinen unvermeidlichen Kommentar, die zynisch-sadistische Autopsie. Glücklicherweise blieb sie aus.

Als ich sie in der Kirche am San Vincente Boulevard wieder sah, löschte Cleas Lächeln, strahlend und wunderbar, wie es war, all die Jahre dazwischen aus – schlagartig waren wir wieder zwölf. Wir setzten uns nebeneinander, und für das Schlussgebet nahmen wir uns bei den Händen und standen auf. Nach dem Meeting begleitete ich sie, von meinen Gefühlen übermannt, hinaus in den Hof und versuchte mich atemlos an einer Wiedergutmachung; ich gestand meine Scham, meine Verlegenheit über meine Reaktion auf Roosevelt Chandlers Tod (als wäre dieser kindische Fauxpas das große Trauma in Cleas Leben gewesen und nicht etwa Roos' Tod). Aber sie erinnerte sich noch nicht einmal an meine

Feigheit, auch nicht an meine Flucht, sie verstieg sich sogar zu der Behauptung, dass ich immer ihr Fels in der Brandung gewesen sei – »der beste Freund, den ich je gehabt habe«, wie sie mit einem aufreizend süßen Zwinkern sagte, »der beste«. Mit ihrer Absolution fiel mir der sprichwörtliche Stein vom Herzen. Unter einer Anwandlung grenzenloser Zuneigung und enormer Dankbarkeit lud ich sie, den Tränen nahe, zum Abendessen ein. Lachfältchen in den Augenwinkeln, zog sie mich an sich und sagte mir, das sei lieb. »Aber keine Beichten mehr«, schob sie kess nach.

Wir aßen Sushi gegenüber von Dutton's. Sie schonte ihren rechten Arm, den sie in einer provisorischen Schlinge aus Seide trug, und irgendwann während des Essens sprach ich sie darauf an. Beim letzten »Usen«, so erklärte sie, sei sie weggenickt und auf dem Arm eingeschlafen, dies habe zu einem Nervenschaden geführt. Ich hatte ja gehört, dass Süchtigen so was passiert, aber es war ein ziemlicher Schock zu hören, dass es meiner teuren Clea widerfahren sein sollte. Ein Arzt, so erzählte sie, hätte sie mit Pillen vom Heroin »runter gebracht«, jetzt mache sie »megamäßig« Akupunktur und Bewegungstherapie. Auch Yoga sei ganz gut, sie habe schon wieder »um die siebzig Prozent Manövrierfähigkeit«. Als ich sie fragte, wo sie wohne, lebte sie sichtlich auf: »In einem *wahnsinnig* tollen Hotel in Beverly Hills.« Ich sagte ihr, dass ich es kenne, drüben am Reeves Drive, ja? (»Ach, Bertie«, fiel sie mir ins Wort, »ich würde zu gerne eine Reality Show über die Leute da schreiben!«) Ich kannte es noch von den seltenen Ausflügen auf meinem Rad (zehn Gänge, hochgezogener Lenker) in Leif Farragons Revier südlich des Wilshire Boulevard. Während sie erzählte, ließ ich den Blick grausam über die Stellen fleckig-schuppiger Haut schweifen und warf mein Senkblei in ihre halbtoten Augen, die nach wie vor unbekümmert verführten, die geradezu Überstunden machten in dem Versuch, die Schäden zu kaschieren, die ihre Besitzerin im Lauf der Jahre genommen hatte.

WIR HATTEN DANN EINE AFFÄRE, die mit überhitzten Küssen auf der ersten Etage begann und schließlich (von meiner Seite aus jedenfalls) überstürzt mit einem Verlust der Unschuld endete, der mehr mit dem Tod des Fleisches zu tun hatte als mit seiner Verherrlichung. Mir wurde bereits komisch zumute, als Clea mir gestand, dass sie Hepatitis C hatte, obwohl sie da beileibe nicht die Einzige aus meiner Bekanntschaft war. Ich hatte mich schlau gemacht und erfahren, dass die Krankheit kaum durch Geschlechtsverkehr zu bekommen sei. Um ehrlich zu sein, ich weiß noch nicht einmal, wie ich mich verhalten hätte, hätte ich erfahren, dass man sich die Krankheit bereits durch einen Kuss hätte holen können. Sehen Sie, ich war einfach überzeugt davon, es sei mein Schicksal, mit dieser Frau zu schlafen – nichts hätte unsere wiedergefundene Intimität vereiteln können, vereiteln dürfen.

Unsere Liaison, so kurz sie auch sein mochte, hatte eine geradezu schockierende Folge: Wir wurden die besten Freunde. Es war wie in einer dieser schrecklichen Sitcoms, die man guckt, weil man sie inbrünstig hasst. Wir benahmen uns wie zwei Freundinnen (oder Kumpels, je nach Laune) und wurden dem anderen zum Ansprechpartner für die ganze Bandbreite von Krisen spiritueller, emotioneller oder fleischlicher Art. Dreimal die Woche gingen wir zu den AA-

Meetings, und es war mir eine große Freude, sie physisch und geistig stärker werden zu sehen. Als ich Clea neun Monate später ihren Kuchen zum ersten trockenen Jahr überreichte, heulten wir wie die Kinder. Der Umstand, dass dies die längste Beziehung war, die irgendeiner von uns in seinem Leben gehabt hatte, im Verein mit der salomonischen Gewissheit, dass es ein schrecklicher Fehler wäre, uns ins Ehejoch zwängen zu wollen, schien unser vertracktes Bündnis mit dem platonischen Versprechen der Langlebigkeit zu segnen, das einem eine schlichte Ehe niemals zu geben vermag. Clea Fremantle Chandler und Bertram Valentine Krohn würden tatsächlich zusammen sein, bis dass der Tod sie schied. Die überraschende Erkenntnis, die sich mit dieser unerwarteten Entwicklung einstellte, gestattete uns, leichteren Schritts auf dieser Erde zu wandeln, uns der jahrzehntealten bedrückenden Selbstporträts zu entledigen, deren finstere Mienen zu sagen schienen, wir hätten vor unseren Eltern, uns selbst und der Welt versagt. Zum Teufel damit! Wir waren Zeitreisende, die sich in Vergangenheit und Zukunft bewegten, und es hatte etwas absolut Irres, wenn wir beide an einem verregneten Abend in Venice vor meinem Kamin saßen, uns selbst zu Ehren (und einem gewissen Leif Farragon, einem Phantom mit einem Grübchen am Kinn).

Obwohl Clea das Geld zum Fenster hinauswarf, wie die meisten Schauspielerinnen lebte sie auf großem Fuß, behauptete sie ständig, pleite zu sein. Ich fragte sie nie näher danach. Selbst wenn ich davon ausging, dass Roosevelt Chandler ihren Nachlass geordnet hatte (eine gewagte Annahme, das gebe ich zu), es hätte mich nicht überrascht, hätte Clea alles, womit man sie bedacht – falls man sie mit etwas bedacht – hatte, schon vor langer Zeit durchgebracht. Abgesehen von den Sprecherjobs, die ihr hin und wieder ein

Bekannter mit einem Synchronstudio zuschanzte, gab es keinerlei Anzeichen für Engagements. Gelegentlich sprach sie für eine der zum Stoff für Comeback-Klischees gewordenen hyperrealistischen Rollen im »kleinen Indie-Film« vor, aber es wurde nie was daraus; meiner Ansicht nach luden die Leute sie nur aus reiner Neugierde ein. Ich bin mir noch nicht mal sicher, ob sie einen Agenten hatte. Ab und an verschwand sie übers Wochenende in ihrem ramponierten Alfa Romeo, und ich befürchtete jedes Mal das Schlimmste. Nach dem dritten oder vierten Mal stellte ich sie zur Rede und erfuhr zu meiner Erleichterung, dass sie zu Treffen von Roos-Chandler-Fans ins amerikanische Herzland fuhr, wo sie gegen Gage Autogramme auf Memorabilien gab.

Sie zog schließlich in ein kleines Craftsman Inn, gar nicht so weit von meinem eigenen Häuschen am Ocean Park. (Meinen Vorschlag, doch zusammenzuziehen, lehnte sie dankend ab.) Sie kam dennoch oft genug rüber, um Reviermarken zu hinterlassen: Aschenbecher voll rot verschmierter Kippen, Tampax-Applikatoren im Abfalleimer unter dem Waschbecken, die eine oder andere Strumpfhose mit Laufmasche schalkhaft zwischen Bettstatt und Matratze gesteckt. Wenn ich ein Date nach Hause brachte, hatte ich eine Ansprache parat, die nie gut ankam: Clea und ich kannten uns seit der Kindheit und seien nur gute Freunde, sonst nichts.

Als meine Zwiespältigkeit gegenüber meiner Zugehörigkeit zur *Starwatch*-Familie ab- und die Sicherheit meines Engagements zunahm, arrangierte ich ein Vorsprechen. Paps kam nicht mehr allzu oft ins Studio, richtete es aber liebend gern ein, am großen Tag zu erscheinen. (Er erinnerte sich noch an Clea aus alten Tagen, und womöglich hatte er sogar Roosevelt – bei einem Elternabend oder wo auch immer – kennengelernt.) Ich hatte mein Sprüchlein bereits aufgesagt, und so benahm er sich denn, als ich die beiden erneut miteinander bekannt machte, vorbildlich – wie übrigens auch die Mädels vom Casting, Clea und ich selbst; alle Welt war galant, geziert, manierlich, zartfühlend auf Reparationen bedacht.

Sie bekam den Job, ohne auch nur ein Wort zu lesen.

Clea meldete sich von da an im Maschinenraum der *Demeter*, um dort die Geniale Außerirdische Mechanikerin mit Gefährlicher Sexueller Unterströmung zu geben, die im selbst auferlegten Exil, fernab von ihrem heimatlichen Sternencluster Albion-12, lebte, den sie nur noch selten zu sehen bekam. Als die Maske sich für ihr Kranium eine diamantenbesetzte – derer von Albion-12 artgerechte – Applikation einfallen ließ, nahm sie die »strassbesetzte Schamperücke«, wie Clea sie nannte, in spielerischer Gelassenheit an. Ich war stolz auf den Elan, mit dem Clea sich zu der schweren Entscheidung durchrang, sich zu arrangieren und bescheiden ihrem Beruf nachzugehen. Für jemanden, der einen durchgreifenden Frühjahrsputz – nebst neuem Arbeitsethos – ins Auge fasst, steht die *Demeter* anderen nun sicher nicht nach – und wenn das bedeutet, sein Ego an der Schleuse ins 40. Jahrhundert abzugeben – nun, warum nicht? Wir wussten beide, welchen Mut es brauchte, seine alten Träume über den Haufen zu werfen und den Verlockungen des grell-dystopischen Lebenswandels zu entsagen, auf dessen Altar sie sich um ein Haar geopfert hätte.

An dem Tag, an dem sie von der letzten Anprobe ihrer Schädelprothese kam, weinte sie, geschlagen und voller Hoffnung zugleich, und ich hatte das Gefühl, ich hätte meine leibliche Schwester im Arm.

* * *

Ich weiß zwar nicht, ob das vom »literarischen« Standpunkt her koscher ist, aber ich muss an dieser Stelle jemanden vorstellen, der wichtig für unsere Geschichte ist. (Denken Sie daran, mir ist das hier neu; womöglich ist das ein Plus.) Warum also nicht? Im tatsächlichen chronologischen Ablauf der Dinge – und ich weiß, das hört sich merkwürdig an – steht mir das erste Treffen mit ihm selbst noch bevor. Aber ich dachte mir, ich schicke, damit Sie Bescheid wissen, eine Skizze voraus.

(Denken Sie es sich als Teil meiner Fingerübungen.)

Nun, denn mal los:

Thad Michelet, forsch, klein, vierundfünfzig, mochte etwas von der ausschweifenden Zügellosigkeit eines zu groß geratenen Putto haben, trotzdem war er reifer als wir. Er genoss weithin den Ruf eines begabten Komikers mit beträchtlichem Talent auch fürs dramatische Fach; wäre er zehn Jahre älter gewesen, er hätte einen soliden, wenn auch untypischen Willy Loman abgegeben. Angeblich hatte er vor einigen Jahren bei einer Wiederaufführung von Ionescos *Rhinozeros* Off-Broadway eine ganz fantastische Figur gemacht; hätte ich mich seinerzeit – als trockener, aber noch lange nicht nüchterner Alkoholiker – nicht gerade mit einer Frau vergessen, deren Namen ich nicht mehr weiß, ich hätte ihn mir sicher angesehen. Außerdem war er (ich war mir dessen, schon bevor Clea noch mal darauf hinwies, vage bewusst) ein veröffentlichter Romancier, und wie bei so vielen von uns äußerte sich das, wofür er eine besondere Leidenschaft hegte, durch Talente, die in den Augen der Welt zweitrangig waren. Was die Welt wollte, war die Inkarnation des Thad Michelet, den sie die letzten zwölf Jahre über gekannt hatte – einen liebenswerten Hanswurst, der austauschbare Kassenknüller zierte, von denen keiner unter 200 Millionen Dollar einspielte, zuweilen sogar knapp eine Milliarde weltweit. Er war George Jetsons glückloser Bruder in Barry Sonnenfelds reizendem Spielfilm gewesen und hatte für den kaum zu bremsenden Verrückten Terry Gilliam neben Peter O'Tooles Don Quichotte den Sancho Pansa gespielt. Er hat als Gast in praktisch jeder nur denkbaren Variante von *CSI* mitgewirkt, ganz zu schweigen von all den Gastrollen über drei Episoden in den heißesten Serien des amerikanischen Fernsehens. Besonders bemerkenswert war, dass Thad Michelet mit derselben Wahrscheinlichkeit für Polanski, Frears oder die Coen-Brüder arbeitete wie für Spielberg, Ratner oder die Farrellys. Ein wahrhafter Renaissancemensch, teilte er Kunst und Leben unter Avantgardebühnen, Hollywood- und Indie-Produktionen, Gastauftritten beim Fernsehen und dem Schreiben auf. Unter all diesen Beschäftigungen sind Thads literarische Bemühungen (jedenfalls in Bezug auf meine Geschichte) bei weitem am wichtigsten, allein schon weil ihn der Umstand, dass er sich als Literat sah, zu dem bedeutsamen Anderen machte, der ihn so sehr mit Clea und mir verband. An diesem Punkt ist es vermutlich Zeit für die »große Enthüllung«: dass sein Vater ganz zufällig kein anderer war als der Titan unserer Zeit, der Romancier Jack Michelet, betörender Proteus, Drache und Drachentöter, verschwenderisch mit Talent gesegnet, exzeptionell profan, ein Mann von wollüstiger Eleganz und karnivorem Charme, von dem ich annehme, er ist den meisten Lesern dieser Seiten bekannt. Jack Michelet, der Mann mit den drei Pulitzerpreisen, ewig schon auf der Vorschlagsliste für den Nobelpreis; Jack Michelet, der Mann mit einem Lannan Prize, einem Neustadt und gleich zwei National Book Awards; Jack Michelet, acht Romane, drei Oscar-Nominierungen für seine zahllosen Bearbeitungen für den Film; Jack Michelet, sechs Bände Essays und Kritiken, zwei Kompendien für Kindermärchen, fünf Gedichtbände, zahllose Kurzgeschichten; Jack Michelet, der Mann des unerhört scharfsinnigen, anstößigen, gescheiten, scheinbar hingeworfenen, aber akribisch konstruierten Leitartikels; Jack Michelet, Pflichtlektüre am College, der Mann, der Gnade vor Harold Blooms Augen und damit den Weg in den Bloom-Kanon fand; Jack Michelet, der gelegentliche Übersetzer aus dem Tschechischen, Keltischen und Altitalienischen; Jack Michelet, der hier und da klassisch skandalöse, skandalös klassische Umdenker, Bearbeiter und Neuarrangeur Tschechows, Ibsens und Molières, Schirmherr und Herausgeber einer Unzahl internationaler Anthologien hochwertiger Literatur; Jack Michelet, der mythische Löwe im Winter, der entgegen den Behauptungen hämischer Biografen und Journalisten eben nicht lautlos in die Nacht verschwand (oder was für armselige Klischees diese Leute sonst bemüht haben mochten); Black Jack Michelet, der vor allem definitiv nicht mit einem Knall oder unter Gewinsel endete, sondern in Gestank und Schmerzen eines siechen Körpers verharrte, um mit Lust nach jedem zu schlagen, jeden zum Krüppel zu hauen, der ihn liebte oder wenigstens seine Zeit als Blutsverwandter oder blutiger Verwandter auf zahllosen scharlachroten Schlachtfeldern abgedient hatte, das letzte davon Martha's Vineyard, wo der sadistische, fast senile alte General endlich fiel.

Kurz gesagt, Jack Michelet, das Genie.

Aber nun zu dem, was ich gemeint hatte, als ich vom »Bedeutsamen Anderen« sprach.

Mit etwas Glück entdecken wir eines Tages die große Leidenschaft unseres Lebens, und auch wenn man sagen könnte, dass wir mit ihr in gewissem Sinne eine Ehe eingehen, ich möchte hier auf etwas anderes hinaus, etwas, was schließlich und endlich weit hinausgeht über kreative Berufung oder den schlichten Beruf. Sehen Sie es mal so:

Ich, Bertie Valentine Krohn, bin Perry Needham Krohn auf dieselbe merkwürdige Art und Weise verbunden, wie Clea Fremantle ihrer Mutter Roos und der liebe Thad Jack dem Drachentöter verbunden war. Man kann einfach nicht darüber hinwegsehen, dass wir uns – einer wie der andere – auf geradezu diabolische Weise dazu entschlossen, uns in eben jene olympischen Höhen zu versteigen, die bereits von eben den heiligen Ungeheuern erobert, abgesteckt, beansprucht und ins Reich der Mythologie entrückt waren, die uns gebaren. Nun, warum um alles in der Welt sollten wir uns an ein so vergebliches Unterfangen machen, bei dem so gar keine Lorbeeren zu holen waren? War es Feigheit, Faulheit, Verblendung? Waren es die Gene, Arroganz oder schlichter Eigensinn? Oder alles zusammen? Der fatalsten meiner Theorien nach waren wir Verführte, vom Gewicht des im jeweiligen Fall dominanten prominenten Schurken subtil verleitet und doch brutal unterdrückt – ganz nach Art Strindberg'scher Kammerspiele, wo man erwachsene Kinder umgarnt, entmannt und zerstört. (Na gut, so schlecht hatte ich es vermutlich auch wieder nicht; ich geb's ja zu.) Auch wenn es etwas unbequem ist, womöglich erscheint es dem einen oder anderen Leser gar paranoid, lege ich hier meine Theorie einmal – kühlen Ödipusblicks – auf den Tisch. Falls mich mein Vater, sagen wir mal mit Hilfe des Transporterstrahls der *Demeter*, tatsächlich tückisch in die Umlaufbahn des Planeten Hollywood mit seinen Versprechen von Ruhm und Magnatentum beamte, falls Clea – im Drogentran – wie ein Roboter im Banne des provokanten Dufts von Sex & Death hinter den Ohren eines platinblonden Sukkubus, der nach seinem Tod nur noch dominanter, noch verlockender geworden war, den nicht eben viel versprechenden Part der gescheiterten Naiven gespielt hatte … nun, falls dem tatsächlich so war, dann war es nur logisch, dass auch Thad als ältester dieser Musketiere sich unter ähnlicher Hypnose zu dem Glauben versteigen musste, er könnte tatsächlich auf den hehren Höhen der Literatur mit seinem alten Herrn konkurrieren, wo er doch in Wirklichkeit nur der Trunkenbold war, der im Saloon nach den Kugeln tanzte, die ihm ein revolverschwingender, verschlagener Messias und Kindsmörder vor die Füße schoss.

Jack Michelet, der kaltblütige Killer aus dem Pantheon zeitgenössischer Literatur.

Man konnte es drehen und wenden, wie man wollte, das im Werden begriffene Kleeblatt bot genügend Material, um die Psychoanalyse wieder in Mode zu bringen.

Thads Fall war etwas komplexer als der unsere, wohl weil er älter war und weiter gereist und das auf gefährlicheren Wegen, vielleicht auch weil er selbst komplizierter war. Ich geniere mich absolut nicht bei dem Geständnis, der Tumbste im Trio gewesen zu sein. (Was sich letztlich als meine Rettung erwies.) Clea hatte für mich immer etwas Zerbrechliches, aber in ihren toughen Augenblicken – ihre »Toughness« war eines der nützlicheren Chromosome, die Roos ihr mitgegeben hatte – war sie weit, weit tougher als ich. Auch wenn ich nicht wirklich behaupten könnte, Thads Intimus gewesen zu sein, er schien mir jedenfalls nie wie sie – zart, meine ich –, obwohl ihm ganz unbedingt etwas eignete, was ein Kritiker mal einen »tragischen Zug« genannt hat. Selbst auf den ersten Blick schon hatte er etwas von einem komischen Desperado, ein charismatisches Pathos, war er ein Mann voller Hoffnung und ohne Hoffnung zugleich, was ihm die Anziehungskraft eines waidwunden Tieres verlieh, die ihn einen sofort in die Arme schließen, ihn stützen, ihm ein Sandwich oder eine Spritze bereiten ließ, was immer gerade nötig war, um ihn zu beruhigen, diese qualvolle Welt wieder erträglich zu machen (alle anderen Welten würden schon folgen).

Der Leser übt sich in Geduld ob der langen Exposition und ist wohlwollend der Tatsache eingedenk, dass es sich hier um einen ersten Versuch handelt. Einige von Ihnen, ich spüre es, werden meiner Stimme jedoch womöglich bereits überdrüssig, also will ich denn den Stier bei den Hörnern packen und springe mitten hinein in unsere erste Begegnung in der ungeheuren, an eine Kultstätte der Benediktiner gemahnenden Lobby des Chateau Marmont.

»Mein Gott«, sagte Thad, als ich auf ihn zuging, mit sonorer Eleganz, wenn auch verblüfft.

Clea wusste, dass mein Treffen mit ihrem alten Lover eine große Sache war. (Stolz, frisch geschrubbt und strahlend, wirkte sie wie eine aufgekratzte Bürokratin bei einer Eröffnung, eine Schere in der Hand, vor dem zu zerschneidenden Band.) Bei all den Gläsern, Tellern, Büchern, Skripts, ja sogar Halstüchern auf dem Tisch vor ihm hätte man meinen können, er hause eher auf dem geräumigen, mit Quasten und Troddeln geschmückten Sofa als in einer der Suiten irgendwo weiter himmelwärts.

»Er ist …«, er musterte mich ein Weilchen länger, dann sah er Clea theatralisch nach Beifall heischend an, »also, ich bin schockiert. Ich meine, er ist, na, genau, wie ich ihn mir vorgestellt habe!«

»Thad weiß alles über dich«, meinte sie verschmitzt.

»Ich weiß nicht, ob das so gut ist«, entgegnete ich.

»Ausgesprochen gut«, sagte Thad. »Also sprach der Vorbalid.«

Er grinste teuflisch, wie übrigens auch Clea, sein kleiner Racker von einer Hofdame, seine verschworene Allround-Gehilfin. Die ganze Atmosphäre, die ihn umgab, seine quecksilbrig-kraushaarige Erscheinung, hatte zugleich etwas Ungehobeltes und Kultiviertes, eine Portion Bildung, eine Portion Kitsch, und vermittelte den merkwürdigen Eindruck einer Kreuzung aus Gelehrtem und Clown. Thads Augen wanderten gierig über die Topographie menschlicher Details, die sich seinem Blick bot – wie ein Jet, der kurz vor dem Abheben die Startbahn verschlingt (denken Sie daran, dass ich Anfänger bin; sehen Sie mir also gelegentliche Turbulenzen bei den Vergleichen nach). Seine struppigen Brauen – Holbein oder Cranach der Ältere ließen grüßen – agierten gnomenhaft vor dem zunehmend kahlen Haupt. Seine Kleidung, ganz und gar aus der Mode, im Einklang weder mit unserer Stadt, noch mit der Zeit an sich, bestand – ganz 70er-Jahre – fast durchweg aus Flanell: Pendleton und Cordsamt, auf dem sich, in zahllosen kleinen Verästelungen, Fäden sammelten, Staubflocken zu Steppenhexen geballt, Brotkrümel und diverse andere auf der Couch zusammengetragene Miniaturen. In und auf den knorpeligen Falten seiner Ohren sprossen, wie bei einem Fabelwesen, feine kleine Ranken und Zweige, und die Rücken seiner Patschhändchen, die die merkwürdigsten Buketts schlanker Fingerchen mit weibisch polierten Nägeln zierten, bedeckte gar ein beängstigend dichter Pelz: der Schnappschuss eines Ordensbruders im behaglichen Schlupfwinkel eines Arbeitszimmers, einer Bibliothek, in der er bei Cembaloklängen (Scarlatti) die letzten emotionsgeladenen, aber geruhsamen Stunden vor seiner Verwandlung in einen Werwolf verbringt. Seine Rede war ein dickflüssiger Zaubertrank aus vernuschelter Unschlüssigkeit und Chuzpe. Ich sollte mich noch wund reiben an dieser Dichotomie (diesem Zwitterwesen aus Wolf und Kobold und seiner Launigkeit, die so sympathisch sein konnte und grausam zugleich), aber in diesem ersten Augenblick überwog eine totale Ungezwungenheit, eine Vertrautheit, wie sie sonst nur unter Verwandten zu finden ist. Ja, ich empfand nachgerade einen Energiestoß dabei, endlich das letzte entscheidende Element dieser selbstbezogenen

Ménage-à-trois (denn als solche sollte sich unsere Beziehung erweisen) vor mir zu sehen; etwas in mir – und ich halte diese Behauptung durchaus nicht für zu melodramatisch – wusste, dass mir eine Veränderung ins Haus stand, nach der mein Leben nie wieder das alte wäre.

»Wie lange sind Sie denn schon in der Stadt?«, fragte ich etwas steif. So geht mir das immer bei Leuten, die mir imponieren.

»Stadt?« Er sah unser beider Freundin neugierig an und fragte: »Was meint er mit ›Stadt‹, Clea? Ich dachte, nach dem letzten Warp-Stoß befänden wir uns im Sternhaufen des vorbalidischen Reichs?«

Ich schrieb die nicht eben geistsprühende Anspielung dem Jetlag oder einer allgemeinen Trunkenheit zu.

»Du musst ihn entschuldigen«, sagte Clea. »Wir kommen eben aus dem Krankenhaus. Er hat eine Spritze gegen seine Migräne gekriegt.«

»Wow«, sagte ich matt, obwohl er mein Mitgefühl hatte. »Meine Mutter hat die Dinger gekriegt.«

»Für die ›Migräne des Mannes‹?«, fragte Thad mit geradezu düsterem Nachdruck. »Das sollten die zum medizinischen Fachbegriff machen. Solche Migränen sollten Frauen erst mal haben! *Cluster-Kopfschmerz!* In der *littérature* heißt es, wenn so was erst einmal über einen gewissen Punkt hinausgeht, dann hilft einem alles Percocet der Welt nicht mehr. Nicht die Bohne. Das Ding weiß, dass man es zu finden versucht, das hat man mit Spiral-CTs nachgewiesen – die reinste Al-Kaida. (Oder genauer gesagt ein Terroranschlag der Kerls!) Egal, was man macht, das Ding ist einem immer einen Schritt voraus – zieht von einem Teil des Hirns in den anderen. Der reinste Wanderzirkus! *Wandern* – so nennen sie das. Wie bei einem Sturmsystem. Ich habe die Leute Karten anfertigen sehen, in verschiedenen Farben – meine Schmerzen nehmen sich aus wie ein Zigeunertornado. Die Rollin' Thunder-Tour!«

Er faselte weiter, wobei er obskure physiologische Fakten mit *Starwatch*-Kauderwelsch mischte (ich sollte bald verstehen warum). Während er redete, winkte ihm ein Strom von Hipstern und Bewunderern zu, die ebenfalls im Hotel wohnten – Ed Lachman, Rachel Griffiths, Philip Seymour Hoffman; einige kamen kurz herüber, um ihm ihre Reverenz zu erweisen.

Nach etwa zwanzig Minuten kam eine umgängliche, auf attraktive Weise unscheinbare Frau namens Miriam dazu. Thad stellte sie uns mit ausladender Gestik als seine literarische Agentin vor. Dann unterbrach uns diskret ein anderer Philip, der Manager des Hotels, um den Schauspieler und Autor im Namen des Chateau willkommen zu heißen. Ein Agent von ICM entbot sein Lob; ein Mädchen von kaum zwölf Jahren (aus der Zielgruppe der *Jetsons*, wahrscheinlich die Tochter eines internationalen Filmfinanciers) bestaunte ihn aus nicht allzu großer Entfernung mit offenem Mund. Inmitten all des freundlichen Tohuwabohus sammelte Mr. Michelet seine Siebensachen zusammen und brach die Zelte ab, forderte aber jeden in Hörweite auf, doch »die Party nach oben« zu verlegen.

* * *

Obwohl er erst einige Stunden zuvor eingezogen war, atmete das in luftigen Höhen gelegene legendäre Penthouse bereits den Geruch des filzigen Wuschelkopfs, ein Potpourri aus Pot, Kräutertees, Badeölen in langhalsigen Flaschen (Cleas Fig & Olive) und seinem – jedenfalls konnte man sich des Eindrucks nicht erwehren – (ausgesprochen regen) Verstand. Als Erstes versuchten die beiden Frauen Thads

Alkoholkonsum Grenzen zu setzen, der sich unmöglich mit welchen Opiaten auch immer vertragen konnte, deren Verabreichung man in der Notaufnahme für angezeigt gehalten haben mochte. Er nahm zwar die Fäuste hoch, aber gesunder Menschenverstand, Volksmedizin und weibliche Schläue setzten sich durch. Während Miriam und Clea ihm eines seiner weichen Lieblingssweatshirts überzogen, äußerten sie bewundernd Vermutungen über seine physische Konstitution, dank der ihr alter Freund nach all den Qualen des Nachmittags tatsächlich noch stand. Wie auch immer, wenigstens war er vergnügt.

Wie sich herausstellte, war Thad in L. A., um sich mit dem Team von *Starwatch: The Navigators* zu treffen, das ihm eine Episode auf den Leib geschneidert hatte. Mir war das neu. Der Dreh an dem Zweiteiler sollte schon in etwa einem Monat beginnen; die Maske musste Mr. Michelet noch einige prothetische Fortsätze anpassen, fürs Gesicht nahm ich an. Ich warf Clea einen Blick zu, und sie zuckte die Achseln, um mir anzudeuten, sie sei selbst überrascht. Mich wurmte es, ohne dass ich so recht hätte sagen können, warum. Es zeigte, dass ich als Sohn des Schöpfers von *Starwatch* nicht mehr Insiderinfo darüber hatte als sonst jemand, was sich hinter den Kulissen so abspielte, welche Stunts die Casting-Leute so ausheckten, welche »Event-Episoden« man ausbrütete. Für gewöhnlich interessierte mich das auch nicht – dafür genügend Interesse aufzubringen, um neugierig zu werden, wäre einer weiteren Demütigung gleichgekommen. Und nun fühlte ich mich plötzlich zurückgesetzt! Die Erklärung für meinen Unwillen war eigentlich ziemlich einfach: Ich war neidisch, nicht nur auf Thad Michelets Leben, das größer, chaotischer, brillanter, glamouröser war als das meine (und dass er es sich leisten konnte, nur kurzzeitig am Traumschiff *Demeter* anzudocken, anstatt als Sklave darauf Dienst tun zu müssen wie ich), sondern auch darauf, dass er mit seinem Vater einen erhabeneren Stammbaum aufzuweisen hatte – im Vergleich zu dem der meine eher nach Blaumann aussah als nach blauem Blut.

Aber was mir wohl am meisten aufstieß (auch wenn ich mir nichts anmerken ließ, noch nicht mal mir selbst gegenüber), das war, dass er Clea vor mir gehabt hatte. Ich hatte von der Affäre der beiden gewusst, obwohl sie sich nie näher dazu geäußert hatte. Ein Adjektiv, mit dem sie ihre Beziehung beschrieben hatte, war mir im Gedächtnis geblieben: »explosiv«. Natürlich nahm ich das als Rüffel für meine eigene erblich bedingte, *unexplosive* Art. Ich sah mich, absurderweise, in der gleichen Art Dreieck wie damals mit Leif: das sexuell reizlose fünfte Rad am Wagen eines Halbwüchsigen-Psychodrams.

Als dann die Dämmerung in den Abend glitt und wir so in der unermesslichen modernistischen Steppe der frisch renovierten Suite herumsaßen, machte ich, was jeder in ein Beziehungsdreieck gedrängte Schmock mit etwas Selbstachtung gemacht hätte – ich umschwärmte den Bücherwurm, Miriam Levine, als sei sie die Reinkarnation Roos Chandlers selbst oder wenigstens die einzige Frau in der Suite. Während Clea kokett ihres ebenso rastlosen wie zugeknallten Ex Herr zu werden versuchte, machte ich es mir auf der Couch mit der Agentin gemütlich und nahm sie forsch in die Mangel: wo sie wohne, wo sie aufgewachsen sei, welches College sie besucht habe (Brown, selbstverständlich). Ach ja – und wie sieht's mit Geschwistern aus? Leben die Eltern noch? Wo haben sie denn gelebt und wie? Also, wann sind Sie denn nun ins Buchgeschäft gekommen, und bitte mit einer Liste Ihres gegenwärtigen Stalls von Autoren … wie haben Sie denn übrigens Thad kennengelernt? Ich bohrte meinen Blick in den ihren und sorgte dafür, dass sie das brünstige Blähen meiner Nüstern mitbekam, als ich mich über ihren hübschen Teint äußerte (Letzteres zugegeben außerhalb von Cleas Hörweite) und so weiter und so fort und so fort, kurzum, ich überschüttete sie mit einer Aufmerksamkeit, die zwar hinter der eines abgebrühten Schwerenöters zurückbleiben mochte, aber sie passte haargenau ins Profil eines respektablen serienmonogamen Narziss. Während Clea sich um Thad kümmerte, was weitaus beschwerlicher war als meine Aufmerksamkeiten für Miriam, erhaschte ich hin und wieder einen Blick von der Seite, der die grollende Kenntnisnahme meiner Unaufmerksamkeit ihr und dem überdimensionalen vorbalidischen Gaststar gegenüber sowie eine flüchtige Verärgerung über meine Konzentration auf Miss Miriam verriet. Womöglich war meine kleine Vorstellung lachhaft leicht zu durchschauen.

Es dauerte ohnehin nicht lange, und Miriam entzog sich meiner Aufmerksamkeit. Mit Thad, der auf Italienisch zu deklamieren begann, als Feuer, versammelten wir uns sozusagen vor seinem Kamin.

Vaghe stelle dell'Orsa, io non credea
Tornare ancor per uso a contemplarvi
Sul paterno giardino scintillanti ...

»Leopardi«, ging Miriam erklärend dazwischen. (Sie kannte die Nummer offensichtlich bereits.)

»Ah! Als Fähnrich Vierter Klasse auf dem Raumschiff *Demeter* anzuheuern!«, rief er aus. Es hatte etwas, wie er so durchs Zimmer schlurfte, auf eine selbstironische Dinner-Theater-Art. Er stand auf der Bühne, entwaffnet und gefährlich. »Ich kann euch gar nicht sagen, wie sehr ich mich darauf gefreut habe.« Er wandte sich an mich: »Ich bin nämlich der größte Fan von *Starwatch!* Così fan tutte! Die Sterne! *Ah, the stars!*«

Mit einem Räuspern zog er, wie die Taschenausgabe eines Barrymore, die Augen zusammen.

Gestirn des Bären! dass ich so von Neuem
dein zaubervolles Lächeln hier betrachte
wie damals, über unserem alten Garten …

Nach wie vor im Versmodus, ganz der alte Knattercharge, ins unvergängliche Reich der One-Man-Show entrückt, blickte er jedem von uns direkt in die Augen. Herr der Versatzstücke, legte er den Kopf nach hinten und blickte gen Firmament.

»Wechselreden tönten drinnen im Haus und wie süße Träume, wie unermessliche Gedanken gab mir des fernen Meeres Anblick und der Berge im Blauen dort, als lägen im Geheimen dahinter Welten und für mich ein Glück! – unkundig meines Schicksals und wie oft ich einst dieses schmerzliche und nackte Leben noch mit dem Tode hätte tauschen mögen.«

Die Türen auf die riesige Terrasse hinaus waren zwar geschlossen, aber dennoch fand eine Brise vom Sunset Boulevard ihren Weg durch die Ritzen wie ein Geist, der sich im Salon, wo wir saßen, breitmachte und für einen Stimmungswechsel sorgte, von heiter-herzlicher Geselligkeit hin zu ahnungsschwangerer Melancholie. Thad wurde mit einem Mal blass und bekam weiche Knie; Clea gab uns Zeichen, sie würde ihn »ins Bett verfrachten«. Augenblicke später fuhren Miriam und ich schweigend im Aufzug nach unten und sagten uns neben den ausladenden Korbsesseln, die die Tür zur Garage zierten, Ade.

MAN ERREICHT DAS TAL DES TODES über Baker, ein Städtchen mit einem Motel namens Bun Boy. Was Thad, wie zu erwarten, zum Schießen fand, zumal der Pfeil, mit dem die stattliche Cartoon-Ikone der kitschigen Neonreklame davor auf die flach gehaltene Herbergsanlage wies, buchstäblich aus Mr. Boys Lenden zu wachsen schien. Was das Ganze noch schlimmer – oder vollends lächerlich – machte, war das Pärchen halbseidener hemdloser Jungs, das ganz à la Bruce Weber vor einem der Bungalows herumhing, der von der Tankstelle aus, an der wir hielten, zu sehen war.

Ich sah endlich, wo man all die Autowerbespots dreht, die ich nun schon ein Leben lang sehe – all die vom Hubschrauber aus geschossenen Sturzflugaufnahmen von Familienkutschen und Sportcoupés, die auf endlosen Asphaltbändern ihre Bahn ziehen. (Ich hatte, der fast mythischen Weite der Landschaft wegen, immer an New Mexiko oder Arizona gedacht.) Als gebürtiger Angeleno hatte ich durchaus einige Zeit in Palm Springs und Joshua Tree verbracht; ich bin in Telluride gewesen und Santa Fe – Las Vegas, selbstredend –, aber nie im Death Valley. Vermutlich fehlte der Vorstellung von einer Panne bei knapp 50 Grad schlicht und ergreifend der Reiz. In dieser Jahreszeit jedoch waren die Temperaturen mild. Außerdem wollten wir nur für eine Nacht bleiben, und ich befand mich in reizender Gesellschaft. Miriam und ihre bloßen Beine auf dem Rücksitz wuchsen mir langsam, aber sicher ans Herz.

Außer uns war kaum jemand unterwegs. Wir passierten sanfte Dünen, sandige Zikkurats und unberührte Berge von makelloser Erhabenheit. Wir kamen durch ein Städtchen mit einer, man höre und staune, funktionierenden Oper am Ende eines langen, eingeschossigen Adobebaus, einem Motel, dessen Fenster gespenstische weiße Bettlaken zierten. Kurz vor der letzten Abbiegung kam dann Zabriskie Point. Thad hatte auf den Abstecher bestanden. Meine Reisebegleiter ließen sich lang und breit über Antonionis gleichnamigen Film aus, den ich – Banause, der ich bin – nie gesehen habe. (Nicht zu verwechseln, so Miriam, mit *Die rote Wüste*, auch von Antonioni, aber eben ein anderer Film.) Zu Fuß und vor einer Busladung deutscher Touristen machten wir uns an den Aufstieg.

Vom Point aus bot sich uns ein Blick auf eine Landschaft mit dem Namen Badwater tief unter uns. Auf einer Plakette auf dem Gipfel lasen wir, Mr. Zabriskie sei vor seiner Anstellung bei der Borax Company Bestattungsunternehmer gewesen; außerdem habe man während des Goldrauschs von 1849 eine Gruppe von Goldgräbern gerettet, die dort unten gestrandet war. Rundum herrschte ein geradezu unheimliches akustisches Vakuum, und das trotz des gedämpften – es schien einem nur natürlich, angesichts des an Hölle und Verdammnis gemahnenden Tals vor einem, die Stimme zu senken – und beiläufig bemerkt babylonischen Sprachengewirrs, ganz zu scheigen vom sonoren Pfeifen des Winds. Man begann hier zu verstehen, wie viele Arten, Nuancen und Abstufungen von Stille es eigentlich gibt. Ich vermag es nicht so recht zu beschreiben, aber die Intensität der Stille hatte etwas Beruhigendes, Ionisierendes, etwas, was der Szene das menschliche Element entzog, etwa wie Filter der Luft die Staubpartikel entziehen. Als ich das Panorama so auf mich wirken ließ, musste ich an besagte Forty-Niners denken und überlegte, wie es wohl gewesen sein mochte, mitten im Hochsommer (man hat hier schon 56 Grad gemessen), ohne Straße, ohne erfrischende Quellen.

Wie Zabriskie Point liegt auch das Furnace Creek Inn auf einem Hügel über der endlosen, auf trostlose Art schönen Mondlandschaft. Als die Ausnahme, die es darstellt, nimmt das gut fünfundsiebzig Jahre alte Luxushotel sich aus wie eine Fata Morgana; das Restaurant hat sogar eine Kleiderordnung. Dankbar bezog jeder von uns seine eigene geräumige Suite.

Obwohl Clea selbst es leugnete, war die Katze längst aus dem Sack – die beiden waren wieder zusammen. Ich kam zu dem Schluss, dass es in Ordnung sei. Ich hatte meine Clea nie glücklicher gesehen.

* * *

»Jetzt dachte ich schon, Sie wollten wissen, wo sie Manson geschnappt haben«, sagte der Mann an der Rezeption.

»Na schön«, sagte Clea. »Wo denn?«

»Ein Stück die Straße hinauf.«

Der Mann hatte ein freundliches Gesicht, das zu seiner Redseligkeit passte, und Thad war wie gebannt von ihm – wie ein Schriftsteller (oder Schauspieler), der durch einen glücklichen Zufall auf eine wunderbare Charakterstudie gestoßen war. Miriam hatte alle ihre Karten ausgebreitet und, ganz die Geschäftsfrau auf Schatzsuche, einen teuren Kugelschreiber parat.

»Also ich stamme ja aus New York«, fuhr der Mann an der Rezeption fort. »Immer wenn wir einen Gast aus dem Big Apple haben, frage ich ihn: ›Aus welchem Viertel?‹ Er sagt mir die Straße, und ich sage ihm, wo ich gewohnt habe, und schon kommt man sich ein Stück näher. Tja, hier im Death Valley ist das anders, das musste ich erst lernen, und es hat ein Weilchen gedauert. Einen bestimmten Typ fragt man erst gar nicht, wo er her ist. Die gucken einen gleich ganz böse an.«

In der diskreten Lingua franca der Prominenz hatte der Rezeptionist beim Check-in Thads Status zur Kenntnis genommen und ließ uns wissen, er würde, falls wir etwas bräuchten, alles in seiner Macht Stehende tun. Wir hatten zwar bereits für das Abendessen im Restaurant gebucht, aber er würde »dafür sorgen, dass wir einen Fensterplatz bekämen«, wann immer es uns genehm war.

Es war bereits Nachmittag und die Zeit damit etwas zu knapp, um noch auf Erkundung zu gehen. Die Sehenswürdigkeiten der Gegend bezogen ihre Namen fast durch die Bank aus der Hölle: Dante's View, Devil's Golf Course, Pitchfork Point, Coffin Canyon und so weiter. (Das Thermometer zeigte gerade mal um die 25 Grad, dazu wehte ein sanfter Wind.) Wir fuhren hinaus zu einer der Dünen, an der man *Planet der Affen* gedreht hatte. In den Salzlachen auf der Talsohle spiegelten sich die Funeral Mountains. Während wir so dahinfuhren, flirtete die gespenstische Stille mit unseren Gedanken, mit unseren Gefühlen; sie holte uns ein, wann immer wir rechts ran fuhren und den Motor abstellten, um uns Krater und Aschenfelder ansehen zu gehen.

Laut Broschüre ist Badwater der tiefste Punkt der Republik. Miriam bückte sich, um einen Mineralbrocken aufzuheben. Clea sagte »Borax«, aber Miriam berührte ihn mit der Zunge und sagte »Salz«. Clea bestand auf Borax und lenkte unsere Aufmerksamkeit auf die »mit Borax überzogenen Berge« rund um das Plateau. (Es war Schnee. Kaum zu glauben, aber laut Broschüre sind die Berge rundum bis zu 3350 Meter hoch.) Miriam widersprach ihr nicht weiter, was sie mir noch anziehender erscheinen ließ, ganz im Gegensatz zu Clea, die völlig plemplem durch die Gegend trapste, weil sie einen »Wüstenfisch« sehen wollte. Ich fragte mich, ob sie wohl stoned war – meine alte Freundin wirkte etwas »angeschlagen«, wie der Neffe eines meiner Gefährten von den Zwölf Schritten sagen würde, aber ich hatte keine Lust, sie darauf anzusprechen. Ein misslauniger Thad lief, Geodät des

Unbekannten und Unsagbaren, am weitesten weg. Ich folgte seinem Beispiel und brach nachdenklich in die entgegengesetzte Richtung auf.

Die Stille stellte sich wieder ein: sie beleckte mich warm, sinnlich und doch irgendwie indifferent; es war schön, sie für mich allein zu haben. (Selbst hinsichtlich des Flüsterns der Unendlichkeit meldet sich sofort unsere Gier.) Einmal vertraut mit ihrer fremdartigen, aber nicht unfreundlichen Persönlichkeit, ihrer Textur, ihrer exotischen, wattigen Qualität, wurde man zum Gläubigen, zum Eingeweihten des Numinosen, zu einem, dessen Ohren (jedenfalls für den Rest des Aufenthalts) nicht anders konnten, als auf seine Gegenwart in der »gewöhnlichen« Stille zu achten, dieser landläufigen Variante der Geräuschlosigkeit, die sich zwischen Stimmen einstellt, zwischen dem lautlosen Nachklingen eines Windhauchs und Insektengeschwirr; man wurde ein Meister darin, die eigentliche, in die Geräuschlosigkeit eingebettete Stille zu hören. Das Ganze glich einer mehrschichtigen Hochzeitstorte, einem Dessert aus Stille, das einen zur Meditation anhielt und einen sich einzuspinnen und von seinen Mitmenschen abzukapseln zwang. So verebbte die Unterhaltung, als wir so herumwanderten, hier und da innehaltend, um seine viskos-süßliche Fremdartigkeit genüsslich zu kosten, von unserer Entdeckung bestürzt und genährt zugleich. Überdies hatte die aufgeblähte Hermetik der Leere etwas leicht Berauschendes, ja Psychedelisches. Ich erkannte, wie sehr der Mensch sich nach ihr sehnt, womöglich nicht weniger als nach dem weit offenen Raum, aber wie selten haben wir Gelegenheit, mit ihr zu kommunizieren.

»Ich habe da gerade einen Aufsatz gelesen, von Primo Levi«, sagte Thad. »Der arme Hund! Es geht um Übersetzer und darum, wie sie sich im Babel der Stimmen abmühen.« Mein Bullshit-Detektor meldete einen Vortrag von beiläufig hingeworfener Prätention; ich fragte mich, durchaus bösartig, ob er wohl eine billige Imitation seines Vaters abzugeben versuchte. »Levi war besessen vom Wort – wo es doch *das hier* ist, was zu übersetzen wäre, meint ihr nicht? Dieses … dieses *Nichts*. Diese ›Leuchtende Leere‹. Die Mystiker versuchen sich daran. Mystiker sind die wahren Übersetzer, sie wollen, dass wir *das hier* verstehen. Als hätte irgendjemand etwas zu sagen, was gehört werden müsste! Oder gelesen, wenn wir schon dabei sind. Weswegen Levi sich ja auch umgebracht hat. Er ging nochmal auf die Toilette, auf ein letztes *Aaah*-B-C sozusagen«, er lachte gackernd über sein Wortspiel, »und sprang dann vom Balkon. Übersetz *das* einer mal!«

* * *

Thad hatte in der Broschüre noch ein letztes Ziel eingekreist.

Es lag eine Autostunde weiter, und ich war froh, dass wir in meinem geländegängigen Wagen unterwegs waren. Auf die Auskunft eines Park-Rangers hin, der zufällig vorbeikam, machten wir uns auf die Wanderung zur Racetrack Playa. Die ungeheure Ebene wirkte wie eine riesige Eisbahn, deren rissige Oberfläche aus hart getrocknetem Schlamm sich wie eine endlose Bienenwabe ausnahm – oder wie ein von der Faust des Teufels mit Katzenköpfen gepflasterter See. Auf dieser Ebene lagen hier und da große Steine mit Schleifspuren im Schlepptau, grobschlächtige Sockel und Platten, bewegt von der Hand des einen oder anderen Ehrfurcht gebietenden Schelms. Man schreibt die Bewegung der Brocken dem Umstand zu, dass die Oberfläche bei Regen schlickig wird, den Rest besorgen enorme Windböen, die die Steine so langsam verschieben, dass es mit bloßem Auge nicht mehr wahrzunehmen ist. Eine durchaus einleuchtende Erklärung, was aber nichts daran ändert, dass das Ganze etwas Unheimliches hat.

»Der Herr ist mein Vorbalid«, meinte Thad, »mir wird nichts mangeln.« Er hob einen Ast auf und schwang ihn wie Moses. »Meine Agentin weidet mich auf der grünen Aue von *Starwatch* und führet mich zum frischen Wasser der Special Effects. Und ob ich schon wanderte im finsteren Tal des Todes, fürchte ich kein Unglück, da dein Stock und dein brillanter Schreibstab mich trösten. Du salbest mein Haupt in der Maske und gewährest mir mein tägliches Tässchen Chai. Ganz sicher werden mir Gutes und Borax und Wiederholungsgagen folgen, mein Leben lang.«

* * *

Das Abendessen im Inn war ein Schmaus. (Clea und ich hatten Klapperschlange.) Gutsituierte Rentner diskutierten über Terrorismus und Luxus-Hybrid-Pkws.

Unsere Serviererin erkannte beide Schauspieler – vom Kino –, was Clea guttat, hatte der Mann an der Rezeption doch ihre Prominenz ignoriert. Thad trank, während Clea sich meinetwegen zurückhielt, obwohl ich mir sicher war, dass sie ihr Gelübde gebrochen hatte. Ich flirtete mit Miriam, wie gewöhnlich, und Clea meinte: »Keine Bange, er hält im Bett nicht, was er bei Tisch verspricht.« Die Bemerkung war selbst für ihre Maßstäbe grob – ein weiterer Hinweis darauf, dass sie, wie das im Jargon der AA heißt, »ausgerutscht« war.

Als das Essen kam, fragte Thad die Kellnerin, wo sie wohne.

»Mein Mann und ich, wir arbeiten das halbe Jahr oben am Crater Lake«, sagte sie. »Wissen Sie, wo der ist? Die machen aber den Winter über zu, und dann jobben wir hier. Die Wohnung ist bezuschusst – wir bezahlen nur hundert

Dollar im Monat und weder Strom, Gas noch Wasser. Wenn Sie ein Auflieger-Wohnmobil haben, zahlen Sie ein paar Dollar am Tag und sind ein bisschen mobiler. Sie brauchen es nur anzuschließen, und schon kann's losgehen. Man braucht bloß Strom, Gas und Wasser zu zahlen – für das Auflieger-Wohnmobil müssen Sie natürlich berappen. Wenn wir ein Jahr arbeiten, haben wir uns gedacht, verdienen wir genug für ein eigenes Haus. Ist irgendwie unbequem, so abgelegen zu wohnen. Da muss man den Einkauf an seinem freien Tag erledigen. Dazu fahren wir nach Pahrump. Und nach Vegas, wenn wir mal so richtig einkaufen wollen.«

»Bezuschusstes Wohnen«, witzelte Thad, nachdem sie wieder gegangen war. »Das sollten sie im Chateau einführen! Genau da würde mich das Finanzamt gern sehen, in einem Auflieger-Wohnmobil – was immer das ist. Aber die werd' ich schön anschmieren, da passt mal auf. Ist alles geplant. Wisst ihr, wo ich wohne, wenn die mir die Wohnung wegnehmen?«

»Kein Mensch nimmt dir die Wohnung weg«, sagte Miriam resolut.

»Nein, im Ernst. Wisst Ihr, wo ich wohnen werde, wenn sie mir alles nehmen?«

»Kein Mensch nimmt dir die Bleibe, Schatz!«, sagte Clea lachend. »Und wenn, dann kommst du einfach zu mir.«

»Nein, nein, ich habe alles geplant. Ich sag' euch, wo ich wohnen werde.« Er machte eine Pause, dann: »In meinem Kopf.« In einem Zug leerte er das Glas Wein. »In meinen Kopf werd' ich einziehen, wenn das Finanzamt sich auf mich stürzt und mir alles wegnimmt, verfluchte Scheiße. In meinen Kopf!«

Wir gingen den Hügel hinab auf einen Gutenachttrunk im 49er. (Clea und ich hatten Dattelshakes.) Thad war so betrunken, dass er nochmal hinaus zum Racetrack wollte, aber das hätte in einer Katastrophe geendet. Miriam bugsierte uns geschickt zurück zum Inn mit seinem ungewöhnlich großen Swimmingpool und dem spektakulären Außenkamin. Die anderen Gäste waren bis dahin bereits im Bett. Nur ein Angestellter war noch da, um den Kamin zu schüren. (Ich kam mir vor wie ein Hearst.) Der Mann fragte, ob wir von der Mondfinsternis gehört hätten; sie sei fast vorbei. Bevor er in der Dunkelheit verschwand, wies er auf den kupferfarbenen Mond, aus dem jemand ein Stückchen herausgebissen zu haben schien.

Thad, der Zwilling, zeigte uns Castor und Pollux. Als Castor auf dem Schlachtfeld fiel, war die Trauer seines Zwillingsbruders so groß, dass er selbst sterben wollte, aber stattdessen machte Zeus ihn unsterblich. Mit großer Zärtlichkeit sagte Thad, es sei das Schicksal der beiden, auf ewig getrennt zu bleiben, und fügte mit einem stillen Lächeln – das ich damals nicht zu deuten wusste – hinzu, sie brächten den Seeleuten Glück. Dann legte sich, wie ein Zelt aus Sommerfäden, derselbe abstrakte Schatten über uns wie schon in Badwater. Das von Steinen gesäumte Feuer loderte knackend auf.

Wir verstummten und wurden zu Verwandten der Stille hinter uns in der Nacht.

»WIE WAR ER DENN?«, fragte mein Vater.

Seine angeregte Frage hatte etwas leicht Anzügliches, ganz so, als sollte ich ihn an einen schmutzigen Witz erinnern, den er bereits kannte.

»So gut habe ich ihn eigentlich gar nicht gekannt«, sagte Clea. »Ich kannte Thad – aus meiner New Yorker Zeit. Seinen Vater habe ich ein paar Mal auf Martha's Vineyard gesehen.«

Ich hatte endlich den Mut aufgebracht, Clea zum Abendessen auf den tief in der Wildnis des Benedict Canyon gelegenen Familiensitz einzuladen. Das Haus selbst kannte sie noch aus ihrer Mädchenzeit; die Anwesen rundum jedoch hatte man inzwischen annektiert, die Häuser abgerissen und an ihrer Stelle – in architektonischer Harmonie mit dem Stammsitz – neue gebaut.

»Ich hätte angenommen, Sie hätten ihn noch zu Lebzeiten Ihrer Mutter kennengelernt«, sagte Perry. Das Funkeln in seinen Augen verschwand. »Scheint nur logisch, dass ihre Wege sich gekreuzt haben sollten – oder ihre Klingen.«

Das Funkeln kam zurück. Wie praktisch immer, wenn Paps sich für den Mann von Welt hielt, war er es eben nicht.

»Nicht dass ich wüsste«, sagte Clea gutmütig. »Ich bin ziemlich sicher, Jack war ein Fan, aber ich glaube nicht, dass sie sich je begegnet sind. Möglich ist natürlich alles.«

»Wie kommt es denn«, fragte ich, »dass man exklusiv für Michelet junior eine *Starwatch*-Episode entwickelt hat? Hattest du da deine Hand im Spiel?«

»Und wie. Als ich vor einigen Jahren in New York war, habe ich *Rhinozeros* gesehen«, sagte er im ausgeglichenen Tonfall eines Egozentrikers in der Charlie-Rose-Show.

»Du machst Witze. Du hast das tatsächlich gesehen?«

»Ich bin nicht ganz der Philister, für den du mich hältst, Bert.« Wann immer er mir eins draufgeben wollte, nannte er mich »Bert«. »Ich bin dreimal im Jahr in New York, nicht nur der Auktionen wegen – hauptsächlich um ins Theater zu gehen. Ich fand die Aufführung absolut bemerkenswert. Thad war wunderbar. Ich habe das Stück nochmal gesehen, mit Nathan Lane, aber Thad war besser. Ich wusste damals, dass er auch filmt, kannte aber nichts von ihm. Ich gehe nicht ins Kino. Im *Playbill* hieß es, er sei der Sohn von Jack Michelet, da horchte ich auf.« Er wandte sich an Clea. »Ich habe Jacks Erstausgaben komplett, mit Widmung – und davon gibt's nicht viele, glauben Sie mir. Auch ein paar von seinen Aquarellen habe ich. Kennen Sie die? Ziemlich pikant! Schon ewig denke ich daran, eines von seinen Büchern zu adaptieren. Die *Goldblüten*. Kennen Sie es?«

»Ja«, sagte Clea ebenso umgänglich wie desinteressiert.

»Ich erneuere die Option nun schon im zehnten Jahr.«

»Dann sind Sie ihm wohl begegnet«, sagte sie, die Tür ins Reich der Anekdote aufstoßend. Clea hatte mehr als nur einen Touch von Geisha und wusste, unser Gastgeber würde die Geschichte vermutlich zu gern erzählen.

»Nur einmal. Ganz kurz. Ich glaube, es ging ihm nicht sonderlich.«

Mein Vater faltete die Hände, schürzte die Lippen und wurde ganz untypisch still, als wolle er in aller Bescheidenheit zum Ausdruck bringen, dass das, was er uns da kundzutun gedachte – den überraschenden Fakt, dass es nie zu einer persönlichen Beziehung zwischen diesen beiden kulturellen Totems gekommen war –, nicht etwa ihm anzulasten sei, sondern den Marotten, der angeborenen Bösartigkeit, der Trunksucht, dem Wahnsinn oder den Legende gewordenen Psychosen und Psychopathien dieses Giganten der amerikanischen Literatur, Black Jack Michelet. Die unausgesprochene Implikation war, dass etwas wirklich Hässliches passiert sein musste, was Perry sich hatte zurückziehen lassen, nachdem man sie miteinander bekannt gemacht hatte – irgendeine abscheuliche Szene, da Paps ja nun selbst alles andere als zart besaitet war. Mit einem Wort, er war für alles zu haben. Er hatte sie alle eingesackt, Mailer, Updike, Vonnegut, Styron,

Roth und Bellow, vor langer Zeit schon, und er hatte die Belege dafür in Form von gerahmten Briefen und fein säuberlich geordneter Korrespondenz. Zu seiner Verteidigung muss ich anführen, dass er ganz der Ehrenmann war bei seiner Erzählung, sich dem Genie beugte und sich boshafte Bemerkungen oder die sonst für ihn so charakteristischen sarkastischen Bonmots verkniff; er zog es vor, neutral zu bleiben, wohlwollend, ganz der Mäzen. Letztendlich, so denke ich, hielt ihn der Aberglaube davon ab, über den alten Michelet etwas Schlechtes zu sagen; er hatte Angst, es könnte ihm Unglück bringen und aus den *Goldblüten* würde nicht wie erhofft der mit Oscars überhäufte Film.

Mutter kam im Rollstuhl an den Tisch, um Clea alles Gute zu wünschen. (Nachdem Carmen, Gitas Favoritin unter ihren Pflegerinnen, sie abgeliefert hatte, blieb sie auf der Couch im Wohnzimmer sitzen und blätterte beiläufig im *Star*.) So furchtbar der Parkinson Mama körperlich mitgespielt hatte, geistig hatte ihr die Krankheit nichts anhaben können; die Begrüßung meiner Kinderliebe war, wie vorauszusehen, von warmer Herzlichkeit. Ich sah, dass sie sich, ganz ihrer Gewohnheit entsprechend, im Internet schlau gemacht hatte; umsichtig sorgte sie mit kleinen Details und sorgsam nuancierten Quisquilien für ein Gegengewicht zur erschütternden Wirkung ihres gebrechlichen Körpers auf den einen oder anderen Gast, vor allem auf Menschen, die die elegante Frau in ihrer besten Zeit gekannt hatten – ein ansprechender Partytrick, den sie wahrscheinlich auch bei Besuchern anwandte, die sie zum erstenmal sah. Sie war in dieser Beziehung ganz die First Lady. Mit der Gewandtheit eines Taschenspielers zog sie Personen, Orte und Dinge aus längst vergangener Zeit aus dem Hut, und Clea, von Gitas Bestandsaufnahme völlig überrumpelt, hatte alle Mühe, sich zu erinnern, womit Mamas Handicap wie weggewischt war.

Mittels der IMDB hatte sie sich in Sachen Film kundig gemacht, was furchtbar lieb von ihr war, und ich wusste, dass Clea das genau so empfand. Es war geradezu rührend.

Wir begaben uns in die Bibliothek, wo mein Vater uns die bereits erwähnten Aquarelle – knallige pornografische Studien, eines wie das andere – zeigte und dann den Roman, den auf die Leinwand zu bringen ihm noch nicht gelungen war.

* * *

Nach dem Abendessen war Clea nach einer Zigarette, und wir gingen draußen spazieren.

Wir nahmen den abschüssigen Weg hinunter zum Pool (dessen schuppigen, weil nie renovierten Boden vor Jahren David Salle bemalt hatte) und unterhielten uns dabei über die Stammestreffen und Knutschereien, zu denen es unter dem Einfluss der Hormone auf der heiligen Erde unter unseren Füßen gekommen war. Hier und da rief sie mit verträumtem Blick: »An den Baum erinnere ich mich noch!« oder: »Das ist jetzt ganz anders.« Dann, einige Schritte weiter, folgte, von neuer Kraft beseelt, eine heitere Beteuerung: »Die Ecke hier ist wie eh und je!« Wie eine Nekromantin fühlte sie nach Stimmungen, Erinnerungen; empathisch und nackten Herzens versuchte sie den Genius Loci heraufzubeschwören, so sehr brannte sie darauf, sich mit dem magischen Virus der Kindheit zu infizieren.

»Leif *liebte* diesen Pool«, sagte Clea, als wir näher kamen. Sie wies in die Dunkelheit des angrenzenden Grundstücks. »Was ist denn das?«

»Paps hat das Haus der Freibergs gekauft und dann abgerissen. Ich weiß noch nicht mal, ob er überhaupt je bauen wird. Im Augenblick ist es ein Garten, den er verwildern lässt.«

»*Wow!* Ist ja Wahnsinn!«

»Man hat ihn natürlich nicht ›wild‹ verwildern lassen. Der Entwurf stammt von Katrina Trotter. *Der* Katrina Trotter. Er ist nur auf wild gemacht «

»Typisch Perry! Dein Vater ist wirklich ein abgefahrener Typ.«

»Hey, erinnerst du dich noch an das eine Mal oben bei deiner Mutter?«

»Ich erinnere mich an viele Male.«

»Ich war grade am Fummeln, als Leif hereinkam?« Sie kicherte doch tatsächlich. »Ohne anzuklopfen.«

»Gott bewahre!«

»Er war betrunken. Er hat dich gepackt und geküsst ...«

»Du machst Witze!«, sagte Clea und errötete in einem Anfall von Prüderie.

»Du erinnerst dich nicht mehr daran?«

Sie schüttelte den Kopf, in viktorianischer Entrüstung.

»Na ja, eigentlich ... eigentlich hat er mich erst gefragt.«

»Er hat um Erlaubnis gefragt? Das ist ja pervers! Was hab' ich denn gemacht? Ihm eine geknallt, hoffe ich doch. Ich hätte dir eine knallen sollen.«

Dass sie sich nicht daran erinnerte, hätte komisch sein sollen, aber stattdessen fühlte ich mich traurig und hohl, losgelöst von der Welt.

»Wie hast du denn Thad kennengelernt?«

»Während des *Baumeister Solness*, in New York.«

»Wie lange ist das denn her?«

»Oh Shit, ich glaube, ich war ... was – achtundzwanzig? Jedenfalls ist es zehn Jahre her.«

»Wie lange ging die Affäre denn?«

Sie lächelte über meine Förmlichkeit. »Drei Jahre? Bertie, das hab' ich dir doch schon alles erzählt.«

Zu meinem sofortigen Verdruss nahm ich das als Stichwort, sie zu küssen, mitten auf den Mund. Die Art, wie ich nach ihr grapschte, erinnerte in ihrer Tollpatschigkeit an eine Szene aus dem Julia-Roberts-Film, in dem ihr Ex wieder in ihr Leben tritt, wo sie doch verlobt ist und wieder heiraten will. Er kann nicht anders, er stürzt sich besitzergreifend auf sie, dann stehen sich die beiden peinlich berührt und atemlos gegenüber – ein klarer Fall von vorzeitiger Vernarrtheit im zweiten Akt. (Natürlich finden sie am Ende wieder zusammen, aber eben doch nur im Film.) Vergessen Sie nicht, wir hatten es nur ein paar Mal »gemacht«, relativ unspektakulär, über anderthalb Jahre war das nun her, seither lebten wir als »unmündige Erwachsene« zusammen, wie Clea es genannt hat. Das Schlimmste an der Szene war, dass meine Motive von geradezu frevelhafter Eitelkeit und das Ganze letztlich erschreckend halbherzig war. Ich war denn auch auf der Stelle verlegen, obwohl Clea so gnädig war, den Kuss über ein, zwei Herzschläge hinweg zu erwidern. Als wir voneinander abließen, lachten wir, glücklicherweise im selben Augenblick, lauthals los. Sie lächelte kopfschüttelnd und sagte: »Können wir wieder reingehen, ja?«

Keiner sagte auch nur ein Wort, als wir das andere Nachbargrundstück durchquerten, das mit dem riesigen Anbau ans ursprüngliche Haus.

»Das mit mir und Thad wird sich nicht halten«, sagte sie schließlich, als wir auf dem Weg zur Straße das Tor passierten. Ich wusste, was kam. »Bertie, du weißt, dass ich dich liebe. Aber …«

»Wenn du ein Kontaktverbot beantragen willst, dann verstehe ich das durchaus.«

»Ein bisschen gemeinnützige Arbeit bei Caltrans, würde ich sagen, reicht völlig. Kannst dir eine orange Weste überziehen und am Freeway Müll sammeln gehen.«

»Ich mach' mir wohl einfach nur Sorgen«, sagte ich, um – nicht ganz aufrichtig – vom Thema abzulenken; mein plumper amouröser Annäherungsversuch setzte mir nach wie vor zu. »Der Typ dröhnt sich derart zu …«

»Also bitte!«

»Nein, Clea, im Ernst.«

»Ich komme damit absolut klar, okay?«

»Fährst du heute noch zu ihm rüber?«

Sie nickte. »Er reist morgen früh ab.«

»Wohin denn?«

»Canyon Ranch. Er möchte vor Drehbeginn noch ein paar Pfunde loswerden.«

»Bleib mir aber von seiner Migränemedizin weg, ja?«

»Ja, Papi.«

»Braves Mädchen.«

»Weißt du, Papi, dass du ziemlich gut küsst?«

»Ich wette, das sagst du allen Jungs.«

»Nur solchen, die ihre Vertrauensposition missbrauchen. Du weißt schon: Priestern, Therapeuten, Jugendlieben.«

Sie drückte mir einen Kuss auf die Stirn und sprang in ihren Alfa.

* * *

Ich war nervös, nachdem Clea gefahren war.

Ich wollte noch Mama gute Nacht sagen, aber Carmen sagte, sie sei schon zu Bett. Ich wollte sie nicht mehr stören. Wie immer nach dem Abendessen stand Paps auf dem Elliptical und guckte dabei Larry King, der gerade eine in die Jahre gekommene Sexbombe interviewte, sein Ritual.

Ich fuhr bei Book Soup vorbei und lungerte in der Belletristikabteilung herum, wo ich müßig in Henry Millers *Sexus* blätterte, bevor ich mich wieder den jungfräulichen Rücken von Michelets Œuvre zuwandte, das man erst jüngst wieder aufgelegt hatte, in ansprechend schicken Covers, leicht strukturiert. Von seinem Sohn fand ich nichts. Die Dame an der Information guckte im Computer nach – Thads vier Romane waren vergriffen. Sie meinte, ich sollte es mal bei Alibris oder eBay probieren.

Beim Gehen sah ich Nick Nolte die Stapel von Neuerscheinungen gegenüber der Kasse am Eingang durchsehen. Auch er wirkte nervös. Er trug eine völlig verrückte gelbe Hose und eine zierliche Brille, die erstaunlich teuer aussah; zwei völlig aufgeregte Buchhändler bedienten ihn. Eine tolle Szene. Old Nick beim Büchershopping (ich stellte mir vor, wie er tags darauf in den Flieger stieg, auf dem Weg zu einem exotischen Dreh); es war komisch, den exzentrischen Star dabei zu beobachten, wie er sich auf den einen oder anderen Schmöker kaprizierte, zu dem seine Gehilfen formlos eine markige Miniinhaltsangabe ausspuckten, worauf der Meister buchstäblich mit dem Daumen reagierte, mal nach oben, mal nach unten. Einen Augenblick lang stellte ich mir Nolte als Jack Michelet vor – keine schlechte Besetzung übrigens –, umsorgt von seiner verkorksten Brut: King Zeus & The Castor/Pollux-Kidz. Nach unserem Ausflug ins Tal des Todes hatte Clea mir von Thads Zwillingsbruder erzählt, der im Alter von zehn Jahren ertrunken war. Sie sagte, Thad habe die Tragödie in *Das Seepferdchen* verarbeitet (dem schmalen Roman, den ich in der Buchhandlung gesucht hatte), und seine Darstellung habe zu einer tiefen Kluft zwischen ihm und seinem Vater geführt. Black Jack hatte seinem Namen alle Ehre gemacht und öffentlich bekannt gegeben, der notdürftig kaschierte Schlüsselroman sei eine »Klatschkiste« auf Gazettenniveau, ein unverzeihlich makaberer Versuch, den Vater in den Schatten zu stellen; sein »Laich« habe feige literarischen Anspruch auf das nasse

Grab erhoben, wohl wissend, dass Michelet sich nie und nimmer dazu würde aufraffen können, über den Tod des Jungen auf Capri zu schreiben, da Jeremy seine unvorstellbare, untröstliche Liebe galt, Jeremy, der strahlenden, ungebrochenen Reflexion in seinem goldenen Auge, Jeremy, dem Seelenverwandten. Der nach Liebe hungernde Überlebende habe sein himmelschreiend karges Talent in den grotesken Dienst seines Ego gestellt – welch Schande! Welch Frevel! Clea sagte, der Drachentöter habe nicht nur ein großes Feuer hinter dem Haus auf Martha's Vineyard aufgeschichtet, sondern gleich zwei: an dem Tag, an dem die *New York Times* Thads Buch verriss, und nochmal, als es in den Ramsch kam.

Ich war tief in diesen Gedanken, als Miriam Levine um die Ecke bog, einen Stapel erlesener Kunstbände auf dem Arm. Um ein Haar wären wir kollidiert.

»Bertie! Ich habe grade an dich gedacht!«

»Etwas Ungehöriges, hoffe ich doch.«

»Ich wollte dir was von Thad mitbringen, aber sie haben hier nichts.«

Schlagartig im Banne der Logarithmen der Leidenschaft, arbeitete mein Verstand mit neurotischer Schärfe: es schien doch merkwürdig, dass Miriam mir einen von Thads Romanen kaufen wollte, merkwürdiger noch, dass sie nicht wissen sollte, dass diese nicht mehr erhältlich waren, wenigstens nicht in einem Laden wie Book Soup, wo es nichts aus zweiter Hand gab. So schien mir ihre Bemerkung, wenigstens oberflächlich betrachtet, suspekt. Auf der anderen Seite war ihr vielleicht nichts Besseres eingefallen, nachdem ihr herausgerutscht war, sie hätte gerade an mich gedacht. Womöglich hatte sie ja, aber wenn dem so war, dann durfte ich mir einigermaßen sicher sein, es hatte nichts mit dem unbesungenen Œuvre ihres Klienten zu tun, dessen so schwer habhaft zu werden war. Da schien es – offen gesagt – schon glaubwürdiger, dass sie nur die Art unterschwelliger Überlegungen ausgedrückt hatte, mit denen wir zuweilen einer Person nachhängen, die wir erst kürzlich kennengelernt haben und von der wir uns – physisch, chemisch, was weiß ich – angezogen fühlen. (Ich weiß, es hört sich anmaßend an, aber gestatten Sie mir den kleinen Traum.) Besagter Person dann so unerwartet gegenüberzustehen, gibt einem womöglich das Gefühl, man habe gerade an sie gedacht, auch wenn dem letztlich gar nicht so war. Trotzdem, ich musste zugeben, das Mädel von der Ostküste war ganz schön gewitzt. Mit selbstgefälligem Stolz auf meinen anthropologischen Taschenspielertrick nahm ich die geschickt in die mit »animalische Instinkte« überschriebene Zahlenreihe zurückgeführte Summe der Wurzelgleichung als Gelegenheit, Miriam zu fragen, was sie von einem Drink mit mir hielt.

Es passierte Folgendes:

Sie schlug die Lobby des Marmont vor. Ich sagte, dass wir dort womöglich Clea und Thad über den Weg liefen, was implizit hieß, ich brächte die Kraft für eine Gruppensitzung nicht auf. Sie wartete zwei Sekunden, bevor sie vorschlug, doch auf ihr Zimmer zu gehen. (Das war nun wirklich eine Überraschung.) Ich folgte lächelnd ihrem Wagen und zitterte dabei zu etwas Unbekanntem für Cello auf KCRW. Nur wenige Augenblicke, nachdem wir ihre kleine, auf der Rückseite des Hotels gelegene Suite betreten hatten, waren wir ein ekstatisches nacktes Knäuel auf ihrem Bett. Es war Monate her, dass ich mit jemandem geschlafen hatte, und womöglich hatte ich seit Jahren niemanden mehr so problemlos verführt. Die Funktionalität des Ganzen wirkte Wunder. Ich kam mir wieder wie Anfang zwanzig vor. Wir trieben all die herrlichen Ferkeleien, die ein neues Paar am Anfang so treibt. (Eine weitere Überraschung.) Heißhungrig, wie wir waren, ließen wir keinen Flecken Haut unbestellt, bis wir etwas zu essen brauchten, zu trinken und Schlaf… Automatisch regten wir uns zur Stunde des Wolfs, um uns mit der gewalttätigen, traurigen Leidenschaft zu paaren, die zu einem Akt um drei Uhr morgens gehört. Später saßen wir in weiten weichen weißen Bademänteln bei Müsli und Eiern auf angekokeltem Toast; wir spülten alles mit Riesenschlücken Saft hinunter, als wäre es unsere erste und letzte Mahlzeit auf dieser irre schönen blau-grünen Welt.

Ich war auf der Toilette, als das Telefon klingelte.

Als ich hörte, dass ihr die Luft wegblieb, ging ich zurück ins Zimmer und lauschte.

Jack Michelet war gestorben.

DIE BEERDIGUNG WAR auf Martha's Vineyard. Thad bat Clea inständig zu kommen, die wiederum mich inständig bat. Was gar nicht nötig gewesen wäre: Ich wusste, dass Miriam kommen würde, und ich war furchtbar scharf. Um ganz offen zu sein. Außerdem war mein Leben zu einem langweiligen Pendlerdasein zwischen AA-Meetings, Fitnessstudio, Starwatch-Drehs und der einen oder anderen Verabredung zum Abendessen verkommen – ich freute mich darauf, etwas geografische Abwechslung in diese Routine bringen zu können, zumal sie von historischer Bedeutung zu werden versprach. (Okay, die Hälfte davon ist Bullshit. Ich wollte mehr Miriam, je früher, desto besser.) Als Paps herausfand, dass ich zur Beerdigung ging, spürte ich doch tatsächlich so was wie Neid.

Die Beerdigung fand an einem Samstag statt*, bei strahlender Sonne und schneidender Kälte; das Meer murmelte rhythmisch »der Herr hat's gegeben … der Herr hat's genommen« dazu. Thad hätte für einen Wagen sorgen sollen, der aber ausblieb, also nahmen wir ein Taxi zu einem charmanten Bed & Breakfast, wo man uns zu unserer Überraschung unsere Zimmer freigehalten hatte. (Wo die Insel doch völlig ausgebucht war.) Michelets Tod war ein Ereignis von internationalem Rang, die Insel erstickte schier vor Journalisten und Paparazzi, was dem Ganzen etwas vom Chaos eines Volksfests, einen Touch von mexikanischem Totentag gab. Thads Mutter hatte einen Kader von Secret-Service-Typen angeheuert, um sich die Mediengeier vom Leib zu halten, die bereits um das Friedhofstor kreisten. Jeder der Herren trug einen Anzug – Brioni – und einen Knopf im Ohr.

Da mich, wie jeden Anfänger, »Versatzstücke« faszinieren, war ich stark versucht, die vorliegenden Aufzeichnungen mit der Beisetzung des großen Mannes zu beginnen (Sie erinnern sich an *Stadt der Illusionen*?), bin aber jetzt durchaus froh, dem Impuls widerstanden zu haben, da ich es mit einiger Sicherheit vermasselt hätte; ein Pelemele von Grabreden

* Ich war in meinem Leben nur auf einer Beerdigung gewesen, der von Brandon Tartikoff, der ein Freund meines Vaters gewesen war, lag also bei meinem Alter unterhalb der Quote. Die Forest Lawn Chapel war voll bis auf den letzten Platz – ich erinnere mich noch, aus der Ferne Rob Reiner mit Gebetskäppchen gesehen zu haben, der sich mit jemandem stritt, der ihn nicht einlassen wollte; Hunderte von Klappstühlen mussten aufgestellt werden, damit die Versammelten die Zeremonie auf einem Riesenbildschirm, einer Art JumboTron, verfolgen konnten. Nie werde ich den Augenblick vergessen, in dem ich das Holzgestell meines Stuhls hinab blickte und bemerkte, dass ich – wie alle anderen rundum – auf der bescheidenen Granitplatte eines Grabmales saß.

wäre ein bedauernswerter Auftakt für diese bescheidenen Seiten gewesen. Die Bemerkungen von dem provisorischen Podest aus – hier kamen Herz, Kopf, Ego, Lenden und Leisten zu Wort – schienen typisch für den posthumen Parcours. Kaum einer war nüchtern, und die, die es waren, hätten bei der Schauderhaftigkeit ihrer Ansprachen genauso gut sturzbesoffen sein können. Es scheint mir immerhin kein Schaden getan, wenn ich einige der Trauergäste aufzähle, als da wären die alten Seebären Styron, Mailer, Vonnegut und Vidal, daneben die Neuen: Hitchens, Auster, Wallace und Lethem. Auch ein halbes Dutzend eher unvermuteter Typen aus dem Showbiz zollten Jack ihren Respekt: Sumner Redstone, Ron und Ellen Perelman, Steve Martin (mit Joyce Carol Oates am Arm!), Jim Belushi, Daryl Hannah und Carly Simon (die letzten drei, so nahm ich an, waren Nachbarn). Und last, but not least Nicole Kidman, gertenschlank, alabastern, in königlichem Rot. Angeblich hatte sie eine Option auf Michelets vorletztes Buch.

Ich sah mich von meiner Gruppe getrennt und stand verlegen am Rand, wo ich die Ohren spitzte, als Wind aufkam, um die Worte des Geistlichen mitzubekommen; an mir nagte der typische Gedanke des Außenstehenden. Wieso bin ich hier?

* * *

Das legendäre Anwesen der Michelets war von sandig-rustikaler Schlichtheit und sozusagen noch immer vom Duftwasser seines einstigen Kaisers durchtränkt.

Ich kannte die Gebäude sogar aus einem Artikel im *Architectural Digest* von vor einigen Jahren. Das freundliche Grüppchen Häuser und Schuppen mit der berühmten Schreibklause, die für sich stand, von Felsen gesäumt – und von den niedergeschlagenen Günstlingen auf ihrer Runde tunlichst gemieden, als sei Jack Michelet womöglich noch drin, bei der Arbeit – vermittelte durch die Art ihrer Anordnung auf der Landzunge ein erstaunlich prägnantes Gefühl von Feng-Shui. Die dunstigen Reste des Tages verursachten mir eine Gänsehaut mit ihren Winden, die – wie aus Pietät – nicht allzu kalt vom Meer herein über das Steilufer bliesen, erinnerten mich Letztere doch an meine geliebten Santa Anas zu Haus. Eine herrliche Dämmerung – wie vom Produktionsdesigner – tauchte die Szenerie in zuversichtliches Gold, und als sich der Abend über uns senkte, hellte die Stimmung sich allgemein etwas auf; womit ich sagen will, die Leute zückten ganz offen die Waffen ihrer Wahl – Waffen, die ihnen durch zusammengenommen dreieinhalbtausend Jahre geholfen hatten, durch den ausschweifenden Wahnsinn existenzieller Nächte und so manchen verbitterten, reuigen, verkaterten Tag. Miriam und ich suchten uns eine von einem Kandelaber ausgeleuchtete Ecke, um uns zu küssen, das erste Mal seit unserem Idyll im Chateau. Dass weder Clea noch Thad davon wussten, verlieh den postmortalen Intimitäten einen ganz besonderen Reiz.

Als ich wieder alleine war, wirkte ich verdächtig fehl am Platze. Wann immer ich einen der bösen Blicke im Werden begriffen sah (die die Jungs vom Sicherheitsdienst für potenzielle Eindringlinge aus dem Medienvolk parat hatten), wandte ich mich so auffällig wie nur möglich an Clea oder Miriam, um meiner Anwesenheit einen offiziellen Anstrich zu geben. Nachdem ich endlich als koscher eingestuft war, konnte ich mich schließlich frei im Haus bewegen, mir das eine oder andere Zimmer ansehen, einen raschen Abstecher an die Bar auf der Terrasse machen, wo ich bis zum Abwinken Diet Coke trank. Hin und wieder zog ich unter einem Baum den Kopf ein, um mir à la James Dean eine Zigarette anzustecken, die Hände zu einer Schale geformt gegen die kleinen Böen, die meine Flamme zu löschen versuchten. Es ist was dran an dem Klischee, nach dem nichts über eine Beerdigung geht, um sich so richtig am Leben zu fühlen.

In holzgetäfelten Räumen stieß ich auf edel gerahmte Porträts des verstorbenen alten Monarchen bei diversen Amtseinsetzungen. Die letzten vier Jahrzehnte hatte er einen fotogenen üppigen weißen Wuschelkopf, der einem russischen oder bolivianischen Milliardär gut zu Gesicht gestanden hätte; erst dachte ich an Derrida, dann an Gianni Agnelli und schließlich, am passendsten, wie mir schien, an Burt Lancaster. (Vielleicht weil ich irgendwo gelesen hatte, dass Lancaster in seinen besten Jahren der übelste, toughste und gefürchtetste Mistkerl von ganz Hollywood gewesen war.) Ich fand Bilder von Jack und Morgana auf der einen oder anderen Yacht, in Begleitung von Gesellschaftsgrößen, Fotos von Jack mit schwarzer Krawatte bei der Verleihung der einen oder anderen Auszeichnung im In- oder Ausland, von Jack dem Drachentöter mit Jack & Jackie O – er hatte gerade den ersten Pulitzerpreis für einen Roman bekommen, mit gerade mal dreißig Jahren. Ich sah mich vor einem unübersehbaren Tohuwabohu, einer Menagerie, einer im Lauf von Jahrzehnten angehäuften Kollektion von Porträts in Silber und Kodachrome: Jack mit Stars aus der Rock'n' Roll Hall of Fame, mit Heiligen und Sündern jeder Klasse und jeden Formats, Fürsorgern und Umsorgten, Wirtschaftsbossen, Ikonen, Poeten und Akolythen – *Jack be nimble, Jack be quick* – Narren, Königen und Leuten aus dem gemeinen Volk. Obwohl ich keine Bilder jüngeren Datums sah, die den Patriarchen mit seinem hinterbliebenen Sohn gezeigt hätten, fand ich immerhin einen Schnappschuss von einem, wie mir schien, etwas verlegenen Black Jack mit einem ganz jungen Thad (dem künftigen drittklassigen Romancier, aber gar nicht so ohne als durchaus eigener und allgegenwärtiger Held zahlreicher Kassenknüller und jetzt bald auch noch Fähnrich auf unserem eigenen Schiff). Die beiden befanden sich an Bord einer großartigen kleinen Yacht, auf dessen Bug in elegant geschwungener Kursive *The Soft Sea Horse* zu lesen war. Ich wusste, das Foto stammte aus der Zeit vor dem Unfall. Ich fragte mich, wie es wohl überlebt haben mochte; vielleicht hatte Morgana es einem der legendären Freudenfeuer entrissen.

Ich ging weiter und versuchte wacker, das Rätsel einer Bronzeplakette zu lösen, die gegen einen Buddha aus Speckstein gelehnt stand. Warum hatte sie ihren Weg in diesen Schrein gefunden? Ich würde es nie erfahren:

> *»Amerikaner definieren Zeit als den Raum,*
> *in dem man entweder Erfolg hat oder versagt.«*
>
> JACK MICHELET, *JONAS UND DER WAL*

Von mir aus.

Und in diesem Augenblick hörte ich den Lärm.

Ich stürzte hinaus auf den Flur, wo Thad und seine Mutter sich in die Haare bekommen hatten. Er setzte ihr heftig zu, verärgert, zerzaust, zischelte, als sie sich zurückzog, hoher Seegang in seinem Glas, winzige cartoonhafte Brecher, der schwappende Wodka von unsichtbaren Stürmen gepeitscht. Selbst in ihrem Alter noch hatte Morgana physisch die Oberhand, emotionell sowieso – ein scheues Pflänzchen hätte schließlich keinen Tjost mit dem Drachentöter überstanden, geschweige denn den Mann überlebt. Sie machte ihrem Sohn, der sie nach wie vor trunken unter Beschuss hatte, ernste Vorhaltungen, obwohl ich ihre abgenutzten, von warmem Speichel begleiteten Verwünschungen nicht verstand. Dann tauchte Miriam auf und warf sich energisch dazwischen, was Thads Mutter und einem Brioni auf Spähpatrouille ein verlegenes *exeunt* ermöglichte.

Um einen letzten grimmigen Vorwurf loszuwerden, wandte Morgana sich, ihr Gesicht eine Kabuki-Maske, noch einmal um.

»Ich habe das deinem Vater durchgehen lassen, aber nicht dir! Miriam, bitte reden Sie mit ihm«, flehte sie. »Andernfalls lasse ich ihn hinauswerfen. Und Junge, Junge, glauben Sie mir, die *werfen* ihn raus!« Sie meinte die Gorillas in Brioni. »Nichts, was denen lieber wäre.«

Kaum war sie verschwunden, nahmen Miriam und Thad plötzlich peinlich berührt meine Gegenwart wahr. Ich huschte in die Küche, wo die atemlose Witwe – wie eine Schauspielerin vor dem hinausgezögerten Auftritt – für die Anwesenden (einige Gäste, die sich schnabulierend vor dem Rückzug drückten, und zwei Caterer) zu deklamieren begann: »Die Luft war dünn, der Himmel von siedendem Blau. Ein ambidextrer Wind schob feine Wolken darüber wie Morphium – oder Gift – beim Einfall ins Blut.« Sie schrieb das Zitat pflichtbewusst ihrem verstorbenen Gatten zu, unter Nennung des betreffenden Werks, als handele es sich um einen Vers aus der Heiligen Schrift.

Ich ging zurück in den Flur, als wäre ich in eines dieser outrierten halbintellektuellen Dramen geraten, in denen der Zuschauer den Akteuren von Zimmer zu Zimmer zu folgen hat. Ich machte mich auf den Weg in die Bibliothek, wo ich Thad und Miriam fand; meine Rückkehr schien ihnen, wie schon seiner Mutter das frische Publikum in der Küche, neue Kühnheit zu verleihen.

»Sie wollte wissen, ob ich die Kosten für die Beerdigung mit zu tragen gedenke!«, ereiferte er sich feucht, einen eindeutigen Anflug von Apoplexie um Unterlippe und Kieferpartie. »Ist das zu fassen, Miriam? *›Die Sicherheitsvorkehrungen kosten mehr, als ich erwartet hatte.‹* Wir sind über dem Budget« – bebend vor Zorn wiederholte er die Worte seiner Mutter –, »und da ich wohl in Hollywood *›das große Geld‹* verdiene, sollte ich doch die Kosten mit tragen!«

»Ist alles ein bisschen viel geworden für sie«, sagte Miriam diplomatisch.

»Nimm sie mir nicht auch noch in Schutz, Miriam, bitte nicht du!«

Als er ihr mit der Faust drohte, trat ich energisch von der Schwelle, um ihm klarzumachen, dass er dafür bezahlen würde, falls er diese Linie zu überschreiten wagte. Obwohl er nur einen finsteren Blick für meinen Auftritt als Beschützer der Schwachen hatte, war klar zu sehen, dass Miriam einen gewissen Trost aus meinen Bemühungen zog, was mir wiederum ganz unbeschreiblich gefiel.

»Die Kosten mit tragen! Wir? Wenn ich je einen pathologischen Knickstiefel gesehen habe! Wieso stößt der Frau nicht endlich mal einer Bescheid? Scheißt sich denn hier jeder vor der in die Hose? Miriam, hast du eigentlich eine Ahnung, wie *reich* die ist? Immer wenn ich das jemandem sage, denken die, ich bin nicht bei Trost. Ihr alter Herr hat ihr zehn Millionen hinterlassen – und das 1950! 1950! Und sie hat nie auch nur einen Cent davon angerührt. Vom Vermögen meines Vaters ganz zu schweigen, davon will ich erst gar nicht anfangen. Und sie weiß, dass auf meiner New Yorker Wohnung der Kuckuck klebt. Das weiß die genau! Eher leierst du einem Schotten was aus dem Kreuz als der.« Er fixierte mich, Kabale im Blick. »Meine Mutter – wenn die mal fünfzig Dollar berappen muss, von ihrem eigenen Geld, meine ich, dann findet sie das unschicklich, ach was, sittenwidrig!«

Miriams Blick besagte, ich sollte das ruhig ihr überlassen, worauf ich bewusst übertrieben übers ganze Gesicht grinste, bevor ich ging – sollte Mr. Michelet ruhig wissen, dass ich was Besseres zu tun hatte, als mich um das leere Gegeifer eines abgetakelten Troglodyten zu scheren.

Morgana fand ich im Wohnzimmer, inmitten von Bewunderern. Als ich eintraf, verabschiedete sie sich gerade von Václav Havel, der angerufen hatte, um ihr zu kondolieren. Sie legte auf und wandte sich Walter Cronkite zu. »Wissen Sie, wer Jack noch verehrt hat? Ronnie Reagan. Und was hat Jack das gestunken! Jack hasste *Ray-Gun*! – so hat er ihn immer genannt, genau wie die Yippies. Amerikanische Präsidenten, hatte Jack gern gescherzt, lesen nur Bücher mit einem Artikel im Titel: *Die Firma*, *Der Fluch*, *Der Was-weiß-ich-was*. Einmal meinte er, er würde irgendwann ein Buch mit dem Titel *Der Die Das* schreiben, und es würde sein größter Erfolg! Ich habe ihm gesagt, ja die Fortsetzungen nicht zu vergessen! Ach ja – nach *Der Die Das*, hat er darauf gemeint, kämen *Der Dies* und *Die Das* und beide sofort in die Bestsellerliste der *Times* – auf Platz eins! «

Alles brüllte vor Lachen.

Ich warf einen Blick »ins Off« – aus dem Fenster – und glaubte meinen Augen nicht zu trauen: Thad schlurfte mit kleinen Schrittchen dahin, von Miriam und Clea – Wärterin und Geisha – flankiert. Ich erschrak wie ein Kind, als tanze das Trio auf Gatsbys kosmischen Roadster zu, um mich hier alleine zurückzulassen, während es unbekannten Galaxien entgegenfuhr. Ich lief auf der Stelle hinaus und schloss mich der angeschlagenen Karawane auf ihrem Weg zu den Sternen an.

Der melancholische Troll, völlig hinüber, bewegte sich zäh wie Melasse auf eine Lücke in der windgepeitschten Hecke zu, durch die es zum Meer hinab ging.

»Mein Favorit unter Dads Werken sind die *Goldblüten*«, hörte ich ihn sagen, als ich sie einholte. Die Bemerkung wirkte irgendwie surreal, so ganz aus dem Nichts. »Das hast du doch gelesen, oder nicht, Miriam? Ich weiß, dass Clea es kennt.« (Wenn ich je ein bissige Bemerkung gehört habe!) »Die *Goldblüten* erinnern mich seit jeher an Mishima.« Er sah mir in die Augen, als er sich eigens für mich an einen Abriss machte; die beiden anderen kannten das Buch. »Ein Gärtner, der einen Mord begangen hat, kehrt an den Schauplatz des Verbrechens zurück. Man hat ihn nie geschnappt. Er geht immer wieder hin, Tag für Tag, Jahr für Jahr, und schließlich kommt er zu der ganz außergewöhnlich profanen Erkenntnis, dass … er … dass er es einfach nicht war. Deshalb komme ich immer wieder hierher – auf diese verdammte Insel. Deshalb komme ich wahrscheinlich immer wieder, Tag für Tag, Jahr für Jahr. Jedenfalls im Geiste. Ich komme wieder, wie es bei den Anonymen Alkoholikern heißt, bis ich sehe, dass ich es nicht war!«

Seine Worte verloren sich wie sein Blick, fast zu wehmütig.

»Da ist er!«, ertönte eine hohe quäkende Stimme. »Sammy Jetson!«

Ein hagerer Junge, ein abstoßendes Kerlchen, sprang uns in den Weg und brachte die Stimmung zum Platzen wie einen Ballon. Thad zog eine nachdenkliche Grimasse wie wahrscheinlich zehnmal am Tag, wenn er sich auf der Straße erkannt sah. Ein adretter onkelhafter alter Knabe über sechzig mit graumeliertem Bart tauchte auf, ebenfalls aus dem Nichts, und streckte ihm die Hand entgegen. »Mordecai Klotcher. Ein alter Freund Ihres Vaters – und Morganas.« Thad schüttelte sie, als könne er den Mann mitsamt dem Kleinen durch schiere Begeisterung dazu bringen, wie tanzende Derwische in die Nacht zu entfliehen. »Kann durchaus sein, dass wir uns schon mal begegnet sind, als Sie noch viel jünger waren«, sagte der Mann. »Ich habe Ihre Karriere verfolgt und finde Sie fabelhaft. Sie erfüllen Ihre Filme mit einer wunderbaren Präsenz.«

»Eine Drecksarbeit«, sagte Thad und bediente sich damit seiner liebsten Allzweckantwort, »aber irgendwer muss sie ja machen.«

Klotcher lachte. »Sie sind besser als Ihre Filme«, schob er mit der plötzlichen Gravität eines wachsamen Essayisten und Allround-Kulturkritikers nach.

»Machen die von den *Jetsons* eine Fortsetzung?«, fragte der Junge.

Der Kleine war ein Käfer, der zertreten gehörte. Thad ignorierte ihn und wandte sich stattdessen mit einem garstigen Lächeln an Clea. »Ein schmuddliger Freier, aber irgendwer muss es ihm ja machen. Sagte die Hure.« Klotcher schien die alles andere als salonfähige Bemerkung vor seinem zutiefst lästigen Großneffen nicht weiter zu stören. Im Gegenteil, er war entzückt. »Das haben Sie von Jack! Er war fabelhaft mit Wortspielen.« Der Produzent zog die Stirn kraus, wie das früher mal hieß, und sagte dann: »Sie haben doch vor einiger Zeit einen Roman geschrieben, nicht?«

»Vier«, warf Miriam ein.

»Nummer fünf ist in Arbeit«, sagte Thad mit merkwürdiger Bestimmtheit.

»Er ist kein Schriftsteller«, maulte der Junge, die Karikatur eines Sitcom-Görs. »Er ist Sammy Jetson!«

»Nummer fünf!«, rief Klotcher aus, als hätte sein Pferd gewonnen. »Alle noch im Buchhandel?«

»Mitsamt Umschlag.«

»Können Sie sie mir schicken? In mein Büro?«

»Überhaupt kein Problem«, sagte Miriam und bot ihm die Hand. »Miriam Levine, Thads literarische Agentin.«

Klotcher fuhr zusammen, als bemerke er zu seiner Überraschung eben erst, dass sie nicht allein waren. Es folgte ein Anfall von Fachsimpelei, bei der aalglatte Anspielungen auf gemeinsame Bekannte fielen, und die stets verbindliche Ms. Levine, mittlerweile auf Showbiz-Autopilot, wirkte – jedenfalls auf mich – in ihrer Heiterkeit leicht verstört.

»Die Bücher, äh … lassen die sich adaptieren?«, fragte Klotcher wie ein Tourist, der gerade mal genug von der Sprache des Gastlands gelernt hatte, um die Einheimischen nach dem Notwendigsten zu fragen. »Für den Film? Ich bin immer auf der Jagd nach Stoffen, immer auf der Suche. Am liebsten hätte ich ja gleich die Fahnen des neuen Buchs. In dem Stadium tätigen wir die meisten Ankäufe, noch bevor gedruckt wird.« Er wandte sich wieder an Thad. »Wissen Sie, dass ich vor Jahren eines der Bücher Ihres Vaters gemacht habe? Mit Julie Christie? *Herzen und Vagabunden*.«

»Ja«, mischte Miriam sich sofort wieder ein. »Absolut fantastisch!« Im Augenblick schien sie die Einzige, die der Sprache mächtig war. »Ich schicke Ihnen *Das Seepferdchen*.«

»Das war's, von dem ich gehört hatte«, sagte Klotcher. Die Vertrautheit des Titels sorgte für ein Leuchten hinter den ersten Anzeichen des grauen Stars. Er stammelte daran herum, als ersuche er Miriam um Hilfe dabei, ihn in seinem Gedächtnis zu lokalisieren. »*Das Seepferd* …«

»*Das Seepferdchen*«, korrigierte sie ihn.

»Fabelhafter Titel! Kommen Sie doch nach Kalifornien!«, sagte er. »Was meinen Sie, Thad? Essen wir doch zusammen zu Mittag oder zu Abend.« Schwungvoll wandte er sich wieder Miriam zu, als wäre sie die königliche Vorkosterin – oder Gastroenterologin. »Ist er für ein Abendessen frei?«

»Er ist den ganzen kommenden Monat drüben«, sagte sie.

»Ich mache *Das letzte Band* in La Jolla«, sagte Thad und erwachte ruckartig zu künstlichem Leben. Klotcher blickte ihn verständnislos an. Miriams »Beckett« trug nicht dazu bei, die Verwirrung des Produzenten zu klären.

»Und einen Zweiteiler für *Starwatch: The Navigators*«, fügte die Agentin hinzu.

(Als wäre das die Rosine im Traumkuchen eines jeden Schauspielers.)

»Fabelhafte Serie«, sagte Klotcher auf Stichwort. »Und ein Bombenerfolg.«

»Die reinste H-Bombe.« Obwohl über alle Maßen gelangweilt und über alle Maßen betrunken, verzog Thad das Gesicht über seinen idiotischen Witz. »Absoluter Renner in Hiroshima. Ein Volltreffer. Totgelacht haben sich die!«

»Da haben Sie's wieder!«, sagte Klotcher, seines Atems beraubt. »Ganz der Vater. Derselbe fabelhafte Wortwitz. Und auch noch *international* – wie Nabokov! Apropos, einer der wenigen Konkurrenten für Ihren Dad. Black Jack wollte noch nicht mal seinen Namen hören! Er dachte immer, wenn ihm einer den Nobelpreis wegschnappt, dann er. Aber letztlich hat ihn denn keiner von beiden bekommen, was? Großer Schmetterlingsfreund, Nabokov. Ich habe seine Frau gekannt. Und seinen Sohn. Wir haben mal versucht, die Option auf eines seiner Bücher zu bekommen. *Ada*, glaube ich. Es wurde nur nie etwas daraus.«

Zu meiner Überraschung brachte Thad (er hatte nach wie vor das Glas in der Hand) einen Toast aus – auf mich, Bertram Krohn, den »angeblichen Sohn« des Schöpfers von *Starwatch*. Klotcher fuhr gebührend beeindruckt herum.

»*Starwatch* ist cool«, sagte der Großneffe mit einem Blick auf mich. »Ich will mal als Statist dabei sein!«

»Probier's doch erst mal hier«, sagte Thad.

»Man hat ihm auch eine Gameshow angeboten«, sagte Miriam, die in ihrer Nervosität nicht zu bremsen war. »Was Postmodernes à la George Schlatter mit Platz für einen fest-flexiblen Gastauftritt. Eine permanente Gastrolle sozusagen – wie ihn Whoopi in *Hollywood Squares* hatte. Merv Griffin und Ryan Seacrest produzieren. Sie haben jede Menge Geld geboten. Die können von Glück sagen, wenn er's macht. Aber er hat so viele andere Projekte ...«

Sie blickte ihren alten Freund einnehmend an, aber der zeigte ihr die kalte Schulter.

»Michelet ist im Augenblick ein brandheißer Name«, sagte Klotcher und hob dabei selbst ein imaginäres Glas. So bärbeißig der alte Profi sonst sein mochte, jetzt zog er die Stirn in Falten und nahm seine Worte zurück: »Tut mir leid, das sollte nicht despektierlich sein.« Wieder hob er das Glas und verbeugte sich vor allen Anwesenden. »Auf die Erhaltung des Erbes! Salud!«

Kaum waren die beiden fort, verfinsterte sich Thads Stimmung. (Ich staunte ohnehin, wie relativ zivilisiert er während der Begegnung gewesen war.) Er ging auf seine Agentin los, über deren Phrase vom postmodernen fest-flexiblen Gastauftritt er sich mokierte, richtig gemein. Er nannte sie die »unstinkbare Molly Brownnase«, und als Clea ihr zu Hilfe kam, wurde er vollends gehässig. Die Beziehung der beiden hatte immer eine geheimnisvolle – sadomasochistische, sollte ich sagen – Unterströmung, eine stillschweigende Übereinkunft, laut der Clea buchstäblich bußfertig den Kopf zu senken hatte, wenn es Schläge hagelte. Nach einer plumpen Tirade, die sie dennoch bis ins Mark traf, trat er durch die sandige Lücke in der Hecke und hielt auf die klatschenden Wellen zu. Clea zog die Schuhe aus und folgte ihm, im Laufschritt, als er an Tempo zulegte. Ich setzte schon zur Verfolgung an, spürte aber Miriams Hand auf meinem Arm, die mich zurückhielt. Wir beherrschten bereits die Zeichensprache zweier Liebender; sowohl ihre Berührung als auch ihr Blick versicherten mir, Clea sei nicht unmittelbar in Gefahr. Sie hatte das Paar diese Szene oft genug durchspielen sehen, um zu wissen, man mischte sich da besser nicht ein.

Wir gingen zurück zum Haus, sozusagen zum Dekomprimieren. Miriam trank Wein, während ich mich mit Diet Coke vollschüttete, als wir uns unter die letzten Gäste mischten, bevor wir uns schließlich von Morgana verabschiedeten. Zum ersten Mal nahm sie sich die Zeit, mich abzuschätzen. Die Liebenswürdigkeit in ihrem Blick war echt, als sie mir dafür dankte, eigens aus Los Angeles herüberzukommen, »um bei der Familie zu sein, oder was davon noch übrig« sei. Morgana wusste, dass mein Vater ein großes Tier ist, sie war ausgezeichnet, wenn es darum ging, Details zu behalten, egal wie beiläufig sie sie aufgeschnappt haben mochte, vor allem wenn es dabei um Geld und Status ging. Liebevoll bat sie mich, während dieser »Geschichte« mit *Starwatch* nach ihrem »Jungen zu sehen«. Was natürlich kompletter Schwachsinn war, aber ich mochte sie dennoch.

Sie wandte sich an Miriam und sagte in einem weithin hörbaren Bühnenflüstern: »Neben Jeremys ist ein Grab für ihn reserviert. Als er das heute gesehen hat, begann er zu toben. Ich weiß, es hört sich schaurig an, aber … aber er gehört nun einmal hierher. Ich verstehe Thaddeus' Ressentiments durchaus. Sein Vater war nicht gerade nett zu ihm – zu ihm nicht und auch sonst zu niemandem. Wir waren nicht gerade die denkbar beste Familie, aber es ist nun mal die Einzige, die wir haben. Die Einzige, die er hat – und genau das habe ich ihm gesagt. Mein Gott, Thaddeus, habe ich zu ihm gesagt, niemand hat dir Hundekacke zu essen gegeben oder Seconal! Das Kindermädchen hat nicht mit deinem Ding gespielt – jedenfalls nicht so viel ich weiß. Wäre vielleicht nicht das Schlechteste gewesen. Nach zeitgenössischen Maßstäben waren wir die von Trapps. Aber Miriam, könnten Sie nicht mit ihm reden, bitte? Über Jeremy? Ich meine, wo soll er denn sonst hin? Sein Bruder liegt da seit über vierzig Jahren. Vierzig Jahre! Und jetzt Jack.« Tränen traten ihr in die Augen; die Frau liebte Publikum. »Und ich werde auch dort liegen, lange vor Thad. Obwohl«, korrigierte sie sich, »ich bin mir da gar nicht so sicher. So wie er mit sich umgeht …«

Sie fischte eine der Zigaretten heraus, die sie modisch lose in der Tasche ihrer Bluse herumtrug; Klotcher tauchte im Vorübergehen auf, um sie ihr gewandt anzuzünden, bevor er diskret wieder verschwand. Morgana inhalierte und stieß dann nach Drachenart den Rauch wieder aus.

»Wissen Sie, dass ich mir jede nur erdenkliche Mühe gegeben habe? Ihn zu stillen. Aber er wollte nicht!« Sie fuhr mit einer Hand durch die Luft, als verscheuche sie eine Fliege. »Die Ärzte meinten, er sei gegen irgendetwas in der Milch allergisch. Ich frage Sie, wie ist das möglich? Sein Bruder hing mir noch mit fünf an den Titten – er hat sie mir ruiniert. Wussten Sie, dass Jeremy einen Hamburger verschlang, um ihn dann mit meiner Milch hinunterzuspülen?« Sie lächelte, dann widmete sie sich wieder dem aktuellen Problem. »Er kann unmöglich … Es hat keinen Sinn, diese … diese Vendetta gegen seinen Zwillingsbruder fortzusetzen. Was ist, Miriam, werden Sie mit ihm reden? Weil ich weiß, dass er auf Sie hört. Das weiß ich.«

Sie begleitete uns zur Tür.

»Ich weiß nicht, was zwischen den beiden vor sich geht«, sagte Morgana, sodass es keiner hören konnte. »Aber es kann nichts Gutes sein. Sie wissen das, Miriam. Sie ist nicht gut für ihn. Sie ist hier nicht erwünscht – ich möchte sie in diesem Haus nicht mehr sehen! Warum um alles in der Welt habe ich das überhaupt zugelassen? Ich nehme an, ich werde wohl einfach zu verdammt alt. Die alte Garde war nicht auf der Hut.«

Ihre Miene milderte sich wieder zu einem Lächeln. Als wir hinausgingen, sagte sie merkwürdigerweise: »Ich habe mich so für das Glück des Jungen eingesetzt. *Gekämpft* habe ich dafür.«

✻ ✻ ✻

Ich konnte es kaum erwarten, mit Miriam ins Bett zu kommen, aber sie brauchte erst etwas in den Magen; der Tag hatte sie arg mitgenommen, und sie war etwas wacklig auf den Beinen. Als wir draußen auf einen der Fahrer warteten, die man zur Verfügung gestellt hatte, um die Gäste in die Stadt zu bringen, warfen wir noch einen letzten Blick über das Anwesen, konnten aber Clea und Thad – zu unserer ungeheuren, wenn auch schuldbewussten Erleichterung – nirgendwo sehen.

Wieder im Ort, aßen wir – wie Verliebte in eine Sitznische geschmiegt – jeder einen Hamburger (ohne Milch), und Miriam trank weiter Wein – was mich um ein Haar ein Glas mittrinken ließ. Meine Stimmung drehte sich wieder, streifte die Haut aus Trübsinn, Verhängnis und garstigen Neuigkeiten ab, die sich auf dem Herrensitz der Michelets gebildet hatte. Ich fühlte mich wie neugeboren: Mit einemmal hätte ich nicht glücklicher sein können, auf der anderen Seite des Kontinents zu leben, erschöpft, aber munter, im ständigen Flirt mit der Trunkenheit, die Migränen meiner Seele unter Sturmwarnung. Als Miriams Appetit – nebst Übelkeit und einem allgemeinen Abscheu vor der Welt – abzuflauen begann, nahm ihr Hunger auf etwas anderes zu.* Ihre Hand verschwand unter dem Tisch. Ich, der uns auf der

* Sehen Sie mir den Absturz in den Groschenroman nach. Ein Autor muss von allem etwas probieren.

Stelle in diversen jugendgefährdenden Stellungen sah, winkte hektisch dem Kellner, um zu bezahlen. Als wir im Kanter an der Rezeption vorbei auf Miriams Bungalow zuliefen, drängte ich mich, bereits beim Vorspiel, knurrend, mit heißem Atem an sie, worauf sie kichern musste – ganz das belesene Rotkäppchen mit ihrem bösen Wolf. Dann schlagartig ein Anschlussfehler: die Augen offen, die Ohren gespitzt: Eifrig nickte sie in Richtung eines Taxis, das eben an dem Bungalow neben dem meinen hielt. Clea stieg stolpernd aus. Ich stieß einen Seufzer aus. Miriam zuckte die Achseln, und drückte mir zum Abschied noch rasch einen Kuss auf den Hals.

Ich eilte hinüber, meiner armen, lieben Schwester zu Hilfe, die in ihrer Handtasche nach dem Schlüssel kramte. Als sie mich sah, schossen ihr die Tränen in die Augen.

»Bitte …«

Fast brach sie in meinen Armen zusammen. Ich schleppte, trug sie fast hinüber an meine Tür, und als wir wankend davorstanden und ich mich noch einmal nach Miriam umdrehte, war sie nicht mehr zu sehen.

Clea war in einem furchtbaren Zustand. Sie stank förmlich nach Sprit und kam mir mit der jämmerlichen Ausrede (ihr lag noch immer an meinem Glauben an sie), ihr Freund hätte ihr sein Glas auf die Bluse gekippt. Sie sank einfach aufs Bett und ließ sich von mir ausziehen. Kaum hatte ich mich neben sie gelegt, zog sie mich mit einer verzweifelten, asexuellen Heftigkeit an sich, und jedes Mal wenn mir der Griff zu schmerzhaft wurde, musste ich die kleinen Seesterne ihrer Hände woanders platzieren. Sie weinte, sie heulte, wand sich, jammerte wie ein Schulmädchen: »Aber warum? Warum nur! Ich bin doch seine Freundin.« »Ich habe ihm doch gesagt, dass es mir leid tut! Ich wollte doch gar nicht, dass was passiert, und eigentlich ist ja auch gar nichts passiert, Bertie, ehrlich, eigentlich nicht.« »Ihm ist das alles egal, es spielt keine Rolle, ich kann da rein gar nichts tun.« Sorgsam tupfte ich mit den Fingerspitzen meiner freien Hand nach ihren Zähren.

Gewaltsam öffnete ich eine widerstrebende Faust voller Pillen. Sie gestand mir, sie aus Morganas Medizinschränkchen gestohlen zu haben. Ich war gerührt, weil sie bei all dem schrecklichen Kummer daran gedacht hatte, wie stolz ich auf sie wäre, wenn sie sie nicht nahm. Es brach mir das Herz.

Ich verließ das Bett lange genug, um sie wegzuspülen.

Als ich wieder ins Bett stieg, schlief sie fest. Warum quälte mich ihre Schnarchsonate nur so? Ich lag auf dem Rücken und zog sie an mich. Ich legte ihre Hände auf meine Brust, aber sie rutschten ab wie Pinguine auf schrägem Eis.

Dann schlief ich selbst ein und war dankbar dafür.

CLEA BLIEB AUF MARTHA'S VINEYARD oder wenigstens in der Gegend.

Meine Tage verloren sich in der Hektik literarischer Anstrengungen. Wie bereits erwähnt, war ich fest entschlossen, HBO das Treatment für eine Serie vorzulegen. Ich hielt die Zeit reif für ein anspruchsvolles Drama um die Filmindustrie (obwohl andere damit gescheitert waren) und arbeitete – unter dem an Aaron Spelling erinnernden Titel *Holmby Hills* – an der Präzisierung einer Idee. Viel mehr als die hatte ich nämlich nicht – okay, ich gebe zu, ich hatte Freunden gegenüber beiläufig von einer Mischung aus

Entourage und *Sopranos* gesprochen –, und so merkwürdig sich das anhören mag, ich hatte hinsichtlich meiner ungeschriebenen Saga so ein bestimmtes Gefühl. Und stand dazu. Paps riet einem immer, auf den »Instinkt« zu vertrauen. Ich traf mich mit Dan Fauci, einem alten Schulfreund meines Vaters, der früher Paramount Television geleitet hatte. Dan schlug mir vor, mich sofort an die Arbeit an einer »Bibel« zu machen, wie man das ausgearbeitete Konzept einer geplanten Serie nennt. (Ein perfekter Name übrigens, war ich doch tatsächlich von wahrhaft religiösem Eifer erfüllt.) Trotzdem war es weit schwieriger, als ich angenommen hatte, mich von der Fantasie zu trennen, als Autor auch noch Regie zu führen. Nach einem Emmy zu streben, war eine Sache, eine ganz andere dagegen, sich auf dem roten Teppich in Cannes zu sehen, Ellbogen an Ellbogen mit Lars von Trier. Als eine der Aktivitäten außerhalb meines Dienstes auf der *Demeter* hatte ich weiterhin Ideen gesammelt in der Hoffnung, sie irgendwann in ein Skript zu zwängen. Das pedantisch geführte Archiv, das größtenteils aus Zeitungs-, Zeitschriften- und Magazinartikeln bestand, ging damals bereits Jahre zurück – es enthielt sogar eine Reihe von Artikeln über einen Mann, der während einer Reise irgendwie die Staatsbürgerschaft verloren hatte und sich gezwungen sah, wie auf einer Insel gestrandet im Terminal eines Flughafens zu leben, ohne Pass, ohne Land. Ich erinnere mich auch noch daran, in *Variety* gelesen zu haben, dass Spielberg eben diese Geschichte mit Tom Hanks zu verfilmen gedachte (mittlerweile ist der Film längst gelaufen). In solchen Augenblicken rief ich, meine Wunden leckend, von der Brücke der *Demeter* aus das unfehlbare »Warp neun!«. Ich nahm das, etwas abartig vielleicht, als Bestätigung für wenigstens eines: Ich hatte den Instinkt des Produzenten für guten Stoff.

Wie vorauszusehen, hatten Miriam und ich eine Telefonsexaffäre, die gar nicht so leicht aufrechtzuerhalten war. Es dauerte nicht lange, und ich täuschte Orgasmen vor, und ich vermute stark, sie machte es ebenso. Wir einigten uns schließlich auf den bequemeren Austausch erotischer Hotmails – kokett, schön ferkelig und ohne Druck. Alles andere schien einfach zu anstrengend. (Allein die verschiedenen Zeitzonen waren ein Handikap.) Ich ging zum einen oder anderen Date, nichts Ernstes. Da ich dabei sowohl Leute aus der Produktion als auch aus den AA-Meetings außen vor zu lassen versuchte, blieb mir praktisch nur noch der Fitnessclub. Die Ausbeute war überraschend dürftig. Merkwürdigerweise kam es mir bereits vor, als betrüge ich Miriam, wenn ich jemanden auch nur küsste. Was mir irgendwie stank.

* * *

Clea und ich hatten uns fast eine Woche nicht gesprochen (sie hatte Urlaub, weil sie in der aktuellen *Starwatch*-Episode nicht mit von der Partie war), und ich hatte mir gerade Sorgen zu machen begonnen, als sie, ich war gerade auf dem Weg zur Arbeit, plötzlich auf meiner Schwelle stand. Sie sah richtig hübsch aus, wie ein junges Mädchen – wie's schien, war bei unserem glücklichen, selig manisch-depressiven Paar die Idylle ausgebrochen. Vorsichtig versuchte sie den Schaden zu begrenzen, der mit dem Tod von Jack Michelet als großem Auslöser entstanden war; indirekt wollte sie mir damit zu verstehen geben, dass das abscheuliche Verhalten ihres einstigen und künftigen Lovers bei der Totenwache irgendwie zu rechtfertigen sei. Auch wenn Thad »total durchgeknallt« sei und sich von seiner schlimmsten Seite gezeigt habe, garantierte sie mir, das sei für immer vorbei.

Er sei wiedergeboren, bereit für die kultivierte, galante Lebensphase, die man von ihm erwartete. Ich nahm ihr nicht ein Wort davon ab. Ich wusste nicht so recht, ob sie mir leid tun oder ob ich sie bewundern sollte für ihre hartnäckige Tapferkeit, sodass sie schließlich ein bisschen von beidem bekam.

Sie können mich als Co-Abhängigen bezeichnen (Sie wären da nicht der Erste), aber ich wurde immer nervös, wenn Ms. Fremantle zu viel Zeit hatte und nichts zu tun. Man braucht nicht ins Tal des Todes zu fahren, um den Spielplatz des Teufels zu finden. Ihr gegenwärtiger *Starwatch*-Charakter, die polymorph-perverse Mechanikerin von Albion-12, war nun bereits mehrere Episoden nicht mehr dabei gewesen, und ich machte mir schon Sorgen, die Autoren schrieben sie langsam, aber sicher heraus. So nahm ich es denn mit einer Mischung aus Erleichterung und neuen Befürchtungen zur Kenntnis, als sie mir an einem Sonntagmorgen bei unserem rituellen Rührei mit Tofu bei Hugo's erzählte, die Rolle der Mechanikerin sei längst gestrichen, aber nicht ohne Hintergedanken: Sie hätte bald ihr Debüt als Botschafterin Trothex, die formidable vorbalidische Diplomatin, und zwar in Thads groß angelegtem Zweiteiler, »Prodigal Son (Episode 21-417A)«. Es war eine gehaltvolle Rolle, aber meiner Ansicht nach blieb sie auf die Episode beschränkt, ich sah nicht, wo und wie sie wieder auftauchen sollte. Wie auch immer, wir gingen nicht näher darauf ein. Das neue Make-up, so erzählte sie, sei so anders, dass das Publikum sie in der neuen Reinkarnation nicht wieder erkennen würde. (Ich überlegte, wie man so einen Wechsel wohl vom PR-Standpunkt aus angehen würde; aber andererseits, was ging es mich an?) Ich freute mich aufrichtig für sie. Ich sah hinter ihrer Beförderung Thad Michelets Hand – womöglich sogar die göttliche Intervention meines Vaters –

und fand es interessant, dass unser gemeinsamer Auftritt unter ausgewogeneren Voraussetzungen stattfinden würde als erwartet.

COMMANDER WILL KARP kam aus Kansas City, Missouri (jedenfalls dem Willen der Autoren nach, und die kamen von den Universitäten Harvard und Yale). Ein hochdekorierter Kanonier, war er ein Veteran der Nardischen Kriege. Liebling der Damen, nicht ganz ohne Witz, hatte er sich aus den großen alten Tagen der Sternlegion einen Hauch von augenzwinkerndem Chauvinismus bewahrt.

Ein bisschen Hintergrundgeschichte der Rolle aus der »Bibel«: Karp – das bin übrigens ich – war der Sohn eines legendären Kriegers, der nach einer entstellenden Kriegsverletzung Professor an der Militärhochschule und geliebter Mentor Frederick Ulysses Laughtons, seines Zeichens der gut fünfzigjährige afroamerikanische Captain des auffällig ellipsoiden Merchandising-Renners *USS Demeter* geworden war. Neben Laughton diente ich mit Lieutenant Commander Iltriko Shazuki (noch relativ neu in der Serie, hatte sie eine Nebenrolle bei *Will and Grace* gespielt und erst jüngst in einem Theater am Cahuenga Boulevard fast zwanzig Rollen in einem satirischen Soloprogramm); dann war da noch Major Glaston Cabott 7, androider Adjutant des Captains und Mädchen für alles (sagenumwobenes Mitglied der zweiten Generation des Chicagoer Steppenwolf-Ensembles und berühmtes Maskottchen von Hawaiian Punch), und schließlich Dr. Phineas Chaldorer, X-Ray genannt, auf der *Demeter* schnauzbärtiger Sultan des Krankenreviers (er hatte ein Vermögen mit der Werbung für Prius verdient und besitzt, wie man munkelt, neben einer Kleinbrauerei auch einen Weinberg in den Malibu Hills). Ich hatte mich mit unserem sympathischen Ensemble bereits angefreundet – die meisten von ihnen kannte ich ohnehin von den AA –, bleibe aber lieber mal bei ihren *Starwatch*-Namen, um den Leser nicht zu verwirren.

Am Morgen, an dem wir wie üblich beim Durchlesen der Rolle vor dem Dreh um einen Tisch saßen, damit die Autoren am Dialog feilen konnten, war Mr. Michelet gedämpfter Stimmung, aber alles in allem freundlich. Da die beiden ihre Beziehung nicht an die große Glocke hängen wollten, achteten Thad und Clea darauf, nicht zu auffällig miteinander zu sein. Wie um uns abzulenken, gaben sie sich herzlich, aber durchaus reserviert. Was ich albern fand, weil es meiner Ansicht nach kein Aas interessierte, aber andererseits hatte ich meine Affäre mit Miriam auch nicht an die große Glocke gehängt, sodass ich mir ein Urteil verkniff. So bin ich nun mal.

Michelet war ein Hit bei Besetzung wie Crew. Ihm den Part in der Serie zu geben, galt allenthalben als Coup, auf den hin jedermanns Aktien steigen würden. Dass er ein Renaissancemensch war, der eine lange Karriere von einigem Renommee aufzuweisen hatte, war Balsam für so manchen in unserer Truppe, der das Gefühl hatte, sich verkauft oder wenigstens seine einst so hehren Ziele aus den Augen verloren zu haben. Die ganze Gang strahlte, wann immer er einen Raum betrat. Auch wenn sie im Grunde ihres Herzens wussten, dass das Leben nie besser würde als auf der Brücke der *Demeter*, wärmten sich die Gefangenen der erfolgreichen Sci-Fi-Serie an seinem Feuer und dem implizierten Versprechen einer Flucht aus dem goldenen Wurmloch künstlerischer Stagnation. Außerdem hatte der Mann das große Geld verdient. Die Schauspieler wussten um Black Jacks legendäre Härte und seinen Tod, und als man sich vertraut genug war, um ganz offen zu sein (es dauerte nur einige Tage), war der Sohn in seiner komplexen Trauer von ihren knappen, sorgfältig gesetzten Sympathiebekundungen nachgerade gerührt. Eine besondere Gabe Thads bestand darin, sich mit den prätentiöseren Mitgliedern des Ensembles genau so gut zu verstehen wie mit den gröber gestrickten Produktionsfahrern; mit der Leichtigkeit, sagen wir mal, der parasitären Mikrobe, die in »The Ringmaster Cometh (Episode 14-312D)« die freundliche Gestalt eines reisenden Zirkusclowns angenommen hatte, schlängelte er sich in jedermanns Herz. Noch bevor der Dreh begann, hätten die Leute gemordet für ihn.

Am ersten Drehtag stand ich in der Nähe meiner Markierungen auf der Brücke, während meine Kollegen ihre Plätze für die Kameraprobe einnahmen. Verschämt flüsterte Clea dem Regieassistenten zu, Thad sei noch »in der Maske« – was der Mann zweifelsohne längst wusste. (Bei all ihrer sonstigen Finesse schien sie mir hier seltsam unbesonnen.) Aus der Gerüchteküche wusste ich, dass unser beliebter Gaststar mit der Gesichtsprothese seiner eigenen Ansicht nach etwas von einem Esel hatte, und unsere Maskenbildner, die vierzehn Staffeln lang keinen Emmy hatten verbuchen können, waren völlig von der Rolle und deprimiert. Man schickte zwei Co-Produzenten aus, um Mr. M. zu beschwichtigen; eine Stunde später kam dann das »Action!« des Regisseurs ohne den Star.

Wir kamen bis zu der Stelle, wo Thad seinen Auftritt hatte, und wollten eben den Rest der Szene mit einem Double proben, als er endlich auftauchte. In der gedeckten Uniform eines Fähnrichs, sein Gesicht ein makabres, aber irgendwie sensibles Dodekaeder schimmernder Latexflächen – eine großartige Variante von Cleas Visage, die eindeutig auf eine niederere Schicht von Vorbalidin verwies. Durch das funktionelle Outfit, das (ein Geniestreich, wie ich fand) ganz bewusst schlichter gehalten war als das der üblichen Crew, wirkte die Physiognomie fabelhaft theatralisch – ein Pfau in einem schmucklosen Pep-Boys-Overall, sahen wir nur die tragisch gestutzte Version seiner geballten Phosphoreszenz. Eine Stille legte sich über die Bühne.

»Ecce Vorbalid«, verkündete Thad mit der Ungezwungenheit eines Lear und strahlte gesellig durch die geometrischen Formen künstlich aufgetragenen Fleischs. Nicht viele wussten, was die Worte bedeuteten, aber alle konnten seine Zufriedenheit spüren. Das Eis war gebrochen, und man quittierte die Erhabenheit seiner Kreation mit spontanem Applaus. Die Leute von der Maske nahmen nach diesem Gnadenerlass des Königs den kollektiven Kopf aus der Guillotine.

* * *

Wir waren von Fenstern umgeben. Oder nicht eigentlich von Fenstern, sondern Reproduktionen von Fenstern – Ausschnitten, die den Blick auf »Sternenvorhänge« freigaben, primitive, aber unverwüstliche Kulissen, die dem Fan ferne Galaxien vorgaukeln sollen. Für die unter Ihnen, die keine Freunde des Genres sind*, will ich mich mit einem kurzen Abriss begnügen: Ich stand in Position hinter Lieutenant Commander Shazuki und spähte über ihre Schulter, während ein gestresster Kommunikationsoffizier aus dem Datenchaos auf dem Plasmabildschirm vor ihm schlau zu werden ver-

* Ihre Zahl dürfte Legion sein.

suchte. Während ich auf die Kamera wartete, konzentrierte ich mich auf die erotischen Haarzyklonen am Hals der Schauspielerin und driftete ab – eine Reihe eher junger Leute waren laut Nachrichten an plötzlichen, unerklärlichen Aneurysmen gestorben; mit TiVo hinkte ich weit hinterher (der Apparat überschrieb eine Folge nach der anderen von *Venom ER* und *SeaLab 2021*); den Telefonspam, den ich auf dem Handy von »Apotheken« bekam, die mir Oxycodone anzudrehen versuchten –, als Shazuki plötzlich von einem merkwürdigen »Energiebarren« zu faseln begann, der aus dem Nichts aufgetaucht war. Sie sprach von einer Photonensonde (ich konnte nicht glauben, dass die Autoren diese olle Kamelle nicht längst zu Grabe getragen hatten), die den so genannten Barren auf gerade mal einen Meter schätzte, was »nach allen uns bekannten Gesetzen der Physik ein Ding der Unmöglichkeit« war. Ganz in Gedanken, sagte ich Shazuki, ein Auge drauf zu haben – es handele sich vermutlich nur um eine Blähung, eine Wolke aus expandierendem Gas. (Das Ergebnis einer guten Photonensondierung war bei mir immer eine Blähung aus expandierendem Gas.) In diesem Augenblick kam mit einem lauten *wooosh* der Tür unser Android Cabott 7, Zielscheibe so gut wie all meiner Heavy-Metal-Scherze, durch den Hauptzugang auf die Brücke.*

»Ich habe Ihre Bedenken von meinem Quartier aus verfolgt, Lieutenant Commander«, sagte der Droid. »Lagebericht.«

»Es scheint mir … fast … als sei es zu Empfindungen fähig«, sagte Shazuki, ihr Blick konzentriert auf dem Schirm. »Ich höre … Worte. Es hört sich an wie große bewohnte Städte …«

* Die Tür wird in Wirklichkeit mittels Seilen von versteckten Kulissenschiebern geöffnet, das *wooosh* gibt der Toningenieur drauf. Alles, was Sie je über eine Space-Oper wissen wollten, aber nie zu fragen wagten.

Captain und Schiffsarzt *woooshten* herein. Man diskutierte den »Barren«. Alle waren mächtig sauer angesichts der Vorstellung, dass uns irgendetwas den lange geplanten Erholungsurlaub auf der Vergnügungskolonie Darius 9 vermasseln könnte. In einem völlig unmotivierten Anschluss überlegte der Captain laut, wo zum Teufel der neue Fähnrich wohl abgeblieben sei; der Doc ließ ihn wissen, Rattweil leide an Kinetose. Ich steuerte eine dumme Bemerkung über Werbeoffiziere bei, die ja wohl heute alles nahmen, worauf der Captain mir den Rand zu halten befahl. Als noch eine abfällige Bemerkung fiel, sagte der Captain: »Ich dulde auf meinem Schiff keinen Klatsch, schon gar nicht in Form von Diskriminierung einer anderen Spezies. Fähnrich Rattweil ist ein Vorbalid – einer der wenigen, wie ich hinzufügen möchte, die ihr geschlossenes, repressives System verlassen haben. Ich erinnere Sie daran, dass so etwas dort unter Todesstrafe steht und damit nichts für Hasenherzen sein kann. Jeder einzelne auf diesem Schiff wird ihm den zu erwartenden – den gebührenden – Respekt entgegenbringen. Haben wir uns verstanden?«

Wir standen noch immer reumütig mit niedergeschlagenen Augen da, als – auf Stichwort eines zweiten Regieassistenten – die Tür mit einem erneuten *wooosh* Thad auf die Brücke entließ.

Der Captain maß ihn mit einem Blick. »Wieder auf dem Damm, Fähnrich?«

Thad hatte sich in komisch steifer Habt-acht-Stellung aufgebaut. »Jawohl, Sir!«

»Ich hoffe, Sie fanden unsere Krankenstation … angemessen.« Schlagartig hellte die Stimmung des Captains sich auf; er zeigte seine Neugier gegenüber dem merkwürdigen neuen Mann.

»Dr. Chaldorer hat mir etwas für die Nerven gegeben.«

»Ein Zäpfchen gegen Seekrankheit mit einem Schluck alten Single Malt«, sagte X-Ray. »Hilft immer.«

»Meiner Ansicht nach«, sagte Thad, »ging das auf das Konto der Bouillabaisse in der Kantine.«

»Wir haben den besten Koch der ganzen Legion«, protestierte der Captain. »Die Bouillabaisse ist ein Gericht aus seiner Unterwasserwelt und gilt als Delikatesse ersten Rangs.«

»Wir Vorbaliden«, sagte Thad trocken, »haben einen Zweikammermagen.« Die Crew verkniff sich ein kollektives Kichern. »Ich habe lediglich meine eigene Physiologie kri …«

Ein Ruck aus heiterem Himmel.* Alarmsirenen begannen zu heulen, während wir uns Halt suchend an die geschwungenen Wände der Brücke lehnten. Lampen flackerten. Alles um uns herum spielte verrückt. Der Sternenbildschirm, der über uns hing, wurde schwarz und begann dann zu rauschen. Als das Schiff sich wieder stabilisierte, wankten wir auf unsere Posten zurück.

»Lieutenant Commander!«, rief der Captain. »Was ist da los?«

»Der Energiebarren, Sir! Er zieht uns an!«

»Commander!«, bellte der Captain und riss mich aus einem erotischen Tagtraum, in dem ich – binnen Millisekunden – von Miriam, meiner Liebsten, über eine Neue bei den AA auf eine junge Judi Dench gekommen war, die ich erst kürzlich auf TNN in einem Film aus den Siebzigern gesehen hatte. »Maschinenraum! Warp fünf!«

»Captain«, rief ich. »Die Instrumente reagieren nicht!«

* Noch einmal, für die Kenner: Wann immer die *Demeter* in einen Angriff geriet, wies ein Regieassistent die Schauspieler mit einem »Shake!« zu zittern an – dazu wurden die Kameras bewegt. Außerdem bitte ich, flehe ich den Leser an, mir die Dialoge von »Prodigal« zu vergeben; sie sind nicht von mir.

»Dann tun Sie was dagegen, Commander! Sofort, Commander!«

»Zu Befehl, Sir!«

»Alarmstufe Rot! Maschinenraum, Meldung!«

»Wir sind noch am Checken, Captain!«, sagte das Script Girl hinter einer der Kameras. (Ihre Stimme würde später durch eine andere ersetzt.)

»Warp-Plasma-Induktoren?«

»Intakt, Sir. Wir haben vollen Schub, aber es hält uns etwas. Ich habe noch nie einen Transporterstrahl von dieser Stärke gesehen, Sir ...«

»Lässt er sich umgehen?«

»Unmöglich, Sir«, rief Cabott. »Wenn wir uns weiter zu lösen versuchen, riskieren wir zu implodieren.«

Der Captain beugte sich über das einem Subwoofer ähnelnde Teil vor sich und bellte (immer wieder ein Hit beim Publikum) die Patentlösung aller Befehle an den Maschinenraum – »Polen Sie das Netz um!« –, bevor er Cabott fragte, wie viel Zeit uns noch blieb. Der Android brauchte nur eine Nanosekunde für die Berechnung: Null Komma sieben Stunden. Maximal.

»Will«, sagte Laughton mit (patentiert) eindringlicher, fast erotischer Intimität – nach Ansicht der Autoren sprach die Mannschaft sich, wann immer die Kacke mal wieder wirklich am Dampfen war, besser mit dem Vornamen an: »Schaff uns hier raus!«

Ich versuchte nochmal an den Armaturen zu drehen, aber sie ließen sich nicht bewegen. Ich schrie, wir würden in einen »Vortex« gesogen (und verachtete mich in diesem Augenblick als Schauspieler wie als Mensch). Der Captain stellte hilflos Vermutungen darüber an, wer – oder was – uns da wohin ziehen sollte, als Thad einen Schritt vortrat und gesetzter Miene in den Sternenschirm sah.

»Ich glaube, Sir«, sagte er, »es ist das vorbalidische System. Es gliedert uns ein.«

»Gliedert uns ein? Was soll das heißen, Fähnrich.«

»Es hat offensichtlich das Gefühl, es steht ein feindlicher Übergriff auf seine Heilige Kuppel bevor.«

»Aber … aber das ist doch Wahnsinn!«, meinte der Captain, etwas übertrieben. Wir hatten einen von den Tagen erwischt, an denen er sich selbst zu spielen schien.

»Wenn ich die Situation korrekt interpretiere«, sagte Thad, »so vermag ich hinter ihrem Vorgehen nur eine Absicht zu sehen.« Es wurde still auf der Brücke, als die Kamera auf das fetale Gummigesicht des neuen Fähnrichs zufuhr, der noch immer verschwitzt, den Kopf gehoben, in den blauen Schirm sah. Ein langsam herangezoomter Zwischenschnitt würde uns später den popeligen Barren zeigen, in all seiner altehrwürdigen, digital bonbonfarbenen, metallic lackierten Pracht. »Es handelt sich um eine Kriegserklärung.«

Vor dem Schnitt bat uns der Regisseur noch, einige Extratakte lang in verschiedenen Graden des Entsetzens auf den Bildschirm zu starren – auf den würde man bei der Nachbereitung die verzerrte Alfred-E.-Neumann-Visage des megabösen Fürst Morlochs projizieren, der uns mit dem Lächeln eines Psychotikers anfunkelte, hinter ihm das knallbunte, ganz in Gipsmarmor gehaltene Heiligtum des Planeten, die Kuppel des vorbalidischen Doms.

Am selben Tag traf per Flieger Miriam ein.

Ganz offensichtlich war sie geschäftlich in der Stadt – um Thad bei seinem Auftritt auf dem Set von *Starwatch* zu sehen. Natürlich hoffte ich insgeheim, sie hätte ihren Besuch ausschließlich zu dem einen Zweck arrangiert, unsere … äh … Bekanntschaft zu erneuern. Den Stachel der Eifersucht im Fleisch, überlegte ich, ob wohl auch sie ihre Dates gehabt hatte und ob ich ihr so oft in den Sinn gekommen war wie sie mir. Man hatte die Agentin einige Etagen unterhalb der ihres Klienten einquartiert, der vernünftigerweise (auf Miriams Anraten) das Penthouse gegen ein Art-Déco-Apartment mit Klavier, Küche im Stil der Sixties und langer Steinterrasse eingetauscht hatte. Der weiblicheren meiner beiden Hälften kam kurz der Gedanke, dass es nett gewesen wäre, hätte sie sich das Quartier unserer ersten Liebesnacht geben lassen, aber sie war wohl nicht der nostalgische Typ. Immerhin hatten wir so ein schönes neues Schlafzimmer einzuweihen, und ich freute mich darauf, ihr aufs Neue den Hof machen zu können.

Wir planten ein spätes Abendessen. Mr. Michelet machte um 15 Uhr Schluss (dass er gleichzeitig Kopfschmerzen bekam, war reiner Zufall) und fuhr zurück ins Chateau, um sich hinzulegen. Einige Stunden später hatten auch Clea und ich uns unserer »Pflichten« entledigt. Wir fuhren in meinen Fitnessclub am Sepulveda Boulevard. Ich stellte mich immer gerne eine Stunde auf die Tretmühle und guckte dabei auf CNN die neuesten – von Tag zu Tag dümmeren – Gräuelnews, während Clea in einer Cardio-Klasse für Masochisten eine Aerobics-Routine à la *Showgirls* absolvieren ging. Als wir schließlich gelockert, geduscht und durch einen Protein-Shake wiederbelebt waren, war es fast acht.

Schon auf dem Weg durch den bereits dunklen Flur im Chateau sah ich die Tür von Thads Suite offenstehen.

Miriam begrüßte uns gedämpfter Stimmung mit einer herzlichen Umarmung und meldete flüsternd, dass Thad mittlerweile eine ausgewachsene Migräne hatte; er habe nach einer Spritze verlangt. Der Arzt gab sie ihm gerade, als wir eintraten. Der dienstfreie Fähnrich trug ein fadenscheiniges T-Shirt mit dem Schriftzug der Laugh Factory und hatte, ein Überbleibsel von der Maske, noch einen geradezu rührend traurigen Rand von Make-up um den Hals. Clea eilte auf die Couch zu und küsste ihn auf die Wange. Mit einem bewunderungswürdig gespielten Lächeln sagte er: »Nenn mich Olga, ja?« (was, wie ich erst später kapierte, eine Anspielung auf Tschechows von Kopfschmerzen geplagtes Schulfräulein war).

»Bertram«, sagte er. »Bertram, liebster Bertram …«

Ich hatte nicht das Gefühl, mir derlei Zuneigung bereits verdient zu haben, und war entsprechend argwöhnisch, ob er mich wohl auf den Arm zu nehmen versuchte. Ein solches Maß an Feingefühl verriet die Tiefe meiner Gefühle für den Mann.

»Was geben Sie ihm denn?«, fragte Clea den Arzt, Thads Hand in der ihren.

»Ein Zäpfchen und einen Schluck alten Single Malt«, sagte Thad tapfer.

Der Doc war Ende vierzig und trug das weiße Haar kurz geschoren.

»Einen Migräne-Cocktail«, sagte er. »Demerol und Vistaril.«

Clea gurrte »I'll have what he'll have« aus *Harry und Sally*, eine langsam ermüdende Nummer; es war allzu offensichtlich und schlicht ordinär. Ich bin nie ein Freund ihrer exhibitionistischen Seite gewesen, die es für hip hielt, ihre Sucht an die große Glocke zu hängen; für mich war es nichts weiter als eine Vulgarität, die einen Rückfall verhieß.

»V steht für Vistaril«, murmelte Thad auf dem Weg in die Schmerzlosigkeit. »V steht für Vomitus. V steht für Vorbalid.«

»Wird er darauf schlafen?«, fragte Miriam im Plauderton. Ich konnte mir vorstellen, dass das für sie nicht das erste Mal war.

»Wie ein Patient während seiner eigenen Eloge auf dem Operationstisch«, sagte Thad mit schweren Lidern. Irgendwie beruhigend, dass er selbst in seinem gegenwärtigen Zustand den Humor nicht verlor.

»Und wie der schlafen wird«, sagte der Arzt. »Wie heißt es in unserer Branche? Das Medikament hilft nicht unbedingt gegen Kopfweh – es stört einen nur nicht mehr.«

»Wartet«, sagte Thad. Ganz plötzlich sah man ihm sein Unwohlsein an. Weiß wie Kreide, stand er schwankend auf. Clea wappnete sich schon mal; desgleichen galt für Miriam auf der anderen Seite.

»Willst du auf die Toilette?«

Er verzog das Gesicht, das sich wieder entspannte, als der Schwindel nachließ. Er holte tief Luft, bevor er auf sein Kissen zurücksank.

»Diese verdammte Space-Bouillabaisse ...«

»Falls Sie speien müssen«, meinte der Arzt leutselig, »nur zu.«

»Keine plumpen Vertraulichkeiten«, sagte Thad, der sofort ein leichtes Ziel sah.

»Ein schrecklicher Patient«, sagte Miriam zur Entschuldigung.

»Oh, er ist halb so schlimm. Aber ich sollte noch etwas warten. Womöglich braucht er eine zweite Spritze.«

»Das würde Ihnen so gefallen, was? Was kosten die denn? Zweihundert pro Schuss?«

»Thad!«, schalt ihn Clea. »Sei nicht so gemein zu dem

Mann. Er ist eigens wegen dir gekommen – in der Rushhour.«

»Dr. Chaldorer wäre nie derart käuflich.«

»Ist das Ihr Hausarzt?«, fragte der Doc umgänglich.

»Nicht nur meiner«, erwiderte Thad. »Er ist verantwortlich für die ganze Crew.«

»Die Filmcrew?«

»Er ist eine Figur in unserer Serie«, klärte Clea ihn auf. Sie verdrehte die Augen dabei.

»Sie sind Schauspieler?«, fragte der Arzt. Der Mann war wohl von gestern – ich meine, Thad hatte nicht nur Make-up am Hals, wir befanden uns außerdem im Chateau!

»Er spielt gerade in *Starwatch: The Navigators*«, trug Miriam zum Gespräch bei.

Ich fand es merkwürdig, dass die ansonsten so clevere, instinktsichere Miriam in gewissen Situationen so plump werden konnte, ausgerechnet die banalsten Details über Thads Identität oder Karriere auszuposaunen – wie eine Presseagentin vom alten Schlag schien sie keine Ahnung zu haben, wann etwas zurückzuhalten oder die große Enthüllung angesagt war. (Ich dachte kurz an ihr schmerzliches Geplapper mit Klotcher auf Martha's Vineyard zurück.) In solchen Augenblicken schien sie den wunderlichen Impuls zu verspüren, mit der nächstbesten Dummheit herauszuplatzen, obwohl sie ihn damit entweder verletzte oder die Wände hochtrieb.

»Jetzt, wo Sie's sagen, Sie kommen mir wirklich bekannt vor«, sagte der Doc, der sich für das Thema erwärmte. »Waren Sie nicht in dem Film über Don Quichotte?«

»Allerdings«, sagte Miriam stolz.

»Ich habe ihn im Flieger gesehen. Großartiger Film!« Plötzlich fügte sich alles zusammen. »Und Ihr Vater ist der Schriftsteller?« Keiner antwortete. »Jack Michelet? Der Romancier?«

Es kam fast wie ein Schock, wie geschickt Miriam der Vertiefung des Themas einen Riegel vorschob, indem sie ihm für seine Dienste dankte.

An Thad gewandt, sagte er: »Sie sollten es mal mit Zomig probieren.« Der Arzt packte seine Sachen zusammen. »Falls er wieder Kopfweh bekommen sollte, geben Sie ihm eine Pille. Die Dosis ist zweieinhalb Milligramm. Er kann bis zu vier davon nehmen, aber auf keinen Fall mehr als insgesamt zehn Milligramm am Tag. Neben dem Vicodin. Falls die Kopfschmerzen sich nicht legen sollten, rufen Sie mich wieder an.«

»Vorsicht mit den darianischen Revuemädchen, Doc«, sagte Thad in einem erneuten Anfall von guter Laune. »Ziemlich fischige Angelegenheit, so ein Abstrich bei einer Außerirdischen mit einer Flosse am Bauch. Packen Sie mal besser eine Fischgabel ein.«

»Kann er morgen wieder arbeiten?«, fragte Miriam.

Noch so ein lästiger Zug – ihre Tendenz, dumme Fragen zu stellen, auf die sie die Antwort längst wusste. Aber warum betrachtete ich die Ärmste plötzlich mit derart prüfendem Blick? Ganz einfach: Es war zu viel Zeit vergangen, seit wir miteinander gevögelt hatten.

»Ich sehe nicht, was dagegen spräche. Mag sein, dass er ein bisschen unsicher auf den Beinen ist, aber ein alter Kämpe wie er. The show must go on, nicht wahr?« Er gab Miriam seine Karte. »Rufen Sie meine Praxis an. Oder meinen Pager. Außerdem erreichen Sie mich immer übers Hotel.«

»Machen Sie auch Hausbesuche? Ich meine Besuche am Set?«, fragte Thad und meinte es ernst.

»Ist schon vorgekommen. Doch. Lässt sich durchaus arrangieren.«

* * *

»Spürst du schon was?«, erkundigte Miriam sich nach der Wirkung des Medikaments.

»Noch nicht so richtig.«

»Bullshit!«, sagte Clea, unsere hauseigene Expertin. »Ist doch mindestens eine halbe Stunde her.«

»Ich bin eine Frau am Rande des Nervenzusammenbruchs – das bloße Wissen um den Pony Express, der da stoned durch meinen Kreislauf galoppiert, die ledernen alten Satteltaschen voller Moleküle gegen den Schmerz, ist mir ein ungeheurer Trost.«

»Meinst du wirklich, du hast Appetit?«, fragte Miriam.

»Ist wahrscheinlich nicht die beste Idee, dich jetzt vollzustopfen«, sagte ich wohlmeinend.

Clea setzte sich neben ihn. »Warum bringe ich dich nicht einfach ins Bett?«

»Weil ich einen Shrimp-Cocktail möchte, okay?«, sagte Thad herrisch. »Keine Bange – ich hauche schon niemanden an. Und Fritten und einen Cheeseburger, Herrgott nochmal! Jeder bestellt sich jetzt was, ist das klar? Mister Karp? Rufen Sie den Zimmerservice, sofort, oder ich trete Ihnen dorthin, wo Darians sechs Sonnen nicht scheinen! Ich befehle es Ihnen, als stellvertretender Captain des Raumkreuzers Demerol!«

* * *

Thads Stehvermögen war schlicht umwerfend. Wir spielten dusslige Duette auf dem Klavier und aßen wie die Ferkel, während Clea und Miriam rauchend draußen auf der Terrasse saßen und sich darüber unterhielten, worüber Mädels sich eben so unterhalten. Ich weiß, es war neurotisch, aber schon seit unserer ersten Begegnung befürchtete ich, Thad könnte mich für irgendeinen geistlosen reichen Pinscher aus

Cleas Kindheit halten oder – schlimmer noch – für langweilig. Als wir so nebeneinander auf der lackierten Bank vor dem Kawai saßen, entkrampfte ich mich allmählich und fand zu mir selbst; vielleicht war er high genug für uns beide. Ich gab mich der Fantasie hin, wir könnten tatsächlich Freunde werden. Um die Wahrheit zu sagen, ich kam mir neben dem Mann tatsächlich langweilig vor. Nicht dass ich seinen Seelenschmerz hätte haben wollen, aber sehr wohl sein Tempo, seine Komplexität. Ich sah, was Clea so anziehend fand. Ich hätte alles getan, um ihm zu gefallen, und kam zu dem Schluss, mich dessen nicht genieren zu müssen. Also lachten wir und hauten in die Tasten; ich begann sogar, wie früher mal auf Partys, Prominente zu imitieren. Irgendwann prägte ich den Begriff »Endolphin-Rausch« (was Meeressäuger überkommt, wenn sie einem potenziellen Partner begegnen) worauf Thad so laut lachte, dass die Mädels hereinkamen, um zu sehen, was es mit dem Spektakel auf sich hatte.

Alle drei hatten wir am kommenden Morgen schon früh am Set zu sein; Miriam und ich gingen, damit Clea Thad zu Bett bringen konnte. (Zu unserer Erleichterung blieb sie bei ihm.) Ich begleitete Miriam nach unten, es war kurz vor Mitternacht, und zu meinem Glück bat sie mich, noch mit reinzukommen. Ich war furchtbar gespannt, denn was immer Miriam im Sinn haben mochte, mit Sex hatte es nichts zu tun, das hatte sie bereits klargestellt, als sie gestand, eine »Überdosis« (das Thema des Abends) Motrin erwischt zu haben, das sie »tierischer Krämpfe« wegen genommen hatte. Ihr Pech, wenn sie dachte, ich würde ihrer höflichen Einladung nicht Folge leisten – ihr Wink mit dem Zaunpfahl fiel ob meines eigenen auf taube Ohren.

Der Umstand, dass die Regeln für den Einsatz (oder Nichteinsatz) schon vorab geklärt waren, gab der schönen

Suite eine irgendwie formelle, leicht klinische Qualität. Ich hatte mit einemmal das Gefühl, im Wartezimmer einer Aufbahrungshalle zu sitzen, und bedauerte ausnahmsweise, es passierte mir wirklich nur selten, meinem Schwanz nachgegangen zu sein. Miriam schenkte sich einen Drink ein, holte mir eine Diet Coke aus dem perfekt restaurierten 50er-Jahre-Kühlschrank und ließ sich dann, die Beine ganz entschieden gekreuzt, auf dem Boden nieder. Sie brauchte, so erfuhr ich, meinen Rat.

Thad hatte Schwierigkeiten mit dem Finanzamt. Der Mann war ein Zocker; sein Leben lang schon hatte er Probleme damit gehabt. Morgana hatte ihm bislang immer aus der Patsche geholfen, aber damit war Schluss. (Ich war schockiert zu hören, dass sie ihm überhaupt geholfen hatte.) Man hatte sein Apartment in Manhattan gepfändet, und bei all den Bußgeldern und Zinsen, die sich zusammen auf monatlich 35000 Dollar beliefen, hatte er seine liebe Mühe, mit den Zahlungen nachzukommen. Miriam erzählte mir außerdem, dass er seit Jacks Tod mehr Alkohol und Drogen konsumiere denn je; außerdem leide er an einer nachhaltigen Schreibhemmung hinsichtlich des neuen Buchs. Wann immer es ihm wirklich dreckig ging, rief er sie an, zu jeder Tages- und Nachtzeit, um ihr stundenlang von Dostojewskis Spielleidenschaft zu erzählen. Folge dieses Martyriums waren immer wieder Kopfschmerzen, die wiederum die »Einnahme von Analgetika« notwendig machten. Ironischerweise sorgten die Pillen für einen Bumerangeffekt (der Fachbegriff dafür, ich schwör's), mit dem der Teufelskreis der Migränen wieder von vorne begann. Für sie sei es die Hölle, mit ansehen zu müssen, wie er sich kaputtmache, so sehr wie sie ihn schätzte – es konnte ihr einfach nicht egal sein. Sie hätte ihn gern in bester Form gesehen für »all die wunderbaren Dinge, die er noch vor sich« habe. »Seine große Zeit ist gekommen«, sagte Miriam, und es war ihr ernst damit. Sie hatte einen Treff mit Mordecai Klotcher vereinbart; ihrer Ansicht nach bestand eine gute Chance, dass er eine Option auf eines von Thads Büchern kaufte. Außerdem brannte sie darauf, an dem potenziellen Gameshow-Franchise dranzubleiben, auf das William Morris drängte. Sie hatte haufenweise Meetings und Vorsprechen geplant, nicht nur mit Indie-Regisseuren, sondern mit Filmemachern von Weltrang, die seit langem schon zu seinen größten Fans gehörten – Joel Schumacher, Cameron Crowe und Tim Burton fielen ihr ein. Aber vor allem wollte sie Thad Michelet, den zeitlebens schwer Geprüften, endlich glücklich sehen. In diesem Zusammenhang war sie trotz der »gemeinsamen Vergangenheit« der beiden – felsenfest, verzweifelt, sehnsüchtig – der Meinung, Clea Fremantle hätte, wenigstens kurzfristig, einen stabilisierenden Einfluss auf ihn.

Ich setzte mich ihr gegenüber auf den Boden. »Du hast gesagt, du brauchst meinen Rat.«

Sie war etwas angetrunken. Ich war müde, meine Aufmerksamkeit galt noch immer der eher unwahrscheinlichen Aussicht auf Sex.

»Tja, ich habe da etwas angestellt, Bertie. Ich habe da was gemacht … und ich bin mir nicht mehr so sicher, ob es eine gute Idee war. Die Sache ist die, dass ich mir nicht so sicher bin, dass William Morris die beste Agentur für ihn ist. Ich meine jetzt. Zu diesem Zeitpunkt. Die Leute haben ihm schon eine ganze Weile nichts mehr an Land gezogen, jedenfalls keine Spielfilme. Und die sind nun mal sein täglich Brot! Meiner Ansicht nach haben die ihren Kram nicht auf der Reihe. Ich mache immer noch Geschäfte mit denen, jede Menge sogar, versteh' mich nicht falsch. Aber die wollen ihn in der Werbung sehen. Was völlig in Ordnung ist, schon, aber wenn er nun mal für sein Leben gern Filme macht.

Ich meine, wenn er sich entscheiden müsste – was er wirklich nur ungern tun würde –, dann würde er lieber schreiben, aber damit lassen sich keine Rechnungen bezahlen. Und seine Schwäche für obskures Theater kennst du ja. Nur, für einen Zweiakter nach einer Kurzgeschichte von I. B. Singer stehen die Leute nicht unbedingt Schlange. Und wirklich gute Indie-Sachen gibt's nicht so oft … und wenn du mal in einem kleinen Film landest, der sich als Gurke entpuppt, dann ist es eben eine Gurke. Verstehst du? Dann bist du von heute auf morgen der Mann aus der kleinen Gurke. Was auch immer. Der Typ, der die Indie-Kiste gemacht hat, weil er ach so hip sein wollte, und dabei ganz jämmerlich auf die Schnauze gefallen ist. Nicht dass das an sich ein Problem wäre, aber ich glaube nicht, dass unser Kleiner zu diesem Zeitpunkt noch mehr Übung braucht. Aber im richtigen Spielfilm – von einem der Majors –, oh, Bertie, da glänzt der Mann! Die Geschichte in La Jolla ist übrigens gekippt, hast du gewusst? Der Beckett. Geldprobleme. Nicht dass mich das geschockt hat. Ist auch durchaus okay, weil ihm das … Er macht deshalb so gern große Filme, weil er da auch wieder fertig wird. Er bringt davon vier im Jahr unter, und das ist eine Menge Holz, Bertie! Und genau das braucht er im Augenblick. Junge, Junge, und wie! Dann kann er schreiben. Oder es wenigstens versuchen. Oder was immer er machen will. Er kann in die Canyon Ranch ziehen – es gefällt ihm da – und beim Schreiben abnehmen. Wandern. Pilates. All die tollen Sachen. Tatsache ist, dass er den Job hier nur deinem Vater verdankt. Dein Vater vergötterte Jack Michelet, er *liebt* seine Arbeit. Und warum auch nicht? Aber das weißt du ja eh. Alle Welt mochte Jack Michelet. Ist doch immer dasselbe. Die Welt mag nun mal ihre Ungeheuer. Na, die kannten Jack nicht. Haben ihn nie gekannt. »You don't know Jack?« Gibt's da nicht ein Spiel? Perry meinte, das wäre doch witzig, Gott danke es ihm – ich meine, er mag auch Thad, auf seine Art, was auch gut ist, aber er dachte nur, es wäre ganz witzig, ihn in der Serie zu haben. Womit er ja recht hatte. Ist es ja auch. Oder? Es gibt ihr Klasse. Ist nicht das erste Mal. Thad ist das gewöhnt. Er ist der »Klasse-Clown«. Der Clown mit Klasse. Und warum auch nicht. Solange er kriegt, was er will. Weißt du, dass William Morris da noch nicht mal die Finger im Spiel gehabt hat? Ich meine, die haben daraus einen netten Deal für ihn gemacht, schon, mit meiner Hilfe. Aber allein … allein hätten die's vergeigt. Die hätten es vergeigt, hätte ich nicht …«

»Miriam«, sagte ich ungeduldig. »Wenn du was nicht …«

»Bertie, Thad ist absolut erledigt.« Sie war wirklich betrunken. Ich begann ihren Hals zu küssen, aber sie parierte mich mit einem Lächeln und einer verschämten Drehung des Kopfs. »Ich meine finanziell.« Ich legte eine Hand auf die Innenseite ihres Schenkels, und sie ließ mich gewähren; es war für mich so einfacher, ihrem wirren Vortrag zu folgen. »Mir kam da eine Wahnsinnsidee. Ich rief deinen Dad an und habe mit ihm gesprochen.«

»Du hast meinen Vater angerufen?«

Jetzt hatte sie mich neugierig gemacht.

»Bertie, ich weiß, das hört sich jetzt nach komplettem Wahnsinn an. Ich habe deinen Dad angerufen und ihm gesagt – natürlich habe ich mich vorgestellt, wir haben über Jack geplaudert und darüber, was für ein großer Sammler Perry ist, und er hat mir erzählt, dass er eine Option auf eines von Jacks Büchern hat und so weiter und so fort … Ich habe ihm gesagt, dass wir beide uns kennen – aber ich schwöre dir, ich habe deinen Namen nicht missbraucht«, sagte sie und zog dabei sexy eine Braue hoch. »Und ich habe ihn gefragt, ob er wüsste, dass auch Thad Romane schreibt. Er hatte keine Ahnung! Oder vielleicht hat er's mal gewusst und wieder vergessen, ist auch egal. Aber meiner Ansicht nach hat es ihn eher umgehauen, als er's erfuhr. Na wie auch immer, ich habe ihm gesagt, ich sei gerade bei Barnes & Noble und habe die *Starwatch*-Bücher vor mir – die Reihe, ja? *Starwatch: The Navigators*. Du kennst die doch, oder? Es muss doch mindestens sechzig Stück davon geben. Sechzig Romane auf der Basis von sechzig Episoden aus was weiß ich wie vielen Staffeln. Und ich wollte wissen, ob Perry womöglich interessiert wäre – ich habe mit Thad noch nicht mal drüber gesprochen, das habe ich deinem Dad auch absolut klar gemacht –, na jedenfalls habe ich ihn gefragt, ob seiner Ansicht nach wohl irgendjemand – ich meinte natürlich Perry, ich meine, *hallo?* – Interesse daran haben könnte, dass Thad möglicherweise die Episode, die er gerade dreht, adaptiert. ›Prodigal Son‹. Ich meine als Roman. Für die Buchreihe. Da gehört doch nicht viel dazu, um zu sehen, dass das einschlagen muss. Absolut genial! Vielleicht wäre das doch ganz witzig. Für mich war das ein ziemlich verwegener Vorstoß, okay? Seine Agenten sehen ihn nämlich nicht so. Seine Agenten sehen ihn ganz anders, sagen wir mal als Stimme für Verizon. Ich meine, kein Aas hat auch nur die geringste Ahnung, in welchen Schwierigkeiten der Mann steckt, Bertie! *Nobody knows the trouble he's seen!*« Letzteres sang sie in einem bluesigen Bass, der mich noch schärfer machte. »Und selbst wenn sie's wüssten, es interessiert doch kein Aas. Also habe ich deinen Papi angerufen, okay? Weil mir viel an Thad liegt und irgendjemand ihm schließlich helfen muss. Und mir ist klar, dass die womöglich noch nicht mal so gut bezahlen, aber man könnte doch was draus machen, ein ›Event‹ sozusagen ... Wir könnten ein Event draus machen. Bisschen harmlosen Hype. Ich meine, Thad bekommt eine Spitzengage für ›Prodigal Son‹, und ich könnte mir denken, ich könnte ihm einen netten

Scheck dafür herausschlagen, irgend so'n blödes Paperback draus zu machen, das wahrscheinlich mit oder ohne ihn kommt. Aber darum geht's letztlich noch nicht mal … Ich hab' mir gedacht, wenn ich ihn überhaupt erst mal wieder zum Schreiben kriege, für Geld, selbst wenn's kein Vermögen ist, wenn ihn wenigstens jemand fürs Schreiben bezahlen würde, was er nämlich besser kann als neunundachtzig Prozent der Leute da draußen, vielleicht stellt sich ja dann bei ihm auch die Kreativität wieder ein. Okay? Hab' ich recht? Für sein eigenes neues Buch. Verstehst du? Nein? Was meinst du, Bertie, macht das Sinn für dich oder nicht? Na jedenfalls, das war's. Was ich von dir wissen wollte, tja … was hältst du davon? Hab' ich Mist gebaut oder ja?«

* * *

Die nächsten paar Tage lief der Dreh reibungslos.

Thad war frei – von Kopfschmerzen – und ungebunden; die Medikamente, verschrieben oder illegal, beeinträchtigten seine Arbeit jedenfalls nicht. Wie immer war er ganz der Profi und brachte interessante Ideen in seine Rolle ein, wo er doch auch Routine hätte abliefern können. Clea machte sich definitiv wieder zu; sie konnte da niemandem etwas vormachen – jedenfalls nicht mir. Die ersten Anzeichen dafür, dass ein reformierter Süchtiger rückfällig geworden ist, sind die plötzlichen Anspielungen auf die »Wahnsinnswirkung«, die eine schlichte, noch nicht mal verschreibungspflichtige Pille gegen Juckreiz vom Abend zuvor auf ihren »jungfräulichen Kreislauf« gehabt hat. Ein gar noch deutlicheres Zeichen, dass da jemand ausgerutscht ist, besteht darin, dass besagte Süchtige Ihnen weisszumachen versucht, die synergistische Wirkung von, sagen wir mal Robitussin — für den nervigen Husten, an dem man seit drei Wochen laboriert –, und Wellbutrin (Clea und ich waren keine Nüchternheitsnazis: etwas gegen Depressionen und Zwangsneurosen zu nehmen, war durchaus okay) hätte doch tatsächlich Schwindel und Stottern zur Folge gehabt. Unglaublich, aber wahr! Und das von Leuten bei den AA! Glauben Sie's oder nicht … Indem er solche pseudonaiven Betrachtungen in aller Öffentlichkeit anstellt, schafft der Süchtige raffiniert die Basis – oder jedenfalls bildet er sich das ein – für die Rechtfertigung der bevorstehenden Katastrophe.* Ich war also äußerst skeptisch, als Clea mir als Erklärung für ein leichtes Hinken eröffnete, sie sei am Abend zuvor – total irre, wer hätte das erwartet? die Wirkung von Zoloft, Bendadryl und Allegra-D! – über einen Teppich gestolpert und gestürzt. Sie sah meinen Blick oder besser meine Grimasse, mein greifbares Missfallen, was für sie Grund genug war, unsere gemeinsamen Work-outs im Fitnessclub am Sepulveda Boulevard zu beenden. Auch mit den Brunches bei Hugo's war schlagartig Schluss.

Ich tat einen tiefen Atemzug und befahl mir, mich nicht länger wie ein Co-Abhängiger aufzuführen: Schluss mit den unsinnigen Kritteleien. Ich kam doch mit meinem eigenen Leben kaum klar; ich hatte weder Recht noch Grund, das ihre managen zu wollen. Worum ging es denn hier letztlich? Einen Rest von Eifersucht auf Thad? Oder womöglich war ja ich derjenige, der sich gern wieder mal vollaufen lassen

* Ich finde es immer wieder amüsant, wenn Schauspieler behaupten, nach Knochenbrüchen, Neuralgien oder Bandscheibenvorfällen eine Abhängigkeit von Schmerzmitteln entwickelt zu haben – oder sie seien auf Speed gekommen, um die mörderisch langen Drehtage zu überstehen. Warum sagt nicht mal einfach einer: »Ich fühle mich damit besser! Ich bin stärker, hübscher, gescheiter, sexier und herrlich taub! Ich komme besser mit mir zurecht! Ich habe keine Angst vor Terroristen mehr! Ich könnte sogar *Sie* gern haben – Sie und die ganze gottverlassene Welt!«

wollte, und verübelte ihr ihre sorglose Nachsicht gegenüber sich selbst. Vielleicht war ich derjenige mit dem Todeswunsch.

Dann sagte ich mir, das sei doch Bullshit. Sie baute Mist, dass es nur so knallte, und ich hatte keine Lust, die Scherben aufzusammeln.

DIE KOSTÜMABTEILUNG HATTE weder Kosten noch Mühen gescheut: Clea trug einen durchsichtigen Kasack – ein verrücktes, wenn auch züchtiges Plagiat eines Pariser Haute-Couture-Modells, das erst zwei Wochen zuvor in allen Zeitungen zu sehen gewesen war. Wie merkwürdig, Thad und Clea so nebeneinanderstehen zu sehen mit ihren eckigen Gesichtern, die, wenn schon nicht direkt grauslich (vielleicht hatte ich mich an sie gewöhnt), so doch nur einen Schrei von einem atavistischen Alptraum entfernt waren. Mir war, als hätte ich eine Spezialbrille auf, die mir einen normalerweise nicht zugänglichen Blick auf die fremde, um nicht zu sagen außerirdische Dynamik erlaubte, die direkt unter der Oberfläche aller chemisch komplexen, leidenschaftlich erotischen Langzeitverbindungen lag. Ich fragte mich, wie Miriam und ich uns wohl durch diese magische Brille ausnehmen würden. Wahrscheinlich nicht annähernd so interessant.

Wir überlegten, ob wir zum Nachtisch den Erdbeerkuchen oder die Pfirsichpastete mit Eis nehmen sollten, als Nick Sultan, unser Regisseur, ein waschechter Brite, mit einem Tablett voll Fleisch und Kartoffeln herüberkam.

Er fragte zurückhaltend, ob er sich zu uns setzen konnte. (Regisseure scheinen immer erst zum Essen zu kommen, wenn alle anderen bereits gegessen haben.) Weil wir nicht unhöflich sein wollten, sagten wir ja.

»Wirklich großartige Szene, das eben«, sagte er.

Er sprach, wie sollte es anders sein, von dem Augenblick, in dem sich herausstellte, dass unser Fähnrich Rattweil kein Geringerer als ein exilierter Vorbalidenprinz war. Thads Vater, müssen Sie wissen, rang mit dem Tode; die Entführung der *Demeter* war die einzige Möglichkeit für die Familie, den ausgebüchsten königlichen Spross wieder nach Hause zu bekommen, wo er sich um unerledigte Geschäfte zu kümmern hatte, vor allem das Gerangel um die Thronfolge mit seinem garstigen Zwillingsbruder Prinz Morloch.

»Ich hatte Tränen in den Augen. Ihr wart große Klasse.« Gentleman, der er war, schloss unser Steuermann flugs Clea und mich (mit einem Blick) in sein Loblied mit ein. »Ich bin so froh, dass Sie mit von der Partie sind«, sagte er, jetzt nur noch an den berühmten Gaststar gewandt. »Sie würden ja nicht glauben, wer so alles süchtig nach *Starwatch* ist. Völlig verrückt.« Letzteres kam mit einem direkten Blick in meine Richtung – schließlich musste ich ja wohl der hauseigene Experte für die globale Anziehungskraft der Kultserie sein.

»Ich weiß«, sagte Thad. »Ich habe irgendwo gelesen, dass Rumsfeld ein Fan ist.«

»Ja!«, sagte Nick voller Freude. »Ich habe davon gehört! Und Dylan! Dylan ist angeblich besessen davon!«

»Wow«, meinte Thad, und es war nicht ironisch gemeint.

»David Sedaris steht auch drauf.«

»Tatsächlich.«

»Oh ja. Und die Frau, die … nicht *Adaption* selbst, sondern das Buch … den *Orchideendieb* geschrieben hat. Und wer hat gleich wieder die *Abbitte* geschrieben?«

»Ian McEwan? Das ist doch nicht Ihr Ernst?«

»Wenn ich es sage, McEwan! Ganz großer Fan.«

»Tja … ich bin schockiert!«, sagte Thad, aufrichtig bestürzt.

»Übrigens, ich habe es noch nicht erwähnt, aber ich fand Sie ganz unglaublich in *Quichotte*. Absolut fantastisch!«

»Danke. Die Arbeit mit Terry ist aber auch eine ›Erfahrung‹.«

»Gilliam! Das ist mir vielleicht eine irre Type!«

»Er ist wirklich wunderbar.«

»Ein Verrückter, ja, aber was für ein Talent«, meinte Nick. »Und spaßig. Wir haben vor zehn Jahren mal zusammengearbeitet. In Schottland.« Thad machte sich nicht die Mühe, weiter zu fragen. »Hat Ihr Vater die Serie je gesehen?«

»Ich glaube nicht. Dad hat kaum ferngesehen. Aber man kann ja nie wissen!«, rief Thad aus. »Ich kann mich auch irren – womöglich war Jack Michelet insgeheim ein *Starwatch*-Fanatiker! Gleich neben Ben Stiller, Nagib Machfus und Susan Sontag! Gut möglich« – er ahmte jetzt Charlie Chan nach – »dass er war Fan Nummer eins!«

»Ich schätze«, räumte Nick ein, »man wird nicht derart produktiv, wenn man vor dem Fernseher sitzt.«

Thad nahm die harmlose Bemerkung als Seitenhieb: im Fernsehen aufzutreten, war eine existenziell maligne Übung. Ein Clown mit Leukämie könnte nicht schlimmer sein.

»Wie ich höre, schreiben Sie selbst«, sagte Nick. »Romane, stimmt's? Für mich das absolut Schwierigste überhaupt. Und dann noch im Schatten dieses Mannes zu schreiben.« Er schüttelte grinsend den Kopf. »Ist ein bisschen, wie für Hillary den Sherpa zu machen.«

»Unser Stil ist ziemlich verschieden«, sagte Thad höflich, während er sein Tablett aufnahm, um zu gehen.

Cleas Gesicht glich einer Wetterfahne in Tornado Alley –

ich sah das Zittern, jeden Augenblick würde sie sich wie verrückt drehen. »Meint er etwa Hillary Clinton?«, sagte sie mit einem falschen Lächeln, um uns noch etwas Zeit zu geben, den Sturmkeller zu erreichen.

»Das wäre in etwa so, als hätte ich John Huston zum Vater, um es mal auf den Film zu übertragen.« Nick schaufelte sich Erbsen, Kartoffeln und einen fettigen Brocken Schweinekotelett in den Mund. »Sagen Sie, waren Sie nicht auch irgendwie erleichtert, als er nicht mehr war? Ich meine nicht ›froh‹. Es ist nur … ich meine, ich persönlich, ich stand ja derart in Konkurrenz mit meinem alten Herrn. Wie die meisten Söhne. Und er war kein Genie – Gott sei's gedankt. Nicht dass ich eines bin. Verglichen mit ihm vielleicht. Er war Herrenausstatter. Und ein sehr guter sogar, er arbeitete in der Savile Row. Aber er hat nie was von mir gesehen, nicht mal was von meinen Sachen von der Filmhochschule. Ich nehme an, dass er einfach nicht gern verlor. Aber worauf ich hinauswill, Thad, ist es leichter, jetzt wo er nicht mehr ist? In dem Sinne, dass … na ja, finden Sie, dass jetzt weniger Schattenboxen angesagt ist als zuvor?«

»Nicht wirklich.«

»Das soll hier keine Analyse werden! Wahrscheinlich projiziere ich auch ein bisschen – weil ich noch an meiner eigenen Geschichte zu knabbern habe. Als ich am College war, habe ich mal eins von seinen Büchern gelesen. Die *Goldblüten*.«

Wieder verfinsterte sich Cleas Miene. Thad, der den Stimmungswechsel spürte, wurde merkwürdig munter: »Freut mich! Ist eins von seinen weniger bekannten.«

»Allerdings«, sagte der Regisseur nüchtern. »Nicht dass ich wüsste warum.«

»Es enthält einige recht freizügige Passagen«, meinte Thad. »Fast pornografisch, findest du nicht, Clea? Einige

Bibliotheken haben es hier in den Staaten sogar auf den Index zu setzen versucht. Irgendwo in Ohio kam's gar zu einer Bücherverbrennung.«

»Leg sich bloß keiner mit den Leuten aus Ohio an!«, sagte Nick. »Ich habe dort mal einen Spot für Old Navy gedreht, frag mich keiner warum. Aber ein wunderschönes College haben sie – Wexner? Wexler? Ich hatte da einen Vortrag zu halten, vor einem Filmseminar. Haben ein Schweinegeld bezahlt. Geld haben sie ja, aber so was von langweilig. Brutal! Ist das noch der mittlere Westen? Für mich ist das nichts. Ich bin eher so'n bisschen verrückt – wie Terry. Ich brenne darauf, endlich einen Spielfilm zu drehen.« Er rieb sich die Hände wie ein Penner an einem Tonnenfeuer. »TV ist ja ganz nett, aber man kann sich nicht so recht entfalten. Nicht dass es nicht erwachsen geworden wäre, mit Kabel und so. Ich meine, die machen, was Dennis Potter vor dreißig Jahren gemacht hat, findet ihr nicht? Ist schon hart, sich von den Kameraden übergangen zu sehen. Tony Minghella, die Scott-Brüder – alles alte Kumpels! Sie haben mir ein paar Spots zugeschanzt, ich meine, die Leute sind heute die Kings! Aber ich werde den Teufel tun und den Rest meines Lebens auf dem Kran auf so einen beschissenen Lexus zufahren! Wenn ich einem BMW einen blasen will, dann mach' ich das nicht öffentlich, sondern in meiner Garage! Nein danke! Das wirklich Tolle am Fernsehen ist natürlich seine verdammte Unmittelbarkeit – ich brauche das hier wohl keinem zu sagen. Es zieht sich nicht alles hin, ein, zwei Jahre, wie beim Film. Trotzdem, ich kann's kaum noch erwarten. Letztlich geht nichts über Kino!« Er legte eine Pause ein, um sich den Mund vollzuschaufeln. »Aber sie machen einen platt, wenn man auch nur ein bisschen ›schräg‹ zu werden droht, oder etwa nicht? Wenn man auch nur dazu *neigt*. Was haben sie denn mit Orson Welles gemacht? *It's All True*? Die

Doku? Hat die mal jemand gesehen? Das Studio hat ihn in Brasilien verarscht, während man ihm hier in L. A. die *Ambersons* verstümmelt hat. Das hat man davon, ›schräg‹ zu sein! Trotzdem, ich würde mich zu gern an den *Goldblüten* versuchen. Ist eines von den Projekten, wo ich immer Angst habe, eines Tages in *Variety* zu lesen, dass es mir einer weggeschnappt hat, der es dann völlig vergeigt – oder schlimmer noch, der ihm gerecht wird!«

Er lachte herzhaft über sein Bonmot.

»Ich gehe mal eine rauchen«, sagte Clea und verschwand.

»Ich frage mich, Thad, haben Sie schon mal ein Drehbuch geschrieben? Oder irgendwann mal daran gedacht?«

»Ja, doch ... Aber dass ich mich ernsthaft dran versucht hätte? Glaub' ich nicht.«

»Könnten Sie sich vorstellen, die *Goldblüten* zu adaptieren? Ich meine es ernst, wirklich. Verdammt ernst.«

Thads Miene gefror zu einem schaurigen Lächeln; ich entschloss mich zu intervenieren.

»Weißt du was, Nick, ich bin ziemlich sicher, dass mein Vater die Option darauf hat.«

»Oh, und wie ich das weiß! Wir haben sogar schon drüber gesprochen, Perry und ich – wir haben das Projekt diskutiert! Zuerst eher beiläufig. Als er meine Leidenschaft für das Buch sah ... na jedenfalls, dass ausgerechnet er die Option darauf haben sollte ... der reine Wahnsinn. Magisch, wenn man es recht bedenkt. Ich meine, ich weiß noch nicht mal so recht, wie das ging, wir unterhielten uns, und – *peng!* – mit einemmal kam's aus dem Nichts. Er hatte überhaupt nichts dagegen, es mir anzuvertrauen – per Handschlag, genauso wie ich's mag. Dein Vater hält es genauso. Ich nehme mal an, deswegen hat er's auch so weit gebracht, oder? Als ich vorschlug, dass Thad sich dran versuchen sollte, hielt er das für eine Wahnsinnsidee. Wir saßen beim

Kaffee, und Perry sagte, deine Agentin – Miriam, ja? –, er sagte, Miriam hätte bereits mit ihm darüber gesprochen, ›Prodigal Son‹ als Roman zu adaptieren. Meiner Ansicht nach eine tragische Verschwendung. Wäre doch viel besser, Ihnen was wirklich Großes zu geben, etwas Anständiges, meinen Sie nicht? Was wirklich Fantastisches.«

ALS THAD VON MIRIAMS Plänen erfuhr, schien er zu erschöpft, sein Überdruss viel zu groß, um wütend zu werden. Ich beobachtete ihn, wie er sie später im Hotel lustlos zur Rede stellte, wo wir uns, wie sich das für Showbiz-Zigeuner gehört, allabendlich vom Zimmerservice etwas zu essen heraufbringen ließen, egal ob wir Hunger hatten oder welcher Laune wir waren. Miriam wurde zusehends kleiner, als Thad, ihr die Leviten lesend, Fraktur mit ihr redete, bevor er die ungehörige, wenn auch gut gemeinte Geste achselzuckend abtropfen ließ. Ich hatte so das Gefühl, dass er wohl wusste, dass Miriam ihn nie so ganz würde verstehen können und trotzdem alles Menschenmögliche tun würde, um ihm unter die Arme zu greifen, Trost zuzusprechen, zur Seite zu stehen. Sie war eine treue Seele, und allein schon deshalb konnte er sie nicht kritisieren. Er war sich außerdem darüber im Klaren, dass sie seine Pechsträhne und sein rapide zunehmender Pessimismus nicht weniger frustrieren mussten als ihn. Immerhin war Miriam es gewesen, die all die Jahre zu ihm gestanden hatte, auch wenn das – mittlerweile war es zur Regel geworden – nicht immer profitabel gewesen war. Sie kannten einander schon ewig; sie war seinen Eltern näher gewesen als irgendeiner seiner Freunde, und was er mit am meisten zu schätzen wusste, war, dass sie nie auch nur das geringste Interesse daran gezeigt hatte, geschäftlich mit seinem Vater zu tun haben zu wollen. Nicht dass sich keine Gelegenheit dazu geboten hätte; Jack Michelets überzeugende Art war legendär – einmal hatte er Miriam aus reiner Boshaftigkeit vorgeschlagen, doch auch seine Agentin zu werden. Sie hatte eiskalt abgelehnt. Ihre Loyalität war absolut.

Psychologisch eine billige Einsicht, sicher, aber ich nehme an, er hatte seine Ambivalenz seiner Mutter gegenüber auf Miriam übertragen. Obwohl meine eigene Begegnung mit einer durch den Witwenstand veredelten, aber sichtlich gereizten Morgana eher kurz ausgefallen war, schien mir das Bild von der Seelen mordenden Eiskönigin gar nicht so daneben. (Nicht dass Miriam eine dieser Qualitäten mit ihr geteilt hätte, im Gegenteil.) Ich versuchte mir vorzustellen, wie es wohl gewesen sein mochte, von Vater und Mutter verachtet zu werden. Meiner Erfahrung nach haben Söhne hier in den Vereinigten Staaten sich damit abgefunden, vom Vater nichts erwarten zu können – außer Schläge, wenn er überhaupt je zu Hause ist; wenn schon nicht völlig bedeutungslos, so ist der Prototyp des amerikanischen Patriarchen ein grantiger Ritter, der – in endlosem phallozentrischen Tjost – gegen seinen unzureichend gerüsteten Nachwuchs antritt. (Womöglich habe ich hier mehr von mir preisgegeben als beabsichtigt.) Die männliche Nachkommenschaft erwartet über kurz oder lang von der duldenden Mutter – die selbst ein Opfer ist –, mit Riechsalz, heißen Handtüchern und mitfühlenden Tränen für ihren Besten und Gescheitesten in den Kulissen zu stehen. Aber wenn nun auch die Mutter selbst ihm nicht wohlgesinnt ist, dann läuft so ein Junge Gefahr, zu einer Art verwaistem Staatsfeind zu werden. In

Thads Fall lagen die Dinge gar noch komplizierter, weil er darüber hinaus noch zum Sündenbock für den Tod seines Zwillingsbruders geworden war, einer Art wandelndem, um nicht zu sagen hinkendem Behältnis für Jacks und Morganas deplatzierten Kummer und Zorn. Vielleicht wäre es auch so gekommen, wenn Jeremy Michelet herangewachsen und das üppige Versprechen, das man in ihm gesehen hatte, in Erfüllung gegangen wäre; womöglich war da ein tief sitzendes, in den Chromosomen selbst angelegtes Karma am Wirken – die erbitterte Troika, der bestimmt war, den schwachen Paria totzuschlagen (wie das bei Schimpansen vorkommen soll); womöglich war dem geliebten Alpha-Zwilling bestimmt, sich seinen Leuten in ihrer stürmischen Abscheu gegen den zweiten Sohn anzuschließen, ihr furchtbares, von Verachtung durchpulstes Blut vereint in inbrünstigem Hass gegen die seinem Bruder zum Verwechseln ähnliche Wucherung namens Thad, die neun Minuten später (und obendrein verkehrt herum und blau im Gesicht) sozusagen als Nachgeburt des Auserwählten zur Welt gekommen war.

* * *

Ich war durchaus überrascht, als ich mich dabei ertappte, Miriam am Donnerstagmorgen, auf unserer Fahrt zum Flughafen nach historischen Details hinsichtlich derer von Michelet auszuholen. (Wir waren noch in der ersten der beiden Wochen, die für den Dreh des Zweiteilers anberaumt waren, und ich hatte erst nach dem Mittagessen wieder zu tun.) Ich versuchte ein Gespür für die Textur von Thads frühem Leben zu bekommen; dass ich überhaupt die Energie für eine solche Kampagne aufbrachte, war untypisch für mich – es war aber eine willkommene Ablenkung von meiner üblichen Beschäftigung mit mir selbst. Unterbewusst, so nehme ich an, hatte ich bereits mit der Arbeit an der vorliegenden Geschichte begonnen, und der Schriftsteller in mir sammelte instinktiv die Pigmente für das große Kaminporträt des Künstlers als … tja, als Mann.

»Du hast Jack Michelet in Yale kennengelernt?«

»Mhm.«

»Ich dachte, du hättest ihn über Thad kennengelernt.«

»Nö. Ich hab' dort studiert. Er hat dort mal einen Vortrag gehalten.«

»Ah ja. Und … habt ihr … miteinander gesprochen?«

»Es gab anschließend eine Fragestunde. Dann haben wir ihn zum Essen eingeladen.«

»Ah ja.«

»Was willst du damit sagen – ›ah ja‹?«

»Wieso? Ich verstehe nicht?«

»Du sagst ständig ›ah ja‹.«

»Ah ja? Darf ich das nicht?«

»Du bist vielleicht ein Blödmann!« Sie lachte und steckte sich eine Zigarette an. »Nein. Ich habe nicht mit ihm geschlafen, falls es das ist, was du mir auf so plumpe Art zu entlocken versuchst. Aber ich hoffe doch nicht, ich fände es nämlich beleidigend.« Dann sagte sie, aus heiterem Himmel: »Meinst du, jemand jagt heute den Flugplatz in die Luft?«

»Ich denke, dass das für Ende der Woche angesetzt ist.«

»Oh! Ich habe vergessen zu fragen, was du von Miss Cleas großer Idee hältst.« Ich hob den Kopf. »Die Fernsehserie – hat sie dir nichts gesagt?«

»Nein.«

»Ist wahrscheinlich eine Überraschung.«

»Was?«

»Vielleicht besser, du hörst es von ihr.«

»Quatsch, hör schon auf! Worum geht's denn?«

»Sie will mit Thad eine Sitcom machen. Oder weniger

eine Sitcom, mehr eine ›Dramedy‹ – ist das ein Wort? Was Smartes, Improvisiertes, so in der Richtung von *Curb Your Enthusiasm*. Jedenfalls hat sie das gesagt. Wie es ist, berühmte Eltern zu haben. Sie und Thad in den Hauptrollen, obwohl ich mir nicht sicher bin, dass sie damit sagen wollte, sie würden sich tatsächlich selber spielen. Das hätte doch etwas zu viel von einer ›Reality Show‹. Aber meiner Ansicht nach meint sie, mit berühmten fiktiven Eltern mit fiktiven Berufen kämen sie durchaus durch. Also keinen großen Filmstar oder einen berühmten Schriftsteller, eher Berühmtheiten auf anderen Gebieten. Sie will damit zu den Networks gehen, solange Thad noch hier ist. Mir persönlich gefällt's. Ich meine, wenn man's so in der Art von Larry David angeht, also ich denke, das könnte richtig toll werden.«

* * *

Nach Drehschluss an diesem Donnerstag schaute ich in Cleas Garderobe vorbei.

Ich erwähnte, durch Miriam von dem Projekt mit den Prominenten-Kindern gehört zu haben. Ehrlich gesagt war ich gekränkt, dass sie mir nicht davon erzählt hatte – wir kauten dusslige Ideen immer zusammen durch –, aber Clea plapperte weiter und ignorierte cool, dass ich eingeschnappt war. (Ganz unabhängig von meiner schlechten Laune fand ich die Idee berechnend, daneben und trivial.) Sie bemerkte meine Verstimmung, aber wir hatten beide keine Lust, darüber zu reden. Wir wussten beide, wir hatten uns in letzter Zeit in trübem Wasser bewegt. Als Friedensangebot fragte ich sie, ob sie mit in den Fitnessclub ginge.

Als Clea sagte, sie hätte »Ischias«, fragte ich selbstgefällig: »Warum sagst du nicht einfach, dass du rückfällig geworden bist?«

»Was?« Ihr Gesicht verzog sich zu einem irrsinnigen Lächeln, als wäre ich nicht mehr ganz dicht.

»Oh bitte, Clea! Scheiß mich nicht an, ja? Das ist echt jämmerlich. Und wirklich, wirklich traurig, okay? Du hast dich so gut gemacht.«

»Tu nicht so verdammt herablassend!« Ganz die Schauspielerin, nahm sie alle Kraft zusammen, bevor sie sich entschloss, sich auf die Lüge zu versteifen. »Ich habe Schmerzen, Bertie. Wenn's dir recht ist! Ich war bei drei Akupunkteuren und vier Chiropraktikern. Ich hatte drei MRs« – ich fragte mich, wo sie wohl die Zeit hergenommen hatte –, »und keiner kommt dahinter, was los ist, *okay?* Ich habe eine Empirin Kodein genommen, *eine,* okay? Ich habe einen ganzen Arschvoll entzündungshemmende Mittel geschluckt, *nichts!* Ich kann nicht schlafen, *okay?* Du weißt, was passiert, wenn ich nicht schlafen kann. Ich flippe aus. Ich bekomme kein klares Wort mehr heraus. Ich kann meinen Text nicht behalten. Ich habe Angstanfälle. Du hast Glück. Du kennst solche Probleme nicht. Du kannst von Glück reden. Weißt du was? Vielleicht will ich ja wirklich. Vielleicht mach' ich's ja auch noch, ich will hier nichts behaupten. Aber im Augenblick jedenfalls mach' ich mich nicht zu. *Okay?*«

»Du benimmst dich aber so.« Ich war nicht stolz auf meine Predigt, aber der Zug war bereits abgefahren. »Du solltest vorsichtig sein, Clea. Die Leute werden's merken. Völlig egal, ob du nun einen legitimen Grund hast oder nicht.« (So viel gestand ich ihr zu.) »Den Leuten ist das scheißegal. Du hast zu verdammt hart gearbeitet ...«

»Ja, von wegen!«, sagte sie sarkastisch. »Ist künstlerisch auch so was von befriedigend, anderthalb Stunden herumzusitzen mit vier Pfund Latex auf der Visage! Sag mir doch, Bertie: Was passiert wohl, wenn die Weltpresse erfährt, ich nehme etwas *Kodein*« – mit ungeheurer Herablassung spuckte sie mir das Wort hin, als handele es sich um ein Vitaminpräparat – »gegen diese beschissenen hartnäckigen Schmerzen? Meinst du, Katie Couric ruft an, Bertie? Meinst du, *Dateline* lädt mich ein?«

»Geht's nicht ein bisschen lauter?«

Sie kam meiner Aufforderung nach. »Lässt Papi mich dann bei der nächsten *Starwatch*-Convention nicht mit den anderen Kindern spielen?«

Ohne meine Message zu entschärfen, ruderte ich zurück. »Ich sage doch nur, du solltest wieder zu den Meetings gehen. Und dann brauchst du einen besseren Arzt«, riet ich ihr und gönnte ihr die Fantasie von den Problemen mit ihrer Skelettmuskulatur. »Einen Orthopäden. Gita ist da die Koryphäe – sie kann dir einen empfehlen.« Ich schlug einen düstereren Ton an. »Und an deiner Stelle würde ich aufpassen, Clea. Du bist die ganze Zeit mit ihm zusammen. Hör zu: Ich mag deinen Freund wirklich, aber der Mann ist ein ausgewachsener Alkoholiker, und süchtig obendrein. Ich weiß, wie schwer es ist, nicht selbst was zu nehmen, wenn man miteinander schläft.«

»Was du so alles weißt«, höhnte sie.

»Na eines jedenfalls weiß ich, dass es nicht gut für dich ist, rund um die Uhr mit ihm zusammen zu sein.«

Sie schwieg einen Augenblick, bevor sie mich anfuhr: »Du schläfst mit Miriam!«

»Ja«, sagte ich mit einem einfältigen Lächeln.

Sie versuchte die Oberhand zu gewinnen. Ich konnte es ihr nicht verübeln.

»Und, läuft's mit euch beiden?«

»Es ist nicht wirklich was Festes. Aber sonst ist alles prima. Danke der Nachfrage.« Ich wartete einen Takt, bevor ich bekräftigte, was ich hatte sagen wollen. »Ich mache mir Sorgen um dich, Clea. Ich möchte nicht, dass du aus meinem Leben verschwindest.« Es war ein Klischee und ein pappsüßes obendrein, aber es war mir ernst.

»Du sprichst von Sterben?«

Ich blieb bei meiner Taktik der liebevollen Strenge. Auch auf die Gefahr hin, mich wie ein Therapeut aus Brentwood anzuhören, sagte ich: »Auch eine Möglichkeit zu verschwinden.«

»Was weißt du schon davon!«

Ein kryptischer Schlag unter die Gürtellinie – sie hatte ihren Trumpf ausgespielt: ihre tote Mutter.

»Es gibt 'ne Menge, wo ich nicht mitreden kann«, sagte ich mit der Bescheidenheit eines Zen-Meisters.

Mein Gleichmut machte sie rasend. Sie lief in der Garderobe umher, warf Sachen in den Matchbeutel, den ich ihr bei Miu Miu gekauft hatte. »So schmerzlich das für dich sein mag, aber du bist nicht mein Vater, okay? Du bist nicht mein Vater und meine Mutter schon gar nicht. Und Thads Vater auch nicht!« Ich wappnete mich schon mal, weil ich wusste, was kam. »Und weißt du, was du außerdem nicht bist?«

»Ich habe so das Gefühl, du wirst es mir sagen, Clea.«

»Allerdings, weil es dir sonst keiner sagen wird! Es hat nämlich keiner den Schneid dazu, weil du der Sohn des großen Perry Needham Krohn bist, okay? Du bist auch nicht dein Vater – was ja wohl wirklich verdammt wehtun muss. Das muss ja wohl wirklich zu verdammt blöde sein! Und ich weiß, dass du dir alle Mühe gibst. Mit all deinen ach so tollen kleinen Projekten für HBO?« So laut wie sie geworden war, hörte sie sich mittlerweile wie ein Valley Girl an. »Und natürlich kann kein Mensch – schon gar nicht einer deiner armseligen, unterdrückten Freunde – auch nur davon träumen, je ein Projekt zu haben, nur du, was, Bertie, nur du? Ich meine, da sei ja wohl Gott vor, dass ich, die Loser Queen, eine Idee haben sollte, die sich einem Network verkaufen ließe! Ohne deinen Segen!« Bei der Heftigkeit, mit der sie ihrem Zorn Luft machte, schoss ihr Speichel wie Pfefferspray in den Raum. »Und ich weiß, wie sehr du aus seinem Schatten herauszuklettern versuchst – was ja auch in Ordnung ist. Ich meine wirklich. Weil du ein lieber Kerl bist, Bertie, und ich dich furchtbar gern habe und du ’ne Menge für mich getan hast, aber weißt du was? Ich würde mir nie ein Urteil über dich anmaßen. Nie! Weil du ja vielleicht tatsächlich mal Erfolg hast. Wäre das nicht der Wahnsinn? Ich würde das total feiern! Vielleicht überrundest du ja eines Tages Gott den Herrn und Schöpfer von *Starwatch: The Fucking Navigators!* Vielleicht hast du mal ein größeres Haus als er, mitten in Malibu! Vielleicht baust du dir eines auf Stelzen mitten ins Wasser, verdammt nochmal, um ihm die Aussicht zu verbauen! Was weiß ich schon? Was sollte die verdammte Loser Queen schon groß wissen? Und was weißt du schon, Bertie? Für wen hältst du dich, dir ein Urteil über meinen Scheiß anzumaßen? Weißt du, wo dein Problem liegt? Du kümmerst dich um mein Leben, während du dich verdammt nochmal um deinen eigenen Scheiß kümmern solltest. Okay? Was meinst du, Bertie, wäre dir das möglich? Meinst du, du bringst die Zeit dafür auf, dich mal um deinen eigenen Scheiß zu kümmern? Und dich aus meinem rauszuhalten?«

ICH BEDAUERTE, WAS DA passiert war.

Wie auch immer, Clea hatte recht – ich hatte mir ein Urteil über sie angemaßt. Ich kam mir vor wie ein Trottel. Da machte ich mir aufrichtig Sorgen um ihre Nüchternheit, und trotzdem hatte ich es irgendwie geschafft, kleinlich, aggressiv und missgünstig rüberzukommen. Indem ich ihre Idee für die Fernsehserie runtermachte, hatte ich die Geschichte völlig falsch angepackt. Noch nie hatten wir uns derart gestritten, und es schmeckte mir nicht.

Freitag, gegen Mitternacht, rief Clea an. Heulend. Sie sagte, sie hätten sich im Chateau ganz furchtbar gestritten und sie sei gerade unterwegs zurück nach Venice. Ich forderte sie auf, doch rüberzukommen, aber sie musste noch für einen Roosevelt-Chandler-Event am Wochenende in San Rafael packen. Auf ihre Bitte hin hatten die Veranstalter ihr im Coast Starlight einen Platz im Schlafwagen gebucht; eigentlich hätte Thad sie begleiten sollen, jetzt bat sie inständig mich, doch für ihn einzuspringen. Ich freute mich allein schon über ihren Anruf an sich und war ganz erpicht darauf, die Unstimmigkeiten zwischen uns beizulegen. Die Veranstaltung war am Sonntag, wir könnten noch am Abend wieder zurückfliegen. Um sieben Uhr morgens käme ein Wagen bei ihr vorbei, um sie zur Union Station zu fahren. Clea meinte, sie würden »einen Schlenker« bei mir vorbei machen, um mich abzuholen.

* * *

Als wir den hallenden Bahnhof betraten, der noch im Glanz einer ganz anderen Ära erstrahlte, erspähten wir ihn am Ende einer Reihe von mit braunem Leder bezogenen Art-Déco-Stühlen.

Die Miene zwischen den Revers seines Tweedjackets trug dick aufgetragene Zerknirschtheit zur Schau – er war jetzt nicht mehr Chan, sondern Chaplin mit einem Strauß Rosen in der verkrampften Hand. Er zeigte ihr ein breites Lächeln, und seine Movietone-Pantomime ließ sie auf der Stelle dahinschmelzen. Ich war froh darüber; mir war (zumal in aller Herrgottsfrühe) alles lieber als eine Szene.* Noch bevor ich Gelegenheit hatte, mich zu entschuldigen und diskret aus der Affäre zu ziehen, sah Thad sich – mit der angeborenen Antenne und der verhaltenen Begeisterung eines Empfangschefs – in seinem Verdacht bestätigt, dass meine Funktion über die des bloßen Begleiters (ich hatte eine kleine Reisetasche mit) hinausging, dass ich vielmehr angeheuert war, als guter Freund mitzukommen, als Gefährte und Schulter zum Ausweinen ganz allgemein. Zu diesem Zeitpunkt trat ich gerade den Rückzug an, aber er wollte davon nichts hören. Mit dem Befehl, uns »nicht von der Stelle zu rühren«, ging er hinüber zum Schalter und kam etwa zwanzig Minuten später zurück, um uns zu sagen, er hätte für mich ein zweites Abteil – *Deluxe!* – reserviert, »nur zwei Türen weiter von Mom and Dad«.

Cleas Augen sagten mir, sie war mehr als zufrieden mit dem neuen Arrangement. Ich hatte so das Gefühl, dass meine Anwesenheit als Anstandswauwau auf diesem Ausflug die Wogen etwas glätten würde; außerdem freute ich mich tatsächlich auf die einzigartige Entspannung, die magische Zeit zum Sinnieren, die einem eine Bahnfahrt beschert.

* * *

Die Deluxe-Abteile waren eher klein geraten, aber dadurch, dass man sie ganz für sich hatte, erschienen sie einem mehr als geräumig.

Nachdem ich mein neues Habitat in Augenschein genommen hatte, richtete ich mich, wie ein pingeliger Zeit-

* Okay, es war gar nicht so einfach, ihm böse zu bleiben. Bin ich eben ein Zuhelfer, ich geb's zu. Sind Sie jetzt zufrieden?

genosse auf einer langen Kreuzfahrt, heiter und unbeschwert ein. Ich machte es mir im Sitz bequem, legte die Füße auf seinen Zwilling gegenüber (dazwischen gab es einen praktischen Klapptisch) und saß dann da, den Blick gen Norden, das blanke Skelett der »Bibel« für *Holmby Hills* vor mir wie eine Kalkulationstabelle, sinnend den absurd teuren Füllfederhalter in der Hand (ein Geschenk meiner Mutter zum Fünfunddreißigsten). Als der Zug aus dem Bahnhof rollte, hatte ich ein geradezu surreales Gefühl, als reiste ich allein durch die Gegend, ohne besonderen Grund. Ich hatte nicht vor, noch rechnete ich damit, meine Freundin oder ihren Lover vor unserer Ankunft vierzehn Stunden später nochmal zu sehen.

Ein Schaffner nahm mein Ticket mit.

Ein Zugbegleiter aus tausend Hollywoodfilmen klopfte an meine Tür.

Ich bat um eine Diet Coke, einen Kübel Eis und einige zusätzliche Kissen.

In meinem infantilen Eifer, mit Miriam zu spielen – »Dreimal-darfst-du-raten-wo-ich-bin?« –, rief ich sie an.

(Sie freute sich immer über Updates von der Michelet-Fremantle-Soap.)

Ich erreichte nur ihre Mailbox, hatte aber keine Lust, eine Nachricht zu hinterlassen.

Ich kramte nach meinem BlackBerry, um ihr eine E-Mail zu schicken, als ich, leicht gereizt, feststellte, dass ich das Ding vergessen hatte.

Als wir das weitläufige Gleisgewirr hinter uns ließen, stemmte ich in klassisch legerer Denkerpose die Faust unters Kinn. Man mag über Amtraks chronische Insolvenz sagen, was man will, aber so ein Zug hat etwas Eindringliches, nachhaltig Romantisches: Die Geräusche und Gerüche, das sachte Schaukeln, die Spaziergänge von Wagen zu Wagen (hier mischen sich Kindheitserinnerungen mit den Eindrücken eines Lachkabinetts), die geheimnisvoll pneumatische Mobilität des Ganzen, das alles macht die gelegentliche Entgleisung, den Stromausfall, die überschwemmte Toilette oder den Tod im Zug vs. das Ableben im Auto leicht wieder wett. Ausnahmslos weckt eine Bahnfahrt bei mir eine schier unerträgliche Sehnsucht, mit all ihrem wehmütigen Drum und Dran (die ganze ergreifende Anthologie des Rhythm & Blues), rührt an Sensibilitäten und führt unweigerlich zum lebhaften Eingedenkwerden unseres Schicksals und seiner ebenso großartigen wie prosaischen Poesie.

Etwa auf der Höhe der Ronald Reagan Library begannen mir Cleas Worte im Kopf zu hallen: »Du bist auch nicht dein Vater – was ja wohl wirklich verdammt wehtun muss!« Ihr Gesicht wurde in meiner Erinnerung erst zu Liz Taylors, dann zu dem von Dorothy Malone – eine vom Wahnsinn gestreifte Montage von *Wer hat Angst vor Virginia Woolf* und *In den Wind geschrieben*. Ich sah mich an ein AA-Meeting wenige Wochen zuvor erinnert, wo jemand vor großem Publikum vom »erwachsenen Kind« gesprochen hatte, das seine Feindseligkeit gegenüber dem einen oder anderen Elternteil verarbeiten müsse, wollte er nicht selbst eben jener Elternteil werden – platte Populärpsychologie, sicher, aber es schien mir allemal etwas dran. Ich hatte immer schon hellhörig auf Zeichen – oder Wunder – meines inneren Perry Krohn gelauscht und dabei nicht selten im Spiegel seinen lüsternen Blick bemerkt beim so genannten aufgeklärten Umgang mit dem schönen Geschlecht; ich hatte ihn in meiner Neigung erkannt, andere zu Objekten zu machen oder überhaupt überheblich abzutun, über sie herzuziehen, sie schleimig zu becircen, ein selbstgefälliges Urteil über mein Gegenüber zu fällen. (Aus irgendeinem unerfindlichen Grund richtete sich meine Aufmerksamkeit nie auf Eigenschaften, die ich Gita verdanke – zweifelsohne die ehrenwerten, selbstbefähigenden, die hegenden und pflegenden, die Eigenschaften, von denen Miriam so genüsslich profitierte und die sie mit liebenswertem Sarkasmus diffamierte, wenn sie sagte: »Ohne Gita wärst du ein richtiger Arsch.«) Ich glaube, ich bin letztendlich zu dem Schluss gekommen, die komplexe Beziehung zu meinem Vater aufgearbeitet und den Kurs sozusagen mit Auszeichnung bestanden zu haben, und dass ich mich nun ganz und gar bewusst in der Welt bewege, und das unter dem Diktat eines zwar mit Fehlern behafteten, aber ganz und gar unabhängigen Selbst, das dem mangelhaften Wesen, dessen Samen es entsprungen ist, keine Hypothek mehr zu zahlen, keine Anerkennung zu zollen, ja keine Beachtung zu schenken braucht. Sehen Sie, ich hatte Perrys Ethos schon relativ früh verworfen und mich von zu Hause gelöst und bin relativ ungeschoren davongekommen (das habe ich mir damals gesagt und glaube es größtenteils auch heute noch). Schließlich bin ich denn aus eigenem Antrieb – oder sollte ich sagen Warp-Antrieb – in den Schoß der Familie zurückgekehrt. Obwohl Ms. Clea, ihren bitteren Bemerkungen nach zu urteilen, da anderer Meinung war. Bei nüchterner Betrachtung, würde ich mal sagen, wird mir wohl immer ein gewisser Restwert von Ohnmacht bleiben, von Neid meinetwegen, was Macht und Status meines Vaters angeht. Wenigstens, so tröstete ich mich, litt ich als Künstler nicht wie Vater am Versager-Syndrom. Aber womöglich hat die Heftigkeit meines Protests ihren Grund.

Aber es war allemal einer Bahnreise würdiger Stoff zum Sinnieren. Durchaus möglich, dass Clea einige ihrer eigenen Probleme mit ihrem Vater abarbeitete. Ich war Freddy Fremantle oft genug bei Clea zu Hause begegnet, als wir noch Kinder waren. Er und Roos waren geschieden, aber Freunde geblieben. Er wohnte im Mandeville Canyon, ein lässig-eleganter Agent, den man selten ohne einen ganz unglaublich gut sitzenden kohlegrauen Anzug mit feinen Nadelstreifen – womöglich gar von Nick Sultan senior? – sah, ein schlanker, sonnengebräunter, anständiger Kerl, der jederzeit ein strahlendes Zahnpastagrinsen für einen hatte und schließlich, am Filmset eines Klienten in Rom, einer schweren Koronarthrombose erlag. (Roos Chandler war damals, wenn ich mich recht erinnere, bereits zehn Jahre unter der Erde.) Vater und Tochter hatten sich ziemlich nahe gestanden, und als ich ihn mir so ins Gedächtnis rief, zusammen mit den für Bel Air typischen schwülwindigen Sommern, hatte ich plötzlich ein schlechtes Gewissen – ich war wirklich in Fahrt! –, Freddy noch nicht ein einziges Mal erwähnt zu haben, seit wir uns wieder begegnet waren. Das ist wohl noch eine Eigenschaft, die ich mit meinem Paps teile und zu gern loswürde: Wenn etwas feinfühlige Bemühungen, eine Nachfrage etwa, erfordert, ziehe ich es zuweilen vor, so zu tun, als wüsste ich nichts davon – ich zwinge besagtes Etwas in die emotionelle Nichtexistenz.

Ländliches Idyll stahl sich in mein sonnendurchflutetes Abteil – die Strecke wurde grüner, je näher wir der Küste kamen –, und die Dominosteine meiner Grübeleien fielen übereinander, bis die Reihe an einen kam, auf dem »Mutter« stand. (Leicht fiel er nicht.) Ich war nicht sehr stolz darauf, nicht mehr Zeit mit ihr verbracht zu haben, seit sie – im Jargon ihrer jüngsten Situation – nicht mehr so mobil war, sah mein Versäumnis aber dadurch gelindert, dass eine stolze Frau wie sie ein plötzliches Übermaß an Aufmerksamkeit von ihrem liebenden, aber normalerweise eher distanzierten Sohn zweifelsohne als Beleidigung empfunden hätte. Aus diesem Grund und weil sie gar so selbstständig war, vermittelte sie den Eindruck, mich eher nicht mehr so oft sehen zu wollen. (Obwohl ich mich womöglich auch hierin irrte;

womöglich lag ich auf der ganzen Linie falsch.) Ich hatte aber ein schlechtes Gewissen, weil wir uns nur über alberne Banalitäten unterhielten, wenn ich tatsächlich mal mit ihr sprach, über den allgemeinen, geradezu obszön lächerlichen Zustand der Welt etwa oder – hygienisch zensiert – über mein Liebesleben – alles in zivilisierten kleinen Phrasen, kaum dass es mal um etwas Intelligenteres oder Anspruchsvolleres ging; es kam noch nicht einmal zum sachten Versuch einer Erörterung ihrer Lage oder der heldenhaften Umstellungen oder Anpassungen, die nötig gewesen sein müssen; nicht ein einziges Mal hatte ich auch nur die Lage gepeilt, ob sie vielleicht über etwas sprechen wolle, das ihr Sorgen machte, Kummer bereitete: ihre Sterblichkeit etwa oder – allgemeiner – das Absterben der Leidenschaft, ein Unterthema davon Papas chronische Untreue und dass er seine Frau schon lange nicht mehr als sexuelles Wesen betrachtete, eine Wunde, die nun wenigstens durch die Diagnostizierung und das Fortschreiten ihrer Krankheit ausgebrannt und geschlossen war. Nicht dass es mir zustand, die Rolle des Therapeuten zu spielen. Meine Rolle hätte darin bestehen sollen, sie als Gleiche oder vielmehr Überlegene (die sie ja auch eindeutig war) zu behandeln, nicht als alte Freundin, die ich aus den Augen verloren hatte und nach einem Wiedersehen auf einer Party halbherzig auf den Stand der Dinge bringen zu müssen meinte. Kurzum, anstatt mich dieser natürlichen Quelle zu bedienen, spielte ich lieber den guten, tugendhaften, mitfühlenden Sohn. Meiner Leistung nach zu urteilen, hätte man mich feuern und aus dem Studio werfen sollen.

Während ich so über diese Unzulänglichkeiten nachdachte, sah ich mich von den lokomotorischen Elukubrationen übermannt. Meine Laune verfinsterte sich, als wir uns Santa Barbara näherten (wir hatten drei volle Stunden gebraucht). Mit einemmal hämmerte jemand gegen die Tür, und ich erwachte wieder zum Leben; mein Retter war ein völlig aufgekratzter Thad, der vorschlug, doch zum Mittagessen gemeinsam in den Speisewagen zu gehen.

* * *

Spät am Abend verließ ich mein Abteil und spazierte in den Wagen mit der gläsernen Aussichtskuppel, die exklusiv für die Reisenden im Schlafwagen reserviert war. Ich holte mir eine Tasse Kaffee an der Bar und machte es mir auf einer Couch mit Blick auf die dunklen Meeresfluten bequem. Ich fuhr leicht zusammen, als ich in einem Bündel Kleidung am anderen Ende der langen lila Polsterbank das letzte Glimmen eines Leuchtfeuers zu erspähen meinte; als meine Augen sich darauf eingerichtet hatten, erkannte ich Thad. In Wolle gemümmelt, als gelte es sich vor den unsichtbaren Unbilden der Elemente zu schützen, hielt er ein Glas in der einen, in der anderen Hand einen Flachmann.

Die Reihe war an ihm, den unsicheren Schienenstrang der Innenschau zu begehen.

»Clea schläft«, sagte er.

»Wie geht's ihr denn?«

»Sie ist unglaublich. Wirklich, es sollte einem einzelnen Menschen verboten sein, derart unglaublich zu sein. Das Problem ist nur, dass ich sie nicht verdiene.«

Der Mond war nahezu voll. Gelegentlich erhaschte ich einen Blick auf das heilige Band des Highway parallel zum Meer. Ich habe seit jeher das Gefühl, dass der Geist der Beats, der den Highway 1 umgibt, sein nasses, böiges, märchenhaftes Versprechen nur von denen angemessen vermittelt werden kann, die an seinen Banketten aufgewachsen sind. Mit majestätischer, zutiefst kalifornischer Gleichgültigkeit windet er sich, Hügeln und Gezeiten zum Trotz, hinauf nach Big Sur und über die gewaltige Steilküste hinaus, zerklüftet, geschottert, geteert und vergoldet, traumschwanger und blumenbekränzt, gewichtig eingebettet in den Geist unzähliger Hippies mit dem Daumen im Wind auf ihrer Hadsch zum Phantom-Mekka ihres Glaubens – dem Haight.

Einmal mehr verschluckt, verschwand er wieder – *klicketiklack*.

»Mein Bruder und ich, wir guckten für unser Leben gern *Die Zeitmaschine*«, sagte Thad und bediente sich mit etwas Steifem aus der filigran verzierten Silberbouteille. »Wir haben sie sogar mal gebaut, aus einem Stuhl in Dads Arbeitszimmer. Hast du den Film mal gesehen? Du erinnerst dich an den rotsamtenen Stuhl? Wir haben allen möglichen Kram drangebastelt – hinten dran eine Fahrradfelge zum Drehen! Schließlich hatte das Ding Zifferblätter, Hebel, Drosselklappen, weiß der Teufel was noch. Natürlich war Jack verreist. Es war sein Schreibtischsessel, und ich glaube nicht, dass er sich drüber gefreut hätte. Er war in Capri. Man hat dort eines seiner Bücher *Tod eines Übersetzers* verfilmt. Alain Delon und Sophia Loren. Hast du ihn mal gesehen? Jeremy sollte ihn besuchen, Dad in Capri, meine ich, und ich sollte wegen meines Asthmas zu Hause bei Mutter bleiben. Ich hatte mitten in der Nacht Anfälle, bei denen ich keine Luft mehr bekam. Außerdem habe ich so den Verdacht, dass Morgana und Jack grade wieder mal nicht miteinander auskamen. Ein unwichtiges Detail! (Sie kamen selten miteinander aus.) Und Jeremy kriegte sich kaum noch ein bei dem Gedanken, dass er auf eine »Insel« reisen durfte, das war Capri für ihn, eine Insel, und ich zu Hause bleiben musste. Er war wirklich der Auserwählte, weißt du. Wir waren Zwillinge, schon, aber sehr verschieden. Er war Pollux, der Unsterbliche, ich war Castor … schon deshalb war es ja auch so unlogisch, dass gerade er sterben sollte. Letztlich, jedenfalls hörten wir sie das ihren Freunden erklären, letztlich lief alles darauf hinaus, uns zu trennen, das war der Gedanke dahinter, weißt du, weil Zwillinge zu trennen damals bei den Psychologen gerade in Mode war. Jeremy landete ja denn auch auf dem Internat in der Schweiz, was für mich natürlich ohnehin die Hölle gewesen wäre, weil ich als Kind für Reisen schlicht nicht geeignet war, aber damals war ich furchtbar neidisch auf ihn. Es hörte sich so verdammt glamourös an! Ich bitte dich. Und ich denke, es war wahrscheinlich auch glamourös ... Ski fahren in den Alpen, am Fuße des Matterhorns mit all den koketten Principessas und künftigen Despoten herumzuhängen, in zopfgemustertem Kaschmir bei Kakao, Champagner, Schnaps oder weiß Gott was die so getrieben haben. Ich habe Jeremy aufgezogen, als er in den Ferien nach Hause kam – darin war ich wirklich gut –, weil er sich einen unglaublich affektierten Akzent zugelegt hatte, irgendwie *kontinental*. Ich meine, wir waren erst elf, zwölf, du weißt, was Kinder so alles annehmen, um dazuzugehören ... Eine Menge von den Gören dort waren die Sprösslinge von Herzogen oder Earls. Lords und Fettsäcke aus irgendwelchen Königshäusern. Jeremy meinte mit einemmal, Mom und Dad hätten sich ›gezankt‹ – und was habe ich ihn deswegen getriezt. ›Gezankt!‹ Die Wände habe ich ihn hochgetrieben. Tatsache ist, dass ich neidisch war. Gekränkt. Verletzt.

Na jedenfalls haben wir die Zeitmaschine gebaut in der Woche, bevor er auf seine »Insel« abgereist ist – er hatte Schulferien und war einige Wochen zuvor eigens von der Schweiz aus nach Hause geflogen, um Morgana zu sehen. Wir reisten mit dem Ding in vorgeschichtliche Zeiten und weit, weit in die Zukunft. Müsste reizend gewesen sein, da zuzugucken...wenn sich da jemand mit einer 8-mm-Kamera im Gebüsch versteckt hätte … Ich würde alles drum geben, so ein Familienfilmchen über die beiden kleinen Zeitreisenden zu sehen! Willst du mal was wirklich Tolles hören, Bertie? Ich weiß noch nicht mal, ob man es ödipal nennen könnte … aber weißt du, an welchen Zeitpunkt ich eigentlich zurückreisen wollte? An den Augenblick unserer Geburt! Nein, im Ernst! Ich habe an der Felge gedreht, an all den verrücken Radioskalen … ›Oh!‹, rief ich dann. ›Wir sind im Krankenhaus!‹ ›Oh! Wir sind im Kreissaal!‹ Und dann musste Jeremy so tun, als läge Mami auf dem Bett, die Beine gespreizt, nur dass ich diesmal als Erster kam. ›Aber ich war der Erste, ich war der Erste!‹, schrie er. Was natürlich die Wahrheit ist. Um neun legendäre Minuten war er vor mir auf der Welt. Oder so um den Dreh. Jeremy drehte absolut durch. Weil ich sagte, wir werden das jetzt ändern. Er sagte, das könnten wir nicht, weil es längst passiert war und man den Regeln nach nicht ändern kann, was bereits passiert ist. Den Regeln nach! Oh ja, *die* Regeln kannte ich! Aber kannst du dir das vorstellen? Sich über so was zu streiten?

Vor etwa fünfzehn Jahren war ich mal in einem Laden in Manhattan. Du kennst die kleinen Läden in der einen oder anderen Seitenstraße, wo's allen möglichen Kinokram gibt. Und da stand das Ding, in einem Glaskasten, ein wunderschönes Replikat der Zeitmaschine, ich sage dir, authentisch – ein Modell aus dem Film! Herrliche Polster, Nagel für Nagel, Wulst für Wulst, weicher, dichter, flauschiger Samt, winzige goldene Knöpfe und Rädchen … und dann das surrende Antriebsrad, fantastisch! Wer immer das Ding gebastelt hatte, der Modellbauer, er musste ein Genie gewesen sein. Ein ganz unglaublicher Konstrukteur. Ich fragte den pickligen Kerl an der Kasse, ob ich sie kaufen könnte, aber er meinte, sie sei nicht zu verkaufen, er könnte mir jedoch die Nummer von dem Typ geben, der sie gebaut hat. Großartig!

Wunderbar! Also rief ich dort an und sprach tatsächlich mit ihrem Schöpfer. Ich fuhr raus nach Coney Island, wo er seine Werkstatt hatte. Bertram, ich sage dir, es war unglaublich. Da lebte dieser Kindmann, dieser wunderbare, einsame Zauberer inmitten von Ersatzteilen von jeder Fantasiemaschine, die er je für einen Film gebaut hatte – wie der Spielzeugmacher in *Blade Runner*. Auf einer der Werkbänke stand eine halbfertige Zeitmaschine ... rundum tonnenweise Kram, wie in der Werkstatt des Weihnachtsmannes, und ich war mit einemmal so was von gerührt, dass mein Bruder und ich nicht die einzigen Fans gewesen waren. Offensichtlich gibt es da eine Geheimgesellschaft ... eine weltweite Bruderschaft! Und ich musste ihn schier zwingen, er meinte, er hätte viel zu viel zu tun, und er war durchaus überzeugend, aber schließlich erklärte er sich denn doch bereit, mir eine zu bauen. Ich sagte ihm, er solle sich ruhig Zeit lassen, solange er nur wollte. Und ich meinte das auch so. Weißt du, mir war klar, dass der Mann eine Meise hatte, und ich wollte ihm nicht zu sehr zusetzen, weil ich ihn verstand. Er war einfach nicht von dieser Welt! Er war ein Künstler. Ich meine, wenn man den größten Teil seiner Zeit verbringt wie er, dann kann man ja wohl nicht so ganz auf unserem Planeten leben, oder? Und was er da für mich schuf – diese Erinnerungsmaschine, diesen flüchtigen Augenblick geheimnisvoller Magie, und das sozusagen nur für mich, oder wie heißt es bei der CIA? ›Eyes only.‹ Streng vertraulich. Ein Kabinett des Caligari, ein Fabergé-Ei. Ich sage dir, er hätte sich keinen idealeren Kunden – oder besser ›Patienten‹ – wünschen können. Falls das vom lateinischen *patientia* kommt. Und Mann, ich kann dir sagen, der Preis – ich weiß noch nicht mal mehr genau, sieben-, vielleicht achttausend. Aber jeden Cent wert. Schlussendlich sollte ich diese Wahnsinnsskulptur bekommen, diesen Talisman, diesen Fetisch. Meiner Ansicht nach war es ein Schnäppchen.

Die Monate vergingen, und schließlich hörte ich von ihm. ›Ich mache Fortschritte‹, sagte er. Richtig komischer kleiner Typ übrigens, ich wollte, du könntest sein Gesicht sehen. Aber er brauche mehr Geld. Okay. Kein Problem. Ich hatte ihm bereits einen Vorschuss gegeben, du verstehst? Paar Tausend. Also schicke ich ihm fünfzehnhundert. Dann warte ich und warte – ich muss wohl ein weiteres Jahr gewartet haben, das war ja auch so abgemacht, ich hatte ihm von Anfang an gesagt, ich würde ihm nicht zusetzen, und das hatte ich auch nicht vor. Eines Tages rufe ich denn doch an, nur um zu sehen, wie weit er ist, und er sagt mehr oder weniger dasselbe: Er wartet auf ein Teil, ein großes Filmprojekt ist ihm dazwischengekommen … Ich komme mir langsam, aber sicher irgendwie gelackmeiert vor. Ich stelle ihm ein Ultimatum, durchaus freundlich, wohlgemerkt, aber ich machte ihm klar, in zwei Monaten wollte ich den kleinen Sessel haben. Das sei der Termin. Keine Diskussionen. Er sagt okay, liefert aber nicht! Ich werde sauer. Er reagiert nicht auf meine Anrufe. Ich denke schon daran, ihn zu verklagen. Also wende ich mich an ein Gericht. Für Bagatellsachen. Um Klage einzureichen. Kannst du dir das vorstellen, ich, beim Bagatellgericht? Kannst du nicht, stimmt's? Der reine Wahnsinn. Keine Ahnung, was mich dazu getrieben hat – ich meine, ich war frustriert, aber trotzdem … Na, wie auch immer, nach was weiß ich wie vielen Wochen bekomme ich ein Schreiben vom Gericht, laut dem der Beklagte um einen Aufschub ersucht hätte, weil er geschäftlich unterwegs sei. Von wegen. Mir geht ein Licht auf, der Groschen fällt, mir ist klar, dass mein gebrechlicher kleiner Modellbauer, mein durch und durch zarter *artiste* in Bagatellsachen bewandert ist! Er kennt das System in- und auswendig. Ist nicht das erste Mal, dass er so was am Hals hat – er hat schon viele Herzen gebrochen. Wie auch immer, ist mir scheißegal. Ich verbeiße mich in den Gedanken, Gerechtigkeit haben zu wollen. Ich will meine Zeitmaschine! Der Scheißkerl prellt mich um meine Zeitmaschine. Ich bin, also wirklich, ich bin fuchsteufelswild! Ich sag's dir, Bertie, im Ernst! Irgendwie stinkt mir das. Kolossal. Da war ich zu ihm gegangen, ich habe einen Teil meiner kaputten Kindheit zurückzubekommen versucht – und da versucht mich dieser Kerl um meine Unschuld zu bringen!

Das ging hin und her: man gab ihm einen neuen Termin, das Schlitzohr von einem Bastler bat um Aufschub, dann wieder hatte ich keine Zeit, da musste ich dann hin und mir einen anderen Termin geben lassen. Und so weiter und so fort. Und man musste all den Kram per Post erledigen, man konnte da nicht einfach hinlaufen, verstehst du? Das war noch vor der Zeit, in der alles online war. Die Geschichte wurde zu einem bürokratischen Ritual. Schließlich kam es denn doch zu einem Gerichtstermin für beide, und das Arschloch lässt sich nicht sehen! Mein Augenblick des Triumphs! Ich dachte, damit wäre die Sache ausgestanden – dass ich gewinne, weil er nicht gekommen ist, aber dieser Stinkstiefel von einem Bastler war schlauer als ich. Der Richter entschied zwar für mich, sagte mir aber, die Entscheidung sei durchaus anfechtbar und würde wahrscheinlich auch angefochten. Ich meine, er hat mich praktisch mit der Nase auf den Modus operandi des Kerls gestoßen. Der Richter sagte mir doch praktisch ausdrücklich, ich hätte es mit einem Profi zu tun. Okay. Damit ging es mittlerweile um, sagen wir mal, 3500 Dollar, die ich ihm vorgestreckt hatte, ganz zu schweigen von der Zeit, die für Anträge, die Anfahrten, die Parkerei draufgegangen war. Ich hatte doch tatsächlich eine Ledermappe voll Quittungen! Unmöglich, die Wut in meinem Kopf zu beziffern, den Quatsch, der sich da abspielte – oder, was meinst du? Was ist, Bertie, amüsierst du dich, ja? Ich habe schon eine Ewigkeit nicht mehr an diese Geschichte gedacht.

Na jedenfalls vergehen so acht oder neun Monate – acht oder neun Monate! –, und die Geschichte macht mich schlicht fertig. Moralisch, meine ich. Ich hatte keine Arbeit und damit natürlich viel zu viel Zeit, verstehst du? Der Typ machte mich zu einem zweiten Lenny Bruce! Ich wurde langsam, aber sicher paranoid. Ich schluckte tausend Medikamente, Lithium und anderen Scheiß – manisch-depressiv kam damals gerade in Mode –, ich hatte aber schon aufgehört mit dem Zeug, aus den üblichen Gründen, und jetzt machte ich mich damit und mit Drogen zu. Der übliche Kreislauf. Okay? Aber ich war geradezu besessen von dem Scheißkerl. Wir kommen langsam zum juristischen Endspiel – ist das nicht fantastisch? –, in dem das Gericht sich gegen die Revision des Bastlers entscheiden muss. Ich habe in der Zwischenzeit viel gelesen, über Stalker und Mörder. Könnte gar nicht sagen, wie ich darauf gekommen bin. Aber in einem der Bücher stand, dass diese Freaks manchmal durchdrehen, wenn sie sich vor Gericht gedemütigt sehen. Wenn zum Beispiel eine Ehefrau ein Kontaktverbot gegen ihren Gatten erwirkt und er sie umbringt, wo er ihr wahrscheinlich gar nichts getan hätte, hätte sie diesen letzten Schritt nicht getan, hätte sie ihn nicht öffentlich konfrontiert. Ich denke mir Folgendes (ich war damals auch auf Crystal Meth, was den Denkprozess nicht eben fördert): Was, wenn der Typ mich über den Haufen schießt? Mitten im Gericht? Ich meine, ich bin einigermaßen bekannt, ich war damals noch nicht so bekannt wie heute … ich bin wahrscheinlich nicht allzu schwer zu finden, oder? Man brauchte Off-Broadway nur zu spucken, und man traf mich in irgendeiner Klitsche ohne Gewerkschaftsvertrag. Was, wenn der Typ nun einen auf Stephen King macht – wie hieß der Film gleich wieder, mit Jimmy Caan und Kathy Bates? Was, wenn er mich kidnappt und er nimmt eine kleine Genitaloperation an mir vor? Oder mich lebendig in irgendeinem Keller verscharrt? All das geht mir durch den Kopf, Bertie! Ich drehe die nächsten paar Wochen schier durch, ständig schaue ich über die Schulter, ich checke meinen Anrufbeantworter, bis ich mir endlich denke: Jetzt reicht's! Wir hatten also den Gerichtstermin. Nun, ich konnte mir nicht sicher sein, dass er auch tatsächlich kommt, was zu diesem Zeitpunkt, psychologisch jedenfalls, noch schlimmer gewesen wäre. Er hatte wahrscheinlich keine andere Wahl mehr. Keinen Raum mehr zum Manövrieren. Also denke ich scharf nach und komme auf Folgendes: Ich werd' den Typ anrufen. Genau. Ich rufe meinen Butzemann einfach an. Komme ihm zuvor. Ich musste einen Arschvoll Koks und Scotch, und ich will noch nicht mal dran denken, was sonst noch alles, intus gehabt haben. Und schließlich rufe ich ihn dann an, so gegen Mitternacht, vergiss nicht, dass ich ihn mittlerweile für Arthur Bremer halte. Ich hinterlasse ihm eine Nachricht auf seinem Anrufbeantworter. Weil er nicht rangegangen ist. Ich bin erleichtert – irgendwie. Obwohl, teils hätte ich durchaus gern mit ihm gesprochen. Also sage ich einfach: Wir sehen uns dann vor Gericht. Nicht feindselig. Ich sage ihm, wir könnten uns doch einigen – ich spreche mit dem Anrufbeantworter, weil ich es leid bin. Ich möchte das hinter mich bringen, friedlich. Ich bin total zugeknallt, aber ich achte darauf, freundlich zu sein, obwohl ich im Hinterkopf Angst habe, dass er mittendrin abhebt und sagt: ›Ich schneid' dir den Schwanz ab, stopf ihn dir ins Maul und zünde dich dann an! Steck dir das in deine Zeitmaschine!‹ So psychotisch war ich geworden.

Schließlich kommt der Gerichtstermin. Und da ist er, der König der Bastelfreaks, ein blasser, bekümmerter, harmloser

Kerl. Wir unterschreiben einen Wisch, auf dem es heißt, dass wir uns einigen. Er stellt mir einen Scheck über 250 Dollar aus. Und es ist mir scheißegal. Scheiß auf das Geld. Und er entschuldigt sich. Er hat eine ramponierte Aktentasche mit. Wie ich! Ein armes Würstchen. Er tut mir tatsächlich leid. Dann habe ich eine tolle Idee. Ich frage ihn, ob er mir nicht die Zeitmaschine verkaufen kann, die ich in seiner Werkstatt sah, als ich das erste Mal bei ihm war. Ist mir egal, ob sie fertig ist oder nicht! Ich kaufe sie, wie sie ist – für die dreieinhalbtausend, die ich ihm bereits gegeben habe. Aber zunächst muss ich erst mal wissen, ob er sie noch hat. Ich frage ihn, und er sagt: Ja. Also scheiß drauf. Ich kriege das Vorführmodell. Dann war nicht alles umsonst. Dann hat das Ganze sogar noch was Komisches – sozusagen als Symbol für den Wahnsinn meines Tuns. Also sage ich: ›Kann ich sie haben? Für die zweihundertfünfzig? Eigentlich sind es ja dreieinhalbtausend, aber sagen wir zweifünfzig. Dann sind wir quitt.‹ Und er sagt nein. Also, es war noch nicht mal, dass er sie mir nicht verkaufen wollte, was mich so wurmte – ich meine, das auch, schon –, aber wenn ich an die Art denke, *wie* er es gesagt hat, als wäre ich irgendein Bauer, der bei Cartier um ein Kollier im Fenster zu feilschen versucht. So was von blasiert. Also zeig' ich ihm so ein kleines Lächeln, zu diesem Zeitpunkt will ich noch nicht mal wissen, warum er sie nicht verkaufen will, die ganze Geschichte steckt hinter einer himmelhohen Mauer psychotischen Bullshits, ich bin völlig zu. ›Dann schicken Sie mir doch ein Polaroid.‹ Genau das sage ich zu ihm, aber immer noch freundlich, als wollte ich ihm zu verstehen geben: Okay, du hast gewonnen. Alles klar? Ich meine, es ist alles von so tragischer Lächerlichkeit, dass ich dachte, ein Polaroid wäre doch ein passendes Souvenir. Ich fragte, ob er einen Schnappschuss machen würde, und er brauchte nur ja zu sagen, selbst wenn er noch nicht mal im Traum daran dachte, verstehst du, ich wollte ihm damit eine Tür öffnen für einen Ausweg, und er sagt nein. *Zum zweiten Mal!* Behauptet er doch glatt, dass das nicht geht! Auf dieselbe selbstgefällige Art, in der ein Museumswärter einen Touristen dafür zurechtweist, einen Rodin zu berühren.

Auf dem Weg vom Gericht nach Hause fragte ich mich, ob die Zeitmaschine, die ich zwei Jahre zuvor gesehen hatte, wohl nur eine rasch zusammengehämmerte Attrappe gewesen war, aus Karton vielleicht, als Falle für mich. Ich meine, mir erschien der Kerl von Stunde zu Stunde mehr wie jemand, den Ricky Jay in einem Mamet-Film spielen würde. Aber wozu? Was war denn hier groß zu holen? 3500 Dollar und Scherereien mit dem Bagatellgericht?

Etwa eine Woche darauf erzählte ich die Geschichte Clea, das ist alles schon so lange her, wir gingen erst kurze Zeit miteinander, und ich habe eine geradezu ekstatische Offenbarung. Eine fast religiöse Erfahrung. Mir wird klar, dass dieser Mann, dieser Bastler, nicht von dieser Welt war. Dass es den Scheißkerl noch nicht mal gegeben hat. Und das kam nicht von der Medizin, die ich genommen – oder vergessen – hatte. Nein, ich kam zu dem Schluss, dass es sich um ein Wesen gehandelt haben musste, das mir etwas zu sagen versuchte. Und was? Dass man nicht zurückgehen kann – aber eben auch nicht vorwärts. Dieses … dieses dusslige Ding warf ein Schlaglicht auf die Arroganz meines Strebens und den Schmerz und den Kummer, den sie mir gebracht hatte. Ich war absolut überzeugt davon, wenn ich den Mann noch mal anzurufen versuchte, dann bekäme ich eine Nachricht, dass ich mich verwählt hätte, dass es keinen Anschluss unter der Nummer gab. Nicht ›abgemeldet‹, sondern ›nie existent‹. Und wenn ich die kleine Werkstatt besuchte, dann wäre sie mit Brettern vernagelt oder abgerissen. Du weißt, man trifft den Postboten, und er sagt einem: ›Das Haus steht seit dreißig Jahren schon leer.‹ Und ich wusste, es gäbe auch bei Gericht nichts, was bewiesen hätte, dass wir je dort gewesen waren – nicht *eine* Akte. Ich wollte noch nicht mal einen Beweis dafür. Ich wusste es einfach … und ach ja, Scheiße! Da war noch was: Ich habe den Scheck verloren. Über die 250 Dollar. Ich habe ihn nie wieder gefunden. Er ist einfach verschwunden, Herrgott nochmal. Und bis auf den heutigen Tag, Bertram, bin ich tausendprozentig sicher, dass meine Theorie Hand und Fuß hat. Es war wie in einer Episode von *Twilight Zone*, okay? Mit einem Hauch Zen. Du glaubst doch an diesen Mist, oder? Wie sollte man auch nicht? Und die Moral von der Geschichte, wie sich herausstellt, ist mit das Schönste, was das Leben mir je beigebracht hat.« Er legte eine Pause ein, dann sagte er: »Du verstehst das doch, Bertie, ja?«

Ich nickte.

Er blickte durch das kalte, schmutzige Fenster hinaus in die Dunkelheit.

»In der Woche, nachdem wir unsere Zeitmaschine gebaut hatten, flog Jeremy nach Capri, um sich mit Vater zu treffen. Und da ist er dann ertrunken.«

ALS THAD IM MALERISCHEN San Rafael vorschlug, wir sollten uns doch während Cleas Auftritt irgendwie beschäftigen, wollte sie davon nichts hören.

Sie bestand darauf, dass wir uns ihren bewährten tragikomischen Kabarettmonolog anhörten, den sie der Autogrammstunde vorausschickte, bei der sie dann Fotos, Posters und diverse andere Memorabilien – sowohl Roos- als auch Clea-bezogen – alles, was eine rasende Fangemeinde ihr so vorlegte –, unterschrieb. Es müssen über zweitausend Leute dort zusammengekommen sein, von weiß Gott woher; man zeigte drei von Roos Chandlers bekanntesten Filmen, dazu zwei eher obskure und einen seltenen Clip aus einem Familienfilm. Ich konnte nur staunen über so viel durchorganisierten Fleiß. Cleas Anteil an den Einnahmen betrug glatte 35 000 Dollar. Die Veranstalter hätten glücklicher nicht sein können über die unerwartete Zugabe ihres Begleiters Thad Michelet. Im Handumdrehen reichte ihm eine treue Gemeinde wie durch ein Wunder aufgetauchte Überflüssigkeiten wie Standaufnahmen aus den *Jetsons* und *Quichotte* und dergleichen mehr. Er nahm das alles mit bemerkenswert guter Laune hin, vermutlich um seine Unhöflichkeit vom Abend zuvor wieder wettzumachen.

Gegen zehn Uhr abends waren wir wieder in L. A. Ihr Chauffeur setzte mich bei mir zu Hause ab und fuhr die beiden dann zurück ins Chateau.

NACHDEM ICH DAS MIT THADS Bruder aus erster Hand gehört hatte, mutete es mich wie ein morbider Zufall an, dass man Fähnrich Rattweil einen geradezu verbissen devoten Zwillingsbruder zur Seite gestellt hatte, der bei den vorbalidischen Eltern geblieben war. Und dieser abscheuliche Prinz Morloch setzte alles daran, sich die Thronfolge zu sichern. Aufgrund irgendeines obskuren galaktischen Gesetzes, das nur die Autoren verstanden, sah Rattweil sich gezwungen, aus dem Exil nach Hause zurückzukehren, um als Zeuge bei der Thronbesteigung dabei zu sein. Ich sollte hier anmerken, dass ich es mir nicht nehmen ließ, die gesamte Crew zu befragen, ob man sich dieses biografischen Details – des Zwillingsbruders – bewusst gewesen sei, als man das Drehbuch schrieb? Man schwor mir jeden Eid darauf, man hätte keine Ahnung gehabt.

So war ich denn voll merkwürdigster Erwartungen, als ich am Montagmorgen zusammen mit Thad, Captain Laughton, X-Ray und Cabott 7, dem Androiden, in einer unfruchtbaren, öden Landschaft voll gewaltiger Felsbrocken stand – in der mit Blue Screens bestückten Allzweckwüstenei von Soundstage 11. Cabott sah sich genötigt, uns auf die ihm eigene drollige Art wissen zu lassen, wir hätten uns anstatt innerhalb der Koordinaten, die unsere Ankunft im offiziellen Regierungssitz der Vorbaliden garantiert hätten, inmitten einer Einöde materialisiert – ein Irrtum, den er auf eine »höchst merkwürdige« Strahlung zurückführte, die vom Großen Dom auszugehen schien. Wir waren über die Enklave des Regierungssitzes, der laut Scanner unseres Schiffs die Form einer Blüte hatte, hinausgeschossen. Auf der *Demeter* Scherzkeks vom Dienst und Geschichtsfreak, wenn auch nur in Sachen Erde, gab ich – oder besser Commander Karp – den Gebäuden den Namen Goldblütenpalast.

»Cabott«, sagte der Captain. »Wie weit sind wir Ihrer Berechnung nach vom Stadtzentrum entfernt?«

Der Android warf einen Blick auf einen Apparat in seiner Hand. »Etwa 20000 Meilen, Sir.«

»Zu blöd«, sagte Dr. Chaldorer, »dass ich die Wanderstiefel nicht eingepackt habe.«

Mit dem dumpfen Entsetzen der Erkenntnis sah Thad sich die Landschaft um uns herum an. »Ich kenne die

Gegend – es ist der Fellcrum Outback.« Als der Captain ihn um eine Erklärung bat, erfuhr er, dass es sich um ein antikes Schlachtfeld handelte. »Vorbalids Adel pflegte Zwistigkeiten früher nicht selten durch blutige Jagdspiele zu regeln.«

»Merkwürdig«, sagte Cabott naserümpfend, »Eine der fortgeschrittensten aller bekannten Kulturen als Gladiatoren.«

Er bat um die Erlaubnis, Bodenproben nehmen zu dürfen. Laughton hieß mich, den Major zu begleiten, aber auf jeden Fall in Rufweite zu bleiben. Wir gingen rechts ab. Der gute Doktor lehnte sich müßig an einen der Felsen aus Pappmaschee, die es in Hülle und Fülle gab. Aus den Kulissen heraus guckten wir zu.

»Was genau war denn da nun eigentlich zwischen Ihnen und Ihrer Familie?«, fragte der Captain.

»Darüber würde ich lieber nicht sprechen, Sir.«

»Das ist ein Befehl, Fähnrich. Indem Sie Ihre wahre Identität verschwiegen haben, haben Sie Schiff und Besatzung in Gefahr gebracht.«

»Tut mir leid, Sir«, sagte Thad mit einem kaum merklichen Zucken. »Ich hätte nie gedacht, dass die ...«

»Es geht hier nicht um Schuldzuweisungen. Ich möchte nur eine Antwort auf meine Frage.«

»Ich nehme, ich ... ich gehörte wohl von Anfang an nicht dazu.« Ohne großes Getue stürzte er sich in die Rolle und brachte einen potenziell völlig albernen Text, als hätte er sich auf die Couch des Therapeuten gelegt – eine wunderbar ehrliche Entscheidung, die ihn ebenso fesselnd wie verwundbar machte. »Als Königssohn steht man unter ungeheurem Druck: Erwartungen, Verantwortlichkeiten ...«

»Wir haben alle unsere Verantwortungen, Fähnrich«, sagte der Captain streng und doch onkelhaft. »Die meine ist die *Demeter* und ihre Besatzung. Das bringt das Erwachsensein eben so mit sich.«

»Sie können das unmöglich verstehen, Captain«, sagte Thad und ging hinüber zu einer Ansammlung limonengrüner Stalaktiten. Mit der Sensibilität einer Säge schlich sich ein Hauch von Monty Clift in den zögerlichen Ausdruck seiner inneren Aufruhr. »Es gab keine Privatsphäre, um mich dem Studium dessen zu widmen, was mich tatsächlich bewegt. Ich hatte keinen Augenblick für mich selbst.« Ein Lächeln umspielte das Gesicht des Captains, als er den – wenn auch etwas exotischen – Halbwüchsigen in dem Mann vor ihm zu erkennen begann. »Die Tage und Nächte waren leer, voll von sinnlosem Prunk und geistlosem Pomp.«

»Ich nehme an, es war mit notwendigen Übeln verbunden, so aufzuwachsen wie Sie ... obwohl ich meine Schwierigkeiten habe, mir auf dieser Liste Pomp und Prunk vorzustellen. Kann ein Prinz sich denn nicht entscheiden, wie er seinen Tag verbringen will?«, fragte der Captain und verfiel dabei in die manierierte Aggressivität, die ihn in den TV-Parodien von *Mad* zum Dauerbrenner gemacht haben. »Er braucht sich doch nur zu behaupten, zu verlangen ...«

»Ich bin doch nicht mein Bruder! Er, nicht ich, schwelgt im Drum und Dran der Macht, in der Verehrung seiner Untertanen. Mein Vater sagte immer, er sei ein Rückfall in die alte Zeit. Morloch ist ein Krieger – sein ganzes bisheriges Leben war eine Fingerübung für seine Zeit auf dem Thron.«

»Aber wie«, sagte der Captain mit dem sinnlich hingehauchten Zögern, das zu seinem Markenzeichen geworden war, »wie kamen Sie denn dazu, eine Welt zu verlassen, die Ihre Heimat, Ihr Zuhause war. Sein Geburtsrecht als Prinz aufzugeben ... für ... für die Korridore und Maschinenräume eines Raumschiffs der Legion?«

»Ich ... ich bin fortgelaufen«, sagte der Fähnrich traurig. Die Schande seines Vaters war so ungeheuerlich, dass der

Königshof sich gezwungen sah, das Volk wissen zu lassen, der Prinz sei »bei einer Kuzda umgekommen, wie man das bei uns nennt, einem spirituellen Übergangsritus, dem die männlichen Vorbaliden sich unterziehen müssen – nicht unähnlich der ›Visionssuche‹ Ihrer nordamerikanischen Indianer.«

Plötzlich war der Captain, beeindruckt von der »grimmigen Moral«, die nötig gewesen sein musste, um Familie und Thron aufzugeben, nur um als freier Mann leben zu können, von ganz neuer Bewunderung für den Fähnrich erfüllt.

»Das«, so sagte er, »nenne ich wahres Kriegertum.«

»Ich hatte Zeit, darüber nachzudenken, Sir.« Thad wurde besinnlich; er bereitete sich innerlich darauf vor, über die Planke eines typisch pseudointellektuellen *Starwatch*-Monologs zu laufen. »Ich bin zu dem Schluss gekommen, dass es die Angst war, die mich ins Exil hatte gehen lassen ... Angst hat mich aus dem Königreich meines Lebens verbannt. Sehen Sie, Captain, ich habe eine Frau geliebt und bin fortgelaufen – unter dem Deckmantel der ›Integrität‹. Ich hatte Angst abzudanken und Schande über sie zu bringen. Sie können sich nicht vorstellen, wie es ist, als Prinz geboren zu werden und doch im Grunde seines Wesens zu wissen, dass man keiner ist. Dass man im Gegenteil nur einer aus dem Fußvolk ist mit mittelmäßigem Stehvermögen, wenig Ehrgeiz und noch weniger Weitblick begabt. Ein Fähnrich mit einem Wort.« Pause. »Und so bin ich denn einer geworden.«

»Wie wahr«, sagte Laughton, bis zum Anschlag im Emmy-Modus. (Einige der Autoren hatten sich – gerade so, dass man sie nicht sah – zusammengefunden, um die Früchte ihrer Arbeit zu ernten.) »Das kann ich nicht. Noch können Sie sich vorstellen, wie es ist, Morgen für Morgen als dummer, verängstigter Junge aufzuwachen, der sich und seine Besatzung davon überzeugen muss, dass er der Captain eines Raumkreuzers ist.« Bei »Cut!« applaudierte die Crew den beiden. Wir machten Mittagspause.

* * *

In Gesellschaft einer niedlichen kleinen Beleuchterin genehmigte ich mir ein Hähnchen vom Grill. Wir waren gerade fertig, als ich einen Produktionsassistenten ein Tablett mit verschiedenen Desserts beladen sah. Ich nahm ganz richtig an, sie waren für Mr. Michelet und sagte dem ›Assi‹, ich würde sie ihm selbst in den Trailer bringen.

Als ich unbeholfen, mit Süßigkeiten beladen, ins Sonnenlicht trat, fing Clea mich ab und bugsierte mich in die Maske. Man richtete Thad für die Szenen mit seinem Zwillingsbruder her – Morloch sollte etwas härtere Züge haben, einen mehr »Brecht'schen« Touch. Man hielt ihn in einem gewaltigen Friseursessel gefangen, während die Maskenbildner ein ganzes Sortiment neumodischer Hautprodukte auftrugen. Man schmückte ihn mit Haarteilen, von denen einige Strähnen dieselbe Alufolie bedeckte wie den Pfirsichstrudel mit dem schmelzenden Vanilleeis; Thad wirkte wie etwas aus einem Streifen von Ed Wood. Man vergönnte dem Gaststar einen Augenblick Pause, damit Clea ihm einen Löffel Strudel in den Mund schieben konnte, bevor die Mädels wieder an ihm zu operieren begannen. Ein Regieassistent klopfte an die Tür: man benötigte ihn am Set. Es vergingen weitere fünf Minuten, in denen die Schlangenbeschwörer von der Maske Thad kosmetisch die Kobra Morloch entlockten, dann weitere zehn, fünfzehn, die verschwitzte, luftlose Atmosphäre aufgeladen mit der üblichen Dringlichkeit, während draußen Walkie-Talkies knisterten und der nervöse Bote in seiner Angst, für die Verzögerung an die Wand gestellt zu werden, von einem Bein aufs andere trat. Clea und ich begleiteten ihn zurück ins Tonatelier, vor uns – wie aus dem Gefolge eines Königs – der Regieassistent. Der eine oder andere der geschäftigen Zimmerleute oder Bühnenbildner stieß einen Pfiff aus oder äußerte sich sonst irgendwie anerkennend über die geradezu charismatisch-toxische Veränderung Thads.

Geistesabwesend schlenderte Thad hinüber zu seiner Markierung im Off.

Vor Drehbeginn hatten Clea und ich noch einige Minuten, um uns gegenseitig auf den neuesten Stand zu bringen. Miriam, so erzählte sie, hatte mit guten Neuigkeiten angerufen: Mordecai Klotcher hatte Interesse am *Seepferdchen* bekundet und wollte Thad unbedingt »mit einem brandheißen neuen Regisseur zusammenbringen«. Strahlend fügte sie hinzu, ihre Idee (die Serie mit den Promi-Kindern) sei auf freundliches Interesse gestoßen – ihr Agent habe sie an einem gewissen Executive von Showtime ausprobiert. Wichtiger noch war, dass mit ihr und Thad seit dem großen Krach alles bestens lief – der Ausflug nach San Rafael hatte Wunder gewirkt. (Sie dankte mir nochmal dafür, mitgekommen zu sein.) Ich sagte ihr, Paps habe vor, für sie beide am Freitagabend eine Soiree zu geben, bei uns zu Hause, und dass er sich besonders darauf freue, Thad kennenzulernen.

Der gebieterische Ruf eines Regieassistenten erklang.

Wir eilten auf unsere Plätze. Eine Maskenbildnerin versah meine Stiefel mit dem Glanz von Fellcrum-Flitter.

Der Regisseur rief: »Action!«

Ich trat auf, völlig außer Atem, gefolgt von dem Androiden.

»Ein Landungstrupp, Captain«, sagte ich. »Er kommt auf uns zu.«

»Wie stark?«, fragte er.

»Zwei«, sagte Cabott. »Ein Mann und eine Frau.«

Einen Takt später traf Morloch ein, gefolgt von seiner Begleiterin, Botschafterin Trothex. Mit ihrem glänzend kobaltblauen Haar und dem geschmacklos vor Juwelen blitzenden Leibchen (eine modische Eigenheit dieses abgelegenen Quadranten) sah Clea atemberaubend aus – und ihrer Mutter ganz erstaunlich ähnlich.*

Nachdem er sich vorgestellt hatte, entschuldigte sich der extravagante Prinz für das Missgeschick bei unserer Ankunft – Vorbalids Technologie, so erklärte er, sei außerstande, die teuflischen Molekulartricks zu neutralisieren, die die magnetischen Eigenschaften des Großen Doms dem Planeten spielten. Der Captain, der ihm kein Wort glaubte, wies darauf hin, dass unser erzwungener Besuch in krassem Widerspruch zu den Statuten der Jano-Kryag-Konvention stehe.

Morloch trat auf den Fähnrich zu. (In Wirklichkeit war es unser Ateliersekretär; Thad würde den Gegenpart später in der Woche drehen, dann würde man die beiden Aufnahmen ineinanderschneiden.)

»Wie weich du geworden bist«, sagte Morloch.

»Wie hart du geblieben bist«, sagte der Ateliersekretär. »Wie ist es denn um die Gesundheit unseres Vaters bestellt?«

»Deine Ankunft gibt ihm wahrscheinlich den Rest«, sagte Morloch wunderbar fies.

»Und … Mutter?«

»Ein Schatten. Eine Erscheinung. Ein Phantom«, sagte der Zwilling. Thad überspielte die Rolle vergnüglich. Ihm zuzusehen machte ganz unglaublichen Spaß.

Während die Szene sich entwickelte, bemerkte ich, wie sein Gesicht unter all den Schichten eine merkwürdige Milde

* Den ganzen Tag über hörte ich – *sotto voce* und respektvoll, versteht sich – mehr als nur einige Bemerkungen in dieser Hinsicht.

annahm. Dann trat er verträumt, fast schlafwandlerisch, von seiner Markierung.

»Du holder Mond, ich denke an die Stunde, da ich – ein Jahr ist's her – auf diesen Hügel in Nöten kam, dich wieder anzuschauen … du schwebtest über jenem Walde, damals wie heute auch, da du ihn ganz erhellst … Und dennoch drängt's mich, des Frühern zu gedenken, wachzurufen die eigne Leidenszeit …«

Er hatte seinen Monolog bereits halb hinter sich gebracht, als der eine oder andere von uns endlich merkte, dass der nicht im Buch stand. Dem Schauspieler schien mit einemmal irgendwie schwindelig, und ich eilte ihm zu Hilfe; andernfalls, so hatte ich den Eindruck, wäre er womöglich gefallen. Einen Augenblick später hatte er sich wieder erholt und schien sich seiner lyrischen Improvisation zu genieren. Während der Regisseur uns dabei half, den schwächlichen Prinzen auf einen Stuhl zu bugsieren, und jemand den Sanitäter rief, schien Thad in einen Dämmerzustand abzugleiten. Nach einiger Zeit erwachte er und bekam wieder Farbe. Er winkte uns zu sich, um zu erklären, dass derart spontanes Deklamieren (die Zeilen seien von dem verehrten Giacomo Leopardi, seinem Lieblingsdichter) manchmal darauf hinwies, dass eine Migräne bevorstand. Er wolle »die neue Medizin« probieren, sagte er, die man ihm für diesen Fall verschrieben hatte – Clea bestätigte, sie hätte es, das Zomig, bereits in der Handtasche. Er müsse sich nur hinlegen, sagte Thad, weiter nichts. Der Sanitäter traf ein, aber Thad wies den Mann höflich ab. Man rief fünfzehn Minuten Pause aus.

Clea begleitete ihn zu seinem Trailer. Ich folgte einige Schritt hinterdrein.

Sie wandte sich zu mir um und flüsterte: »Er möchte Apfelkuchen mit Eis. Gehst du mal, Bertie?«

Als ich mit den Leckereien zurückkam, klopfte ich sachte an. Keine Antwort. Vorsichtig trat ich ein. Ich hörte leise Stimmen und ging behutsam auf sie zu. Ich sah Clea im Rahmen der Schlafzimmertür, mit dem Rücken zu mir; sie versperrte mir teilweise den Blick. Thad lag flach, während sie ihn wie eine Krankenschwester versorgte. Sie machte mir Zeichen, das Dessert zu bringen.

Ich erhaschte einen Blick auf sein Gesicht, das gerötet war und hellwach.

»Einen Botschafterposten!«, murmelte er voller Charme. »Du hast es weit gebracht, Trothex.«

»Ja, Darling«, sagte Clea und tupfte ihm mit einem feuchten Tuch die Stirn.

»Hat er seine Pille genommen?«, flüsterte ich unnötigerweise.

Sie nickte.

»Was für ein komischer Name ist das denn eigentlich?«, fragte er. »Trothex.«

»Ein dussliger«, sagte ich umgänglich. »Absolut dusslig.«

»Hört sich nach Bleichmittel an«, sagte er. Seine Stirn furchte sich, und er wandte sich an Clea, als wären sie beide allein. »Als ich dich zum ersten Mal auf der Brücke sah« – mir wurde klar, dass er in seinen Text vom nächsten Tag gesprungen war –, »dein Gesicht im Starscreen … da brachen all die Jahre über mich herein.« Sie legte zärtlich eine Hand auf die seine. »Und ich dachte mir: Wie schrecklich, dass ich mich noch nicht einmal verabschiedet habe.«

DIE MIGRÄNE BLIEB AUS, aber Clea machte sich trotzdem Sorgen.

Sie vertraute mir etwas an, was ich bereits vermutet hatte: dass unser Freund Tag für Tag einen ganzen Sack voll »Medizin« schluckte als Talsperre gegen eine Reihe von Manien und Zwangsneurosen und Depressionen, und dass es von größter Bedeutung war, diesem chemischen Cocktail weder etwas hinzuzufügen, noch etwas wegzulassen wegen der negativen Wirkung auf sein seelisches Gleichgewicht. Clea hatte die Folgen erlebt und konnte darauf verzichten. Sie machte sich Sorgen – über den lyrischen Ausrutscher hinaus hatte sie auf ihrem Radar jüngst noch andere Anzeichen bemerkt, die sie noch nicht zu deuten wusste –, also waren wir beide auf der Hut. Behutsam fragte sie Thad, welche Pillen er gegenwärtig nahm, die oder die, nur um festzustellen, ob eine Bettelkampagne angesagt war, auf keinen Fall die wegzulassen, die zählten, wenigstens nicht bis zum Ende des Drehs, das mit zehn Tagen so verlockend nahe und doch so erschreckend fern war.

Clea und ich waren Routiniers in der Pflege – ich war Anfang zwanzig gewesen, als Mama halbinvalid wurde –, und wir beide waren ein passables Team. Wir sorgten dafür, dass er ordentlich aß, und darüber hinaus für leichte Unterhaltung, und dass er nach Drehschluss auf dem Zimmer blieb. Obwohl wir von übermäßigen Stimuli allgemein nicht viel hielten, betrachtete Clea den Geschlechtsakt als Palliativ und gut für seine Seele, als natürlichen Antikörper und Hexentrank gegen den Virus einer leichten Schizophrenie. (Sie nahm ihre Vormundschaft rührend ernst.) Alle paar Tage, spätabends, rief Miriam an, mit schwüler Stimme, als hätte sie einen moosigen Hauch Moschus von Cleas sinnlicher Heilkunst erwischt; wahrscheinlicher war freilich, dass sie die Keuschheit ihres letzten kurzen Besuchs wettzumachen versuchte. Wann immer sie auf Thad zu sprechen kam, dann bedeutete das Schluss mit Telefonsex – das Thema seiner angeknacksten Psyche war ein patentierter Stimmungstöter. Für gewöhnlich murmelte sie etwas davon, »rüber zu kommen, für den Fall, dass die Geschichte wirklich zu haarig« zu werden versprach, bevor sie zum Abschied wieder in ihren Sexy-Modus verfiel.

Der »Sensationelle Michelet« hatte eine neue fixe Idee – oder wenigstens war sie neu für uns: Er dachte an eine One-Man-Show und hatte bereits mit Mike Nichols gesprochen, der Regie führen sollte. Jedenfalls behauptete er das. Mr. Nichols war anscheinend begeistert. Es ging um seine Lebensgeschichte: sein Zwillingsbruder, der Revenant, Vater Michelet als Zeus und Mutter Morgana als Eiskönigin – der ganze Verein. Offensichtlich spukte ihm die Idee schon seit geraumer Zeit durch den Kopf, aber während des Abstechers nach San Rafael hatte sie sich kristallisiert. Direkt nach unserem nächtlichen Schwätzchen im Salonwagen hatte er eine massive Vision in Form eines zutiefst beunruhigenden, fast religiösen, aber auf jeden Fall hochtheatralischen Bilds: er sitzt allein auf der Bühne, an einem Tisch, trägt Make-up »à la Gielgud oder Richardson« auf (»auf keinen Fall à la Spalding Gray!«, wie er markig nachschob) und spricht dabei mit dem Publikum. Das Make-up war das eines Vorbaliden, die Epiphanie dabei wäre, einen sein ganzes Leben umfassenden Monolog zu entfalten, während man unerbittlich, kosmo-kosmetische Schicht auf Schicht, seine Maske auftrug (oder abnahm, da war er sich noch nicht so sicher), bis er zum Ende der Vorstellung aufstand, um sich den Versammelten in der nackten, quälenden, transweltlichen Maske der *comédie humaine* – Symbol für die agglutinierte Pein so vieler verlorener, ruinierter Jahre – zu stellen. Metaphorische Ungeheuer und die groteske Poesie ihres

Lebens, so erklärte er, hätten ihn schon immer angezogen: Chaneys Phantom, Laughtons Glöckner, Karloffs Frankenstein, aber auch die alles andere als metaphorischen Ungeheuer: der unansehnliche, kränkelnde, kurzsichtige Giacomo Leopardi, den Thad als einsamen Jungen beschrieb, der sich in der Bibliothek seines Vaters Klausur auferlegte mit dem Gelöbnis, erst wieder herauszukommen, wenn er ein Dichter vom Status eines Dante geworden sei. Das opernhafte Bühnenspiel wäre eine einzigartige Gelegenheit, dem Kanon offiziell sein eigenes unvergesslich zärtliches Monster hinzuzufügen.

So sehr es Clea und mich freute, ihn dergestalt abgelenkt und begeistert zu sehen, so bestürzte uns denn doch das Ausmaß seiner Ambitionen. Dass er ganz versessen darauf schien, sich als eine Art »Creature of the Black Lagoon« zu stilisieren, jagte uns einen Schauer über den Rücken, zumal uns klar war, dass wir ihm weiter gut zureden, ihm deutlich machen müssten, dass er sich auf uns verlassen konnte, was ja zutiefst aufrichtig gemeint war. Keine Frage, das Konzept war brillant in seiner makabren Schlichtheit – ein perfektes Vehikel für seine breite Palette von Talenten und gleichzeitig eine ganz ungemein effektive Therapie. Immerhin war es die brutale Ehrlichkeit des Projekts, die es zu etwas Besonderem machte. Mich schauderte, und doch bekam ich eine Gänsehaut dabei, was mich auf den Gedanken brachte, sein Vorschlag hätte womöglich das Zeug zu einem jener Durchbrüche, die man auf immer mit dem Namen eines Künstlers verbindet. Während er uns seine Pläne darlegte, geriet ich zunehmend aus dem Häuschen – ich reagierte auf Cleas hingerissene Verblüfftheit, auf jedes bedeutungsschwangere Zögern, auf die unverschleierte Begeisterung einer künftigen Braut. (Vergessen Sie nicht, dass ich ihr gerichtlich bestallter Co-Abhängiger war.) Es dauerte nicht lange, und ich hatte völlig den Kopf verloren und gab ihm mein Wort darauf, der erste in dem Tsunami von Financiers zu sein, der ihm ins Haus stand.

»Erinnert ihr euch an *Der Tag, an dem die Erde stillstand*? Michael Rennie? Mein Bruder und ich, wir waren völlig vernarrt in den Mann. Habt ihr je jemand Schwuleren gesehen? Wir hatten den totalen Ständer, wann immer wir Klaatu sahen. Der reinste Kinderporno. Wir haben kleine Theaterstücke inszeniert – ich habe das alles notiert!« Er griff nach einem unordentlichen Packen Papier, einige Seiten getippt, andere von Hand beschrieben, und ging sie geradezu andächtig durch, während er weitersprach: »Ursprünglich sollten es meine Memoiren werden, aber dann dachte ich mir (und Miriam ist da ganz meiner Meinung): Bloß keinen klimakterischen Rundschlag à la Susan Cheever. Ich will pralles Grand Guignol, das Brüllen von Fettschminke, den Gestank des Publikums!«

»Eine tolle Idee«, sagte Clea, und sie meinte es ernst.

Dann dachte ich dasselbe, sprach es aus und meinte es auch. Und das gilt bis auf den heutigen Tag.

Thad meinte, Clea und ich sollten als Co-Produzenten fungieren; von seinem alten Freund Nichols ließe sich eine Menge lernen. (Vor Jahren hatte er wegen Verzögerungen bei den Dreharbeiten zu *Don Quichotte* aus Nichols' Wiederaufnahme von Beckets *Godot* im Lincoln Center aussteigen müssen.) Er begann auf und ab zu gehen und äußerte die Sorge, sich des autobiografischen Charakters der Idee wegen bei *Das Seepferdchen* bedienen zu müssen. Er befürchtete rechtliche Folgen, falls Mordecai Klotcher tatsächlich die Option auf das Buch erwerben sollte. Clea riet ihm, nicht schon vorab die Pferde scheu zu machen.

Nachdem er sich in der Küche einen Beutel Chips geholt hatte, nahm Thad die Pose des weltmännischen Extraterrestriers ein und sagte mit einem absurden französischen Akzent: »Ich bin Klaatu, von Alpha Centauri. So hat es mein Bruder immer gesagt – *très* Brigitte Bardot. Wir inszenierten unser kleines Stück im Garten. Ich tat, als schlafe ich, und er trat Bühne links mit Theremin-Klängen auf.« Er imitierte die ebenso kitschigen wie evokativen Klänge des Instruments. »Ich schlug die Augen auf, und er stand vor mir, aus dem Nichts auf die Erde gebeamt. Wie in *Starwatch*. Was soll ich sagen? Wir waren unserer Zeit eben voraus. Ich tat erschreckt, begann zu stottern, gab aber den freundlichen Erdbewohner, der ihn willkommen hieß. Ah, waren Sie lange unterwegs. Jeremy sagte darauf – im entsprechenden Singsang: ›Etwa fünf Monate. Fünf von euren Erdmonaten.‹ Da müssen Sie aber von weither gekommen sein. ›Etwa zweihundertfünfzig Millionen Erdmeilen.‹ Er blickte sich im Garten um – er war übrigens ziemlich gut in seiner Rolle als kosmischer Snob. Hat er wahrscheinlich bei seinen noblen kleinen Kumpanen in Gstaad aufgeschnappt! Na jedenfalls sagte Jeremy: ›Wie nennt ihr diesen Sektor hier?‹ Ich sagte ihm, wir befänden uns in einer Gegend mit dem Namen Martha's Vineyard. Eines Tages, wir spielten die Szene wieder mal (ich hab's hier in meinen Notizen), da meinte Jeremy, der hauptsächliche Grund, aus dem er all die Millionen von Meilen gereist sei – ein verdammter Geniestreich! das kann ich euch sagen –, der hauptsächliche Grund sei, er ›brenne darauf, an Bord einer ›Yacht‹, so glaube ich nennt ihr Erdbewohner so etwas – zu gehen. Ich habe den Wunsch, die exotische Insel Capri zu erforschen.‹ Die exotische Insel Capri! Köstlich! Oh, er war wirklich gut! Oh! Er war sehr gut. ›Ich wünsche die faszinierenden Wesen kennenzulernen, die ihr Filmstars nennt.‹ Jeremy konnte ein Teufel sein – cleverer kleiner Scheißer, der er war. Er stand da und sagte, er spüre an meiner Aura, ich hätte, was ›ihr

Erdbewohner Asthma nennt‹, und dass er mich mit links von so einem ›kleinen Wehwehchen‹ heilen könne – aber nicht bevor er von seinem Besuch auf der Insel Capri zurück sei, wo er ›die Technik des Filmemachens à la Hollywood zu erlernen‹ gedachte. Das war es nämlich, was Aliens in der Hauptsache über die Erde wissen wollten! Wie man Hollywoodfilme macht!«

Thad lächelte ein müdes, erinnerungsgeschwängertes Lächeln. Dann steckte er mit lässiger Eleganz die Hände in die Taschen – er übte sich bereits in den Manierismen für seine Tour de Force.

SEINE BEGEISTERUNG WAR ANSTECKEND.

Wenn wir genügend Einsatz zeigten, dann würde schon etwas dabei rauskommen – für wen auch immer. Außerdem hat mir ein kreativer Tritt in den Hintern noch nie geschadet.

Ich prügelte mich an die Arbeit an *Holmby Hills*. Clea beendete ein Treatment für ihre Sitcom über den Promi-Nachwuchs. Thad versenkte sich in sein Soloprogramm, das mir – durch die Brille meiner eigenen Versuche in Sachen Avantgarde am College gesehen – nach einem schockierenden Klassiker-im-Werden aussah.

Es waren also eine Menge Eisen im Feuer. Abgesehen von Miriams abwegigen Bemühungen, Thad die Romanbearbeitung von »Prodigal Son« zu verschaffen (sie kam dabei durchaus voran), ließ Mordecai Klotcher eine Option auf *Das Seepferdchen* aufsetzen. Und als genügte das noch nicht, war Nick Sultan wie der Teufel hinter dem Deal her, der dem Autor und Schauspieler die Kinoadaption des väterlichen Romans ermöglichte. Ich vergaß immer wieder, Paps – den Dauerinhaber der Rechte an den *Goldblüten* – zu fragen, ob Nick tatsächlich damit zu tun und ob er ihm überhaupt je von seiner Idee, Junior mit einzubeziehen, erzählt hatte, wie er behauptete. (Ich nehme an, irgendwo wollte ich es nicht wirklich wissen.) Es war also alles recht inzestuös – nicht dass das nicht von Anfang an der Fall gewesen wäre.

An einem typischen Tag machte Mr. Michelet ein Nickerchen in einem Liegestuhl vor seinem Trailer, während Clea und ich uns im Schlafzimmer einrichteten, angeblich um an einem von unseren tausend Projekten zu arbeiten. In Wahrheit jedoch hatte ich mich an die gemütliche Lektüre von Thads vergriffenem *Seepferdchen* gemacht, das ich mir gleich nach der Beerdigung online bestellt hatte und das endlich gekommen war; Clea beschäftigte sich mit dem *Playboy*. Das aktuelle Heft enthielt einen witzigen Fotoessay von David LaChapelle; er zeigte eine alte Freundin von ihr, auch sie Tochter einer Ikone, wenn auch einer vom Fernsehen (außerdem lebte sie noch). Hefners Leute hatten vor langer Zeit schon ein lukratives Angebot auf den Tisch gelegt, und mit jeder neuen Ausgabe überlegte Clea aufs Neue, ob sie sich nicht im Evaskostüm ablichten lassen sollte, bevor es zu spät war.

Wir waren also beschäftigt, als wir unseren Frieden durch fragende Stimmen gestört sahen.

»Thad? Ist er das?«

»Natürlich ist er es. Die haben doch gesagt, dass das sein Trailer ist.«

Die erste Stimme wurde lauter: »Thad!«

Wir eilten nach vorne, und da standen sie, zwei Gestalten aus einem Alptraum: Morgana Michelet und Mordy K. Sie standen am Fuß des Treppchens vor dem Eingang und beäugten vorsichtig den kubistischen Morloch – wie kleinliche Ladeninhaber einen Penner, der im Eingang ihres Geschäfts ein Nickerchen macht. Ihr Blick fiel auf uns, als wir in der Tür erschienen; mit einem verlegenen Lächeln ob unserer futuristischen Aufmachung spürten wir den geballten Stich von Morganas Phaser, der für immer und ewig auf »Demütigen« eingestellt war. In diesem Augenblick kam Leben in den schlafenden Vorbaliden; er blinzelte sich den Pharmaschleier von den Augen und setzte sich – ganz der altgediente Profi – auf. »Mutter!«, rief er, einen Speichelfaden am Mund.

* * *

»Freak!«, rief Klotchers Großneffe voller Bewunderung für Morlochs beeindruckende Deformiertheit. »Das issja voll cool!«

Clea trat als Puffer zwischen Thad und den Jungen.

Morgana starrte die Botschafterin an; noch hatte sie die Frau darunter nicht erkannt. *»Clea?«*, brachte die alte Frau schließlich heraus – eine Dame von Stand, die erfuhr, dass die neue Freundin aus der Gesellschaft in Wirklichkeit Verkäuferin im Supermarkt war.

»Hi«, sagte ich mit lahmer Fröhlichkeit, während ich eine Pfote in Richtung von Mordy/Morgana hielt. Als sie keinen Abnehmer fand, zog ich sie wieder zurück. Ich schob stattdessen einen jämmerlichen Wink nach: »Bertie Krohn. Mein Vater hat die Serie erfunden.« Und dass wir uns auf Martha's Vineyard kennengelernt hatten, blabla. M&M sperrten den Mund auf, sagten aber immer noch nichts; ich nehme aber an, dass sie schockiert waren, obwohl ich nicht so recht wusste, warum. Da ich in Uniform war, schlug eine kalte

Welle der Albernheit über mir zusammen, als hätte man mich und meine Kompanie beim Verkleiden-Spielen – oder beim Strip-Poker – erwischt.

»Vorbaliden!«, rief der abscheuliche Kleine vergnügt.

Ich überlegte kurz, wie es wohl wäre, ihn so hart vor die Brust zu stoßen, dass er noch im selben Augenblick Blut rülpsend starb.

»Sie sind es wirklich«, meinte der Produzent lächelnd, seine Augen bekamen Falten wie die des Tin Man aus dem *Zauberer von Oz*. »Ich dachte schon, wir hätten die falsche Galaxie erwischt.«

»Was macht ihr denn hier?«, fragte Thad, der mittlerweile wach genug war, um verwirrt zu sein. Er hatte sich zwar an Morgana gewandt, aber Klotcher antwortete für sie.

»Hat Miriam denn nicht Bescheid gesagt, dass ich vorbeikomme?«

»Das sieht ja scheiße aus«, sagte das respektlose Kind mit einem genaueren Blick auf die bereits Stunden alte Latexpelle am Hals des Prinzen.

»Ich hatte keine Ahnung, dass ihr in der Stadt seid«, sagte Thad zu seiner Mutter.

»Ich schieße einige Porträts«, antwortete sie schließlich. »Für mein Buch.«

»Du machst Scherze«, sagte er. (Geronnenes Lächeln.)

»Ich bin erst ein paar Tage hier – im Peninsula. Mordecai rief an und sagte, dass er bei dir vorbeischauen will. Ich hoffe doch, es macht dir nichts aus, dass ich unangemeldet hereinplatze! Ich dachte, wir könnten heute alle gemeinsam zu Abend essen – in der L'Orangerie.«

»Wie lange dauert es denn, die Maske dranzumachen?«, fragte der Junge, der mit dünnen, schmutzigen Fingern den Polyestersaum von Thads königlichem Waffenrock entlangfuhr.

Clea schlug seine Hand weg; seine Lippen formten ein lautloses: Blöde Kuh!

»Du wusstest doch, dass ich hier bin«, sagte Thad. »Man möchte doch denken, du würdest anrufen.«

»Ich wusste nicht, wie ich dich erreichen sollte!«, sagte Morgana. Viel zu laut.

»Wie lange dauert es denn, die Maske dranzumachen?«, quengelte der kleine Strolch gereizt. Er zerrte an dem Stoff.

Thad schob ihn gedankenlos beiseite, heftig genug, um dem Gequengel ein Ende zu machen. Morgana sah aus, als wolle sie ihren Sohn tadeln, ließ es aber bleiben, als sie sah, dass nichts passiert war.

»Was soll denn das heißen, du wusstest nicht, wie du mich erreichen solltest?«

Sein höhnisches Lächeln verwandelte sich in ein Bild fluoreszierender Skepsis.

»Du hast niemandem gesagt, wo du abgestiegen bist«, sagte Morgana.

»Ich bin immer im Chateau. Das weißt du genau. Und Miriam weiß ...«

»Tja, ich weiß eben nicht, wie Miriam zu erreichen ist. Woher denn auch? Und ob du's glaubst oder nicht, aber wo du absteigst, ist nicht so bekannt, wie du vielleicht denkst. Aber jetzt bin ich ja hier, also was spielt es schon für eine Rolle?«

»Ich wollte Sie nicht während der Arbeit stören«, sagte Klotcher mit Rücksicht auf die Spannung zwischen den beiden versöhnlich. »Ich hatte angenommen, Miriam hätte Ihnen Bescheid gesagt. Irgendjemandem muss sie es gesagt haben, sonst hätten keine Besucherausweise bereitgelegen.«

Ich verschwand wieder ins Schlafzimmer, während Clea – ganz die Glucke – bei ihnen blieb. Eigentlich hatte ich nur meine Sachen holen und dann gehen wollen, aber dann blieb ich denn doch noch und hörte zu.

»Ich habe Ihre Mutter auf eine Tour mit meinem Makler mitgenommen.«

»Ach?«

»Wir haben uns eine fabelhafte Pferderanch in den Malibu Hills angesehen«, sagte Klotcher. »Zehn Hektar.«

»Wunderschön, aber nichts für mich«, sagte Morgana.

»Ich glaube, sie hat mal Bo Derek gehört.«

»Du willst hier rüberziehen?«, fragte Thad, dessen Schrecken kein Ende nahm.

»Nie im Leben«, sagte Morgana. »Ist aber eine nette Art, die Stadt kennenzulernen – es ist der pure Luxus, sich eine Immobilie anzugucken und dabei zu wissen, dass man nicht die geringste Absicht hat, sie zu kaufen.«

»Ich möchte Cabott 7 kennenlernen«, sagte der Junge.

»Ich bin sicher, da geht es ihm genauso«, sagte Thad. »Aber ich fürchte, dem Androiden ist der Kontakt mit Kindern gerichtlich verboten. Das gehört zu seinen Bewährungsauflagen.«

»Was ist denn eine Bewährungsauflage?«, fragte das Kind, leicht aus der Fassung gebracht.

Klotcher lachte schallend auf, während Clea im Plauderton meinte, wie nett doch ein Abendessen im L'Orangerie wäre. Der kleine Scheißer beharrte darauf zu erfahren, was Bewährungsauflagen seien, bis Morgana ihm Bescheid gab.

»Mein Sohn hat einen etwas verkorksten Humor, man sollte ihn nicht immer gar so ernst nehmen.«

»Gehören Sie von jetzt an richtig dazu?«, fragte der Junge.

»Nein, nein«, sagte Clea, die Glucke. »Es ist nur ein Gastauftritt.«

»Sie sollten wieder was mit den *Jetsons* machen«, sagte er, ein Agent im Hosentaschenformat.

»Solltest du nicht etwas in La Jolla machen?«, fragte Morgana. »Am Theater?«

»Ist verschoben«, sagte Thad – eine kleine Notlüge, wie man so schön sagt. Plötzlich schnitt er eine Grimasse, als erspähe er in der Ferne eine Wolke von den Hufen einer nahenden Migräne aufgewirbelten Staubs.

»Kann ich das Raumschiff sehen?«, fragte der Junge.

»Er will unbedingt das Raumschiff sehen« sagte Klotcher.

»Na dann mal los«, sagte Thad. »Falls dir jemand Schwierigkeiten macht, sag einfach, du bist mein Gast.«

»Ich möchte Cabott 7 sehen.«

»Ich sage doch, dass der nicht mit Kindern reden darf.«

»Thad!«, mahnte Morgana.

»Warum denn? Warum darf er nicht?«, sagte der Kleine flehentlich.

»Hab' ich doch gesagt. Major Cabott darf nicht mit Kindern sprechen, weil er ein Pädophiler ist. So heißt er übrigens auch bei uns auf der Brücke – Major Pädophilus!«

»Was ist ein Pädophiler?«

»Es sind Androiden mit ganz speziellen Kräften. Androidenpriester – Maschinengeistliche. Und jetzt geh und nerv jemand anderen!«

Klotcher lachte, und Morgana schnalzte missbilligend mit der Zunge, als das Kind davonlief.

»Es wäre schön, wenn wir am Samstag zusammen lunchen könnten«, sagte der Produzent. »Was halten Sie davon? Samstag, im Ivy? Ich habe Ihr Buch gelesen ... ebenso wie Mikkel Skarsgaard. Kennen Sie seine Arbeit? Er ist ausgesprochen interessiert. Hat Miriam Ihnen nichts davon gesagt?« Der Junge rief kreischend nach seinem Großonkel und machte auch sonst einen Heidenlärm. Klotcher ging nach ihm sehen. Zum Abschied meinte er noch forsch zu Thad: »Bis dann auf der Brücke!«

»Wer zum Teufel ist Mikkel Skarsgaard?«, fragte Thad Clea.

»Ein bekannter dänischer Kameramann. Was schon mal gut ist.«

»Was soll daran gut sein?«

»Dass *er* das Buch gelesen hat.«

»Warum sollte das gut sein?«, fragte er irritiert.

»Weil er wirklich *heiß* ist.«

»Na toll, er ist *heiß*. Heiß heiß heiß.«

»Außerdem will er Regie führen.«

Niemand sagte etwas. Ich wollte schon hinausgehen. Ich nahm an, seine Mutter sei mit Klotcher gegangen. Ich zögerte. Es herrschte noch ein Weilchen Schweigen, dann trat, völlig ohne Ankündigung, Clea ins Schlafzimmer. Wir hörten Morgana in den Trailer zurückkommen – und sahen einander an. Dass wir an den beiden vorbei mussten, um hinauszukommen, lähmte uns (so verlockend es vom voyeuristischen Standpunkt auch war). Intuitiv spürten wir, dass ein urgewaltiges Mutter-Sohn-Spektakel bevorstand.

»Schrecklich klein, dein Trailer, findest du nicht?«

»Wir machen Fernsehen, Mom.«

»Man hätte doch wenigstens erwarten können, dass sie dir etwas Größeres geben. Kümmern sich denn die Agenten nicht um so was? Miriam – hat sie da wirklich rausgeholt, was möglich war?«

»Miriam ist nicht meine Agentin, Mom.«

»Ist sie nicht?«, sagte Morgana verwirrt.

»Sie ist nur für die Bücher zuständig.«

»Dann ist sie also doch deine Agentin.«

»Nicht für Film und Fernsehen. Nur was Bücher angeht.«

»Na, vielleicht tätst du besser dran, dir jemand anderen zu suchen.«

Was er geflissentlich überhörte.

»Du hast in letzter Zeit keine Filme gemacht, Thad, oder?«

»Weiß ich nicht, Ma. Hast du mich in einem gesehen?«

Was sie geflissentlich überhörte.

»Bist du wirklich rübergekommen, um zu fotografieren?«, fragte er argwöhnisch.

»Es gibt da diversen Anwaltskram, um den ich mich kümmern muss – im Zusammenhang mit dem Nachlass. Wie sich herausstellt, hatte dein Vater eine Eigentumswohnung in Century City. Noch so ein kleines Geheimnis«, schob sie ironisch nach.

Da seine Mutter die Tür zur Nachlassfrage selbst aufgestoßen hatte, entschloss er sich, über die Schwelle zu treten.

»Es gibt da einiges, worüber ich gerne mit dir sprechen würde. Ich wollte eigentlich warten, aber … was ich fragen wollte … ob … äh … Dad ein Testament hinterlassen hat.«

»Deshalb sage ich dir das doch. Die Anwälte werden sich bei dir melden.«

»Melden? Bei mir?«

»Hörst du schlecht? Du wirst das mit den Anwälten besprechen müssen.«

»Ich könnte nämlich etwas Hilfe gebrauchen! Die Geschichte mit dem Finanzamt, das Angebot, der Kompromiss oder was weiß ich, was mein Steuerberater mit denen aushandeln wollte, daraus ist nichts geworden.«

»Das hast du mir doch schon gesagt – auf der Beerdigung.«

»Ich dachte, ich würde einen Cent auf den Dollar bezahlen. So jedenfalls hat er es mir dargestellt …«

»Das hast du mir schon zu Hause gesagt.«

»… aber daraus ist nichts geworden. Ich überlege mir schon, den Trottel wegen Unfähigkeit zu verklagen.«

»Du kannst nicht die ganze Welt verklagen, Thaddeus.«

»Er hätte es mir nicht so dar… So was weckt Erwartungen in einem. Na jedenfalls, ich habe mit dem Finanzamt eine Abmachung, mein Steuerberater hat etwas ausgehandelt, aber es ist der reine Wucher. Es geht um achtunddreißigtausend im Monat, und das auf fünf Jahre. Ich hätte genauso gut bei der Mafia borgen können.«

»Daran hättest du denken sollen, als du deine Steuern nicht bezahlt hast.«

Was er wiederum geflissentlich überhörte. »Was wollen die Anwälte denn? Warum sollen sich die bei mir melden?«

»Es geht um Jacks Testament.«

Clea und ich sahen einander zum x-ten Mal an.

»Dann sag doch mal, wen willst du denn porträtieren?«, fragte er mit gezwungener Beiläufigkeit.

Wir bespitzelten die beiden mittlerweile doch tatsächlich durch einen Spalt in der Tür; ein Hauch von Wahnsinn ließ sich nicht leugnen. Morgana bedachte ihren Sohn mit einem ausdruckslosen Blick. Sie wusste genau, was er von ihr wollte; der ausdruckslose Blick war nur eine Masche, damit er »für sein Geld was tun musste«, buchstäblich.

»Für dein Buch.«

»Ach, ich habe die Namen vergessen«, sagte sie, was natürlich Quatsch war. »Der eine … warte mal. Er hat *Ein herzzerreißendes Werk von umwerfender Genialität* geschrieben.«

»Dave Eggers?«

»Ja. Und dann der andere … David Wallace Foster? Oder heißt er David Foster Wallace?«

»Foster Wallace«, sagte Thad spöttisch. »Er war auf der Beerdigung. Ich habe aber nicht mit ihm gesprochen. Wieso zum Teufel war er denn eigentlich da?«

»Nicht lange«, sagte sie, seinen Zorn ignorierend, »und du wirst deine Mutter mit Post-its auf der Stirn herumlaufen sehen.«

»Wo willst du sie denn schießen?«, fragte er wie ein FBI-

Undercover-Agent bei der Besprechung mit einem Attentäter.

»Wallace Foster, Foster Wallace, was weiß ich, lehrt hier in der Nähe. Mehr oder weniger. Pomona, wo immer das sein mag. So einige dieser Colleges kommen für die Unkosten auf, Thad. Auch Irvine. Die haben Riesenbudgets. Man schickt mir einen Chauffeur. Offensichtlich bekommt der Millionen dafür, dort zu unterrichten. Weißt du, er war ein großer Bewunderer deines Vaters – die beiden haben des öfteren zu nachtschlafender Zeit miteinander telefoniert. Auch Alice Sebold unterrichtet dort. Ihr Mann ist auch sehr bekannt. Ein Romancier. Schreiben beide Bestseller. Ich fotografiere sie beide, und für Eggers und Michael äh … Was-weiß-ich-wie-er-heißt fliege ich dann nach San Francisco.«

»Chabon?«

»Ja. Der mit dem Pulitzer-Preis. Und ich glaube, dass er auch mit Drehbüchern ganz gut verdient.«

»Großer Gott«, murmelte Thad. »Mr. *Spider-Man 2*!«

Lange nervenzerrende Pause.

»Warum nimmst du mich nicht mit rein?«, fragte er.

»Was?«

Ich sah, wie sie das Gesicht verzog, als hätte er etwas in einer groben, längst toten Sprache gesagt.

»Ob du mich nicht fotografieren kannst.«

»Na ja, natürlich könnte ich«, sagte sie leer.

Er kicherte, bevor er sie fragte: »Warum machst du's dann nicht?«

»Ich bezweifle, dass der Verleger das erlauben würde. Ich kann mir das nicht aussuchen, weißt du.«

»Warum nicht? Du machst doch die Fotos, oder nicht?«

»Man hat mir eine Liste gegeben …«

»Es ist dein Buch, verfluchte Scheiße, oder etwa nicht?«

»Wir wollen doch nicht ausfallend werden, Thaddeus. Natürlich ist es mein Buch, aber die Entscheidung liegt beim Verlag. Wir halten das seit Jahren so, das weißt du doch. Wie auch immer, wie sieht denn das aus? Wie sollte man dich da mit hineinnehmen, ohne dass gleich jemand Vetternwirtschaft schreit!«

»Natürlich!«, bemerkte er sarkastisch. »Es käme zu einem Riesenskandal! Ganz zu schweigen davon, dass ich auch nicht im Entferntesten in den Bund derer gehöre, die Drehbücher für Superhelden fabrizieren! Die große Alice Sebold!«, schnaubte er. »Weil die auch gleich nach Virginia Woolf kommt! Vielleicht sollte ich zusehen, dass mich einer schändet, und dann ein schlankes Memoirenbändchen darüber schreiben. Eine zarte kleine Pornonovelle – mit mir, dem anbetungswürdigen sodomisierten Engel! In himmlischen Höhen! Man gebe eine Enthauptung dazu – Köpfen ist im Augenblick der letzte Schrei. Ach, was werden die flennen! Leser *lieben* so was, vor allem die Buchclubs! Ja! Ich lass' mir's in den Arsch besorgen und mich dann einen Kopf kürzer machen, das Herz aus der Brust reißen und von einem halbwüchsigen afrikanischen Krieger verzehren – nein, warte! Wieso nicht von einem Bibliothekar! Und dann ist nur noch mein Kopf übrig, der kleine lyrische Monologe erbricht … Die Verleger werden Schlange stehen, um mir einen Vorschuss aufzudrängen!«

Sie war während seines Ausbruchs völlig gelassen geblieben.

»Die Autoren auf der Liste werden landauf, landab gelesen, Thaddeus, im populären Sinne …«

»Hast du sie gelesen, Mutter?«

»Natürlich nicht. Du weißt, dass ich nicht lese.«

»Woher weißt du denn dann, dass man sie landauf, landab liest?«

»Was für eine unsinnige Frage. Die Verleger wissen es – BookScan nennt sich das. Es hat doch nichts damit zu tun, ob ich sie gelesen habe oder nicht.«

»Hast du meine Bücher gelesen, Mutter?«

»Ja«, sagte sie. »Natürlich. Sei nicht albern.«

»Hast du nicht!«, sagte Thad mit dem Lächeln eines Schwachsinnigen. »Nicht ein einziges Wort!«

»Ich denke, ich habe genug.« Sie machte Anstalten zu gehen.

»Falls du meine Sachen tatsächlich gelesen haben solltest, Mutter, bin ich zutiefst beeindruckt. Und wenn's auch nur zwei Absätze gewesen sind. Okay? Okay. Aber sag mir eines: Wo du dir mein Werk schon all die Jahre zu Gemüte geführt hast, was meinst du? Was hält die Dame von meinem literarischen Talent? Wenn ich Sie fragen darf. Ich meine es ernst, Morgana! Weil ich nie gefragt habe. Wir haben darüber nie wirklich gesprochen, oder? Wo so was doch so gesund ist! Kann ich neben Alice ›Schände Mich‹ Sebold bestehen? Oder neben Professor David Pomona Wallarsch? Hältst du mich der Aufnahme in dein Eitelkeitsprojekt für würdig? Wenn wir die Verleger mal für einen Augenblick vergessen. Bin ich des Pantheon würdig, Mutter?«

»Meine Meinung spielt hier keine Rolle«, sagte sie knapp. »Das habe ich dir bereits gesagt.«

»Du weichst der Frage aus!«, sagte er strahlend.

Sie stöhnte.

Er schlug die Hände zusammen, von infernalischem Entzücken erfüllt. »Ha! Ich bin also nicht würdig, was? War das letztlich nicht immer schon so?«

»In deiner Einbildung vielleicht.«

»Ich bilde mir das ein.«

»Allerdings.«

»Wer, wenn ich mal fragen darf, liest denn diese Bücher überhaupt?«

»Ich sage dir doch, die Entscheidung liegt beim Verleger …«

»Ich meine, wer liest deine Bücher, Mama? Wie viele sind es denn bisher, sieben? Sieben Bücher! Ich nehme wohl an, man liest sie nicht eigentlich – die Leute sehen sich nur die Bilder an. Wie bei *Hustler* oder *Maxim* … und alle verramscht, wie die meinen! Verstehst du nicht? Wir haben doch was gemeinsam! Wenn ich's recht bedenke, dann bist du doch schon länger vergriffen als ich! Warum veröffentlicht man deine Bücher überhaupt? Wie bist du eigentlich zu deinem Deal gekommen? Gab's dich als Zugabe zu Dad? Ist ja keine Schande. Deinen Agenten möchte ich haben. Bezahlst du die Leute, Mutter? Bezahlst du sie für die Veröffentlichung, und sie klatschen nur ihren Namen vorn drauf? Ist völlig in Ordnung. Ich sollte es genauso machen. Ich werd's genauso machen. Whitman ist im Eigenverlag erschienen – Emerson auch. Wir sind in bester Gesellschaft, im Bund der remittierten Superhelden! Komm schon, Tammy, sag die Wahrheit. Ich sehe ja, warum sie dich deine kleinen Schnappschüsse haben machen lassen, solange Vater noch am Leben war – es war schließlich immer unter einem Harcourt-Imprint. Ein Knochen, den man dem alten Black Jack hingeworfen hat, nein? Hast du denn keine Angst, dass bald Schluss ist mit deiner kleinen Heimarbeit? Ich meine, jetzt, wo der Goldesel im Grab zu modern beginnt …«

»Ich habe für so etwas keinen Sinn! Ich habe für so etwas überhaupt keinen Sinn!«, sagte Morgana schließlich und sammelte ihre Siebensachen zusammen. »Du kannst mich mal, Thaddeus, kreuzweise!«

»Mutter, warte! Du verstehst nicht! Ich wollte nicht despektierlich sein! Ich wollte doch nur sagen, wenn diese unglaublich zeitgenössische Couchtisch-Anthologie literarischer Porträts sowieso keiner kauft, dann merkt es doch auch keiner, wenn wir irgendwo das Konterfei von meiner Mutter Sohn reinschmuggeln.«

»Es hätte einfach was von Selbstverherrlichung«, sagte Morgana. Sie zitterte und war so gut wie am Ende mit ihrem Latein. »Jedenfalls würde es so aussehen.«

»Wen interessiert schon, wie es aussieht?«

»Na schön, Thaddeus«, sagte sie, dem Zusammenbruch nahe. »Ich mache ein Bild von dir! Hol dir eine Polaroid von der Maskenbildnerin – und dann los! Komm, sofort! Wir ›schmuggeln‹ es einfach ins Buch, wie du so schön sagst, und keiner wird es merken.«

»Großartig! Perfekt!« Sie hatte seinen Bluff durchschaut, und Thad war schlagartig handzahm. Allerdings gehörte er noch ordentlich devorbalisiert. »Ich suche mir nur rasch eins von den Mädchen, das mir den Dreck hier vom Gesicht macht … wir könnten vor einen der Blue Screens gehen – Yaddo können wir später digital unterlegen. Du würdest staunen, was sich mit Photoshop alles machen lässt«, sagte er und rieb sich dabei aufgeregt die Hände. »Ich sage dir, dein Lektor ist total hintendran! Ich fänd's toll, zwischen Franzen und Cunningham zu kommen – zwischen dem Arsch und der Schwuchtel.«

»Genau! Da brauchst du dir nicht mal die Maske abmachen zu lassen!« Ganz plötzlich fiel sie, des Spiels müde, in sich zusammen. »Ich werde jetzt mal gehen. Mordecai und ich wollten zusammen zum Lunch.«

»Willst du mich denn nicht fotografieren?«, sagte er, Mitleid erregend.

»Das habe ich dir doch gesagt. Aber ein andermal!«

»Lügenbeutel!«

Er packte sie am Handgelenk, und sie rief: »Lass mich

los!« Clea und ich eilten hinein. Er hatte sie auf die Kunstledercouch gepinnt, und erst als ich ihn überwältigte, machte Morgana sich los.

»Bring mir jemand eine Polaroid!«, rief sie aufbrausend – als sehe sie sich gezwungen, ein Schwert zu ziehen, das für die Gelegenheiten reserviert war, in denen ihr Gatte zur Gefahr zu werden begann. Sie schubste Thad beiseite und fischte ihre Handtasche vom Boden. »Du ... du ... bist ja verrückt! Geh schon! Stell dich auf die Brücke von deiner Rakete, und ich mache das Foto von dir! Tausend, wenn du willst, in deinem Halloween-Kostüm. Von dir und all den anderen kleinen Dummköpfen hier! Deine Freundin«, sie fletschte jetzt die Zähne, »die Schlampe, die sich für Drogen ficken lässt wie schon ihre Mutter!« (Clea schrie auf wie nach einem Messerstich.) »Geh schon, Mr. Vorbalid, besorge die Polaroid! Ich werde das Foto Deepak Ghupta zeigen, und der wird mich fragen: ›Wer ist das denn?‹ Und ich werde ihm sagen: Was, Sie kennen den nicht? Das ist mein Sohn, Thaddeus Michelet, das Genie! Und Deepak wird mir darauf sagen: ›Oh, verzeihen Sie! Das ist ja wunderbar! Wissen Sie, ich muss gestehen, wir wollten das Buch eigentlich nicht mehr machen, ich meine, das Buch einer Witwe, einer Knipserin, einer vertrockneten alten Möse – aber jetzt, wo Sie uns das Geschenk Ihres berühmten Sohnes machen, verzeihen Sie uns, Morgana! Thaddeus Michelet, eine Berühmtheit – hat er nicht den Pulitzer bekommen? Den National Book Award? Jedes Schulkind kennt Thaddeus Michelet! Er ist ein Bestseller, ein Begriff, ein Heiliger, den man sogar in der Verkleidung eines kleinen grünen Männchens vom Mars erkennt! Thad Michelet – ein Genie, wie sein Vater – ach was, er ist größer als sein Vater! Wir packen ihn auf den Titel, Morgana! Warum setzen wir ihn nicht auf den Titel deines beschissenen Bildbands, so verkaufen wir davon eine Million!

Oh danke, danke, danke, Fata Morgana, vertrocknete alte Witwenmöse, die du bist, so bringen wir deinen amateurhaften Schinken selbstverständlich heraus!‹ Und ich gehe auf die Knie und blase ihm einen, dem guten Deepak, und warum nicht gleich allen anderen auch? Wie Clea hier das machen würde, hätte mein Genie von einem Sohn sie nicht gerettet, mein geniales Genie von einem genialen Sohn!«

Die alte Frau lief hinaus.

WIE MIR CLEA SPÄTER ERZÄHLTE, hatten die Anwälte tatsächlich angerufen und sich Thads Drehplans wegen für den Abend nach dem Essen im Chateau angesagt. Wir sahen ihre rücksichtsvolle Dringlichkeit als gutes Omen.

Obwohl Thad, wie sie hinzufügte, sich keinen Illusionen darüber hinzugeben versuchte, sein Vater könnte ihn im Testament bedacht haben (Cash oder Immobilien schienen ohnehin unwahrscheinlich), wären aber auch Bücher, Gemälde oder Korrespondenz von ihm von unschätzbarem Wert. Es war eine Offenbarung, dass Vater und Sohn sich bei nächtlichen Telefonaten zweimal im Monat (die Jack, wie Thad scherzend meinte, von seinen Plaudereien mit David Foster Wallace abgeknapst hatte) während der letzten Jahre nähergekommen waren. Er meinte bei dem alten Mann ganz entschieden Anzeichen für eine Milderung bemerkt zu haben. Angesichts des bevorstehenden Palavers konnte Thad gar nicht anders, als sich vorzustellen, seine Schulden beim Finanzamt zu begleichen oder diesen Teil seines Lebens wenigstens in den Griff zu bekommen. Er entschuldigte sich sogar bei Morgana für sein Verhalten im Atelier – er stehe des »finanziellen Drucks der jüngsten Zeit« wegen arg unter Stress. Er fragte sie dabei nochmal, was die Anwälte wohl von ihm wollten, aber sie behauptete, sie wisse es nicht.

Ich ließ es mir nicht nehmen, Clea auf Morganas geradezu asozial anstößige Ausfälligkeiten anzusprechen. Ich kam mir wie ein Arschloch vor, sie nicht vor dem widerlichen Anschiss gerettet zu haben. Clea war zunächst selbst sichtbar erschüttert gewesen, jetzt jedoch tat sie den Vorfall mit einem Achselzucken ab. »Morgana konnte mich vom ersten Augenblick an nicht leiden«, sagte sie. Sie hatte immer angenommen, es habe etwas mit Eifersucht zu tun, mit der üblichen inzestuös angehauchten Geschichte zwischen Mutter und Sohn. Außerdem hatte »Mad Morgana« Clea lange in Verdacht gehabt, etwas mit ihrem Gatten zu haben, so wie sie jede in Verdacht gehabt hatte (mit gutem Grund). Clea nannte sie ein Miststück, die Königin aller Beißzangen – die Einzige, die noch stand, als der »alte Black Jack« sich endlich ein Weib zu nehmen entschloss. »Ihre Spezialität ist die kalte Wut«, meinte Clea. »Brauchst sie nur lange genug zu kennen, irgendwann geht sie auf dich los.«

Nein danke, sagte ich ihr.

* * *

Ich hatte den Nachmittag frei (Thad und Clea drehten ihre große Szene im Goldblütenpalast), und so ging ich zu Maxfield's Schmuck kaufen. Gitas Geburtstag stand bevor. Ich erstand ein antikes Stück von Hermès, den sie über alles liebt. Anschließend ging ich auf ein Work-out; gegen sieben hatte ich es hinter mir. Ich fuhr zu meinen Eltern, um etwas Zeit mit Mama zu verbringen. Ihr Arzt hatte die Dosis ihrer

Medikamente entweder reduziert oder erhöht, und es ging ihr in letzter Zeit gar nicht gut. Carmen (eine Frau mit vielen Talenten) kredenzte uns Eisbecher – authentische Trader Vic's »Snowball« Sundaes –, die ich mitsamt zwei Kaviarlöffelchen im Leopardendesign mit nach oben in Gitas Schlafzimmer nahm. Wir tratschten über einige Promis der zweiten Garnitur, bevor wir, wie so oft, damit begannen, Paps in die Pfanne zu hauen. Wir guckten eine Weile *Investigative Reports*, dann machte ich mich wieder aus dem Staub. Hatte ich zunächst vorgehabt, die 405 zu nehmen, schlug ich, wie von einer unsichtbaren Hand geleitet, einen Haken nach links und fuhr Richtung Osten – schnurstracks zum Chateau.

Als ich vor Thads Tür stand, fielen mir die Herren Anwälte aus Century City ein. Ich stand im Flur und lauschte auf ein Zeichen, aber alles, was ich hörte, war Norah Jones. Ich klopfte, wartete, klopfte nochmal. Nach einiger Zeit kam Clea, in voller Montur. Sie umarmte mich. Ich roch Alkohol in ihrem Atem und Listerine.

Die Anwälte kreuzten einige Minuten später auf, entschuldigten sich für ihre Saumseligkeit. Ein »Notfall« sei dazwischengekommen.* Man ließ Vorstellungen und Artigkeiten über sich ergehen, während Clea es auf sich nahm, je nach Wunsch, mit Kohlensäure oder still zu servieren. Einer der Herren, ein Seniorpartner, ließ sich doch tatsächlich auf ein Bier ein – was ich ebenfalls für ein gutes Zeichen hielt. Mr. Michelet tauchte aus den Falten seines teuren Bademantels auf, makellos rasiert, ohne die üblichen Make-up-Spuren am Kragen. Er war nachgerade lebhaft, hatte ein Federn in Schritt und Geist, klatschte sich hoffnungsvoll Aftershave auf das Kinn.

* Wann immer in Hollywood Agenten oder Anwälte zu spät kommen, spielen sie die »Notfall«-Karte aus.

Es kam eine Flaute auf, die Augen der Besucher fielen auf mich, mein Stichwort für den Abgang, damit man zum Geschäft kommen konnte. Ich stand auf, aber Thad erhob Einspruch; unsere Ménage-à-trois war damit abgesegnet und offiziell. Ich gehörte zur Familie und war somit berechtigt, die Bestimmungen des Testaments zu erfahren.

»Der letzte Wille ist etwas ungewöhnlich«, sagte der Mann, der das Sagen hatte, und räusperte sich.

»Dad war eben ein ungewöhnlicher Typ«, sagte Thad, der sich cool zu geben versuchte.

Mit verlegenem Lachen pflichteten die Anwälte ihm bei.

»Im Wesentlichen hat er Ihnen eine ansehnliche Summe hinterlassen …«

»Ausgesprochen ansehnlich«, sagte einer seiner Begleiter.

»Nur gibt es da eine merkwürdige Klausel, die den Antritt des Erbes womöglich unmöglich macht.«

Thads Lächeln nahm den Glanz eines Luftballons kurz vor dem Platzen an. »Unmöglich?«

»Der letzte Wille Ihres Vaters sieht ein Erbe von zehn Millionen Dollar vor …«

»Mein Gott«, stieß Thad hervor, während es mir und Clea die Sprache verschlug.

»Es ist allerdings eine Bedingung daran geknüpft, laut der der Betrag erst dann zur Auszahlung kommt, wenn eines Ihrer Bücher in der Bestsellerliste der *New York Times* erscheint.«

Thad warf erst Clea einen Blick zu, dann mir, als hätte er einen Witz gehört, den er nicht verstand. »Könnten Sie das wiederholen?«

Der maßgebliche Herr kam seiner Aufforderung nach, ohne dass das etwas geändert hätte.

Sein Begleiter sagte, wohl um dem Augenblick die Spannung zu nehmen: »Ich nehme an, Sie sollen, der Absicht

Ihres Vaters entsprechend, entweder etwas sehr Kommerzielles schreiben, einen John Grisham oder was auch immer, einen *Da Vinci Code*, oder etwas künstlerisch Wertvolles mit Massenappeal.«

»*Park Avenue Prinzessinnen?*«

Ein weiterer Kollege mischte sich ein: »Nicht *Park Avenue Prinzessinnen*. Eher etwas wie *Die Korrekturen*. Sie erinnern sich an den Knaben, der Oprah vergrätzt hat? Hat der es nicht auf die Liste geschafft?« Er wandte sich Clea zu, als könnte die so etwas wissen. »Vor einigen Jahren? Ich bin ziemlich sicher. Meine Theorie – es ist natürlich nur eine Theorie! – wäre die, dass Jack sich die Klausel als Anreiz vorgestellt hat, ein Ziel, auf das Sie hinarbeiten sollen. Als Belohnung, wenn Sie so wollen.«

Thad begann zu lachen. Es war ein trockenes Lachen, fast schon ein Würgen.

»Ich bin ein großer Fan Ihrer Filme«, sagte einer der Männer. »Aber ich muss zugeben, ich wusste nicht, dass Sie auch schreiben. Als ich mal rasch im Internet nachgeschaut habe, war ich recht beeindruckt. Nun, ich bin mir nicht so ganz sicher, wie viele Sie verkaufen müssten, um auf die Liste der *Times* zu kommen ...«

»Ich lasse das im Augenblick von einem unserer Assistenten klären.«

»Es ist das reinste Labyrinth. Ich meine, die Leute haben definitiv ihre eigene Logik.«

»Die haben da drüben praktisch ihr eigenes Land.«

»Aber ich halte es durchaus für machbar.«

»Hat er festgelegt, ob es ein Roman oder ein Sachbuch zu sein hat?«, sagte einer von den anderen.

»Ein Roman – glaube ich.«

»Es war definitiv ein Roman«, sagte der, der *Die Korrekturen* erwähnt hatte.

»Ich glaube nicht, dass die Zahl so hoch anzusetzen ist, wie man sich das vorstellen würde – was den Verkauf anbelangt.«

»Um auf die Liste zu kommen.«

»Es ist definitiv machbar. Ihr Dad war ja weiß Gott oft genug …«

»Wenn auch wieder nicht so oft, wie man sich das vorstellen würde. Trotzdem, ein Kinderspiel ist es nicht.«

»Es war eindeutig sein sehnlicher Wunsch, etwas von seinem Glück auf Sie abfärben zu sehen.«

* * *

Obwohl es an der Ostküste bereits nach Mitternacht war, rief ich auf der Fahrt nach Hause Miriam an. Sie wurde richtig wütend, als ich ihr erzählte, was passiert war. Sie sagte, Jack Michelet sei ein Sadist gewesen, der zeitlebens seinen Spaß daran gehabt hatte, seinen Sohn zu traktieren – und jetzt machte er dies gar noch aus dem Grab! Unser Gespräch dauerte nicht lange, da sie selbst im Chateau anrufen wollte, um zu hören, wie es stand.

Ich trat eben ins Haus, als mein Handy sich meldete. Miriam hatte mit Clea gesprochen (»Gott sei Dank ist sie bei ihm!«), Thad schlief schon – seine übliche Reaktion auf schlimme Neuigkeiten. Zum Glück musste er erst um zehn im Studio sein.

Am Morgen ging ich an den Strand joggen. Black Jacks teuflische Machenschaften rückten Paps in ein besseres Licht. (Und wie!) Perry mag seine abgebrühte Seite haben, sicher, aber nie habe ich ihn bewusst grausam erlebt, für mich seit jeher die bedauernswerteste aller Verfehlungen. Ich konnte mir noch nicht einmal vorstellen, wie es war, ein ausgewachsenes Raubtier zum Vater zu haben. Ich musste an einen

Mann denken, einen Hundetrainer, der einige Monate zuvor bei einem AA-Meeting gesprochen hatte. Er trage zwar Schutzkleidung, hatte er erzählt, aber wenn der Hund zubiss, dann sei es wichtig, den Arm zu bewegen, so neige das Tier dazu, sich auf eine neue Stelle zu konzentrieren. Blieb man nicht in Bewegung, drangen die Zähne trotz der dicken Polsterung gefährlich tief ein – aber was ich sagen will, ich sehe das als Metapher dafür, in einem Haushalt aufzuwachsen, in dem der Alkohol regiert. Ich stellte mir Thad vor, wie er auszuweichen, den Mann zu täuschen versuchte, Jahr für Jahr unter dem Schnappen einer Schnauze voll scharfer Zähne; und er wich immer noch aus, schlug seine Finten, taumelnd, eine ausgebrannte Hülse, unfähig, auch nur noch einen Tropfen Adrenalin zu produzieren; und jetzt, nachdem eine Schar Veterinäre das Untier angeblich eingeschläfert hatten, musste er sich immer noch seiner teuflisch geifernden Bisse erwehren.

AUF DEM WEG ZUR ARBEIT rief ich im Chateau an.

Keine Antwort von der Suite.

Ich probierte Cleas Handy, es war Punkt zehn – keine Antwort.

Ich befürchtete das Schlimmste.

Beim nächsten Versuch, ich passierte gerade das Studiotor, ging sie ran. Aus dem Hintergrund drang mir schallendes Gelächter ans Ohr. Sie befanden sich in Thads Trailer, beim Frühstück mit einigen Kollegen. Ich erhielt den Befehl, sofort vorbeizukommen – mit »Warp-Speed«.

Als ich eintraf, lauschten Clea, Cabott, der Captain und X-Ray eben verzückt einer von Thads pornografischen Anekdoten, in diesem Fall Tratsch um eine Broadway-Diva »ungewissen Alters«. Er wirkte vergnügt und munter, die Augen klar wie ein Bergsee. Er hatte seine Geschichte eben zu Ende erzählt, als sich übers Walkie-Talkie der Regieassistent meldete: »Okay, Leute, es geht wieder los!« Unter Wellen schallenden Gelächters, das schier nicht verebben wollte, zogen die Schauspieler ab. Nick Sultan, der fast versteckt in der Kochnische gesessen hatte, ging als Letzter hinaus. Der Regisseur zeigte mir einen erhobenen Daumen und schob sich lächelnd an mir vorbei. Dann ging er an den Set.

»Bertram!«, sagte Thad, mit all der ihm zu Gebote stehenden herzlichen Aufmerksamkeit.

Ich konnte nur staunen über seine Fähigkeit, sich von so einem Schlag zu erholen. Ich bin kein Dr. Phil., aber mir drängte sich die Frage auf, ob hinter seiner Ausgelassenheit nicht womöglich eine gefährliche Manie steckte, die jeden Augenblick ihr wüstes, finsteres Gesicht zeigen würde. Dennoch klammerte ich mich an die Möglichkeit, Thads Unbeschwertheit weise im Gegenteil auf psychische Stabilität, auf die flinken Instinkte des Starken, die es ihm, wenn auch mehr recht als schlecht, ermöglicht hatten, jahrelang die abscheulichsten Misshandlungen zu überstehen. Zuerst schrieb ich die Feierstimmung Cleas Ankündigung zu, er habe grünes Licht bekommen, die *Goldblüten* für den Film zu adaptieren.

Aber das war es nicht – das war es ganz und gar nicht.

»Hast du es ihm denn nicht gesagt?«, fragte er Clea.

Sie schüttelte stolz den Kopf, wie ein Kind, das das größte Geheimnis der Welt für sich behalten hatte.

»Mir was gesagt?«

»Du wirst es nicht glauben – es ist der Gipfel der Perfektion!«

»Es ist einfach unglaublich«, sagte Clea. »Und es war Miriam – es war Miriams Idee! Miriam ist ein Genie.«

»Nun sag doch endlich!« Jetzt war ich das Kind.

»Miriam ist ein Genie«, sagte Thad entschieden.

»Sie hat heute Morgen mit einem Wahnsinnskonzept angerufen.«

»Mit einem absolut gottverdammt brillanten Plan.«

»Bertie, du wirst es nicht glauben ...«

»Ihr zwei bringt mich noch um ...«

»Sag du's ihm«, sagte Thad, cool delegierend.

»Sie hat die halbe Nacht über wach gesessen – ohgottohgott, ich *liebe* die Frau! Sie war ja so was von sauer. Es hat ihr derart gestunken, was Jack sich da ...«

»Nimm dich bloß vor Miriam in Acht, wenn Miriam sauer ist«, intonierte Thad. »Dann setzt es was.«

»... geleistet hat mit dem Testament.« Clea war betrunken, ihre Zunge langsamer als ihr Verstand.

»Die absolute Kriegerin, Herrgott nochmal! Die reinste Mordmaschine!«

»Sie hat sich gedacht, das muss doch irgendwie zu umgehen sein.«

»Und sie hat die Lösung! Sie hat gottverdammtnochmal die Lösung dafür!«

»Aber wie?«, fragte ich strahlend – glücklich darüber, dass sie glücklich waren.

»Sie ist auf der Stelle online, ja?«, begann Clea. »Und hat sich sämtliche Bestsellerlisten der *New York Times* angesehen – über die letzten zehn Jahre! Und weißt du, was sie gefunden hat?«

»Rate doch mal!«

»Was auf der Liste ist!«

Ratlos schüttelte ich den Kopf.

»Sie fand zwölfmal *Starwatch: The Navigators*. Zwölf Titel! Zwölf!«

Ich verstand noch immer nicht.

»Verstehst du denn nicht?«, fragte Clea. »Wie genial sie ist? Wenn Thad ›Prodigal Son‹ als Roman adaptiert – und es ist undenkbar, dass man ihn das nicht machen lässt, und wenn ›Prodigal Son‹ auf die Liste kommt …«

»Miriam hat das kosmodämonische Schlupfloch gefunden, Baby!« Thad tanzte eine kleine Gigue, die Arme in die Seiten gestemmt, und sang dazu: »Superkalifragilistisch-testamentiarisch, Zahltag tief im Fellcrum Outback ist gar nicht so barbarisch!«

»Ich lade ein zur vorbalidischen Sonderziehung! Glücksspirale im Großen Dom.«

»Wham Bam! Thank you, Dad!«

»Bertie, kannst du das glauben? Kannst du glauben, wie genial das ist?«

»Wir haben Geld! Wir haben Geld!« Er hakte sich bei ihr ein, und zusammen tanzten sie eine Polka in dem beengten Raum, Papierteller gingen zu Boden, Burritos landeten auf dem Teppich, Reste von Rührei und Zwiebel dazu – als hätte einer auf eine wurmstichige Piñata gehauen. »Wir haben, was es braucht! Wir haben, was es braucht!«

WIR BEFANDEN UNS am Ende der zweiten Woche. Noch fünf Drehtage, und es wäre geschafft.

Ich hatte Freitag frei. Am Mittwoch, beim AA-Meeting in Brentwood (das ist die Pacific Group, in der sich halb

Hollywood trifft), hatte ich eine junge Frau kennengelernt, die mich zu einem Töpferkurs nach Ojai einlud. Hörte sich gar nicht so schlecht an, aber ich lehnte ab und entschloss mich, Gita zu besuchen, die meine Aufmerksamkeit in jüngster Zeit mittlerweile zu Recht argwöhnisch gemacht hatte. Sei's drum, das Haus im Benedict Canyon lag bequem genug, um mich nach einem Besuch bei ihr noch ins Studio zu verirren, was ich denn auch jedes Mal tat ...*

Ich stand in der kühlen, dunklen Kulisse des riesigen Ateliers und guckte mir die Szene an, in der Thad seine Eltern wiedersah. Die gefügige Dienerschaft – von Menschengestalt, aber mit Hundeköpfen – hatte einen gewaltigen Thron angeschleppt; trotz dichter weißer Mähne und gebrechlicher Haltung vermittelte der König noch immer genügend Autorität. Auf Stichwort trat, blass und unterwürfig, in einer Art blauer Toga, die Königin auf. Thad trug nach wie vor die Fähnrichsuniform. Jungenhaft, fast linkisch, trat er auf die beiden zu. Unter immensen Anstrengungen stand der König auf und breitete die Arme aus. Sie herzten sich. Die Königin starrte wie im Schock ins Leere.

»Willkommen zu Hause.«

»Ich danke dir, Vater. Hast du Schmerzen?«

»Heute geht es.« Er stützte sich auf seinen Thron. »Deine Mutter ist dankbar für deine Rückkehr. Sie wird ihre Sprache gleich wiederfinden. Dass du fortgelaufen bist, war ein schrecklicher Schlag für sie.«

»Was?«, fragte Thad und fiel damit aus der Rolle.

Der Schauspieler, der den König spielte, war verwirrt und wiederholte als Stichwort die letzte Zeile.

»... war ein schrecklicher Schlag für sie.«

* Ein obsessiv-repressiv gestörtes Dreiecksverhältnis macht mehr Mühe, als es den Anschein hat. Glauben Sie mir.

Thad warf einen verzweifelten Blick ins Off.

»Ich bin … ich … Wo ist das Scriptgirl? Meinen Text!«

Nick rief: »Cut!« und kam mit der Frau herüber, die Thad aus ihrem dicken ledergebundenen Ordner dieselbe Zeile vorlas, die der König eben gesprochen hatte, bevor sie die Antwort des Fähnrichs folgen ließ.

»Soll das ein Witz sein?«, fiel Thad ihr mit einem bösen Blick auf den Kollegen ins Wort.

Nick schob ihn von den anderen weg.

»Was ist denn, Thad?«, fragte er leise.

Ich ging näher ran für den Fall, dass ich helfen könnte.

»Aber ich habe es ihn doch sagen hören«, insistierte Thad.

Nick hieß einen Regieassistenten den Sani holen.

»Nein – Augenblick!« Thad schüttelte die Hand des Regisseurs ab. »Nicht eine einzige Erinnerung an fernen Staresruhm macht das Vergessen später wett und nimmt dem Ende seine Pein …«

»Thad? Was ist denn?«, fragte ich mit spitzen Fingern.

So verwirrt er war, mich in Zivil aus den Kulissen kommen zu sehen, war Nick offensichtlich froh über den Verbündeten.

»Deinem Freund geht es nicht gut.«

Ich nahm Thad bei den Schultern und fragte ihn, ob alles in Ordnung sei. In einem ebenso intimen wie flüchtigen Augenblick sah ich ihn das beängstigende Ausmaß dessen abschätzen, was da eben passiert war – Opfer einer Halluzination geworden zu sein –, um den Vorfall dann sofort mit einer seelischen Aderpresse abzubinden, indem er den bedenklich idiopathischen Schrecken der Szene auf die olle Kamelle von der bevorstehenden Migräne schob. Seine »klassisch anomale Neigung«, ließ er uns wissen, »zu visuellen und akustischen Erscheinungen« (eine aalglatte und erstaunlich glaubwürdige Ausrede) sei bereits Studienobjekt gleich mehrerer Lehrkrankenhäuser gewesen, die »Kopfwehbrigade« vergleiche sie mit der kurzzeitigen Bewusstseinstrübung des Petit Mal.

»Bringen wir ihn lieber in die Notaufnahme«, sagte Nick, was ich ihm hoch anrechnete.

»Nein, nein, nicht nötig, aber trotzdem danke. Ich kann mir selbst eine Spritze geben.«

»Hast du denn so was bei dir?«, fragte der Regisseur.

»Im Trailer. Wirklich, Nickie, ich danke dir, aber es ist kein Problem.«

»Wirst du darauf nicht schläfrig?«, fragte der besorgte Schauspieler-König. Höflichkeit und leise Töne beherrschten die Szene, als stünden wir im Kielwasser einer mittleren Katastrophe ratlos auf dem Asphalt.

»Nein! Es ist nur ein gefäßverengendes Mittel. Lasst mich das schnell erledigen, dann können wir die Szene zu Ende drehen.«

Ich erbot mich, ihn zum Trailer zu begleiten, aber Nick hielt mich zurück und gab ihm stattdessen den ersten Assistenten mit. Der Regisseur brauchte dringend jemanden, der ihn beruhigte – als wäre ich das »Gehirn« am Set. Er fragte, ob Thad wieder in Ordnung käme; ich erlaubte mir den Scherz, da doch besser X-Ray zu Rate zu ziehen. Nick fand das gar nicht komisch. Als ich loseilte, um Thad einzuholen, hörte ich einen von den Bühnenarbeitern sagen: »Das ist mir vielleicht ’n Herzchen.« Ein anderer meinte: »Der spinnt doch, der Typ.«

* * *

Als eine völlig aufgelöste Clea in den Trailer stürzte, sagte ich ihr, er gebe sich gerade eine Spritze und dass wir ihn darauf vielleicht besser schlafen ließen. Wir hinkten bereits hinter dem Drehplan her; der Druck, seine Szenen abzudrehen, nähme also noch zu.

»Was genau ist denn eigentlich passiert?«, fragte sie und strich ihm dabei sachte mit dem Handrücken über die Stirn. Er schnarchte wie ein Elf, der im Wald in ein Pilznest geraten war.

»Ich weiß nicht. Es war, als hätte er was gehört – als meinte er, der Schauspieler hätte was Bestimmtes gesagt.«

»Scheiße.«

»Hat das was mit den Migränen zu tun?«

Sie zuckte die Achseln, und ich konnte mich des Gefühls nicht erwehren, Clea wusste mehr, als sie zugab. »Er nimmt noch ein anderes Medikament«, sagte sie. »Vielleicht hat er's nicht genommen.«

* * *

Man drehte eine andere Szene, um ihm noch etwas Zeit zu geben, wieder zu sich zu finden. Thad wies alle Versuche seitens der Produktionsleitung ab, einen Arzt nach ihm sehen zu lassen. Clea und ich waren die Einzigen, die er in seinem Trailer duldete. (Ich zog es vor, wieder zu gehen.) Sie gab mir hier und da einen Lagebericht durch – er erhole sich, es gehe ihm bereits viel besser, er gehe seinen Text durch und dergleichen mehr. Inzwischen berieten Nick und sein Assistent über einem ausklappbaren Storyboard, welche von Thads Szenen man nach dem Mittagessen angehen könnte. Die anderen Schauspieler machten sich natürlich Sorgen. Sie fragten mich, wie es ihm gehe, und ich tat mein Bestes, die Probleme herunterzuspielen, womit ich de facto zum Sprecher dieser tückischen Nemesis namens Migräne geworden war.

Dank der Autoren ging die Show weiter. Sie kamen darauf, Morloch die ganze Brücke der *Demeter* in den Kerker werfen zu lassen – und das war noch nicht alles. Die Anziehungskraft des Großen Doms hatte die merkwürdigsten Auswirkungen auf unsere Crew. Der Captain, unser schiffseigenes Testosteronbündel, kam mit einemmal darauf, dass er bislang noch nicht einmal an Flucht gedacht hatte, und schloss daraus, dass er seinen Mumm verlor – und den Willen, das Kommando zu führen. Laughton klagte, er fühle sich »verwundbar«, und machte den Mann, der uns gefangen hielt, dafür verantwortlich, ihn mit »neuen Gefühlen« zu verwirren, die über ihn hinwegschwappten »wie Wellen über Treibsand«. Seine Stimme bebte wie die Hamlets, definitiv prämenstruell – fehlte nur noch, dass er in Tränen ausbrach.

Selbst unser Android hatte Probleme. Die unerwartete Einkerkerung (um nur eines unserer Dilemmas zu nennen) hätte einer dringenden Analyse bedurft, aber Cabott musste eine merkwürdige Abnahme seiner deduktiven Fähigkeiten feststellen. »Früher«, sagte er und hing dabei, gar jämmerlich anzusehen, an den lackierten Plastikstäben seiner Zelle, »habe ich mir die Zeit ohne Gesellschaft mit der Lösung des Holstrum-Rätsels vertrieben – ich ergötzte mich an der Schönheit seiner Axiome. Es ist höchst merkwürdig, ich denke nun seit Tagen an die Formel und komme auch nicht im Geringsten voran … und doch, irgendwie … die bloße Tatsache, dass ich ratlos bin, scheint … scheint mir eine kaum zu unterdrückende Freude zu bereiten!« Er kreischte und kicherte wie ein aufgekratzter Fembot.* »Mir fällt ein Schleier von den Augen«, sagte Cabott unter dem Einfluss einer mystischen Vision. »Es gibt im Universum so viel zu sehen … zu berühren, zu riechen … zu halten … zu fühlen

* Ich sollte anmerken, dass dem Ensemble ganz schwindlig wurde von der Gelegenheit, einmal außerhalb der Routine zu spielen; die Folge war Hamlet und Schmiere, und »Nickie« Sultan hatte weder den Wunsch noch die Fähigkeit, die Zügel straffer zu ziehen.

... Wenn ich daran denke, wie viel Zeit wir doch auf dumme Spielchen verwenden und darauf, anderen logisch um eine Nasenlänge voraus zu sein – ich möchte leben, nicht denken. Mr. Holstrum und sein feines Rätsel, sage ich, sollen sich zum Teufel scheren!« Er warf den Kopf zurück wie eine Nijinsky-Kopie beim Talentwettbewerb. Kehlig erklärte er: »Liebe ist der Leim Gottes, nicht Logik, Liebe! Liebe! Liebe!«

Weitere Einzelheiten möchte ich Ihnen lieber ersparen. Belassen wir es dabei, dass der von mir gespielte Commander Karp, angewidert und voller Scham über seine chauvinistische Vergangenheit, nicht nur Keuschheit gelobte, sondern gleich noch lebenslange Buße: Er würde seinen Posten auf der *Demeter* gegen die Staatsbürgerschaft eines kaum entwickelten Planeten eintauschen, der weithin für die Askese des Ordens verantwortlich war, der unter seinem Namen firmierte. Ich wandte mich an eine der Nachbarzellen in dem Versuch, Dr. Chaldorer in ein Gespräch zu verwickeln; leider war X-Ray viel zu aufgebracht, um mir die Beichte abzunehmen. Den starren Blick seiner tränenfeuchten Augen ins Nichts gerichtet, erklärte er, nie ein wirklicher Heiler gewesen zu sein, sondern nur ein »Mechaniker«, der sich auf das »Schmieren von Teilen« verstand, weiter nichts. Der diabolische Dom (ganz zu schweigen von unseren teuflischen Autoren) habe ihn gezwungen, etwas einzugestehen, was er nie auch nur einer Menschenseele erzählt hatte: in seinem ersten Jahr als Arzt war ihm aufgrund einer zweifelhaften Entscheidung eine Frau von zweiundzwanzig Jahren auf dem Operationstisch gestorben. »Meine Arroganz hat das Mädel getötet – sie hatte einen Gatten und einen kleinen Jungen! Wie passend: der Metzger der Sternlegion endlich hinter Gittern, wo er hingehört ... wo er seit langer, langer Zeit schon hätte sein sollen!« Die Heftigkeit, mit der er sich und Hippokrates verwünschte, wirkten sich verheerend auf sein Make-up aus.

Ich war froh, dass uns die Migräne – oder was zum Geier es auch immer gewesen sein mochte – zwang, die albernen Versatzstücke hinter uns zu bringen. Thad und Cleas Szene war für den späten Nachmittag angesetzt, was nur gut war, weil das Medikament ihn schläfrig gemacht hatte; seine Leistung war gekonnt, professionell, elegisch; Nick Sultan strahlte vor Glück. Regisseure können recht nervöse Menschen sein; Nick musste fast die gesamte Mittagspause hindurch mit seinem Agenten, mehreren Produzenten und Casting-Frauen Worst-Case-Szenarios durchgehechelt haben. Natürlich wussten alle, dass das »Problem« nicht Nicks Schuld war – aber das Verbrechen war nun mal sozusagen während seiner Wache passiert.

Beide Throne, der des Königs und seiner Gattin, waren verwaist. Thad und Clea lungerten im Saal herum; nur die hundeköpfigen Gardisten waren dabei, aber die standen stramm. Es entstand ein Augenblick peinlichen Schweigens, als Trothex verlegen gestand, sie und Morloch seien … ein Paar. Es zeugte von Thads Fertigkeiten als Schauspieler, dass ihm die komplexe Brutalität dessen, was sie ihm da eröffnete, am Ton der Haut anzusehen war. In diesem Augenblick betrat Morloch (ein Double, das man später digital durch Thad ersetzen würde) mit seinem Wolfsgefolge den Saal.

»Es ist getan!«, rief das Double triumphierend, welche mörderischen Machenschaften damit auch immer gemeint sein mochten. »Das Volk verlangt es!«

Den fauligen Geschmack verratener Liebe im Mund, schlug der Fähnrich selbstlos eine andere Gangart an. »Ich bestehe auf die Entlassung der anderen – und zwar sofort!«

»Wir werden alle Probleme im Outback regeln.«

»Ich verstehe nicht …«

»Dann will ich mich klarer ausdrücken, liebster Bruder mein! Wir kämpfen Mann gegen Mann mit dem Dolch* – in vierundzwanzig von euren feinen Erdstunden. Wer gewarnt ist, ist gewappnet!«

Das Double für den dämonischen Prinzen erstarrte, als die Kamera auf Mr. Rattweil zufuhr. Nach einer Ewigkeit, wie es schien, rief der Regisseur »Cut!« – offensichtlich hatte Thad seine letzte Zeile vergessen, aber Nick war nichtsdestoweniger begeistert. Man brauchte nur dort weiterzumachen, wo man aufgehört hatte.

Die Kamera ging wieder in die Ausgangsposition.

Der erste Regieassistent gebot Schweigen am Set.

»Und … Action!«

Wieder schob die Linse sich auf Thad zu, der ins Nichts starrte, als sein Blick sich im pechschwarzen, von Sternen überzogenen Outback verlor.

»Ich bin wieder zu Hause«, sagte er.

Wir machten für den Tag Schluss.

MIRIAM ÜBERRASCHTE UNS, indem sie schon früher an die Küste geflogen kam. Freitag rief sie an, um zu fragen, ob ich Lust auf einen Drink hätte, in ihrem Hotel; sie sei übers Wochenende im Shutters – »man gönnt sich ja sonst nichts.« Am Montag würde sie ins Chateau umziehen.

* In einem der ärgerlichen Shakespeare'schen »Aparts« unserer Autoren sagte Thad: »Auf immer ein Duo, sterben wir eben den Tod im Duell.«

Ich war im Club, als sie anrief. Ich beendete mein Workout, duschte und fuhr an den Strand. Als Miriam die Tür zu ihrer Suite öffnete, trug sie nichts weiter als zwei, drei Fäden von Victoria's Secret. Wir verschoben die Drinks. Ich hatte sie noch nie so leidenschaftlich erlebt – noch nicht mal beim ersten Mal. Es war mehr als aufregend, das Komische war nämlich, sosehr ich auch überlegte, ich konnte mich nicht erinnern, während der vergangen fünf Jahre eine Frau gehabt zu haben, der es derart gekommen wäre. Ich erinnerte mich vage daran, dass die Mädels im Sommer lauter, spontaner, feuchter, was auch immer gewesen waren. Ich führte das Abklingen meiner eigenen erotischen Impulse in jüngster Zeit nicht nur darauf zurück, dass ich älter wurde, sondern auch auf meine nicht eben begeisterten Partnerinnen. (Ein Freund hatte mir etwas Viagra vermacht, zwei blaue Pillen in Form eines Baseballfelds, aber ich hatte sie noch nicht probiert; der Augenblick schien etwas von einem Wendepunkt zu haben, den ich gerne noch etwas aufschob.) Wie auch immer, meiner Einschätzung des gegenwärtig unglücklichen Stands der Dinge – wenigstens meiner eigenen – nach schien Sex in einem Zustand kulturübergreifender Verdummung – oder war es nur Abgestumpftheit? – befangen zu sein. Es war, als hätte die ganze Welt vergessen, was ein richtiger Höhepunkt ist, als wäre jedermann zufrieden damit, sich auf das trübe, des Schwungs der Jugend verlustig gegangene Licht am Ende welchen Tunnels auch immer zuzutasten, in den man geraten war.

Einige Stunden mit der neuen, verbesserten Miriam, und meine deprimierende kleine Theorie war beim Teufel; und es war nicht nur das wiederbelebte Bewusstsein meiner eigenen Fähigkeiten: in mir regte sich etwas Elementares, ein untrennbar mit dem Kindermachen verbundener Instinkt. Es ist schon unglaublich, wie einfach wir doch gestrickt sind.

In den Tagen danach wurde Miriam meine erste Kandidatin für eine Zucht, mein Alpha-Weibchen, Brennpunkt für allerhand Ehefantasien. Ich stellte mir unsere Verlobung vor, eine aufwändige, gecaterte Angelegenheit in Angkor Vat oder Neuseeland mit einem liebevollen Bericht darüber in der Rubrik »Hochzeiten / Feierliche Anlässe« der *New York Times*. Paps würde mit Handkuss dafür berappen; die selige Freude darüber könnte Gita von ihrem Tremor heilen, womöglich könnte sie gar wieder gehen. (Tut mir leid, Leute, aber es stimmt – an der Wurzel all unseres Tuns und Handelns liegt das Verlangen, es unseren Eltern recht zu machen.) Miriam wäre bereits einige Monate in anderen Umständen, eine reizende Draufgabe für die versammelten Stämme und ein kesser Affront. Oh, habe ich erwähnt, dass besagte Stämme per Chartermaschine eingeflogen wurden? So wie ich Perry kenne, wäre bereits für aufwändige Treuhandvermögen gesorgt, um die bequeme Zukunft einer ganzen Horde von Kindern zu sichern, wo Miriam sich doch zweifelsohne als beängstigend gebärfreudig erweisen würde. HBO würden *Holmby Hills* kaufen, und ich würde mich im »Leben« einrichten, mir was aufbauen, ein richtiger Mann, ein Magnat, jemand, mit dem man rechnen muss. Ich würde Unsummen für die Ausmerzung der einen oder anderen Krankheit stiften, man würde mir einen Schrein bauen, mich in Frackschößen auf Galas ehren – genau wie Paps. Wie Clea wohl reagieren würde? Nun, sicher wäre sie zunächst gekränkt. Es käme zu der einen oder anderen Szene … was ist das Leben ohne ein Feuerwerk hier und da? Außerdem wusste Miriam total Bescheid; sie hatte von Anfang an gesehen, dass Clea und ich zänkische, harmlos ineinander verliebte Geschwister waren. Um den Schlag zu lindern, würde man ihr eine Patenschaft anvertrauen. Clea würde sich dabei als Naturtalent erweisen, die Geste zum Anlass nehmen, selbst

– mit Hilfe eines anonymen Spenders – ein paar Kinder in die Welt zu setzen. Falls es dafür bereits zu spät wäre, würde ich ihr einen kleinen Mongolen spendieren, einen Profi anheuern, der uns die Waisenhäuser abklappern und beim Papierkrieg half.

So lief ich durch die Gegend, den Duft von Miriams Follikelsprüngen an mir wie ein verträumtes Parfum – unter voller Billigung des Umstands, dass der gezeitengleiche Sog, den ich da verspürte, nicht etwa von einer Seelenverwandtschaft, sondern von gesellschaftlichen Diktaten ausging. Aber zuweilen ist da die Unterscheidung gar nicht so leicht.

ALS MAN THADS LUNCH mit Mordecai und dem nach einem Regiesessel schielenden dänischen Kameramann cancelte, bildete Clea sich ein, wir sollten alle zusammen runter nach Disneyland fahren. Es war eine anstrengende Woche gewesen, und sie meinte, es wäre doch vielleicht »ganz spaßig«, Thad aus dem Chateau heraus und »an die frische Luft« zu bekommen; was mich anbelangte, so passte die Eskapade perfekt zu meiner eben (dank Miriam) wiedergefundenen Adoleszenz. Trotzdem überraschte mich das Ausmaß von Thads Begeisterung, als sie den Vorschlag machte.

Bei unserer Ankunft in Anaheim äußerte er mit einemmal eine Vorliebe für den anderen Park, California Adventure, und so fuhren wir rechts ab anstatt weiter nach Main Street, USA. Freundliche Sicherheitsleute gingen oberflächlich die Handtaschen der Mädels durch und wiesen uns dann in

Richtung der gestutzten Golden Gate Bridge, die logischerweise als Eingang zu dem Freizeitpark fungiert.

Es dauerte nicht lange, und uns packte das nackte Grauen. Wir sahen uns vor einem Nichts – weiten, offenen Flächen, auf denen ganze Schweinefamilien wie Behinderte in gemieteten, motorisierten Dreirädern hin und her fuhren. Statt Attraktionen warf sich uns eine Flut von Geschäften entgegen – eine mit konzessioniertem Promotionkram bebaute Ebene, die den Schatten eines ekelerregenden Möbius-Bandes auf »Disleynan« warf. Auf Schritt und Tritt verfolgte einen gnadenlos ein völlig überdrehter John-Williams-Soundtrack aus unsichtbaren Lautsprechern, aufgebläht, voll schriller Erwartung; man wähnte sich beim Vor- oder Abspann eines Spielberg-Spektakels; wo man auch hintrat, kündigte das Orchester einen Höhepunkt an, aber alles, was kam, waren weitläufige Souvenirläden, schreiende Bälger und feiste Krüppel in politisch korrekten Elektromobilen. Clea wollte unbedingt Achterbahn fahren, also suchten wir und erspähten in der Ferne »Mulholland Madness«. Merkwürdigerweise sollte die Bahn, so hieß es, eine rasende Fahrt auf dem Mulholland Drive simulieren. Es stand eine lange Schlange an, aber einer von der »Crew« (sprich: Lohnsklaven), der Thad freudig als VIP erkannt hatte, winkte uns durch. Die Replik der Manhattaner Skyline in Las Vegas ist schon lahm genug, vom Eiffelturm in Orlando ganz zu schweigen, aber vom Chateau aus eine Dreiviertelstunde zu fahren, um sich dann einen Abklatsch der Straße lang schießen zu lassen, an der man geboren war, das war denn doch etwas stark. Zweifelsohne, so dachte ich mir, würde man demnächst ein neues Wunderland aufziehen – ein Mini-Disneyland in Disneyland selbst, eine aufgemotzte Bonsaiversion des »Happiest Place on Earth™«, die Läden noch kleiner und voller winziger Souvenirs. Realität aus zweiter Hand ist angesagt! Ich musste an mein Pseudo-*Denver Clan*-Projekt *Holmby Hills* denken und war vollends deprimiert.

Während ich von Augenblick zu Augenblick deprimierter und zynischer wurde, geriet Thad geradezu zum Energiebündel schlechthin. Er zog und zerrte uns hierhin und dahin, als versuche er die nervöse Energie zu verbrennen, die sich die ganze Woche über angestaut hatte. Er und Miriam gingen untergehakt; prustend amüsierten sie sich über ihre glorreiche Idee, ihn zum Bestsellerautor zu machen. (Ich freute mich aufrichtig, ihn derart beschwingt zu sehen.) Dann paarte er sich mit Clea, und die beiden verschwanden, während Miriam und ich uns, mit abfälligen Bemerkungen über Black Jack Michelet, unter die feisten Zombies mischten. Sie war fest überzeugt davon, dass ihr Plan funktionieren würde; Thad sollte derjenige sein, der zuletzt lachte. Sie wollte sich mit Perry zusammensetzen, um seinen Segen zu bekommen; ich versprach ihr, mich ernsthaft für die Sache einzusetzen. Im Grunde hätte ich allem zugestimmt, worum sie mich nur hätte bitten können, und das hatte nichts damit zu tun, dass sie potenziell meine Frau und die Mutter meiner Kinder war, auch nicht damit, dass sie im selben Augenblick den Hals reckte, um den Geruch meines Ohrs einzuatmen, auch nicht damit, dass sie freudig die sonnengebleichten Härchen auf ihren Unterarmen zur Schau trug wie zu meiner persönlichen Freude und ihre Augen sich hexenhaft weiteten, als ich ihren Schenkel streifte und eine ihrer Erdbeerlippen küsste (unter den Augen der schmuddligen »Crew« und dem gebannten Blick eines der Ableger eines querschnittsgelähmten Dad); und ganz bestimmt hatte es nichts damit zu tun, dass ich ihren Kreuzzug, Thad zu seinen Millionen zu verhelfen, von vollendetem Heldenmut, gerecht und aufrichtig fand.

Schließlich fanden wir denn doch noch etwas, was mir gefiel.

Miriam und ich saßen in einer kleinen Stahlgondel vor einer IMAX-Wand; da wir uns wie Drachenflieger vorkommen sollten, segelten wir über eine Montage aus Fluss, Berg und Tal. Während die Gondel unter einer raffinierten synthetischen Kopie eines lauen Santa Ana schwankte, hielten wir einander mit einer Mischung aus Verlangen und Staunen. (Endlich etwas, was die 47 Dollar Eintritt in den Park wert war.) Mit einem Laut des Erstaunens wies sie aufgeregt auf die Leinwand – einen Augenblick lang war unser alter Freund, das Tal des Todes, zu sehen, und auch Badwater tauchte direkt unter uns auf.

Gerade als ich dachte, alle hätten genug und wir könnten wieder abrauschen, auf ein teures Essen zu Hause im Lotusland, fiel der Blick von Michelet junior auf eine abscheuliche kleine Nebenattraktion namens Hollywood Pictures Backlot. Schon gut eine Stunde lang hatte ich festgestellt, dass Fans uns anstarrten; die eine oder andere Familie hatte gefragt, ob Thad sich mit ihr fotografieren lassen wollte, und er war so freundlich gewesen – was uns drei mit nervöser Dankbarkeit erfüllt hatte. (Er schien die Aufmerksamkeit tatsächlich zu genießen.) Als wir tiefer in das alte Filmgelände vordrangen, hielt er mir eine Broschüre des Themenparks unter die Nase und stocherte mit dem Finger auf die hervorgehobene Attraktion, für die er unbedingt Karten wollte. Laut Beschreibung chauffierte die Miniaturlimousine (sie fuhr auf kleinen Eisenbahnschienen) Kinosüchtige grüppchenweise auf eine Mr.-Toad-Tour durch »das Erlebnis Hollywood inklusive Castingbüros und Premieren«. Hörte sich ganz amüsant an, wie direkt aus Nathanael West, und Thad war furchtbar enttäuscht, als wir bei unserer Ankunft feststellten, dass geschlossen war. Wir erkundigten uns bei einer pickligen Kleinen, auch sie eine Angehörige der allgegenwärtigen »Crew«, und sie sagte uns, die Attraktion sei geschlossen, »aus einer selbst auferlegten Sicherheitsmaßnahme« heraus, was immer das sein mochte, und niemand wisse, wann man wieder starten würde.

Thad stand einfach da und starrte auf die moribunde Attraktion, als könnte er sie durch schiere Willenskraft wieder zum Leben erwecken.

Clea ging zurück in den Süßwaren-Superstore – sie hatte einen schlimmen Jieper auf Schokopralinés –, als unser enttäuschter Freund, wachsam wie eh und je, das Studio von *Wer wird Millionär?* entdeckte. Ich stöhnte auf. Die Schlange zog sich über einen ganzen Block. »Da müssen wir rein!«, rief Thad. »Versteht ihr nicht? Ich kann das Finanzamt bezahlen! Ich kann endlich das Scheißfinanzamt bezahlen!«

Mein Stimmungstief sank weiter, falls das überhaupt möglich war. Ich möchte hier nicht allzu dramatisch werden, aber die Szene hatte einen schauerlichen Hauch von Apokalypse – ich war mir noch nicht einmal sicher, ob *Millionär* überhaupt noch lief. Nicht dass das eine Rolle spielte. Disney hatte offensichtlich die Rechte daran und würde diese Kuh verdammt nochmal melken, solange sie verdammt nochmal Milch gab. Als ich noch klein war, gab es Tomorrowland, Tom Sawyer und das prächtige, schneebedeckte Matterhorn; heute dreht sich alles nur noch darum, unter dem Schirm der Branchenriesen metastasierte Quotenknüller der Networks zu replizieren. Ich hatte einen jener berühmten Augenblicke unter dem Motto »Wenn das unsere Kultur ist, dann soll sie fallen!«, was ich denn auch Miriam zuflüsterte, die sofort meinte, ich hörte mich wie ein Volontär bei der *Village Voice* an. Ich für mein Teil hätte eher an *Fahrenheit 9/11* gedacht, aber was soll's, solange sie es war, die mir Bescheid stieß. Dafür ist eine Gattin doch da.

Wie sich herausstellte, war das Theater brechend voll, da jeder Besucher an der Ziehung für eine dreitägige Kreuzfahrt teilnahm, und Amerikaner gewinnen nun mal für ihr Leben gern – egal was. Obwohl das vielleicht nicht ganz fair ist; ich hätte sagen sollen: Amerikaner stehen für ihr Leben gern Schlange, um was zu gewinnen. Der Moderator trat auf. Irgendjemand musste ihm Bescheid gegeben haben, denn er wies auf uns und sagte: »Wir haben heute eine VIP im Publikum.« Das Publikum spendete Beifall, unser guter Thad brachte ein improvisiertes Bonmot, worauf alles lachte, aber irgendetwas schien mir nicht zu stimmen. Miriam gebot dem paranoiden Brummbären zu schweigen – *schhh!*

Auf einem riesigen Bildschirm blitzten Fragen auf, und wer immer die schnellste und präziseste Antwort gab, sah sich auf die Bühnenmitte geladen, auf den »heißen Stuhl«. (Knöpfe, mit denen sich antworten ließ, befanden sich auf der Rückseite eines jeden Stuhls.) Wenn ich je einen gesehen hatte, der etwas gewinnen wollte! Mit einemmal wurde mir klar, dass Thad das tatsächlich ernst nahm. Wann immer er nicht vorankam, steigerte er sich noch mehr hinein. Die Fragen waren einfach, aber gelegentlich kam doch ein harter Ball, den nur retournieren konnte, wer in Disneys Merchandising-Universum wirklich zu Hause war. Thad begann zu fluchen. Zehn Sekunden lang war das ganz komisch – bis irgendeine Proletin mit Tripelkinn sich an seiner Sprache stieß. Thad sagte ihr, sie könne ihn mal, was wiederum ihrem Gatterich ganz und gar nicht gefiel. Clea und ich mischten uns auf beiden Seiten ein, sowohl tadelnd als auch in Form einer Aufforderung, doch wieder zu gehen.

Der Conférencier fragte den Kandidaten auf dem Heißen Stuhl: »Wo begegnet man mit größter Wahrscheinlichkeit einem Protagonisten?« Auf dem Bildschirm blitzten, mit irritierender musikalischer Begleitung, die Antworten auf:

1. Auf der Toilette
2. In einer Geschichte
3. Unter der Motorhaube
4. In einem Salat

Der Kandidat war völlig ratlos ob des »Bro-ta-gonisden« – so hatte der Conférencier das Wort prononciert. Er machte von seinem »Telefonjoker« Gebrauch – einem Anruf bei einem von der »Crew« draußen im Park. Nachdem der Lohnsklave abgehoben hatte, hörten wir ihn einen Passanten fragen. Man wiederholte Frage und Antworten, und jedes Mal, wann immer von dem »Bro-ta-gonisden« die Rede war, lachte Thad so laut, brüllte derart, dass ich um sein Herz zu fürchten begann. Nach reiflicher Überlegung sagte der Kandidat auf dem Heißen Stuhl schließlich: »Auf der Toilette, sage ich mal.«

Thad fiel buchstäblich vom Stuhl. »Du blöder Hammel!«, schrie er. »Ja! Natürlich! Wo findet einer wie du einen *Brot-a-gonisten* – auf dem Scheißhaus, mit seinem Elefantenbaby von einer Frau und seiner rotzdoofen Tochter! Die kauen sich dort einen ab!«

Ich brauche wohl nicht groß darauf einzugehen, dass wir ihn im selben Augenblick hinausschafften, in dem ihm – nicht eben beherzt, aber hartnäckig – eine Horde verängstigter, als Milizen Gott sei Dank unerfahrener Mouseketeers zuzusetzen begann.

* * *

Während wir auf die Tram warteten, die uns zum Wagen zurückbrachte, kaufte Thad den winzigsten Becher Cola, den ich mein Lebtag gesehen habe. Er schien zum Geschirr einer Puppenstube zu gehören, kostete aber trotzdem 4,50 Dollar, was eine weitere Tirade auslöste, diesmal eine mit antisemitischen Untertönen – er schaffte es, darin Michael Eisner und Mel Gibson unterzubringen und das eine oder laute »Allah Akbar!«. Wenn er den Mund nicht halte, sagte ihm Clea, »dann sperrt man uns womöglich noch ein«.

Wir stiegen schließlich ein, und auf der zweiminütigen Fahrt zurück zum Parkhaus musste ich daran denken, wie ich als Kind auf dieser Fahrt der Stimme vom Band gelauscht hatte, die die geheimnisvolle Eleganz und die endlosen Versprechen einer sauberen, hellen und heilen Welt – eines wahrhaft magischen Königreichs – beschwor. Jetzt war alles anders. Das Königreich hatte etwas von Orwell, die Welt war verdorben, und der mörderische, monotone Singsang gehirnerweichender Werbung – mit der gelegentlichen Erinnerung an die Sicherheitsvorschriften – erfüllte mich nur noch mit einer nichts Gutes ahnenden Angst.

WIR SETZTEN DIE BEIDEN IM CHATEAU AB und fuhren zurück nach Venice.

Miriam und ich hatten Pläne für den Abend. Sie ging ins Shutters, um ein Bad zu nehmen, während ich an den Strand ging.* Nach anderthalb Stunden im Auto war mir danach, mir die Beine zu vertreten. Ich steckte *Das Seepferdchen* ein, in der Absicht, es auf einer Bank auf der Promenade zu Ende zu lesen.

* Am Sonntag waren wir vier zum Lunch bei meinen alten Herrschaften in der Malibu Colony verabredet. Wir hatten also fürs Wochenende ein volles Programm.

Was mich überraschte, war die unbedachte Offenheit der Erzählung an sich. (Ich wusste, dass er sich hinsichtlich des Titels bei der Yacht bedient hatte, durch die Jeremy sein nasses Grab gefunden hatte, erfuhr dann aber, dass es sich um eine Zeile aus einem von Jacks Gedichten handelte.) *Das Seepferdchen* ist die Geschichte zweier Brüder – Zwillinge –, von denen der eine, ein autistischer »Engel« und von seinem Vater – einem berühmten Filmstar – bevorzugt, während eines Besuchs an einem Filmset in der Ägäis ertrinkt. Nachdem das Kind verschwindet und man sein Ableben vermutet, taucht die lange schon verbitterte Gattin aus Amagansett auf, zusammen mit dem noch lebenden Sohn. Der »Engel« erscheint nach der Wiedervereinigung der trauernden Familie in Gestalt eines mit Algen behängten Gespensts. Bei seinem Erscheinen hatten Miriam und Jack das Buch als »schmuddlige Horrorshow von einer Novelle, eines gehirnamputierten Stephen King würdig« denunziert. Jack ließ nichts unversucht, Thad zu demütigen, und das gedruckt. Ich bin kein Kritiker, aber ich war da ganz anderer Meinung. Für mich war der Roman eine literarische Fantasie, die von beherzter, zärtlicher Würde zeugte. Die Rezensenten jedoch waren alles andere als freundlich, und es versank wie ein Stein – oder ein Junge – im Meer; künftige nicht autorisierte Biografien des Patriarchen würden sich daraus mit Banalitäten versehen.

Thad hatte *Das Seepferdchen* mit vierzig geschrieben. So viel versprechend sich das Buch zeigte, war es dennoch ein typischer Erstling – aber das war nicht das Schlimmste. Im selben Alter hatte sein Vater *Strahlendes Licht* geschrieben, *Auf in den Morgen*, *Tod eines Übersetzers*, *Jonas und der Wal*, *Der Mann in der letzten Nische* und so weiter, er hatte bereits eine Reihe von Guggenheims gewonnen, Pulitzers, nationale Weiß-der-Kuckuck-was. (Die doppelte Staatsbürgerschaft ermöglichte ihm schließlich sogar den Booker Prize.) Michelet sah die Bemühungen des Kümmerlings als Blasphemie: ihre Familieninterna gingen keinen was an; für ihn war das Buch ein gazettenhafter Angriff in der Verkleidung des magischen Realismus, der damals in Amerika Mode – und durch seine lange Wanderung in den Norden völlig verwässert – war. Sein Zorn war grenzenlos.

Ich hatte ein bisschen im Web gesurft und ein Interview gefunden, das Black Jack um die Zeit des Erscheinens der *Goldblüten* der *New York Review of Books* gegeben hatte:

NYRB: Ihr Sohn hat über Jeremy in seinem Buch *Das Seepferdchen* geschrieben.
MICHELET: Ein gotterbärmliches Buch! Ganz eindeutig ein Angriff auf mich. Was mir dabei aufstößt ist, dass sein Verleger das weiß. Ein Anzeichen für den Zynismus, der sich in der Branche breitgemacht hat. So wie es aussieht, bezweifle ich sogar, dass man das Manuskript gelesen hat. Das Ding hat nicht den geringsten Wert, außer vielleicht als literarische Kuriosität. Und setzen Sie literarisch bitte in Anführungs- und Schlusszeichen. Es ist obszön. All das Heischen nach Liebe und Aufmerksamkeit, das man schon während des Kampfs gegen die Akne in einem anderen Leben losgeworden zu sein hofft. Oder auf der Couch, verflucht nochmal! Man schreibt es nieder, ja, natürlich, aber dann verbrennt man das Zeug. Wenn man auch nur einen Funken Verstand hat! Hören Sie, wir alle haben so was geschrieben – ich habe dicke Packen solcher Jugendsünden verschnürt. Aber ihnen einen Altar zu errichten – als erwachsener Mann? Was für eine Schwindel erregende Dummheit! Die unverzeihliche Hybris eines solchen Unterfangens. Wenn es wenigstens was taugen würde, ich wäre der Erste, der… Herrgott, ich würde es selbst herumzeigen wie ein

stolzer Großvater seine Pisslatte, auf die Buchmessen würde ich mit dem Jungen gehen, klappern, was immer es braucht. Aber sehen Sie, so geht das eben nicht, es ist purer Mist.

Die Lektüre tat richtig weh.

Das Teuflische daran war, dass ich mich plötzlich im Banne Black Jacks sah: Mit der jugendlichen Nonchalance eines Amateurkritikers begann ich Thads zweitklassige Prosa zu zerlegen: Tropen, Längen, Schlagwörter, stilistische Platt- und hochgestochene Falschheiten. Auf der Strandpromenade, zwischen Grüppchen finsterer Junkies auf Freigang und drahtigen Skatergirls, erteilte ich ihm selbstgefällig eine Lektion für seinen frechen Versuch, eine Familientragödie durch die verzerrende Linse eines geborgten Genres zu sezieren, einen Versuch, für den es eines Genies bedurft hätte, um der Parodie zu entgehen. Ich zerriss den Mann für die hochtrabende Frechheit, sich überhaupt auf eine solche Reise zu machen, wohl wissend, sein Schiff würde auf den Sandbänken der Grabbeltische zerschellen – er musste es einfach gewusst haben. An diesem Samstagnachmittag, es begann langsam zu dämmern, wurde mein Blut so kühl wie meine Augen kalt, und ich schien mich keinen Deut mehr um die Seelenstärke zu scheren, den schieren, stählernen Mumm, den es gebraucht haben musste, um sich der eigenen Herausforderung zu stellen. Und dann fragte ich mich: Hatte ich je etwas ähnlich Ambitioniertes oder verwegen Poetisches gemacht? Hatte das armselige, unrealisierte, vom Erlös bestimmte Geschreibsel eines Bertram Valentine Krohn auch nur einmal annähernd etwas von der Kühnheit dieses ungeheuerlich zerrüttenden, gewalttätigen Schöpfungsaktes gehabt? Meine Reue nahm noch zu, als ich an die zielstrebige Entschlossenheit dachte, mit der Jack Michelet seinen einen verbliebenen Sohn zu verschlingen versuchte. Wie konnte jemand einen solchen Vater überlebt haben? Oder den Typ Leser, als der ich mich da eben erwies …

Dennoch, das Erbe von Jack Michelets Genie wird uns alle überleben – der höhnische Fluch, wie es scheint, aller Superstars und Kultfiguren. Ich ging in die Buchhandlung gleich hinter dem Sidewalk Café und fand dort einen schmalen Gedichtband, der mich dem alten Mann wieder gut sein ließ; ich hasste mich dafür, aber was soll man machen? Ich wanderte zum Belletristik-Regal. Dass Thads Romane nicht neben denen seines Vaters standen, schien mir ein bitteres Unrecht – ein geplündertes, steinloses Grab, eine Schändung, die hässliche Tat eines Wahnsinnigen, eines Kindsmörders und Kannibalen. So war ich hin und her gerissen, für Thad, für Jack, für Thad, bis ich den Papierfriedhof schließlich wieder verließ, um mich am turbulenten Ambiente von Touristen, Einheimischen und Straßenkünstlern zu erfreuen.* Ich haderte mit dem sorglosen Gewusel, watete gegen seine Strudel und Strömungen an, ärgerte mich über das Haus derer von Michelet – überrascht, wie kopflos ich doch reagieren konnte, wenn es um anderer Leute Unglück ging. Vielleicht war das der Schriftsteller in mir. Aber das klingt so …

Belassen wir es dabei.

* Ein Augenblick, der mich merkwürdigerweise an die Stunden und Aberstunden erinnerte, die ich mir die Berichterstattung über die Invasion im Irak auf NPR angehört hatte: Das unaufhörliche, wortgewandte, aber hilflose Hin und Her der Kommentatoren und mein eigenes internes Tauziehen als Synkopen zu den Jazzriffs, mit denen man Werbespots und Spendenaufrufe ankündigte.

MIRIAM BESORGTE UNS KARTEN für einen Guru in Culver City.

Sie tauschte ihren Taurus gegen ein Mustang-Cabrio. Der Wind war warm und böig, und Meerkat* roch nach See, Sex und Rosenholzöl – der totale Sommergroove. Es tat gut, mal alleine zu sein, weg von den »Kids« (wie wir die zwei nannten). Obwohl es unausgesprochen blieb, war uns nicht geheuer beim Gedanken daran, was sie ohne unmittelbare Aufsicht wieder Verrücktes anstellen könnten. Wie auch immer, wir unternahmen eine konzertierte Anstrengung, mal so richtig auszuspannen. Wir kamen uns vor wie Eltern, die vor ihrer mit einem Aufmerksamkeitsdefizit geschlagenen Brut ausgebüchst waren. Nur dass wir keinen Babysitter gefunden hatten.

Man hat's eben nicht leicht.

Der Saal platzte aus allen Nähten; es mussten um die tausend Leute dort gewesen sein, darunter einige Prominente: Garry Shandling, Cheryl Tiegs, Jeff Goldblum – keine Schwergewichte. Alles saß auf Klappstühlen, wie bei einem Festival, und hinten drängte sich stehend das Volk, das keinen Sitzplatz mehr hatte ergattern können. Ein schmächtiger Kobold von einem Kerlchen trat auf und redete zwei Stunden lang nonstop. Ich mochte ihn vom Fleck weg. Meiner Ansicht nach sagte er, was Gurus eben so sagen, trotzdem war mir, als hätte ich einen besonderen Draht zu dem Mann. Er sprach über die große Stille, die

* Ich weiß, es wird dem einen oder anderen unangenehm sein, aber ich nenne meinen Spitznamen für sie hier um eines oberflächlichen Verismus willen. Nachdem ich schon so weit gegangen bin – ich denke, auch über die Fußnoten bin ich bald hinweg –, fürchte ich, muss ich gleich noch eine Kleinigkeit enthüllen – ob Sie's interessiert oder nicht: Ich hatte ihr den Namen nach einer Sendung auf dem Discovery Channel gegeben – postkoital.

wir angeblich alle bereits in uns haben, als Quell von Wahrheit und Glück (ja, Badwater ließ grüßen), nur dass wir es anscheinend darauf anlegten, diese Stille zu ignorieren. Schmerz und Kummer kämen aus dem unstillbaren Verlangen nach Geld, Nahrung, Sex. Der Guru meinte, es genüge bereits, sich dieser »vergessenen Stille« – der Kraft des Augenblicks, der Kraft des Jetzt – gewahr zu werden. »Warum will der Mensch nicht sehen, wie einfach das ist?«, fragte er, worauf alle lachten. Komisch, aber wahr. Offensichtlich hatte er alle möglichen Disziplinen und so einige »Weise« studiert. Eines Tages, er hatte eben von einem Zen-Meister die Aufforderung »Nicht Denken!« gehört, da war dem angehenden Avatara klar geworden, dass er die letzten Jahre über aus ebendiesem Grund überglücklich gewesen war: er hatte nicht gedacht! (Worauf das Publikum wieder lachte.) Gedanken seien wie Wolken, meinte er, mit dem einzigen Unterschied, dass auch nicht eine Wolke wie die andere sei … wogegen Gedanken sich für gewöhnlich alle glichen. »Der Himmel wäre ziemlich langweilig, wäre er voll Gedanken«, sagte er. Der weise Elf riss den Kopf hoch und wies, wie ein x-Beliebiger von uns, in den Himmel: »Schaut doch! Die beiden Wolken da sind völlig gleich!« In der Rolle eines anderen neugierigen Passanten rief er aus: »Hey! Das ist doch dieselbe Wolke, die ich gestern gesehen habe – und vorgestern. Komisch, den Tag davor habe ich sie auch schon gesehen.«

Ich musste immer wieder an Thad und seinen Vater denken. Wurde mir die Beschäftigung mit den beiden zur Obsession? Ich verwarf den Gedanken als bloße Wolke. Und schon zogen eilig andere auf dem Horizont auf: die gewittrigen Kumuli Cleas und ihrer Mutter … die Federwolke Leif Farragons – man brauchte keinen Meteorologen (von einem Guru ganz zu schweigen), um zu sehen, dass der

Himmel voller Geister war. Zu meiner Überraschung war mir Thad aufrichtig ans Herz gewachsen – wie Clea (oder Miriam, wo wir schon dabei sind). Sie waren die besonderen Wesen, die – aus welchen karmischen Gründen auch immer (um den ansteckenden Jargon des Akolythen aufzugreifen) – in meine Umlaufbahn geraten waren und ich in die ihre. Ich musste wohl wirklich besessen davon sein, Sinn in diese Geschichte bringen zu wollen. Was vielleicht dumm von mir war. Während der alterslose weise Geist redete, meditierte ich über die Kürze des Lebens und die Bedeutung des Dramas, das sich auf unserer persönlichen kleinen Bühne abspielt. Ich will hier weder sentimental werden noch metaphysisch, aber ich konnte mich des Gefühls nicht erwehren, nachlässig zu handeln, wenn ich den Weg, auf den mein Herz mich geführt hatte, nicht neugierig weiterging.

Auf der Fahrt nach Hause erzählte ich Miriam von meiner Erfahrung. Ich erzählte ihr, *Das Seepferdchen* fertig gelesen zu haben, von all den Gemeinheiten, die Jack über seinen Sohn gesagt hatte, sowie von der verrückten, geradezu demokratischen Ambivalenz, die ich beim Durchkauen der ganzen Geschichte empfand – wie ein Musterschüler im Debattierclub, der sich beider Seiten annahm. Sie lächelte und hatte damit selbst etwas von einem Guru, sagte aber nichts weiter und gab mir damit auf ihre Art zu verstehen, dass ich jetzt zum exklusiven Club der Thad-Watchers (oder Micheleteers) gehörte, mit anderen Worten zum Inneren Kreis.

Anstatt ins Hotel zurückzufahren, gingen wir bei mir zu Hause ins Bett – nicht zuletzt wohl, auch wenn das jetzt etwas verdreht klingen mag, um nicht mit der brutalen Ekstase der Nacht zuvor konkurrieren zu müssen, als im Shutters die Wände gewackelt hatten, ein Ereignis, dessen Wahnwitz sich wahrscheinlich noch wenigstens drei Monate in der vom Muschelmotiv dominierten Designer-Aura des überteuerten Zimmers hielt. (Ich hätte eine diskret platzierte Plakette empfohlen: Miriam und Bertie taten hier kaum ein Auge zu.) Einige Minuten nachdem wir gleichzeitig und praktisch mit Tusch gekommen waren, steckte Miriam sich eine Zigarette an, sog sich eine Nebelbank in die Lunge und geriet nun ihrerseits ein bisschen ins Sinnieren.

»Weißt du, was ich mir gedacht habe … als du *Das Seepferdchen* erwähnt hast? Ich weiß ja nicht, was genau Thad dir so erzählt hat an dem Abend im Zug … und ich weiß, du hast das Buch gelesen, nur … es hat sich nicht *alles* so abgespielt, wie er schreibt. So war er zum Beispiel nicht in Amagansett – und auch nicht auf Martha's Vineyard –, als Jeremy starb.«

Obwohl mir klar war, dass ich einen Roman gelesen hatte, war ich dennoch verwirrt. »Aber er schreibt doch, sie seien rübergekommen, auf die Insel«, führte ich zu meiner Verteidigung an. »Nach dem Unfall.«

»Das sage ich doch. Er war nicht in den Staaten, er war mit ihm auf Capri. Als es passiert ist. Morgana war voll und ganz mit einem ihrer Nervenzusammenbrüche beschäftigt – man brachte sie schließlich nach Silver Hill. Oder was weiß ich wohin. Lillian Hellman hat alles arrangiert. Glaube ich. Deshalb war Thad ja dann auch in Europa. Tatsache war, Morganas Ansicht nach hatte Jack eine Affäre mit Sophia Loren, was kompletter Unsinn war, er hatte was mit gleich zwei anderen Schauspielerinnen am Set. Die Setdesignerin nicht zu vergessen! Die Zwillinge spielten im Wasser …« Sie schloss die Augen, als versuche sie sich einen legendären verlorenen Film auf die Innenseite ihrer Lider zu projizieren. »Und sein Vater, dieser Scheißkerl, dieser dreckige, hat ihm die Schuld dafür gegeben! Wie gewöhnlich! Ich meine, wenn's geregnet hat, war das kleine Kerlchen dran schuld.

Jacks Ansicht nach war alles Absicht gewesen. Er hatte da seine Theorie! Dass Thad das alles irgendwie gewollt hat. *So ein Arschloch!* Bertie, kannst du dir das vorstellen? Der Mann war ein durch und durch lausiger Vater, der nicht auf seine Kinder aufgepasst hat! Kriminell nenne ich so etwas! Und obendrein war er ein zwanghafter Schürzenjäger. Na, wie auch immer, das Ganze war nur so eine gruselige literarische Fantasie Jacks, so ein Touch Henry James. Und später dann, nehme ich an, hat es ihm gestunken, dass Thad darüber geschrieben hat, wo er doch längst selbst daran gedacht hatte, angeblich, nur dass er nicht den Mumm dazu gehabt hat. Den Schneid. Und da hat er sich dann gedacht: Wie kommt der dazu! Verstehst du? Dem großen Genie den Knüller abzujagen? Thad wäre nie und nimmer fähig gewesen, seinem Bruder etwas zu tun – er hat ihn doch angebetet! Aber fähig, unfähig, der Unterschied besteht in gerade mal zwei Buchstaben.

Na jedenfalls hat man Thad die Schuld gegeben, und das nicht zu knapp, und das ist schon ziemlich hart in dem Alter. Und nicht nur in dem! Jack hat einfach seinen ganzen Zorn an ihm ausgelassen – den Zorn auf Morgana, den er schon immer gehabt hat, ich meine lange bevor die Kinder überhaupt auf der Welt waren … die waren ja nichts als … als eine Last für ihn … oh ja, ich weiß, ich weiß, angeblich hat er Jeremy ja über alles geliebt … das gehört doch zum Mythos, nicht wahr? Aber weißt du was, ich glaube noch nicht mal, dass das stimmt. Jack hatte einen Todeswunsch – aber in Bezug auf alle anderen, nicht auf sich selbst. Als dann Jeremy tatsächlich starb, da hatte er wahrscheinlich irgendwie ein schlechtes Gewissen, so weit er zu so etwas fähig war, und so hat er seine ganze kranke Wut auf den armen kleinen Kerl projiziert. Es ist nicht zum Aushalten, Bertie. Es bricht mir das Herz!«

Die Nacht belebte uns alle. Thad und Clea wirkten am Sonntagmorgen schon ihres unverhangenen Blicks wegen strahlend und unbeschwert. Ich hatte Miriams jüngste Fortsetzung des Reißers, laut der die Zwillinge an jenem unseligen Tag auf Capri beisammen gewesen waren, noch nicht ganz verdaut; ich wollte mal sehen, ob sich in der Herrick Library nicht etwas ausgraben ließ. Mir war danach, eine vergilbte alte Zeitungsseite in der Hand zu halten, etwas, was im Internet leider nicht geht.

Aber ich möchte nichts überspringen – zunächst einmal flogen wir beide auf, Miriam und ich.

Es war nämlich so, dass wir uns alle gegen Mittag im Shutters hatten treffen wollen. Unser Dynamic Duo war schon früh aufgestanden und aus dem Chateau ausgeflogen, um zu Hause bei Clea Badesachen zu holen. Als Miriam im Hotel nicht aufzutreiben war, waren sie natürlich auf die Idee gekommen, mir auf den Wecker zu gehen; als sie vor dem Haus hielten, war Meerkat gerade am Gehen. Wie zwei Pennäler schnalzten sie ob der vermeintlichen großen Enthüllung mit der Zunge und schrien dann: »Aha!«

Unser Freund hatte einen Chauffeur angeheuert, und ich wusste nicht so recht, ob das ein gutes Zeichen war. Miriam wollte mit dem Mustang rüber zum Shutters, um ihren eigenen Badeanzug zu holen, aber Thad bestand darauf, mit dem Lincoln auf einen »Boxenstop« und dann zur Malibu Colony weiterzufahren. Clea war sofort Feuer und Flamme. Sie hatte das Strandhaus meiner Eltern noch nie gesehen.

Wir stiegen also alle in den Lincoln, und nachdem uns die beiden einige Minuten aufgezogen hatten und wir rot angelaufen waren wie zwei richtige Dussel, machten wir uns an die kurze Fahrt.

* * *

Mein Vater hat das Haus vor gut zwanzig Jahren gekauft und dann (sein Modus operandi, wie wir bereits erfahren haben) auch die angrenzenden Grundstücke erworben. Das Haus selbst hatte eine ganze Reihe von An- und Aufbauten im Mausoleum-Stil Richard Meiers erlitten – »ad mauseam«, wie Gita gern sagt; andere nennen den Stil böse die Schweizer Sanatoriumsschule. »Perfekt«, bemerkte sie trocken, »für zwei Invaliden wie deine Eltern.« Die Sandburg ist der passende Schaukasten für Perrys Kunst und Ego, beides überdimensional. Ich hatte das Nest ja bereits so ziemlich verlassen, als sie eingezogen waren, und obwohl ich sicher bin, insgeheim – na schön, vielleicht so insgeheim auch wieder nicht – neidisch gewesen zu sein bei dem Gedanken an ein 15-Millionen-Dollar-Wochenendhaus, so freute es mich doch zu sehen, dass man sich bei all dem akribisch inszenierten Minimalismus letztendlich ein ästhetisches schwarzes (na schön, weißes) Loch gebaut hatte, ein Gebäude, das sich selbst und alles um sich herum verschlang. Als ich schließlich zu Besuch kam, ich war damals bereits in Berkeley und stand mit Perry auf Kriegsfuß (Mama hatte ich unbeabsichtigt mit eingeschlossen), wurde mir zum ersten Mal klar, wie viel Geld mein Vater im Lauf der Jahre wirklich angehäuft hatte. Meine bizarre Verachtung sah ich durch den Umstand gemildert, dass Gita den Strand über alles liebt: Sonne und Meer sind therapeutisch und wirken verjüngend auf sie. Wenn sich so etwas mit Geld kaufen ließ, dann war der Kasten jeden Cent wert.

Mars (kurz für Morris), seit einer Ewigkeit der Majordomus, ein Sixty-Something, der eher wie vierzig wirkte, empfing uns an der Tür. Paps war gerade bei der Massage, Mama schlief noch. Wir waren zwar nur eine halbe Stunde zu früh dran, aber ich fragte mich bereits besorgt, ob meine Eltern den Brunch wohl vergessen hatten. Mars lächelte wie ein Mandarin: gegen Mittag stünde alles bereit, er koche selbst. Er schlug einen Spaziergang am Strand vor.

Es war ein fantastischer Vormittag. Bissige Böen schnappten nach unserem Haar, als wir einander über den Strand jagten; kerngesunde, reiche Hunde – alles Einheimische – sprangen bellend um uns herum. Wo wir schon mal aufgeflogen waren, erlaubten Miriam und ich uns gelegentliche Intimitäten, aber als ich Cleas Blick erhaschte, ließ ich die Hand meiner Geliebten aus einem Reflex heraus fallen, so beiläufig es nur irgend ging. (Es war albern, aber Meerkat fand das anscheinend ganz amüsant.) Thad spähte an den Horizont; aus seinem Blick sprach die wehmütige Erwartung eines Pilgers, und er wirkte wie jemand mit einer tödlichen Krankheit am Vorabend einer Reise zu einer letzten verzweifelten Kur. Clea ließ ihn kaum aus den Augen; nicht nur überwachte sie seine Stimmung, sie konzentrierte sich – wie ein Anthropologe auf ein Totem – auf sein Wesen an sich. Er komplettierte sie in gewisser Hinsicht – »veredelte« sie, hätte ich um ein Haar geschrieben, es war das Wort, das mir für Morgana eingefallen war, als man ihr Black Jack genommen hatte –, aber das stimmte nicht ganz, nicht durch die Bank. Er gab ihr eine gewisse »Schwere« – sie hatte endlich jemanden mit noch weniger Halt auf dieser unserer Erde gefunden als sie selbst. So sehr Clea nach Fliegen war, für diesen Mann hatte sie sich – was für ein märchenhaftes Opfer – freiwillig Startverbot erteilt. Obwohl ich es nie mit Sicherheit wissen werde, ich denke, sie muss damals bereits gewusst haben, dass sie schwanger war.

Noch etwas rührte mich, und zwar die liebe Art, mit der Clea es kaum erwarten konnte, meine Eltern wiederzusehen, diesmal in Begleitung ihres Mannes. Ich bin sicher, es gab ihr eine gewisse Legitimität, es machte sie respektabler in den Augen der Welt. Wo ich schon meine eigenen Hochzeitsfantasien hatte, kann ich nur ahnen, was ihr fiebernder Verstand sich ausmalte. Wahrscheinlich sah sie sich bereits auf Martha's Vineyard – die Gespenster im Spukhaus am Meer mit Salbei ausräuchern, zur Feier ihres ewigen Bundes. Und wenn der Hausdrache – Morgana – sie nicht dort haben wollte, sie wusste, die Colony stand ihr jederzeit offen (was für eine Alternative!); sie konnte also auf ruhiger See in den Hafen der Ehe einlaufen, das Eheversprechen in einem Kleid von Chanel geben, die bloßen Füße im Sand. Dieser Sonntag bot somit eine Gelegenheit, in einer Art heiliger Mission das Terrain zu sondieren.

Als wir zum Haus zurückkamen, war die Masseurin gerade am Gehen, eine große Klappliege wie eine Yogamatte unter dem Arm. Gita winkte uns von der Küche her zu. Perry tauchte auf, etwas benommen nach so viel Shiatsu, den eben eingetroffenen Captain Laughton und seinen (um einiges) jüngeren Partner im Schlepptau. Paps begrüßte alle überschwänglich, wobei seine besondere Aufmerksamkeit Mr. Michelet, dem inoffiziellen Ehrengast, galt. Als wir ins Wohnzimmer traten, erschienen draußen am Tor Nick Sultan und Frau. Er könne jetzt »den Riegel vorlegen«, sagte Perry zu Mars. Von den Hausangestellten abgesehen, waren wir nun zu zehnt.

Auch wenn ich es nicht erwartet hatte, die Anwesenheit einiger weiterer freundlicher Paare wirkte entspannend; sie nahm der Situation etwas von ihrem Druck. Darüber hinaus schadete es natürlich auch nicht, dass der zarte und überaus charmante Begleiter unseres Captains Thad geradezu anzubeten schien, und das nicht nur seiner Film- und Bühnenarbeit wegen – er pries seine Romane und hatte Verstand genug, dabei auch nicht ein Wort über Black Jack zu verlieren. Ob das nun alles aufrichtig gemeint war oder nicht, jedenfalls hatte er seine Hausaufgaben gemacht, und ich war ihm dankbar dafür.

Mama und Thad waren auf der Stelle Komplizen. Sie hat schon immer eine wunderbare Hand für versehrte Seelen gehabt, und dass sie behindert ist, nehme ich an, erlaubte ihm wohl, seine natürliche Güte zu zeigen, die bei ihm hautnah unter der zynischen Maske eines gestörten Sozialverhaltens lag. Wie zwei Logenbrüder verstanden sie sich auf der Stelle, zeigten Bildung und Witz, zwei Verschwörer, Angehörige eines geheimen Ordens – zwei, die Bescheid wussten. Im Verlauf des Tages steckten sie immer wieder flüsternd die Köpfe zusammen, ein ums andere Mal übertriebener, zunehmend gewagt. Wir ließen sie machen. (Ich durchlebte einen Augenblick neurotischer Panik, bevor ich mir einredete, dass Thads anstößige Schlagfertigkeit ja sicherlich vor Perry haltmachte. Nie im Leben würde er sich ihm gegenüber derart daneben benehmen.) Was Perry selbst anging, so freute er sich über das Bündnis; er brachte nie viel mehr mit nach Hause als weiteren Reichtum, und so blieb er gern im Hintergrund, zufrieden damit, seine Frau glücklich zu sehen.

Außerdem hätte er bei der Grand Tour noch früh genug Gelegenheit zu glänzen. Ich wusste, es könnte etwas haarig werden, aber Paps brannte darauf, seinen Gästen einige Gegenstände aus Jack Michelets Besitz vorzuführen, die er im Lauf der Jahre gesammelt hatte wie Großwildtrophäen. Außerdem wusste er, dass noch Geschäftliches zu besprechen war, egal wie verblümt: Miriams merkwürdiger Vorschlag, doch ihren Mandanten aus »Prodigal Son« einen Roman für die *Starwatch*-Reihe machen zu lassen (ich hatte da bereits Vorarbeit geleistet), und dann natürlich Nick Sultans weit interessantere Idee, den überlebenden Sohn die *Goldblüten* fürs Kino adaptieren zu lassen. Perry hatte den Fernsehregisseur nebst Gattin nur deswegen zum Brunch eingeladen, weil Nick ihn so hartnäckig bekniete, den Generationen überspannenden Knaller von einem Projekt doch in trockene Tücher zu bringen. Als ich Paps kurz beiseitenahm, um mit ihm darüber zu reden, sagte er, er hätte es weit lieber einem »Namen« wie Neil Jordan oder Phil Noyce anvertraut, aber er hatte die Option nun schon so verdammt lange, ohne dass auch nur einer aus der ersten Garnitur Interesse bekundet hätte, dass Nicks Leidenschaft ihm durchaus gelegen kam. Außerdem, so meinte er, wenn ihm sein Instinkt etwas beigebracht hatte, dann dass es nicht das Dümmste war, mit dem zu arbeiten, was sich anbot.

Mir war klar, dass Thad den Regisseur nicht eben schätzte, und man brauchte kein Genie zu sein, um zu wissen warum. Nick Sultan war einer jener leidigen Showbusiness-Typen, die auch nicht einen Atemzug tun konnten, ohne Reklame für das eine oder andere Lieblingsprojekt zu machen. Und seine Frau, eine Amerikanerin, strahlte denselben unverhohlenen Ehrgeiz aus; eine in die Jahre geratene Fitness-Fanatikerin, musste sie wohl allein 40000 Dollar in ihre Zähne investiert haben, die ganz außerordentlich symmetrisch waren; sie schimmerten wie eine Reihe sandgestrahlter Grabsteine. Obwohl sie kaum den Mund aufmachte, verfügte Mrs. Sultan über die unerschöpfliche Energie eines abgerichteten Spaniels, der ad infinitum hinter seinem Schwanz (oder dem seines Herrn) herjagte und dabei schluckte, was immer nötig war, solange er ihn nur erwischte.

Nach dem Brunch nahm Mars die Bestellungen für Kaffee entgegen, und Paps machte seinen Zug – praktisch auf Stichwort verschwanden er und Thad, wie ein altes Paar. Ich sah, wie die anderen wortlos um eine Entscheidung rangen, ob sie den beiden folgen sollten, und schob dem aus strategischen Gründen einen Riegel vor, indem ich ihnen sagte, sie ahnten nicht, wie grauenhaft langweilig die Vorträge meines alten Herrn seien. Ich versprach ihnen zum Ausgleich eine ganz besondere Privatführung nach Espresso und Dessert. Sie verstanden den Wink.

Sobald ich sicher sein konnte, dass die Gesellschaft mit Nichtigkeiten beschäftigt war (der Freund des Captains glaubte Sting am Strand vorbeispazieren zu sehen, worauf alles zum Fenster lief), sprintete ich hinter Gastgeber und Ehrengast her und fand die beiden in der Bibliothek.

»Die Erstausgaben Ihres Vaters«, sagte Perry mit einer kursorischen Geste über ein Regal voll ledergebundener Bände. »Hat Miriam Ihnen gesagt, dass ich die Option auf die *Goldblüten* habe?«

»Ja«, sagte Thad. »Und Mr. Sultan sorgt dafür, dass ich es nicht vergesse.«

»Er würde gern Regie führen.« An seinem Ton hörte ich, dass Paps uns wissen lassen wollte, eigentlich halte er es für unter seiner Würde, den Briten auch nur in Betracht zu ziehen. Aber es schwang noch eine zweite Implikation mit, und die war, dass sein Instinkt Perry Needham Krohn noch nie im Stich gelassen hatte. »Ich bin sicher, er würde gute Arbeit leisten, immerhin hat er das Projekt schon lange genug im Kopf. Er ist leidenschaftlich, was ich mit für das Wichtigste halte. Leidenschaft ist die halbe Miete.«

»Talent soll auch schon geholfen haben«, scherzte Thad. (Ein unverhohlener kleiner Seitenhieb, der meinem Vater gefiel.)

»Talent wäre durchaus nett. Aber Nick kommt vom britischen Theater.«

»Briten kommen doch alle vom Theater.«

»Auch wieder richtig, aber von der Royal Shakespeare Company. Nun, wenn er professionell genug ist, *Marat/Sade* hinzukriegen, dann hoffe ich doch, dass er das Zeug für die *Goldblüten* hat. Außerdem haben ja auch Leute wie Rob

Marshall schon beim ersten Anlauf einen Hit gelandet. Nick hat eine tolle Energie.«

Er war mit einemmal der Cheerleader, was kaum in seiner Absicht gelegen haben dürfte. Wie in dem Versuch, sich selbst in die Zügel zu fallen, fragte er mich nach meiner Meinung.

»Nach seiner Arbeit am Set lässt sich das nicht so recht beurteilen. Ich meine, dort läuft nach all den Jahren alles wie am Schnürchen, nicht? Ein Spielfilm erfordert da ein ganz anderes ...«

»Stimmt auch wieder«, meinte Perry. Er wandte sich an unseren Freund. »Was halten Sie denn von den *Goldblüten*? Als Werk Ihres Vaters.« Eine gute, schlichte Frage, die Paps sicher das flüchtige Gefühl gab, die Situation wieder im Griff zu haben. Als Thad nicht gleich antwortete, half er, etwas plump, nach: »Ihre Meinung?«

»Ich hatte immer schon eine besondere Beziehung zu dem Roman«, sagte Thad, ohne näher darauf einzugehen.

Was meinen Vater zu freuen schien.

»Nick meinte, Sie wären womöglich daran interessiert.«

»*Ganz* so weit waren wir noch nicht.«

Er war reserviert, wenn auch immer noch freundlich – nicht weil er sich zierte, sondern um durchblicken zu lassen, dass seine Blutsverwandtschaft mit dem Autor den Sachverhalt kompliziere; er wusste, Perry würde verstehen.

»Ich könnte mir vorstellen, dass es ein verdammt interessantes Experiment wäre. Sohn adaptiert Vater.« Paps bewegte sich in tiefem Wasser, aber ich ging nicht dazwischen. »Mir gefällt der Gedanke an sich.«

Thad trat an ein gerahmtes Aquarell.

»Erkennen Sie's?«, fragte mein Vater. »Es ist eines von Jack.«

»Ja«, sagte Thad. »Ich weiß.«

Es zeigte eine Frau mit gespreizten Beinen, die Hände um eine leuchtend violette Vulva gelegt.

»Ein wiederkehrendes Thema bei ihm«, sagte er, nicht ohne Humor. »Wissen Sie, Perry ... was mich wirklich interessiert ... im Augenblick, und ich sage damit nicht, dass ich mich nicht gern an den *Goldblüten* versuchen würde, weil mich das durchaus interessiert, doch wirklich ... «

»Okay.« Perry atmete aus, widmete Thad seine ungeteilte Aufmerksamkeit – wie ein Krämer, der sich aufs Feilschen einstellt.

»Woran ich in letzter Zeit so denke, das ist Ihre Buchserie.«

Paps zog die Stirn kraus, als schalte er geistig einen Gang zurück. Er nickte höflich. »Miriam hat da etwas erwähnt. Jetzt bin ich aber neugierig. Erzählen Sie doch!«

»Tja, ich bin wohl ein bisschen pervers! Seit dem Tod meines Vaters scheint das Interesse am Namen Michelet ganz allgemein zugenommen zu haben. Es interessiert sich sogar jemand für mein erstes Buch, *Das Seepferdchen*.«

Miriam erschien in der Tür. »Mikkel Skarsgaard«, sagte sie.

»Fantastischer Kameramann«, sagte Paps, ganz die Autorität. Er beschäftigte ein ganzes Büro, das nichts anderes zu tun hatte, als ihn darüber auf dem Laufenden zu halten, wessen Stern in der Welt von Film und Kunst am Aufgehen (oder am Verglühen) war.

»Ich wäre wirklich daran interessiert, ein *Starwatch*-Buch zu machen ...«

»›Prodigal Son‹«, sagte Miriam, was mein Vater längst wusste.

»Gerade weil es sich verbietet«, sagte Thad.

»Er möchte etwas ... Subversives machen«, sagte Miriam. »Etwas wider alle Intuition.«

Sie appellierten clever an den Sammler in Paps, den Perry Krohn, von dem man wusste, dass er auch schon mal fade Performance-Kunst finanziert hatte, nur weil es schick war. Er lachte liebenswürdig.

»Scheint mir schon eine ziemliche Verschwendung, angesichts Ihres Talents.«

»Ich … ich kann es auch nicht erklären!«, sagte Thad mit einem breiten Grinsen.

»Er hält sich gerade für Matthew Barney«, sagte Miriam.

»Ich mag Matthew Barney«, sagte Perry.

Obwohl ihn die Bemerkung zu erheitern schien, wirkte er plötzlich geistesabwesend: Er hatte keine Ahnung, wie der Vergleich zu verstehen war, und da er befürchtete, es gäbe da etwas zu verstehen, hatte er das Gefühl, etwas zu versäumen. Er gab den beiden nach, weil er auf keinen Fall zur Zielscheibe eines Witzes werden wollte, so obskur dieser auch sein mochte.

»Das wäre wirklich toll«, sagte Miriam unbekümmert und brachte sie wieder auf die Erde zurück. »Ich meine, Thad schreibt in jedem Fall wunderbar.«

»Mit anderen Worten, Sie wollen ›Prodigal Son‹ als Roman adaptieren?«, sagte Paps, um für klare Verhältnisse zu sorgen.

»Ja doch. Ehrlich gesagt, ich würde es am liebsten in zwei Bänden machen«, sagte Thad mit übertriebener Begeisterung (und mit Jacks Testament im Hinterkopf; zwei Bücher würden seine Chancen erhöhen).

Perry hätte sich um ein Haar am Kopf gekratzt – immerhin lächelte er noch.

»Ich meine es ganz und gar ernst!«

»Na schön, dann machen wir's doch!«, sagte Perry und führte uns aus der Bibliothek.

Thad bedankte sich überschwänglich (als wäre das schon alles gewesen, um den Deal rechtskräftig zu machen), während Miriam servil die dadaistische Brillanz des Plans pries. Ich denke, Vater hielt es um der guten Beziehungen willen für zweckmäßiger sich zu fügen, als die Angelegenheit groß zu debattieren. Für ihn war das Ganze eine Albernheit.

Ich beschloss, später mit ihm darüber zu sprechen, und versprach das auch Miriam. Ich machte mir Sorgen, Thad hatte womöglich nicht genügend Begeisterung für die *Goldblüten* an den Tag gelegt, das Projekt, das immerhin das Baby – oder sollte ich sagen das Waisenkind – meines Vaters war. Ich könnte den testamentarischen Hintergrund liefern, ohne den Thads Eifer wirklich etwas merkwürdig erscheinen musste; ich meine, da bekam er die Gelegenheit, einen erstklassigen Credit als Drehbuchautor einzuheimsen, für einen ansehnlichen Batzen Geld obendrein, und aus irgendeinem unerfindlichen Grund bestand der junge Michelet darauf, einen der nach Schema F verfertigten Bände einer geradezu obszön banalen Reihe zu schreiben, einer Reihe, die selbst seinem Arbeitgeber schon irgendwie peinlich war – einem Mann, der sich gern als Bibliophiler (und Autor) sah, aber dessen einziger dynamischer Beitrag zur Welt der Literatur bislang in diesem kommerziellen Abfall, dieser sinnlosen Verschwendung von Bäumen und Druckerschwärze, dieser abgrundtief dummen Enzyklopädie ausgeschmückter TV-Skripts bestand. Andererseits hatte Perry schon immer gerade dann Humor bewiesen, wenn man das am wenigsten erwartet hätte, eine gewisse Frivolität in Bezug auf sein Leben und die geradezu grotesk lukrativen Wendungen, die es genommen hatte, ein versöhnlicher Zug. Ich war ganz entschieden der Ansicht, dass diese Geschichte nur dann über die Bühne ging, wenn meiner Mutter Sohn die kalten, harten Fakten der Situation auf den Tisch legte, angefangen vom Finanzamt bis hin zu dem Testament. Mit Paps war man besser offen, sonst konnte das in die Hose gehen. Ich wollte das noch mit Meerkat klären, wusste sie aber bereits hinter mir.

Als wir uns wieder zu den anderen gesellten, hörte ich Miriam meinen Vater beschwatzen. Untergehakt schlenderten die beiden dahin. »Das wird großartig«, sagte sie. »Und ich weiß, dass er die *Goldblüten* machen möchte. Er kann den Roman als Fingerübung nehmen.«

Jetzt war Paps an der Reihe, sich seinen Spaß zu gönnen. »Wenn er sich einverstanden erklärt, im nächsten *Starwatch*-Kinofilm mitzuspielen, überlege ich's mir. Und ich spreche von Mindestlohn.«

* * *

Wir machten es uns auf der Terrasse bequem, um uns Strand und Meer anzusehen.

»Heute ist wieder hohe See mit einer erregenden Brise«, deklamierte Thad. Die erste Zeile von Durrells *Justine*.

Nick rückte seinen Stuhl näher, als sei ihm nach einem Tête-à-tête, was dem angehenden Morloch gar nicht gefiel (während die Sonne sich ins Meer senkte, kühlte die Herzlichkeit unseres Fähnrichs merklich ab). Clea sorgte clever für Ablenkung, indem sie ausgelassen mit einem Golden Retriever durch den Sand sprang. Miriam folgte mit dem Frisbee, und der Partner unseres Captains, der sich ihnen anschloss, legte ein außergewöhnliches Geschick mit dem Handgelenk an den Tag. Gita, die für eine Weile nach oben verschwunden war, kam im Außenaufzug zurück. Als Thad sie sah, ahmte er liebevoll das *whoosh!* aus dem Raumschiff nach, als Carmen Mama auf den Rest unserer Gruppe zuschob.

»Die Technologie im Palast ist ziemlich beeindruckend, finden Sie nicht auch, Captain?«

Laughton blickte mit geistesabwesendem Lächeln hinüber; womöglich hatte er Thad durch das Rauschen der Brandung gar nicht gehört.

»Ich meine«, sagte Thad, »man muss sich darüber im Klaren sein, dass es im vorbalidischen Sektor keine Meere gibt – jedenfalls keine, wie wir sie kennen. Ich beeile mich hinzuzufügen, dass Sie es hier mit einem Hologramm zu tun haben, einer Anhäufung von Superzellen, einer gutartig metastatischen Rekonstruktion – *keiner Replik!* – der ungeheuren Wassermasse, die unter der Bezeichnung Pazifik auf Ihrem Planeten zu Hause ist. Sie brauchen nur an der Oberfläche zu kratzen, und Sie finden sogar Fische und Flora. Mit einigen genetischen Unterschieden, aber Fische und Flora – und übrigens durchaus essbar!«

»Aye, Aye, Fähnrich Rattweil, oder habe ich Sie mit Prinz zu titulieren?«, sagte Laughton, der Geschmack an der Sache fand.

»Sie dürfen mich Morloch nennen.«

»The Artist Formerly Known as Fähnrich«, sagte ich, ganz auf retro, um des Gags willen.

Gita schob sich aus eigener Kraft auf die Terrasse.

Thad nahm sie mit einem Augenzwinkern zur Kenntnis. »Hallo, *Mother*. Schön, dass du Zeit für uns hast.«

»*Queen* Mother für dich«, ging der angesäuselte Raumfahrer dazwischen und tat damit den entscheidenden Schritt aus dem Schrank in den *geouteten space*.

Gita nahm einen Schluck Champagner und sagte dann: »Auch als Ihre Hoheit, die Königliche Nervensäge bekannt – jedenfalls was meinen Gatten angeht.«

Nick versuchte mitzuspielen, sah sich aber gnadenlos ignoriert.

Seine Frau zog sich klugerweise aus der Affäre, indem sie sich den Frisbee-Spielern anschloss.

»Commander Karp«, sagte Laughton. »Hat man Ihnen schon die Konkubinen vorgestellt?«

»Ganz unglaublich authentisch«, sagte ich im Handumdrehen in meiner Rolle als geiler Kerl. »Ich glaube, X-Ray hat bereits beantragt, sie offiziell an Bord holen zu dürfen – zu wissenschaftlichen Studien, versteht sich.«

Clea und Miriam kamen lachend auf die Terrasse zurück. Sie waren bis an die Hüften nass.

»Mein Gott!«, rief eine atemlose Clea. »Es ist so was von schön hier!«

»Das Wasser ist der reine Wahnsinn«, sagte Miriam.

In weiter Ferne spielte der Partner unseres Captains mit einer Gruppe langhaariger Teenager mit Waschbrettbäuchen und einigen weiteren schwerreichen Tölen.

»Aye, Botschafterin Trothex! Wir unterhielten uns eben über die ganz erstaunliche Wissenschaft der Vorbaliden. Wasser, das kein Wasser ist, sich aber mehr wie Wasser anfühlt als Wasser selbst!«

»Es kommt selten genug vor, dass wir Vorbaliden die Früchte unserer eigenen Technik genießen dürfen«, sagte Clea. »Allein Ihrer diplomatischen Visite verdanken wir es, dass man uns das Abenteuer ›Malibu‹ gestattet hat. Haben Sie einen Namen für diese Art von Aktivität, Commander? Über den bürokratischen Begriff des ›Erholungsurlaubs‹ hinaus?«

»Allerdings«, sagte ich und zog eine Braue hoch (wie das Cabott 7 so an sich hatte). »Ich glaube, die Erdlinge haben dafür ein obskures Slangwort mit drei Buchstaben. Sie nennen so etwas ›Fun‹.«

»Fun«, sprach Clea das Wort mürrisch versonnen nach.

Miriam kicherte, als das Spiel sich auflöste und alles lossprintete, um eine neue Runde Speis und Trank zu holen.

Nur Thad blieb in Gedanken versunken, wenn auch leiser, eher in Moll.

»Ich werde mich meinem Bruder Morloch im Zweikampf stellen müssen«, sagte er zu sich selbst, resigniert. »Es ist die einzige Möglichkeit, die anderen zu retten.«

Ich hatte nicht gedacht, dass es jemand gehört hatte, bis ich den verstörten Ausdruck auf Gitas Gesicht sah. Da sie spürte, dass etwas nicht stimmte, schaltete sie auf die entsprechenden »Stabilisatoren«. Mutter sprach behutsam das gekippte Beckett-Stück an (ich hatte ihr davon einige Tage zuvor erzählt) und wie sehr sie Menschen mit der Stärke bewundere, sich der Herausforderung des »knorrigen Iren« zu stellen. Sie war die furchtbar nette Lehrerin; sie sorgte mit einer Portion feineren Intellekts für eine gewisse Balance in der Gleichung mit dem gröber gestrickten Perry Krohn. Dank ihres sachten Plauderversuchs befreite Thad sich schließlich vom Transporterstrahl vorbalidischer Konstrukte. Eine Weile sprach er mit dem zerstreuten Charme eines Menschen, der eine kleine Niederlage hatte einstecken müssen.

Sie erkundigte sich sogar nach Morgana. Als seine Mutter gehört habe, dass er bei *Starwatch* mitspiele, so erzählte er ihr, habe sie ihm Blumen (Chrysanthemen übrigens) schicken lassen, auf dem Kärtchen dazu hieß es: »Ich beame dir viele Küsse zu.« Gita lachte. Sie sagte ihm, sie kenne Mrs. Michelets Arbeit, gestand aber, sie mal mit der anderen, »dieser Ettlinger«, verwechselt zu haben, was er ungemein spaßig fand. Einen Augenblick lang befürchtete ich schon, Mama würde ihn fragen, ob er schon mal für ein offizielles Porträt gesessen hätte, aber meine Besorgnis erwies sich als unbegründet.

Thad erspähte einen nassen kleinen Jungen aus der Nachbarschaft, einen ungebetenen Gast von etwa neun Jahren, der bibbernd vor dem Füllhorn unseres Büffets überlegte, was ihm wohl munden könnte. Mars reichte dem Flachskopf ein Frottiertuch; ohne den Blick von den Speisen zu nehmen, hängte der Besucher es sich über die mit feinen blonden Daunen überzogenen Spatzenschultern.

»Das Ertrinken eines Kindes«, sagte Thad, der den Kleinen mit Blicken maß, »hat etwas so Vollkommenes und Ungeheuerliches zugleich.«

Die Bemerkung verstörte Gita aufs Neue. Ich trat näher an die beiden heran, als müsste ich die Gäste vor Thads Worten schützen und ihn vor der Welt.

»Jeremy sah so aus, als man ihn fand – tief unten in der überfluteten Bibliothek der Ägäis, ein winziger Leopardi. Durch ganze Reihen von Vaters schillernden Büchern bahnte ich mir meinen Weg. Es brach einem das Herz, ihn so zerschunden an dem Riff hängen zu sehen, mit seiner komischen Brille.«

Gita warf mir einen Blick zu, bevor sie ihre Hand auf Thads legte.

Clea gesellte sich zu uns, mit einem nichts ahnenden Lächeln und einem Teller Pasta mit Ei.

»Er hatte bereits kleine Schuppen. Seine Augen waren geschlossen, und als die Lider sich öffneten … waren sie kobaltblau! Wie Murmeln, absolut fantastisch. So was von schön … wunderschön. Wie er so im Wasser hing, hat er sich ganz, ganz sachte bewegt … wie ein Seepferd. Oh, er war es, kein Zweifel! Star der Leinwand, Stolz von Hollywood. Ich wusste, dass er es war. ›Zu viele fallen, die einst groß und gut, daran zu zweifeln wäre Übermut. Beizeiten stirb, um diesem Schicksal zu entgehen …‹«

Nichts ahnend und federnden Schritts kam der Captain herüber, gefolgt von Miriam. Als sie Cleas finstere Miene sah, dann meine und schließlich auch noch Gitas, wusste die Agentin, da war was im Busch.

»Was sagt man dazu«, meinte Laughton, der noch immer nichts gemerkt hatte. »Unser geliebter Fähnrich im Tête-à-tête mit seiner Mutter, der Queen!«

»Bist das nicht du?«, rief sein Freund, der eben die Brücke betrat.

»Thad«, sagte Gita. »Geht es Ihnen nicht gut? Wollen Sie vielleicht reingehen, sich etwas hinlegen?«

Sofort setzten alle eine feierliche Miene auf. Vater kam aus dem Haus. Thad starrte noch immer auf den Jungen im Leichentuch, der mit gefülltem Teller davonschlurfte, zurück zu Sand und Meer.

»Kopfschmerzen«, sagte Thad, nicht sehr überzeugend.

Clea ging neben ihm auf die Knie und fragte leise, ob er seine »Medizin« mithabe, wofür das auch immer stehen mochte – in Augenblicken wie diesem hätte ich ihm mit Freuden Heroin gebracht. Alles, nur um ihn nicht leiden zu sehen.

Er käme schon wieder in Ordnung, meinte Thad, ein »Nickerchen« sei alles, was es brauche. Clea und Miriam halfen ihm auf die Beine. Carmen erwartete die beiden am Aufzug, und sie sausten mit einem *whoosh!* nach oben, wie auf dem Weg ins Schiffslazarett. Nick gab einige nicht sehr originelle Kommentare ab – seine Mutter, die in einer Stadt mit dem unseligen Namen Slough zu Hause war, leide auch an Migräne –, Kommentare, die darauf abzielten, Thads Nöte vor den anderen herunterzuspielen, während sie dem berechnenden Regisseur ermöglichten, den Blick auf das Ziel gerichtet zu halten – was immer er auf längere Sicht mit Thad vorhatte. Seine Frau, die Grabräuberin, nickte dazu, durch und durch die Söldnerin, die – unter einer Decke mit ihm – künftige Deals zu retten versuchte, um jeden Preis. Zum Glück verkündeten die beiden kurz darauf, nach Hause zu wollen (sie hatten sich in Point Dume eingemietet). Der

Captain und sein Freund schlenderten diskret den Strand entlang, um die Situation etwas abkühlen zu lassen, bevor sie sich verabschiedeten. Paps überlegte laut, ob wir wohl Thads Hausarzt rufen sollten, bevor er sich entschuldigte, um eine Flasche Wein aus dem Keller zu holen.

Ich setzte mich zu Mutter, die traurig aussah.

Sie blickte hinaus auf die Schaumkronen und die Möwen über dem Meer.

»Manche Leute haben es furchtbar schwer, Bertie. Furchtbar schwer.«

THAD SCHLIEF FAST ZWEI STUNDEN mit Clea an seiner Seite.

Meerkat und ich machten auf der Couch Löffelchen; hin und wieder, zwischen Zigaretten, Küssen und langen leeren Blicken auf die türkisen Venen des brodelnden Ozeans, nickten wir ein. Wir versteckten unsere Zuneigung nicht vor Mama, die völlig zufrieden damit war, den *Sunday Book Review* zu studieren. So selten wie sie das Haus voll hatte, war ihr die Wiederauferstehung der Familie Trost genug.

Nachdem Thad aufgewacht war, duschte er (wir duschten alle, in verschiedenen Teilen des Hauses) und schien seinen toten Punkt überwunden zu haben. Es dämmerte bereits, als er wieder auftauchte, angezogen und ohne Kopfschmerzen. Mama lud uns zum Abendessen ein, aber Thad sang »Hello, I must be going« und erklärte, er müsste schon früh im Studio sein. Er schlug uns – Clea, Miriam und mir –

vor, doch noch zu bleiben; er würde später den Chauffeur vorbeischicken, was natürlich völlig unsinnig war.

* * *

Auf der Fahrt zurück zum Shutters kam Thad auf die Idee, zum Abendessen zu Chez Jay, einem seiner Lieblingsrestaurants am Strand, zu fahren. (Wie so oft nach einer seiner Migränen hatte er einen Bärenhunger.) Ich hatte keine Lust, und Miriam ging es genauso, unser Ausflug zog sich ohnehin schon in die Länge und nahm langsam, aber sicher den manischen Beigeschmack eines Marathons an, aber wir fügten uns vorsichtshalber, nicht zuletzt wegen der merkwürdigen Szene, deren Zeugen wir vorhin geworden waren. Thad schien noch immer nicht ganz er selbst zu sein.*

Als wir schließlich um einen Tisch saßen, war die Stimmung sauer geworden – oder geronnen träfe es vielleicht besser. Miriam wurde zum Aushängeschild aller Co-Abhängigen, viel zu eifrig um die »Gestalt« unseres Grüppchens bemüht, jedes Wort, jede Geste von geradezu aggressiver Geselligkeit. Clea, die offensichtlich getrunken hatte, erlaubte sich einen Seitenhieb auf meine »Diet-Coke-Sucht« – ganz offensichtlich störte meine Nüchternheit sie dabei, ihr Angesäuseltsein so richtig genießen zu können. Ich wäre am liebsten auf und davon gelaufen, erinnerte mich aber daran, dass unser problembeladener Freund zu diesem Zeitpunkt

* Bitte mir nachzusehen, dass ich mit dieser – nun wirklich letzten – kleinen Anmerkung mein Versprechen breche, aber bei der abermaligen Lektüre kommt mir der Satz »Thad schien noch immer nicht ganz er selbst zu sein« vermessen vor, wenn nicht gar arrogant. Ich glaube nicht, dass auch nur einer von uns weiß, *wer* er ist – geschweige denn dass er sich erlauben könnte, andere zu definieren. Vielleicht spricht hier der Guru aus Culver City aus mir.

zur totalen Unbekannten geworden war; bedachte man seine psychotische Komponente, die ohne Vorwarnung zu einer Halluzination führen konnte, war die Situation brisant genug, um mich um die Sicherheit der Frauen zu sorgen.

Aus Spaß an der Freude begannen wir über Nick Sultan und seine Frau herzuziehen. Die kleinen Handgranaten auf ein so wohlfeiles und nicht anwesendes Ziel sorgten für etwas befreiende Komik. Das ging eine Weile so. Man servierte eine weitere Runde, weitere Teller mit Calamari landeten auf unserem Tisch. Clea verschwand – verdammt lange – auf die Toilette. Miriam stand eben auf, um nach ihr zu sehen, als sie zurückkam – ohne sich aus dem Tritt bringen zu lassen, hielt meine schlaue Meerkat weiter auf die Toiletten zu. Thad saß da, trank und schluckte verstohlen Pillen; der Mann hatte die Blase eines Wals. Steaks und Hummer trafen ein. Ich dachte, wir hätten das Schlimmste hinter uns (einer ausgefallenen privaten Theorie zufolge würde das Essen die Chemikalien absorbieren), als ein Mann mit etwas längerem Haar an den Tisch trat.

Ich wappnete mich in der innigen Hoffnung, es möchte kein *Jetsons*-Fan sein.

»Entschuldigen Sie«, sagte er mit einem Akzent, den ich nicht einordnen konnte. »Sie sind doch Mr. Michelet, nicht?« Thad blickte mit einem kühlen Lächeln zu ihm auf, bereit, jedem Angriff zu begegnen, der da kommen mochte. »Ich bin Mikkel Skarsgaard. Ich plane, Ihr Buch zu verfilmen, *Das Seepferdchen*.«

»Ah!«, sagte Thad einladend. »Der Kameramann! Hallo, hallo!«

Miriam und Clea zirpten zur Begrüßung eifrig drauflos. Thad forderte ihn auf, sich doch zu uns zu setzen.

»Aber ich möchte Sie auf keinen Fall stören!«, sagte der Däne respektvoll.

»Nein, nicht doch! Wir bestehen darauf. Wir öden einander ohnehin längst fürchterlich an!«

»Ja?«, sagte er zaghaft. »Wir sind aber zu dritt.« Er nickte in Richtung seiner Nische. »Ist das in Ordnung?«

»Es ist, es ist!«

Mikkel ging seine Freunde holen, während ein neu beseelter Thad nach weiteren Stühlen rief. Ich war dankbar für den Stimmungswechsel, den das frische Blut bringen würde. Außerdem war es ein gutes Omen. Mikkel schien der unprätentiöse Typ Regisseur, dessen unaufdringliche Höflichkeit einen angenehmen Kontrast zu Nick Sultans ebenso plattem wie unverhohlenem Ehrgeiz bot.

Er kam an den Tisch zurück, in Begleitung eines baumlangen, blassen Mannes mit buschigen Brauen – und Sharon Stone. Ich hatte sie nie in Fleisch und Blut gesehen (ich war nicht gerade ein Fan), musste aber zugeben, dass sie eine Wucht war. Sie trug Bluejeans und einen Pulli mit Kapuzenausschnitt, der ihrem Knochenbau eines amerikanischen Vollbluts schmeichelte; man findet ihre Art Schönheit in *Town & Country* – auf der einen Seite beim Beladen eines tiptop erhaltenen Jeep Wagoneer in Montecito, gleich gegenüber hat man sie auf einer Krebsgala in La Jolla, zwischen Watson und Crick. Mikkel erklärte, sie beide seien alte Freunde; ich nahm an, er hatte bei einem ihrer frühen Filme die Kamera geführt. (Wie aus Rücksicht auf die Nervosität ihres schlaksigen Begleiters mit dem gefrorenen Lächeln ließ der Kameramann seine Beziehung zu ihm ungeklärt.) Die Begegnung erwies sich als umso vielversprechender, als Mikkel enthüllte, dass Sharon für die Rolle des »Filmstars« im *Seepferdchen* im Gespräch war, die fiktionalisierte Frau, mit der der fiktionalisierte Jack eine Affäre auf einem fiktionalisierten Capri hatte. Ms. Stone selbst entpuppte sich als Kulturhyäne, als sie uns anvertraute, eine von Thads Avantgarde-Produktionen in Wien gesehen zu haben, worauf er schlicht aus dem Häuschen geriet.

Als Clea sie daran erinnerte, sie seien sich bereits einmal begegnet, auf den Filmfestspielen in Venedig, rief Sharon: »Ah ja!«, aber es war offensichtlich, dass sie sich nicht erinnerte. Ich sah, dass sie Clea vom Kino her kannte, sie aber nicht so recht unterbringen konnte. Schließlich sprang Miriam in die Bresche und klärte Sharon über Cleas Mutter auf, worauf Sharon schlagartig unter Strom zu stehen schien. Sie sei »ja *so* ein Fan von Roosevelt Chandler«. Sie erzählte, mal zusammen mit Milos Forman etwas Biografisches entwickelt zu haben, woraus jedoch nie was geworden war. Clea sagte, sie habe davon gehört und finde das furchtbar schade. Und wo wir schon beim genetischen Erbe der Großen und Mächtigen waren, stellte mich Meerkat auch gleich noch als Sohn von Perry Krohn vor. Der wohlwollende Star behauptete sofort, ja *so* ein Fan von *Starwatch* zu sein und wusste natürlich auch (von Mikkel, der es von Klotcher hatte), dass Thad gerade als Gast drehte; Miriam, ganz in ihrem Element, ließ sie wissen, dass Clea und ich als »Co-Stars« mitwirkten. An unseren Gastgeber gewandt, sprach die Schauspielerin rücksichtsvoll das Dahinscheiden seines Vaters an. Dann sprach sie von einem eigenen Sterbeerlebnis einige Jahre zuvor, als sie eine Gehirnblutung gehabt hatte – was sich Thad als natürliches Stichwort für seine Migräne anbot. Um Thad und Sharon Gelegenheit zu geben, sich medizinisch näher zu kommen, begann ich Mikkel die eine oder andere Frage zum *Seepferdchen* zu stellen.

Sharon hatte früh am nächsten Morgen nach New York zu fliegen. Sie stand auf, um sich zu verabschieden, und drückte – mit dem speziellen Brio und dem fanatischen Augenkontakt, den Filmstars auf Abruf parat zu haben scheinen – allen in der Runde die Hand. Thad sparte sie sich für zuletzt auf; zielsicher hatte sie seine dominante Stellung in unserer Hackordnung erkannt, auch so etwas, was im Instinkt des Prominenten fest verdrahtet zu sein scheint.

Ich war etwas überrascht, dass die beiden Männer blieben.

»Sie ist furchtbar nett«, sagte Clea.

»Eine ganz besondere Frau«, sagte Mikkel.

»Hat sie tatsächlich einen Schlaganfall gehabt?«, fragte Miriam.

»Es war … eine Gehirnblutung«, sagte Mikkel.

»Jeder sollte nach einem Schlaganfall so gut aussehen!«, sagte Clea.

»Sie hat da eine Geschichte – sie erzählt sie Ihnen sicher mal. Man schob sie gerade in den OP, als der Arzt ihr einen Zettel hinhielt. ›Schauen Sie mal! Wir haben ein Fax von *People* gekriegt, der Illustrierten!‹ Können Sie sich das vorstellen? Strahlt übers ganze Gesicht! Sie hat ihn auf der Stelle gefeuert, noch am Operationstisch. Der reinste General, die Frau, eine Amazone! Sie denkt an eine One-Woman-Show. Das wäre doch was, meinen Sie nicht? Alle Welt würde sie sehen wollen. Was die Leute über sie denken, ist ihr scheißegal. Seit dem Vorfall ist sie von einer unbändigen Lebensfreude erfüllt, die ganze Menschheit ist ihr Glück. Und das ist kein zynischer Hollywood-Bullshit. Und sie sieht zehnmal so gut aus wie vor der Operation, finden Sie nicht? Man sieht es einfach! Ihre Haut leuchtet – wie die eines Engels. Ich glaube, es war eine wirklich spirituelle Erfahrung für sie. Vielleicht können Sie ihr dabei helfen, ein Stück zu schreiben«, wandte er sich an Thad.

»Sie ist unglaublich schön«, antwortete er, leidenschaftslos.

Seit ihrem plötzlichen Aufbruch wirkte er merkwürdig leer.

Um nicht ungesellig zu sein, fragte Mikkel mich, womit

ich denn meine Brötchen verdiente. (Ich nehme an, er war wohl weggetreten, als Miriam meinen Lebenslauf präsentiert hatte.) Ich sagte ihm, ich sei Schauspieler. Diesmal war es Clea, die sich genötigt fühlte, ihm zu erklären, dass mein Vater der Schöpfer von *Starwatch* sei. Die Augen des Kameramanns leuchteten auf – wie durch das Etikett eines Edelcouturiers war ich, der reizlose Fummel, mit einem Nadelstich zum Modell avanciert.

»Ich kann es gar nicht erwarten, mich an das Skript zu machen«, sagte Thad in dem Versuch, seine Trägheit abzuschütteln.

»Mordecai hofft, den Deal so schnell wie möglich unter Dach und Fach zu bringen«, sagte Mikkel.

»Mordy ist eine ziemliche Marke, was?«, sagte Thad.

»Wussten Sie, dass Christopher Nolan die Herstellungsleitung übernehmen soll?«

»Nein«, sagte Thad mit dem offenen Lächeln eines Naiven. »Er hat doch …«

»*Memento*.«

»Und *Insomnia*«, fügte Clea mit der Begeisterung des Kenners hinzu.

»Wow«, sagte Thad. »Wohnen Sie hier?«

»Meist bin ich in New York. Wenn ich herüberkomme, dann wohne ich in Silver Lake.«

»Sind Sie noch oft zu Hause in Dänemark?«, fragte Miriam.

»Zweimal im Jahr, aber nicht um zu drehen. In letzter Zeit, weil es meiner Mutter nicht sehr gut geht.«

»Tut mir leid«, sagte Thad.

»Wie es sich so trifft, gehe ich bald rüber für den Spielberg, der in Kopenhagen spielt, für acht Wochen. Sieht fast so aus, als komme ich da nicht weg.«

»Aber Sie können Ihre Mutter besuchen«, sagte Miriam.

»Ja. Ein großes Plus«, sagte er mit einem leeren Lächeln, das charmant sein sollte.

»Sie haben uns Ihren Freund noch gar nicht vorgestellt«, sagte Thad mit einer Geste auf den langen Schweiger.

»Das ist Henrik«, sagte Mikkel auf die selbstgefällige Art, mit der manche Leute einem Fremden eine legendäre Flasche aus ihrem Privatvorrat präsentieren.

Der schlaksige Exzentriker wiederholte pflichtbewusst seinen Namen, was Clea dazu veranlasste, sich *sotto voce* an Miriam zu wenden: »Als hätte Hans Christian Andersen ihn erfunden, findest du nicht?«

Thad konzentrierte sich auf den Kameramann. »Ich habe schon ein Weilchen kein Drehbuch mehr geschrieben – wie arbeiten Sie denn am liebsten?« Dann, ohne auf eine Antwort zu warten: »Ich denke, ich klopfe mal einfach was runter und komme mich dann mit Ihnen beraten.«

»Na ja, darüber müssten wir wohl noch sprechen«, sagte Mikkel, sofort etwas steifer. »Ich übernehme die Adaption für gewöhnlich selbst. Das kommt bei mir immer zuerst.« Als er Thads Blick sah, korrigierte er sich peinlich berührt: »Aber wer weiß? Vielleicht versuchen wir's auf beide Arten. Beide parallel, und setzen uns dann zusammen.«

Der Versuch des angehenden Regisseurs, sich abzusichern, schlug fehl. Clea und ich wurden nervös.

»Sie können eine sehr große Menge Geld verdienen«, sagte Henrik plötzlich.

»Der große Bursche hier ist der Mann mit dem Geld!«, sagte Mikkel und klopfte seinem Freund dabei auf die Schulter.

»Wir versehen Sie mit *Geld*«, sagte Henrik mit einer merkwürdigen Betonung des Worts.

Thads Stimmung erahnend, sagte Mikkel: »Oh bitte, nicht jetzt!«

»Sie sind seine Agentin?«, fragte Henrik Miriam, fast eine Spur aggressiv.

»Seine literarische Agentin, ja.«

»Keine Theateragentin?«

»Nein«, sagte Miriam. »Aber jede Option auf Thads Material ginge über mich.«

Sie wusste nicht, warum er gefragt hatte, und kam sich albern vor wegen der förmlichen Antwort.

»Ah! Sind Sie eine harte Verhandlungspartnerin?« Henrik blühte auf. Das Gespenst aus Andersens Märchen war in seinem Element.

»Soll schon vorgekommen sein«, sagte Clea im toughen Ton einer Rockerbraut.

»Aber ich wollte über etwas anderes sprechen«, sagte Henrik. »Darf ich? Ganz offen?« Mikkel legte Henrik eine Hand auf den Arm, als wolle er damit sagen, sein Freund sei ein ungebärdiges, sonst aber ganz amüsantes Kind, dem man am besten nachgab, ohne es allzu ernst zu nehmen. »Ich bin Designer, aus Oslo. Ihr Vater ist in Norwegen ein Star! Ich designe Möbel, für das moderne Zuhause. Wir würden gerne eine Jack-Michelet-Kollektion machen, wie die Ernest-Hemingway-Kollektion. Von Thomasville. Haben Sie von der Firma gehört – Thomasville, nein? Sie machen Hemingway, Bogart – ich glaube, sie machen bald Fitzgerald. Unsere Forschungen haben ergeben, dass eine Jack-Michelet-Kollektion sich sehr gut verkaufen würde. Ich habe im Fotoarchiv Aufnahmen von dem Anwesen auf Vineyard gesehen und den Häusern, in denen Ihr Papa, Black Jack – was für ein fantastischer Spitzname, nicht? – im Lauf der vielen Jahre gewohnt hat. Sie haben auch da gewohnt, ja? Nein? Sie könnten ein wunderbarer Berater sein! Aber was ich sagen will, Sie könnten der perfekte Mann sein, sie im Fernsehen zu präsentieren.«

»Was?«, stieß Thad hervor. Er war völlig verwirrt.

»Die Kollektion«, sagte Henrik.

»Ihre Filme sind in Norwegen gut gelaufen, oder?«, fragte Mikkel. »Nein?«

Ich fand das Timing lausig. Dass der durchaus nicht unbekannte Kameramann kurz vor dem Erwerb einer Option auf eines von Thads Büchern für sein Regiedebüt seinem Freund erlauben sollte, Thad mit diesem empörenden Werbevertrag zu kommen! Wenn ich es mir recht überlege, war vielleicht alles Teil eines Pauschaldeals zwischen dem sonderbaren Duo: Im Gegenzug für die Finanzierung des *Seepferdchens* verpflichtete Mikkel sich, Henrik mit seinen absurden Geschäften in Hollywood »einzuführen«.

»Jeder in Dänemark mag die *Jetsons* und *Don Quichotte*«, sagte Mikkel. »Sie sind bei uns – wie sagt man? – ein bekanntes Gesicht.«

»Wir würden Sie erster Klasse einfliegen – vielleicht Business«, sagte Henrik und stupste dabei Miriam mit dem Ellbogen an. »Nein, ich scherze nur. Wir haben eine Privatmaschine. Dieselbe, in der wir Jim Carrey geholt haben. Die Aufzeichnungen für unseren fantastischen Spot würden nur zwei Tage dauern, höchstens, für eine nette Summe Cash – oder Goldbarren!« Er zwinkerte Clea zu. »Ich scherze wieder.«

Wie ein Reiseveranstalter machte er sich an einen Monolog über die Sehenswürdigkeiten Kopenhagens. Alle (wir waren auch eingeladen) bekämen die Wunder zu sehen.

Mikkel hatte Antenne genug, um das Thema zu ändern. »Macht Mordecai auch den Deal für vorbestehendes Material?«, fragte er Miriam. »Für die Option?«

»Ich ruf' ihn an«, sagte sie kühl.

»Mordy hat von fünftausend gesprochen – was mir, offen gesagt, etwas viel scheint!« Sie verzog das Gesicht über die plumpe Vertraulichkeit des Kameramanns. »Es handelt sich um eine unabhängige Produktion, ja? Nein? Und keiner sonst hat Interesse daran gezeigt! Das Buch ist seit Jahren vergriffen, ja? Nein? Deshalb bitte ich Sie, mir ein bisschen entgegenzukommen. Ich könnte ein bisschen Spielraum gebrauchen. Da könnten Sie mir doch helfen, ja? Okay? Der Film wird auf jeden Fall eine Plattform für den Roman, aber ich denke da nicht so sehr an etwas wie *Adaption* von Charlie Kaufman, ich möchte mir beim Buch natürlich gewisse Freiheiten nehmen. Ich behalte natürlich die Zwillinge, ja, das mit dem ertrunkenen Jungen wird ganz toll, und Black Jack, der wird wie Jack Palance in *Le Mépris*, nein? – noch ein Jack! –, aber ich würde mich auch selbst gern als Charakter einbringen. (Das ist das, was mir an *Adaption* besonders gefällt. Was den Rest angeht, da war ich nicht halb so begeistert wie alle anderen. Aber trotzdem ist es ein guter Film, ein sehr guter. Aber ich mag Sofia lieber.) Ich würde gern selbst als Schauspieler experimentieren. Ich habe mit Christopher Nolan gesprochen, und er ist begeistert. Wir drehen möglicherweise in Dänemark, wegen des Lichts. So ein Licht finden Sie hier nicht, ja? Das Licht hier ist der Wahnsinn. Ich habe erst gestern Abend mit Wim darüber gesprochen. Das Licht bei uns drüben ist das Licht meiner Seele! Ich möchte einen *Film blanc* machen, keinen *Film noir*. So hat man doch auch *Insomnia* genannt, haben Sie ihn gesehen? Sie haben ihn gesehen, nein? Kann sein, dass wir Al bitten, eine Kleinigkeit zum *Seepferdchen* beizutragen. Wenn sein Leben und sein Terminkalender es zulassen. Pacino ist furchtbar beschäftigt. Aber er ist unglaublich! Er würde es eigens für Christopher machen. Ich möchte mich mit einer Tradition befassen – der des Kameramanns, der zum ersten Mal Regie führt. Ein dänischer Kameramann, ja? Nein? Er macht seinen Film während einer Scheidung.«

»Ganz wie du selbst!«, sagte Henrik vergnügt.

»Ja, ganz wie ich selbst!«

»Eine *Seepferdchen*-Ehe – auch längst vergriffen!«, meinte Henrik boshaft. »Eine unmöblierte Ehe.«

Mikkel lachte, mit einem Anflug von Wehmut. »Ich hätte also eher an ein paar Tausend gedacht – für die Option. Und den Rest mit Aufschub. Sozusagen nach Happy End. Wir alle stehen bei dem Projekt zurück.«

»Und hoffen alle auf ein Happy End.«

»Es ist eine Liebesmüh, okay? Nein? Wenn Sie mit Mordecai sprechen.«

Miriam nickte gereizt. Wir alle fragten uns, wie lange der Angriff noch dauern würde. Clea hatte sich, um ihn zu stützen, buchstäblich in Thad verkeilt.

»Wir können Sie mit einem Jack-Michelet-Sofa bezahlen!«, sagte Henrik und stupste Thad mit dem Ellbogen an, während er die gewaltigen knochigen Hände zusammenschlug. »Ich sehe Ihnen an, dass Sie eine Couch-Potato sind, da wird Ihnen das Design gefallen! Ihr Papa hatte einen Blick für Originelles, solange es solide gebaut war – wie seine Frauen! Er mochte die Frauen, ja? Sie doch auch, nein? Geht uns doch allen so, sogar die Frauen mögen die Frauen! Aber in seinem Werk, da konnte er eine Stimmung schaffen, ein Ambiente. In seinen Romanen, nein? Sie versuchen das ja auch – fast. Ich habe nur ein Buch von Ihnen gelesen, das *Seepferdchen*. Aber eines Tages wird es auch Ihnen durch die Bank gelingen! Eines Tages haben wir dann das Thad-Michelet-Sofa, Möbel von Vater und Sohn!« Er senkte die Stimme und wurde ernst. »Architektonisch war Mr. Black Jack ein Mann von kolonialer Eleganz – da war er Papa Hemingway in Kuba sehr nah. Oder der Romanoff-Partytisch aus der Bogart-Kollektion, haben Sie gesehen? Ich schicke Ihnen den Thomasville-Katalog – Sie werden den

Chesterfield-Tisch *lieben*. Ein lederbezogenes Schlittenbett und eine ganz tolle Bogart-Bar mit Hocker – ›El Morocco‹. In unserer Kollektion haben wir den Michelet-›Vineyard‹-Diwan.

Ich nenne den Bezug *Goldblüten* – alles bei uns ist nach Büchern und den Namen von Häusern benannt – ich habe schon die besten Webereien Chinas besucht.«

MONTAG, AM SPÄTEN VORMITTAG, erfuhr ich, dass Thad gegen zwei Uhr nachts mit einer weiteren Migräne aufgewacht war. Clea hatte ihn ins Cedars gefahren. Einmal mehr warf man den Drehplan über den Haufen, um bis zum folgenden Tag, für den das Duell zwischen Morloch und dem Fähnrich angesetzt war, um ihn herum drehen zu können.

An diesem Punkt bekam in ›Prodigal‹ die Besatzung des Raumschiffs laut Drehbuch den bipolaren Sog des Doms erst so richtig zu spüren; die Folge waren schlimme Entkräftungserscheinungen (auch bekannt als Stanislawski-Syndrom). Nick Sultan, der sich für eine Art Sam Mendes des Pantoffelkinos hielt, versuchte sich als *auteur*, was sich leider nicht bis zum Ende der Produktion durchhalten ließ. Die vorbalidischen Staatsanwälte trugen absurde gepuderte Perücken, als die Crew der *Demeter* sich – in Ketten und gestylter Gefängniskluft – gerade *wegen* ihres gesunden Menschenverstands vor Gericht gestellt sah. Emissäre des Königs, hochmütige Trottel, missgünstige Richter, böswillige Palastankläger, es herrschte ein ähnliches Statistengewusel wie seinerzeit in Mr. Sultans längst vergessener RSC-Produktion von *Marat/Sade*. Unser normalerweise so wortkarger Android entwickelte eine geradezu hysterische Gesprächigkeit; der Captain quengelte, wenn er nicht wiehernd lachte oder vor sich hinbrütete wie in der bereits erwähnten College-Aufführung des *Hamlet*; X-Ray sah sich unter Beobachtung gestellt, man hatte Angst, er könnte sich etwas antun, seit er verkündet hatte, er gehöre »eher in ein Schlachthaus als in einen Tempel der Heilkunst«; was mich – den eher verlässlich-robusten Typ und ewigen Lustmolch – anbelangte, sah ich mich buchstäblich und metaphorisch impotent, ein Pilot, der seine Flügel verloren hatte, ein kastrierter Flieger, der im Dunkel des Doms zu pfeifen begann wie ein Kind im Wald.

In einem Wort, all der billige Stoff, aus dem Emmy-Träume sind.

* * *

Am nächsten Morgen fuhr ich hinüber zur Margaret Herrick Library am La Cienega Boulevard.

Ich kannte die Bibliothek, ich hatte dort schon öfter gestöbert – auf der Suche nach Ideen für Storys, aus denen dann doch nichts geworden war. Sie war sauber und verfügte über ein gesundes finanzielles Polster, da sie irgendwie mit der Academy verbandelt war. Die kühle klassische Stille ihrer Säle erinnerte mich an das Huntington in Pasadena. Ich füllte ein Formular aus, und einige Minuten darauf kam ein diensteifriger Bibliothekar mit einem Aktendeckel voller Zeitungsausschnitten, Produktionsnotizen, Standaufnahmen und anderen damit verwandten Eintagsfliegen zurück.

Sohn des Schriftstellers Michelet ertrunken

(Italien) Am Montag ertrank während der Dreharbeiten zu einem Film vor der Küste Capris der 12-jährige Sohn des Romanschriftstellers und Pulitzerpreisträgers Jack Michelet. Man hatte Jeremy Michelet auf der Yacht seines Vaters *The Soft Sea Horse*, die als Location für einen Film nach einem seiner Bücher diente, mehrere Stunden vermisst. Ein Fischer fand die Leiche später am selben Tag. Die Produktion von *Tod eines Übersetzers* mit Alain Delon und Sophia Loren wurde für eine Woche unterbrochen. Mr. Michelet hatte das Drehbuch verfasst.

Es lagen Fotos aus der Pressemappe bei – Jack mit dem Regisseur, Jack mit Alain –, aber keines von den Jungs.

Ich schloss die Augen und stellte mir die Szene unter Zuhilfenahme dessen vor, was Thad mir erzählt hatte: Jeremys Gesicht bekam das von Leif Farragon, als ich mir die Zwillinge im Wasser vorstellte ... Ich sah den Jungen untergehen, und Thad sagte eine ganze Weile nichts. Es musste wie ein Traum gewesen sein, als wäre überhaupt nichts passiert ... und doch war alles passiert, alles und nichts auf einmal! Leben und Tod, Vergangenheit und Zukunft, die sich gegenseitig aufhoben – genauso wie ich mich gefühlt hatte (wenn auch in geringerem Maße), als ich erfuhr, dass Roosevelt Chandler von uns gegangen war. Ganz plötzlich kam ich mir, den tristen braunen Aktendeckel in der Hand, wie ein Feigling dafür vor, dass ich meinem Tatort hatte den Rücken kehren und ihm all die Jahre über fernbleiben können (sein Monolog über den Mörder in den *Goldblüten* kam mir in den Sinn). Thad dagegen schmorte im eigenen Saft, auf immer und ewig; ihn verbanden Knochen und Gewebe mit dem gestürzten ambivalenten Objekt seiner Liebe. Und das Schlimmste stand ihm noch bevor: nicht lange, und

Neptun – das Ungeheuer – würde gegen ihn entscheiden, seine Mutter würde ihn verurteilen, in absentia, noch vor seiner ewigen Verbannung in den schwelenden Hades seiner Migränen …

»ALSO, WAS HÄLTST DU DENN NUN DAVON, Thad zu engagieren?«

»Wofür denn?«

»Um eines der Bücher zu schreiben. Du weißt doch – ›Prodigal Son‹.«

»Was bist du denn, sein Agent?«, fragte Perry süffisant. »Er braucht übrigens einen. Miriam ist ja recht nett, aber etwas merkwürdig. Was zum Teufel interessiert dich das denn eigentlich? Dafür haben wir doch Angestellte – im Prinzip erledigt das doch praktisch längst Software. Warum interessiert ihn das denn überhaupt? Die beiden meinen das doch nicht wirklich ernst? Soll das *camp* sein? Denn eines kann ich dir sagen, das isses nicht! Mir wär's viel lieber, er würde den Film machen. Wie auch immer, wir können für den Mist nichts bezahlen. Es gibt dafür, ich weiß nicht, fünfzehntausend. Wenn überhaupt. Er bekäme mehr für einen Tag auf einer *Starwatch*-Convention.«

»Paps. Kann ich dir ein Geheimnis anvertrauen?« Er spitzte die Ohren. »Aber es ist etwas … etwas, worüber du nicht sprechen kannst. Mit niemandem.«

»Worum geht's denn?«

Ich erzählte ihm von Thads Problemen mit dem Finanzamt und der Zehn-Millionen-Dollar-Klausel in Jacks Testament.

»Großer Gott«, sagte Perry und holte tief Luft. »Jetzt bin ich aber wirklich baff! Mein Gott. Na schön, lass mich drüber nachdenken, ja?« Nickend strich er sich übers Kinn. Ich war wirklich froh, dass er kapiert hatte; ich wusste, ich hatte ihn. »Okay. Ich denke, es ließe sich machen. Großer Gott – das ist ja wie aus einem von Jacks Romanen! Junge, Junge. Eine hässliche Geschichte.« Er lachte, aber nicht etwa grausam. »Hässlich, ausgesprochen hässlich! Na schön, Bertram, lass mich mal drüber nachdenken. Im Prinzip hätte ich nichts dagegen. Und sprich mir mit niemandem drüber, noch nicht. Weißt du was, du solltest verdammt noch mal eine Provision dafür kriegen, wenn er das schafft! Was ich übrigens für ziemlich unmöglich halte. Denn eines muss ich dir sagen: soweit ich weiß, kam nur einer, vielleicht zwei von den Titeln je wirklich auf die Liste, vielleicht nur einer.« Ich sagte ihm, dass er sich irre. »In der *Times*? Der *New York Times*? Und das ist die Bedingung? Heiliger Strohsack! Na ja, das muss dann wohl schon ein Weilchen her sein, in der besten Zeit der Serie. Wir sprechen hier von der Taschenbuchliste – Hardcover könnt ihr vergessen. Die Serie ist längst nicht mehr so populär. Wir denken sogar daran, sie ganz auslaufen zu lassen.«

Als ich ihn so beobachtete, wusste ich, dass er sich bereits im Index einer künftigen Michelet-Biografie sah: Krohn, Perry Needham: *Gönner und Mäzen*.

»Weißt du, ich mache mir Sorgen um deinen Freund.«

»Wie meinst du das?«

»Wenn du schon den Gönner spielen willst, solltest du vielleicht ein bisschen auf ihn schauen.«

»In welcher Hinsicht?«

»Ich hatte da einen Anruf. Von Sherry Evans. Clea hatte einen hässlichen Bluterguss am Kinn. Hast du das gewusst?«

»Nein.«

»Sie behauptet, im Bad ausgerutscht zu sein.«

Seine Bemerkung stand zwischen dicken Anführungszeichen.

»Wann?«

»Der Anruf ist etwa eine Stunde her.«

»Wer ist denn Sherry Evans?«

»Ein Mädchen von der Maske. Sie macht sich Sorgen und wusste nicht, wohin damit.«

(Er hatte mir unabsichtlich eine Affäre enthüllt.)

»Ich werd' mit Clea reden«, sagte ich.

Mein Herz raste.

»Vielleicht solltest du lieber mit ihm reden.«

Er trat an seinen Schreibtisch und nahm ein Buch zur Hand.

»Habe ich dir das schon gezeigt?«

Es war ein Exemplar von *Das Seepferdchen*.

Er öffnete es und zeigte mir die Titelseite mit Thads Widmung.

a Perry Menopausal, con mucho cariño …
»E le morte stagioni«
Auf immer der Deine
♥
Thaddeus (der »Gesprenkelte«) Leopardi

»Und? Weißt du, was das bedeuten soll?« Ich kam mir wie ein Esel vor, aber mir wollte nichts Besseres einfallen.

»Keine Ahnung. Aber kümmere dich um ihn, ja? Ich meine, wenn du schon sein *padrone* sein willst.«

* * *

Ich hatte meinem Elternhaus kaum den Rücken gekehrt, da packte mich das Gefühl, verraten worden zu sein. Und eine panische Angst.

Außer mir rief ich im Studio an, erfuhr aber nur, dass Clea mitten in einer Szene sei. Der Regieassistent ahnte meine Sorgen und versicherte mir, sie sei »völlig okay«. Ich fragte nach Thad, worauf er sagte: »Scheint mir völlig in Ordnung.« (Wie eine freiwillige Krankenhaushilfe, die einen besorgten Verwandten zu beruhigen versucht.) Ich wäre auf der Stelle hinübergefahren, hätte ich nicht das große Meeting mit HBO gehabt, aber es war wahrscheinlich auch besser so. Falls Perrys Behauptung stimmte und Thad Clea tatsächlich geschlagen hatte – stockvoll oder stocknüchtern –, ich wusste nicht, ob ich mich hätte beherrschen können. Ein Gefühl, das mir gar nicht behagte. Ich habe noch nie gern die Kontrolle verloren.

Ich fuhr nach Century City, mit Dan Fauci, einem alten Freund meines Vaters, und einigen Agenten von CAA. Als Dan noch Fernsehchef bei Paramount gewesen war, hatte er um die neunzig Pilots gemacht. Jetzt hatte er einen Entwickler-Vertrag mit Büro auf dem Studiogelände. Er war so großzügig gewesen, bei *Holmby Hills* den Paten zu spielen und mir bei Konzept und Story zur Seite zu stehen; obwohl ich inzwischen ein ausführliches Exposé geschrieben hatte, meinte Dan, es sei wichtig, den Leuten nach der Präsentation »nichts dazulassen«. Nichts Schriftliches. Nichtsdestoweniger sei es von größter Bedeutung, mich vorzubereiten, um jeder Frage begegnen zu können, die dem Sender nur einfallen könnte.

Das Meeting lief glatt, glatt genug jedenfalls – es war schwer zu beurteilen, schließlich war es mein erstes in meiner nietnagelneuen Funktion als umsichtiger, allwissender Autor & Schöpfer. Mir war fast schwindelig; mit einemmal verstand ich, wie Leute wie David Kelley, David Chase oder David Milch (jeder David, der Ihnen nur einfallen mag) »süchtig« geworden sind. Meinen Vater erwähnte man übrigens nicht mit einem Wort, was nun wirklich von Klasse zeugte. Freilich war Perry kein David – für heutige Zielgruppen ist Papa längst passé.

Auf dem Weg nach draußen schloss einer der jungen Executives sich mir an, um mir zu sagen, dass er ein großer Fan von *Starwatch* sei.

»Letzte Woche kam Clea Fremantle vorbei, um uns eine Serie anzubieten«, sagte er.

»Tatsächlich?«

Etwas an seiner Frage, ob ich sie persönlich kannte, ließ mich unsere Beziehung instinktiv herunterspielen. Später kam ich mir schäbig deswegen vor. Wie auch immer, sie hatte mir nichts davon gesagt, HBO etwas verkaufen zu wollen.

»Eine völlig verrückte Geschichte! Sie kam zusammen mit Thad Michelet – der übrigens für einen Gastauftritt in *Starwatch* hier ist. Aber das wissen Sie ja.«

Ich sah, dass er tratschen wollte, blieb aber ganz der Diplomat.

»Ja, und er ist großartig!«, schwärmte ich nichtssagend. Ich weiß, auch das war schäbig, aber ich ging auf Distanz, um dem Typ die Bedenken zu nehmen, mir davon zu erzählen.

»Sie kamen mit einer absolut irrsinnigen Idee für eine Sitcom, bisschen in der Art von *Curb Your Enthusiasm*. Über *fast* berühmte Kinder berühmter Eltern. Erwachsene Kinder – wie Thad und Clea! Sie haben sich das sozusagen auf den Leib geschrieben.« Er gab sich noch keine Blöße, sondern versuchte vorsichtig, meine Beziehung zu den beiden zu erspüren, um zu sehen, wie weit er gehen konnte. »Ehrlich gesagt, die Idee ist wirklich witzig, aber das Meeting … also, das war doch etwas merkwürdig.«

»In welcher Hinsicht?«

Ich lächelte, um ihm anzudeuten, ich hätte nichts gegen ein bisschen Klatsch.

»Der Mann ist eine Marke!«, sagte der Executive.

Ich sah, dass er bereit war auszupacken.

»Ziemlich interessanter Knabe«, sagte ich mit raffinierter Unverbindlichkeit.

»Verrückt! Und sie auch. Sieht übrigens ihrer Mutter sehr ähnlich.« Wir hatten den Korridor halb hinter uns, den anderen ein paar Schritt voraus. »Und ich bin ein großer Fan von Roos Chandler. Ein Chandlerphiler. Ein Roosaholic.«

In morbider Faszination bugsierte ich ihn auf sein Thema zurück. »Was ist denn nun passiert?«

»Sie versprechen mir, es nicht weiterzusagen? Ich meine den beiden?«

Ich nickte eilfertig. Der Executive wusste, er könnte sich relativ sicher sein, ich würde nichts weitertragen, was er mir im Vertrauen sagte, schließlich musste ich befürchten, damit mein eigenes Projekt zu gefährden. Der Mann war ebenso unverfroren wie clever. Für ihn war es das Salz in der Suppe, aus der Schule plaudern zu können.

»Ich hätte angenommen, Sie hätten davon bereits gehört«, sagte er und senkte die Stimme dabei. »Ich glaube, die beiden waren voll. Ich weiß nicht.« Er ruderte ein paar Schläge zurück. »Hat sie Probleme in der Hinsicht? Wie man hört, hat sie einen ganzen Schwung Reha-Kliniken hinter sich. Aber sie war auch furchtbar nervös. Sie sah übrigens großartig aus – es war nicht so, dass sie völlig weggetreten gewesen wäre oder so. Und er war … er war … also ich weiß nicht, was er war!« Der Executive lachte auf. »Ich meine, er ist nun wirklich von einem anderen Stern. Nicht? Deswegen passt er ja so perfekt in Ihre Serie! Nicht *Holmby*, ich meine *Starwatch*«, sagte er trocken. »Also, die beiden erklärten uns die Serie, sie gefiel uns, ich meine, irgendwie ist sie ja zum

Schießen, es ist eine coole Idee, hier und da müsste man noch dran drehen, und dann fragten wir sie nach den Charakteren. Und Clea sagte, ihr Charakter sei die Tochter von jemandem wie ihrer Mutter, wie Roos, nur dass in der Serie ihre Mutter noch lebt – was übrigens irgendwie rührend war –, und Thads Charakter sei sozusagen der Sohn von – statt einem berühmten Schriftsteller – einem berühmten Filmregisseur. Worauf Terry oder jemand im Raum meinte: Regisseur, sei das nicht ein bisschen zu viel Showbiz, wo Cleas Mom doch schon der große Filmstar sein sollte? Warum, so meinte er, machen wir aus seinem Vater nicht einen Romancier – wissen Sie, etwas Literarisches, warum belassen wir's nicht dabei, ja? Und meiner Ansicht nach war der Vorschlag ganz gut, ich meine, es war nicht so, als hätte jemand – ich meine Clea – groß darum herumgeredet, wer Thads Dad ist oder war – wir sind ja nicht auf den Kopf gefallen! Oder? Und Sie verkaufen hier ja auch eine Serie, in der Sie sich praktisch selbst spielen, also warum sich dessen nicht einfach bedienen? Es einfach machen, ja? Wie auch immer, er ist daraufhin so was von ausgerastet – Thad –, als wäre er aus dem Schlaf gefahren, als hätte er in dem Augenblick erst gemerkt, dass er da vor uns stand und uns eine Serie zu verhökern versucht – über einen Loser, der einen megaberühmten Mann zum Vater hat. Ich bitte Sie! Das ist doch Teil der Prämisse! Es war doch nicht unsere Idee!« Er lachte. »Und Clea versucht ihn zu beruhigen, worauf er – ich kann gar nicht glauben, dass Sie das noch nicht gehört haben! Ich meine, holt er doch tatsächlich seinen Schwanz raus!«

»Was?«

Ich war mir nicht sicher, ob er mich nicht auf den Arm nahm.

»Wir haben nach einer speziellen Episode gefragt – wissen Sie, wir versuchen uns natürlich eine Vorstellung von einer typischen Episode zu machen. Bei Ihnen ist das was anderes, Sie haben ja gleich eine ganze Staffel mitgebracht! Na jedenfalls, so was muss ja nicht gleich in Stein gehauen sein. Also habe ich gesagt: Erzählen Sie uns doch was über den Piloten. Eine kleine Einführung. Was ich nicht immer mache, es hängt ganz von der Person ab. Ja? Und Thad, ich meine, der dreht sich um, volle Wende … wir dachten, er wendet sich ab, um – sagen wir mal – in die Rolle zu schlüpfen! Und als er sich wieder umdreht, hängt ihm der Schwanz raus, und er sagt: ›Eine Einführung wollen Sie?‹ Und dann fängt er, wenn ich's Ihnen sage, fängt er an, sich einen runterzuholen!«

»Im Ernst? Was haben die Leute denn darauf gemacht?«

»Jane ging raus, schlicht aber ergreifend, und ich meine, die kann nun wirklich nichts erschüttern. Ich meine, Jane war diejenige, die David gedrängt hat, mit *Deadwood* noch weiterzugehen. Clea sagte ihm, er solle das Ding wegstecken – *›Pack ihn weg!‹* Es war schlicht surreal. Sie hörte sich an wie Joan Rivers! Und dann gab's plötzlich Ohrfeigen …«

»Jane hat …«

»Ach was!«, sagte er und musste wieder lachen. »Obwohl, so weit hergeholt wäre es auch wieder nicht! Ich meine Clea und Thad! Sie begannen einander zu ohrfeigen – David Sedaris in Reinkultur, sage ich Ihnen! Dann läuft er raus. Clea blieb noch. Irgendjemand hat den Sicherheitsdienst gerufen, und wir fühlten uns lausig – für sie, meine ich. Und einer von uns, Patrick, glaube ich, läuft raus auf den Flur, um sich zu vergewissern, dass Thad nicht hinter Jane her war. Ich meine das wirklich im Ernst. Ich glaube, Jane hat sich im Büro eingesperrt. Ich meine, es war nicht so, dass irgendwas daran ›bedrohlich‹ gewesen wäre … Es war eher eine Posse, was weiß ich. Aber es war abgedreht genug, um den Leuten wirklich Sorgen zu machen. Und Clea … ich wusste noch nicht einmal, was ich der sagen sollte, außer dass ich ein großer Fan ihrer Mutter bin – und natürlich auch der ihre, klar, und dass ich ihre Filme mag. Was ja auch stimmt, meiner Ansicht nach hat Clea in einigen wirklich gute Arbeit geleistet. Und sie schien furchtbar dankbar, dass wir sie nicht einfach rausgeworfen haben. Machen Sie, dass Sie rauskommen! Weil sie nämlich wirklich toll ist, irgendwie, nicht? Und sie hat ja auch versucht, die Kiste noch rumzureißen. Sie meinte: ›Tja … könnten wir nicht wenigstens einen Film über meine Mutter machen – in der Art der Judy-Garland-Geschichte, die Sie gemacht haben?‹ (Ist noch nicht mal von uns.) Etwas, was sie produzieren könnte. ›Ich finde Sie ganz furchtbar toll‹ – so in der Art. Sie war den Tränen nahe. Es war wirklich traurig. Ich meine, sie hätte ja wirklich Zugang zu allen möglichen Sachen über ihre Mutter, von denen sonst keiner weiß. Was sie ja auch gesagt hat, ich meine, die Frau war zu diesem Zeitpunkt am *Baggern*. Das kam direkt aus dem Bauch. Wir können mit der Biografie nicht wirklich was anfangen, also habe ich ihr einfach die Hand auf die Schulter gelegt, worauf sie zu heulen anfing, aber schon richtig … dabei hat sie geredet, in so einer Art Bewusstseinsstrom: sie hätte da noch eine Idee, vielleicht könnten wir ja eine Gameshow machen – eine Art *Hollywood Squares* mit den Kindern berühmter Leute …«

Mit einem *woosh!* öffneten sich die Aufzüge, wie auf der *Demeter*. Die Agenten und die Executives von HBO, die nach dem Meeting die Köpfe zusammengesteckt hatten, kamen nochmal zusammen, um sich freundlich zu verabschieden. Während die Metallbox, endlos und unter einem leichten Vibrieren des Bodens, mit uns ins Erdgeschoss fiel, sagte Dan, er sei sich so gut wie sicher, wir hätten unseren Deal.

Noch am selben Abend fuhr ich hinüber zu Clea.

Sie öffnete die Tür im Dunkeln und zog sich dann ins Bad zurück. Als sie wieder auftauchte, sah ich die frisch aufgetragene Foundation über einem dunklen, bläulichen Bluterguss auf der Kante ihres zierlichen Kinns. Auf meine Frage danach sagte sie, sie hätte sich die Nase begossen und sei gegen die Badewanne geknallt. Noch bevor ich nachhaken konnte, betonte sie geradezu eifrig, ihr ›Freund‹ habe sie nicht geschlagen. Ich wollte ihr glauben. Dann entwaffnete sie mich, indem sie mich weinerlich um Hilfe bat: Würde ich mit ihr am Mittwoch in die Pacific Group gehen? Eine brillante Strategie, die hervorragend klappte. Nicht nur war es mir unmöglich, ihr die Bitte abzuschlagen, ich fragte mich angesichts ihrer Hilflosigkeit, ob sie nicht vielleicht die Wahrheit sagte, was ihre Verletzung anging. Nachdem sie sich etwas beruhigt hatte, sprach ich Thads Exhibitionismus an, und wir mussten beide lachen. Ohne näher darauf einzugehen, sagte sie, HBO könne sich ins Knie ficken – Fox und Showtime rauften sich praktisch um die Idee.

Sie schenkte sich ein Glas Wein ein und rutschte in meine Arme. Aha – so also wird das weitergehen, bis dass der Tod uns – mehr oder weniger lautlos – scheidet … dieses warme, kuschelige inzestuöse, schmerzhafte Familiengefühl, diese verwischte Grenze, dieses Chaos aus Liebe und Sex, das Gefühl, sich um jemanden kümmern zu können, die rasche Umarmung, die alles heilt, die Heilige Negation. Wir waren wie zwei Passanten, wie man sie im Fernsehen nach einem Selbstmordattentat auf dem Gehsteig sieht, Menschen, die sich wie betäubt vor zerbombten Bussen und verwaisten Handys in die Arme fallen. Ich hab's kapiert. So war das immer zwischen uns, so würde es immer sein …

So lag sie denn da, in der Armbeuge meiner Seele, und ich roch ihren honigsüßen Atem und ihre Tränen darüber hinweg. Ich entschloss mich dennoch, mit Thad zu sprechen; ich hätte es mir nie verziehen, der Sache nicht auf den Grund zu gehen. Ich wusste, Clea war ein großes Mädchen und dass es Dinge gab, vor denen ich sie nicht schützen konnte, aber jetzt war die Zeit gekommen, Farbe zu bekennen – als ihr ältester Freund, ihr ehemaliger Liebhaber, ihr Beschützer und Bruder. Thad musste wissen, dass ich ihr Verbündeter war, jemand, mit dem er zu rechnen hatte, jemand, der sich für sie stark machen würde in dieser unserer Welt und der nächsten. Was Clea mir in den nächsten Minuten erzählte, stärkte mich nur in meinem Entschluss.

Sie erwartete ein Kind von ihm.

DAS ERSTE, WAS ICH SAH, als ich mich setzte (Thad huschte ins Bad, nachdem er mich eingelassen hatte, genau wie Clea am Abend zuvor), war ein »personalisierter« Brief auf dem Couchtisch:

WIE SIE DEM »9/11«
DES FINANZAMTS ENT- UND ALS SIEGER
HERVORGEHEN!

Hi **Thad**,

ich bin Leonard Mednick. Sogar nach Pfändung von **$3.856.978, Thad**, ist das Finanzamt noch in der Lage, Sie zu verleumden, zu beschämen … und Flugzeuge in Ihr Einkommen und Ihr sauer verdientes Polster fürs Alter zu fliegen … Aber Sie können dem einen Riegel vorschieben – mit meinem Kurs »Wie komme ich dem legalen 9/11 des Finanzamts zuvor«!

Ich wette, wenn Sie wie die Tausenden von Steuerzahlern sind, die ich in meinen 28 Jahren als Fürsprecher des Steuerknechts »befreit« habe, dann werden Sie jetzt mehr als neugierig sein, was dieses Pfandrecht angeht. Ich wette außerdem um Ihren letzten Dollar (den das Finanzamt gern hätte), Sie würden zu gern die Lage der »Schläferzellen« erfahren, die das Finanzamt innerhalb ihrer Stadtgrenzen unterhält, und wie Sie sich effektiv gegen sie wehren. Beginnen wir doch mit einer kleinen Analyse. Sind Sie bereit, **Thad**? Dann mal los, auf die Couch!

DER PFÄNDUNGSAGENT DES FINANZAMTS

Das Steuerpfandrecht des Finanzamts Ihnen gegenüber ist eine der wesentlichen »Schläferzellen«. Selbst wenn ich in diesem Recht einen relativ milden Terror sehe, ist und bleibt es eine LANDPLAGE! Es ruiniert Ihnen Ihre Kreditfähigkeit, und das Finanzamt behält von allem, was Sie gegenwärtig verdienen, von allem, was Sie womöglich künftig verdienen, etwas zurück. Es ist, als hätte Sie und die Ihren ein fremdes Land annektiert, das Ihren Glauben nicht teilt.

Am schlimmsten jedoch trifft dieses Pfandrecht Ihr Zuhause, Ihr Auto, was immer Sie sammeln, was immer Sie sich an Besitz geschaffen haben mögen. Wann immer Sie etwas verkaufen, welchen Transfer auch immer Sie tätigen mögen, die »Schläfer« des Finanzamts schnappen sich den Erlös oder gar den Gegenstand selbst! In den meisten Fällen wird das Finanzamt Ihre Steuerschuld sogar nach Bankrott und Offenbarungseid auf unbestimmte Zeit in den Akten behalten! Sie könnten genauso gut eine »Burka« tragen, **Thad**! Schlimmer noch, man macht Ihre Steuerschuld öffentlich. Als hätte ein bärtiger Al-Kaida-Agent des Finanzamts es an Ihre Hauswand gesprüht, der Welt gesagt, wer Sie sind – und diese Leute können weder mit Ihrem »Glauben« etwas anfangen noch mit Ihrer »Freiheit«. »**Thad** hat seine Steuern nicht bezahlt – verpassen wir ihm eine Dose steuerliches Anthrax!!«

WEITERE VÖLLIG LEGALE WERKZEUGE DES TERRORS

Sollte die Zwangsabgabe noch nicht genügen, Sie zum »Abzug Ihrer Truppen« zu bringen, schreitet das Finanzamt zur ENTHAUPTUNG durch Einschüchterung und Beschlagnahme. Man erreicht dieses Ziel durch die Eidesstattliche Erklärung und besagte Beschlagnahme beweglichen wie unbeweglichen Guts.

Die Eidesstattliche Erklärung ist die von einem Beamten der Schläferzelle unterzeichnete »Fatwa«, die Sie zur Herausgabe peinlicher Informationen über Einkommen und Vermögensverhältnisse zwingt. Der Aufforderung nicht nachzukommen, wird mit Gefängnis bestraft! Leonard Mednick nun sagt Ihnen, **Thad**, Sie finden sich über kurz oder lang in Ihrem ganz persönlichen Abu Ghraib – mitsamt den »Kapuzen«, »bissigen Hunden« und »genitalen Demütigungen«, die damit einhergehen …

Thad trat in den Flur, geschniegelt und gestriegelt, aber als er näher kam, bemerkte ich die vertrauten Make-up-Spuren am Revers. Er hatte nur noch eine große Szene abzudrehen: die Entscheidung im Fellcrum Outback, bei der der Fähnrich seinen bösen Zwilling tödlich verletzt. Die Choreografie war aufwändig, aber Thad meinte, er freue sich auf den Kampf mit seinem prinzlichen Alter Ego – wo er ihn doch schließlich gewann.

»Ist doch jedermanns Fantasie, meinst du nicht?«, sagte er forsch.

Ich sagte ihm, ich sei mir da nicht so sicher.

Ich hatte so das Gefühl, dass Thad wusste, weshalb ich gekommen war. Ich verspürte eine gewisse Förmlichkeit, nicht nur von der Kleidung her, sondern auch in seinem Verhalten. Er wirkte völlig nüchtern und schlug eine Spazierfahrt vor. Ich hielt das für eine gute Idee, solange ich selbst am Steuer saß. Ich empfand die Suite als stickig und unaufgeräumt – ich kam mir vor wie in einem von Geldnot geplagten Theater, in dem ein mittelmäßiges Drama am Ende seiner Laufzeit zur Aufführung kommt.

Als wir aus der Garage fuhren, erkundigte er sich nach Clea. Ich sagte ihm, ich hätte sie am Abend zuvor gesehen und dass es ihr nicht gut gegangen sei. Er sagte, ohne großes Interesse, er wüsste, sie sei »gefallen« – buchstäblich und im übertragenen Sinn. Wir unterhielten uns über Belangloses, während er den Verkehr beobachtete. Ich fragte ihn, wie sein »Vorschlag« angekommen sei, und verkniff mir tückisch ein Lachen bei der Vorstellung, wie er im Allerheiligsten von HBO zu masturbieren begann. Apathisch sagte er, er habe »Interesse« gespürt. Die Arroganz des Mannes begann mich zu irritieren. Dann sprach er zum ersten Mal von Miriam. Dass sie mich »ziemlich gern« habe und er sich fragte, ob das Gefühl auf Gegenseitigkeit beruhe. Ich kam mir vor wie in einem alten Film – seine umgänglich gezierte Nachfrage verlangte eine ernste Antwort. Es war komisch, wie er den Spieß umgedreht hatte; mit einemmal war er Robert Young. Mich seiner eigenen Reserviertheit bedienend, meinte ich, ich könnte nicht sagen, wie das mit uns weitergehen würde. Weise meinte er darauf, manchmal sei es das Beste, kein bestimmtes Ziel zu haben. Er wisse, sie wünschte sich Kinder, und fragte, ob ich diese »Aspirationen« teile. Durchaus, sagte ich ihm, wenn auch nicht im Augenblick. Was meine Karriere angehe und das Leben ganz allgemein. Er könne das verstehen, sagte er – er könne das sehr gut verstehen.

Ich hielt den Mund. Zu Recht oder zu Unrecht nahm ich an, Clea hatte ihm nicht gesagt, dass sie in anderen Umständen war. Aber vielleicht hatte sie mich auch belogen – oder womöglich stimmte es ja auch und Thad wusste es und versuchte mich an der Nase herumzuführen. Sich aus den falschen Gründen Kinder zuzulegen, so meinte er, sei das Dümmste, was man machen könne. Er wisse das aus »Erfahrung«. Miriam und ich hatten eine wunderbare Zeit zusammen. War das nicht alles, was letztlich zählte? Jetzt war er James Mason.

Wir gingen zu Musso's, auf einen Drink. Nach etwa einer Stunde kam er auf die Idee, zum Observatorium hinaufzufahren. Ich sagte ihm, es sei wegen Renovierung geschlossen, aber Thad blieb fest. (Er hatte es noch nie gesehen.) Ich war selbst schon eine Weile nicht mehr dort gewesen, und es dauerte einen Augenblick, bis ich im Kopf die vertraute Route beisammen hatte: Franklin Avenue, Los Feliz, von dort zum Griffith Park. Es war eine Frage der Ehre, das GPS im Wagen nicht zu Rate zu ziehen.

Unterwegs erzählte ich ihm, ich hätte *Das Seepferdchen* fertig gelesen.

»Ich habe mich mit Miriam darüber unterhalten, wie sehr es mir gefallen hat. Und einer der Aspekte, die mich interessieren … Macht es dir was aus, darüber zu reden?«

»Ganz und gar nicht.«

»Was ich interessant fand … sie hat mir gesagt, du seiest mit dort gewesen, in Capri, als dein Bruder umkam. Und ich, na ja, ich habe mich gefragt, warum du das … ›geändert‹ hast. Weil mir das Buch sonst so furchtlos und ehrlich erschien. Beängstigend ehrlich. Ich frage mich, warum du's vorgezogen hast, dich zu distanzieren. Warum du die Figur des Jungen zu Hause, hier in den Staaten, gelassen hast.«

Die Frage kam praktisch aus dem Nichts – anstatt ihn damit zu konfrontieren, Clea geschlagen zu haben, spielte mein Unterbewusstsein sein Blatt aus.

»Weil man gedacht hat, ich hätte meinen Bruder umgebracht! Hat Miriam dir das nicht gesagt? Merkwürdig. Er schwamm für sein Leben gern – er hielt die Luft an, solange er nur konnte. Jahre später habe ich etwas gehört, was mich auf merkwürdige Weise beruhigt hat. Auf Hawaii war ein Kind ertrunken, der Sohn eines Freundes. Er war sechzehn Jahre alt und Surfer. Er wäre gern Freitaucher geworden – so nennt man das Tauchen ohne Gerät. Typen, die einmal tief Atem holen und dann so tief tauchen, wie sie nur können. Im Meer. Sie hangeln sich an einem Kabel hinab, über hundert Meter. Es gab sogar mal einen Film darüber *Le Grand Bleu – Im Rausch der Tiefe*, von einem Franzosen. Ich habe ihn nie gesehen. Man trainiert in einem Swimmingpool, den Atem anzuhalten. Beim Wettbewerb benutzt man dann Gewichte. Man holt tief Luft und lässt sich dann von den Gewichten in die Tiefe ziehen; mit einem Ballon kommt man wieder hoch. Man soll nie alleine trainieren, weil offensichtlich die Versuchung groß ist, den Atem zu lange anzuhalten. Es kann einem schwarz vor den Augen werden, sogar in seichtem Wasser. Angeblich will man einfach loslassen. Und der Junge, dieser Sechzehnjährige, der hatte erst eine Woche zuvor einem Freund in einer E-Mail die Euphorie beschrieben, die ihn unter Wasser überkam: dass er spürte, wie er sich verlor. Deswegen soll man auch immer zu zweit trainieren. Nach dem alten Buddy-System. Und ich denke mir, dass es Jeremy so gegangen ist. Er war immer so stolz darauf, wie lange er den Atem anhalten konnte – Scheiße, ich habe vielleicht dreißig Sekunden geschafft, aber Jeremy war eben der Sportler von uns beiden! An dem Tag … ich habe ihn runtergehen sehen … dann wie er unter dem Boot verschwand. Sie haben gerade gedreht: Ich erinnere mich noch, den Regisseur gehört zu haben, die Stimmen der Schauspieler während der Szene. Man war sehr streng, was Geräusche während des Drehs anging. Ich wollte nicht schreien. Ich wollte nicht stören, ich dachte mir, man wäre böse auf mich – Jack könnte böse auf mich sein. Es war die große Szene zwischen Alain Delon und Sophia Loren. *Le Grand Bleudsinn* – ich konnte ja nicht sicher sein, dass da unten etwas Schlimmes passiert. Ich meine mit Jeremy. Ich schwamm auf die andere Seite der Yacht. Ich konnte ihn nicht finden, er war nirgendwo zu sehen. Der Motor lief nicht, schließlich drehte man gerade, ich brauchte also nicht befürchten, dass er in die Schraube geraten war. Ich dachte, er wäre vielleicht wieder auf die andere Seite geschwommen, aber wie sich herausstellte, war er am Rumpf hängen geblieben. Seine Badehose hatte sich an irgendwas verfangen und er hat Wasser geschluckt. So jedenfalls das Urteil der Gelehrten später, der Wasserspezialisten bei der Gerichtsmedizin – hey, das wäre doch eine Idee! *CSI: Aquamarine. Le Grand Autopsie.* Na jedenfalls, ich sah ja so gut wie nichts, schon gar unter Wasser, so kurzsichtig wie ich bin. Das Wasser brannte mir in den Augen, wenn ich sie aufmachte. Jeremy hat mich immer damit aufgezogen, dass ich sogar im Pool des Hotels eine Schwimmbrille trug. Na jedenfalls, sie haben Blutergüsse gefunden und dachten – Dad hat sie darauf gebracht, sonst wären die doch nie auf den *Gedanken* gekommen! –, dass ich ihn geschlagen hätte. Hast du überhaupt eine Ahnung, wie das ist? Beschuldigt zu werden? Die Polizei hat mit mir gesprochen, *les gendarmes*, nicht dass es ein Verhör gewesen wäre. Ich weiß noch nicht mal mehr, was zum Geier es war. Weißt du, dass ich bis auf den heutigen Tag *Böse Saat* nicht sehen kann? Wo sie den Jungen ertränkt, der den Buchstabierwettbewerb gewonnen hat? Nur um seine Medaille zu kriegen?«

Schweigend fuhren wir dahin. Einige Minuten vor unserem Ziel verkündete er, dass Miriam die Romanfassung von »Prodigal« so gut wie unter Dach und Fach hätte. Natürlich bekam er kaum was dafür, aber der psychologische Auftrieb kam gerade zur rechten Zeit: Er war schließlich mit Morgana im L'Orangerie gelandet – die zu allem Übel – so war sie nun mal – ihren Aufenthalt ausgedehnt hatte, um Paul Auster zu fotografieren, der gerade auf Lesereise in Kalifornien war. Auster war praktisch einer der Intimfeinde ihres Sohns, und das wusste sie ganz genau. Aus Rache sagte Thad, er arbeite an einem »netten kleinen Stück«, in dem er den pornografischen Schall und Rauch der Michelet-Dynastie zu sezieren gedachte. Noch im Restaurant spielte er ihr einen barbarischen Monolog vor, laut genug, um die Gäste um sie herum zu faszinieren. Morgana, die wie vorherzusehen entsetzt war, stürmte hinaus. Tags darauf erhielt Thad einen Brief, per Boten, in dem sie ihn darauf hinwies, sie würde ihn enterben, sollte er das tatsächlich tun. Was für ihn nur eine müßige Drohung war, da er im Grunde seines Herzens wusste, sie hatte das längst getan. Als etwas merkwürdige Erklärung fügte er hinzu, er sei überhaupt nur mit ihr zum Essen gegangen, damit sie ihm aus dem Schlamassel mit dem Finanzamt half. Er hatte sich gedacht, sie würde ihm womöglich helfen, wenn er sich endlich bereit erklärte, sich neben Jeremy im Familiengrab der Michelets begraben zu lassen, ein Wunsch, der – aus welchen geheimnisvollen Gründen auch immer – in der alten Frau von Jahr zu Jahr stärker zu werden schien, obwohl ihr die Ironie (eine Familie, die im Tode glücklich vereint war, wenn schon nicht im Leben) selbst nicht entging. Wie gewöhnlich war ihm der Lauf der Dinge zum Verhängnis geworden, und so stand er denn da, in dem erlauchten *salle à manger*, in volltrunkenem Monolog, das Hemd mit Rotwein-Schalottensauce garniert.

Als er mir eröffnete, die Entfremdung – nunmehr offiziell und unwiderruflich – sei wahrscheinlich zum Besten, neigte ich fast dazu, ihm zu glauben. Er hatte das angeborene Talent, einem ein bitteres Ende zu verkaufen und den Neuanfang gleich dazu. Thad war entschieden benommen von der Aussicht, auf die Bestsellerliste der *Times* zu kommen und damit den grausamen Streich zu konterkarieren, den man ihm aus dem Jenseits zu spielen versuchte. Außerdem war er überzeugt davon, die poetische Perle ans Licht bringen zu können, die er irgendwo in diesem trojanischen Pferd versteckt sah. Er erklärte, Science Fiction und das so genannte »gute Buch« hätten sich durchaus schon vertragen: bei Margaret Atwood zum Beispiel – oder war das Margaret Drabble? Und Doris Lessing ... Nur eine Kleinigkeit machte ihm Angst, dass er sich, schließlich war die Story nicht von ihm, die Autorenschaft mit dem Stab von *Starwatch* würde teilen müssen; anders gesagt, was die Romanfassung selbst anbelangte, würde es zwar heißen »geschrieben von« (Thad Michelet), aber darunter würde irgendwo »nach dem Drehbuch von« (den Sci-Fi-Geeks, die »Prodigal Son [Episode 21-417A]« verfasst haben) stehen. Er machte sich Sorgen, es könnte sich dies irgendwie mit den Parametern des Kodizill beißen; Miriams Anwalt machte sich diesbezüglich gerade schlau. Thads Strategie sah vor, den Autoren zu sagen, worum es ihm ging – schlimmstenfalls würde er ihnen für die Einwilligung, auf die Nennung als Autoren des Drehbuchs zu verzichten, etwas von den zehn Millionen abtreten – weit mehr als »die Schmocks mit ihren PowerBooks sonst für ihren Anteil an einer Adaption so kassieren«. Miriam hatte ihm gesagt, die Gewerkschaft könnte womöglich Einwände haben; es handelte sich da um eine Grauzone. (Die Geschichte mit der Zeitmaschine am Bagatellgericht; ich konnte das Räderwerk der Paranoia geradezu hören.) Das alles wäre natürlich hinfällig, fügte er hinzu, wenn das Buch sich nicht verkaufte.

Wir erreichten die Kuppe des Hügels und parkten vor dem ramponierten Maschendrahtzaun, der die Baustelle umgab. Wir liefen eine Weile herum, wie auf einem Hindernisparcours aus Bauschutt und Touristenmüll, bis wir eine Lichtung erreichten, von der aus sich ein großartiger Blick auf den Himmel bot. Er war pechschwarz und bemerkenswert klar. Als ich sah, wie Thad sich schier den Hals verrenkte, um nach den Sternen zu sehen, verspürte ich eine Welle der Zuneigung für den Mann. Er hatte mir eine zartere Seite seiner Seele gezeigt, eine ungeschminkte Seite, die mich überraschte, und ich war dankbar dafür, aber auch etwas verunsichert, weil ich ihm nichts Vergleichbares bieten konnte. Ich hatte sogar ein schlechtes Gewissen, weil ich vorgehabt hatte, ihn wegen Clea zur Rede zu stellen. Mit einemmal war ich von seiner Unschuld überzeugt und dankbar dafür, dass die beiden sich gefunden hatten.

»Weißt du, als ich zum ersten Mal hörte, unser menschlicher Körper sei aus Sternenstaub, da hielt ich das für totalen Quatsch. Für einen Grußkartenspruch! Aber es stimmt – wir alle sind tote Sterne.« Er hatte sein wunderbares Gartenzwerglächeln auf dem Gesicht. Black Jack war sein Goliath; er hatte ihn niedergestreckt und den Kampf überlebt. Ich war stolz auf ihn. Er zog das Jackett aus, legte es auf den Boden, setzte sich darauf. »Angeblich wird der Tod unserer Sonne gar nicht so spektakulär. Ein Stern mittlerer Größenordnung. So heißt das bei den Astronomen. Warum nicht gleich mittelmäßig? Schwer, denen was recht zu machen, diesen Astronomen! Und wenn ein gewöhnlicher Stern stirbt – *gewöhnlich* nennen sie so was! Das ist die offizielle Bezeichnung. Ich sage dir, beinharte Mistkerls sind das. Na jedenfalls, wenn ein gewöhnlicher Stern stirbt, dann endet er als unauffälliger Weißer Zwerg. Aber die Killer, die richtigen Hämmer, bei deren Tod im Weltraum Alarmstufe Rot angesagt ist, wenn die sterben, dann enden die als Schwarze Löcher … die nehmen alles mit, sogar das Licht. Sogar das Licht!« Er legte eine Pause ein, voll Staunen über die unergründlichen Implikationen seiner eigenen Worte. »Großer Gott. Ich bin total im Observatoriums-Modus, was? Ich sollte mich hier bewerben – hey, hat jemand hier einen Job für mich?«

Als spule er weiter leise Geheimnisse ab, begann er wieder seinen geliebten Leopardi zu zitieren, nur dass die Worte jetzt ganz seine eigenen zu sein schienen, so ganz und gar exklusiv für diesen zeitlosen Augenblick auf der Kuppe unter dem Sternenmeer geschaffen; jede Silbe wie Sternenstaub ein Teil seiner Knochen, wurde er zum verlorenen Sohn, zum exilierten vorbalidischen Prinzen, der heimgekehrt war, um unter Phantomschmerzen in einem majestätischen Sterngrab mittlerer Größenordnung, mörderisch und mondän, zu enden, in der blendenden Dunkelheit aufgesaugten, verschwundenen Lichts, jungenhaft, trotz aller Verstöße voll bescheidener Demut. In dieser gewaltigen transparenten Kathedrale unseres armseligen und doch Ehrfurcht gebietenden, grandios totgeborenen Lebens spürte ich, wie die vibrierenden Fasern der Existenz uns umsponnen wie ein Kokon.

»Lieb war mir stets hier der verlassne Hügel«, sagte er, »und diese Hecke, die vom fernsten Umkreis so viel vor meinem Blick verborgen hält. Doch hinter ihr – wenn ich so sitze, schaue, endlose Weiten formt sich dort mein Denken, ein Schweigen, wie es Menschen nicht vermögen, und tiefste Ruhe; da verlernt die Seele das Fürchten bald. Und wenn des Windes Rauschen durch diese Bäume geht, halt ich die Stimme dem Schweigen, dem unendlichen, entgegen, ihm zum Vergleich: des Ewigen gedenk ich, der toten Jahreszeiten und der einen, die heute lebt und tönt. Und so versinken im Unermesslichen mir die Gedanken, und Schiffbruch ist mir süß in diesem Meere.«

FREITAG – DER LETZTE DREHTAG.

Thad ließ sich nicht blicken, den ganzen Tag.

Clea begann aus dem Leim zu gehen. Ich stand dabei, während Nick Sultan Statisten allerhand belanglosen, aber bislang ungefilmten Kram drehen ließ: die Palastwache in Grüppchen, wie griechische Chöre, vor der bemalten Gipswüste des Outback. Sie sollten während des erbitterten Zweikampfs der Zwillinge Tomtoms schlagen; der riesige Bluescreen, vor dem dieser stattfinden sollte, war bereits aufgebaut. Der Requisiteur, ein Mann der alten Schule, stand in den Kulissen mit zwei Ritualdolchen in einer maßgefertigten Schatulle aus Teak, bereit, diese Morloch und dem Fähnrich auszuhändigen, falls der eine oder andere noch auftauchen sollte. Nur die harmlosen Waffen oblagen seiner Verantwortung, aber jetzt, wo keine Krieger da waren, bekam er den kalten Hauch eines unausgesprochenen Vorwurfs zu spüren.

Stunden vergingen. Gedrückte Stimmung legte sich über den Set. Stuntleute und Doubles wurden mit dem schweren kubistischen Make-up der Vorbaliden versehen; man beschloss, als erstes Morlochs Seite des Zweikampfs zu drehen, wodurch man etwas Zeit gewinnen würde für den Fall, dass Thad sich noch sehen ließ. Nick überwand seinen toten

Punkt, und die Crew machte sich mit der umsichtigen Eile ans Werk, die bei einer Produktionskrise angesagt war. Man stand unter Druck, aber gleichzeitig schien die Lage so hoffnungslos, dass man ihn irgendwie nicht mehr spürte – eine Chance für die Riege altbewährter Namenloser, pragmatisch ihr Können unter Beweis zu stellen, und das in schweißtreibendem Tempo; immerhin eine Möglichkeit, sich beim Studio lieb Kind zu machen. Sie wären die Helden des Tages.

Clea saß auf ihrem Klappstuhl im Atelier. Wir anderen lungerten in Bereitschaft herum; Morloch hatte uns vorübergehend aus unseren Käfigen gelassen, damit wir seinem erwarteten Triumph beiwohnen konnten (man brauchte ein paar Gegenschüsse, sonst nichts). Unter dem ebenso nüchternen wie ergebenen Nicken des Produktionsleiters versicherte Nick Sultan den Studiooberen, sie bräuchten sich keine Sorgen zu machen, man hätte bald alles »im Kasten«, es sei nur noch die Seite des Fähnrichs bei der Balgerei vor dem Bluescreen zu drehen. Bald drang die Nachricht zu uns nach vorne: die Computer-Cracks waren zu dem Schluss gekommen, man könne einen Doppelgänger für den Fähnrich einstellen – ein halber Tag am kommenden Wochenende würde genügen, um mit dem zweiten Team einige Zwischenschnitte zu drehen. (Den Produktionsfluss zu stören, kam nicht in Frage; so etwas gibt es nicht, Drehbeginn für die nächste Episode, die längst vorbereitet war, war der kommende Montag.) Man würde das Material mit dem Doppelgänger von Rattweil in wohlüberlegten Halbtotalen drehen, nicht in Großaufnahmen; außerdem könnte man digital daran herumdoktern, um eine mehr als passable Ähnlichkeit zwischen Thad und seinem Double zu erreichen, bevor man das Ganze mit der Kampfszene zusammenschnitt. Die Experten waren durch die Bank optimistisch; für den

Fall, dass alles nichts half, saß bereits – angetrieben von Tripel-Deckern aus Jerry's Deli und kistenweise Red Bull – ein imposanter Stab von Schreiberlingen über radikalen Storyalternativen. Als es schließlich Zeit war, nach Hause zu gehen (wir machten eine Stunde früher Schluss), waren alle relativ guter Dinge, bedenkt man die Umstände. Wir hatten der tödlichen Kugel zwar nicht ausweichen können, aber es war nur eine Fleischwunde; sie hatte offensichtlich keine lebenswichtigen Organe erwischt.

In einem Versuch, den abgängigen Schauspieler einzufangen, hatte das Studio schon am Vormittag einen Produktionsassistenten ins Chateau geschickt. Mit Hilfe eines gewissenhaften Hotelmanagers verschaffte man sich Zutritt zu seiner Suite, um festzustellen, ob der Gast verschlafen hatte oder sonst wie in Not geraten war. Unnötig zu sagen, dass man Mr. Michelet nicht gefunden hatte. Der Assistent hatte den ganzen Tag über auf der Lauer gelegen, aber es hatte nichts gebracht. Um fünf Uhr nachmittags lösten Clea und ich den Mann ab.

Ich hatte Miriam den ganzen Tag über auf dem Laufenden gehalten. Sie machte sich schreckliche Sorgen, aber es bestand noch kein Grund, in den nächsten Flieger zu springen, da waren wir uns einig. Alle sorgten sich um Thads physisches wie geistiges Wohl; der eine oder andere meinte, es sei hoffentlich kein Verbrechen passiert – was lächerlich war, aber aufgeregt und erschöpft wie wir waren, glichen wir unweigerlich irgendwann Nachrichtensprechern während einer Naturkatastrophe: nach Abbruch der Live-Einspielungen verlegten wir uns aufs Improvisieren. Eine weitere Ansicht, weniger gravierend, auch wenn sie einem aufstoßen musste, war die schlichte Tatsache, dass er seiner Karriere ungeheuren Schaden zugefügt hatte, ganz zu schweigen davon, dass damit jede Chance verspielt war, die Adaption eines

Starwatch-Bands übernehmen zu dürfen; allein die heimtückische Falschheit unseres Plans schien uns jetzt plötzlich zutiefst verwerflich. Miriam und ich kamen uns plötzlich besudelt vor durch unsere geradezu albern altkluge Bestsellerstrategie, und wir schämten uns zutiefst unserer Verschwörung mit diesem ganz offensichtlich instabilen Mann.

So machten Clea und ich uns denn an unsere Nachtwache.

Verhalten wie das Brahms-Intermezzo für Klavier, das Clea während ihrer letzten Jahre so rührend auswendig gelernt hatte, weil es das Lieblingsstück ihrer Mutter war, begann sie ihre Beichte. Sie erzählte mir, sie hatte ihn nach unserem kleinen Ausflug zum Observatorium im Chateau besucht, wo sie sich gestritten hatten – über »albernes Zeug«.

Irgendetwas in ihrem Ton verriet sie. Ich verlangte nach mehr.

»Einmal, im Sommer, auf Martha's Vineyard, sein Vater war auch da ...« Sie schloss die Augen und holte übertrieben schauspielernd Luft, wie beim Yoga. »Es ist nicht so, dass wir was miteinander gehabt hätten ... aber es ist was passiert.«

»Mit Jack?«

Sie nickte, die Augen noch immer geschlossen. Ich staunte, wenn auch nur darüber, wie lange ich mich geweigert hatte, das Offensichtliche zu sehen. »Ich war damals noch auf Drogen. Und Thad benahm sich absolut abscheulich. Ich versuche hier nichts zu entschuldigen, Bertie – ich meine, was ich getan habe –, obwohl ja eigentlich gar nichts passiert ist, aber es genügte, nehme ich mal an. Thad hatte damals eine Affäre, vor meinen Augen! Herrgott, wir lebten bereits zusammen! In Brooklyn Heights ... und er hatte was mit einer anderen – ach was, mit *zwei!* Von der Zweiten habe ich ›aus Versehen‹ erfahren. Von der Ersten hatte er mir erzählt. Und dann ist die Geschichte mit Jack passiert, der ja aus Prinzip daneben war. Abgesehen davon, dass er es auf Thad abgesehen hatte. Er hatte seinen Spaß daran, ihn zu quälen! Und das Geflirte – er hat immer mit mir geflirtet, aber letztlich hat er mit allen von Thads Freundinnen geflirtet. Ein umgekehrter Ödipuskomplex, was weiß ich. Ist es das? Und ich, ich *wollte* Thad bestrafen, weil ich wohl wusste, es war vorbei. Er hatte mich *derart* verletzt, Bertie. Warum hätte er mir sonst derart wehtun sollen? Ich nehme an, ich wollte einfach Schluss machen, und zwar eindeutig und endgültig. Ich bin nicht mit Jack ins Bett, okay? Ich wollte es Thad noch nicht einmal sagen, das ist ja das Komische dran! *Jack* hat geplaudert. Jack hat es eines Tages Morgana im Suff gesagt, und sie ist derart ausgerastet, dass sie es Thad gesagt hat. Es war schrecklich! Der absolute Horror! Mein Gott, dieser Abend – O'Neill hätte diesen Abend nicht schreiben können. Und er hat mir nie verziehen. Nicht dass ich es erwartet hätte. Aber als wir es jetzt nochmal versucht haben – was ja absolut nicht geplant war, ich glaube, wir waren beide überrascht … und er … er schien über so vieles hinweg zu sein. Er war so ganz anders. Ich dachte, die ganze Geschichte mit dem Finanzamt … dass die … ich weiß noch nicht mal, was ich sagen will. Tut mir leid.« Sie hielt inne, um sich zu fassen. »Er hat nie darüber gesprochen, was passiert ist. Aber gleich nach Jacks Tod begann er darauf anzuspielen. Vor allem wenn er sich zugemacht hat. Und es schien ganz so, als … na, jedenfalls haben wir deswegen gestritten. Gestern Abend, meine ich, er hatte es ja schon auf Martha's Vineyard wieder vorgeholt, bei der Beerdigung. Ständig diese Anspielungen, du hattest keine Ahnung, wovon er sprach, stimmt's? Auf der Insel? Ich meine, hast du sie überhaupt mitbekommen? Du warst dir dessen noch nicht mal bewusst, nehme ich an. Miriam wusste Bescheid! Sie hat sie gehört, sie wusste, was lief.

Aber sie hat auch gewusst, dass wir sie damals alle nicht so recht beisammen hatten, nicht dass sich daran was geändert hätte, aber damals war es besonders schlimm! Es war eine schlimme Zeit. Eine wirklich absolut schlimme Zeit. Und Morgana hat mich auf der Beerdigung ja eiskalt abserviert – und das immer noch wegen dieser alten Geschichte. Alles deswegen, alles wegen ihr. Und dabei ist eigentlich gar nichts passiert, ich war nur der Sündenbock, weil Jack Michelet alles ficken musste, was nicht schnell genug auf die Bäume kam! Was für eine Eröffnung! Als ob Morgana das nicht gewusst hätte! Das gehörte bei den beiden doch dazu. Als die in die Jack Michelet Corporation eingetreten ist, wusste sie genau, wie er war. Dass er …« Abrupt wandte sie sich wieder der Gegenwart zu. »Trotzdem, Bertie, ich werde nicht schlau draus … wo kann er bloß hin sein, warum sollte er uns derart aufsitzen lassen? Alle! Am letzten Drehtag, verfluchte Scheiße nochmal! Bertie, ich mache mir Sorgen … ich mache mir wirklich Sorgen. Wirklich! Ich habe wirklich Angst, er könnte sich was angetan haben.« Sie hielt sich sofort eine Hand vor den Mund, als wolle sie sich entschuldigen, so etwas ausgesprochen zu haben, als befürchte sie, damit womöglich übernatürliche Kräfte heraufzubeschwören. »Wo könnte er wohl stecken? Womöglich ist er in irgendeinem Hotel abgestiegen und hat eine Überdosis erwischt … Sollten wir uns ans Telefon hängen, was meinst du, Bertie? Wenn wir alle Hotels anrufen? Meinst du, es besteht die Möglichkeit, dass er so was macht?« Sie begann zu zittern und fing wieder zu weinen an. Sie klammerte sich an mich. »Bertie, sag doch, meinst du, er ist wirklich dazu imstande? Sag doch! Vielleicht sollten wir bei den Krankenhäusern anrufen …«

»Haben die doch längst gemacht, Clea. Es hat nichts gebracht.«

»Aber warum sollte er einfach so verschwinden, ich verstehe das nicht!«

Nachdem sie es sich in den Kopf gesetzt hatte, ließ sie es sich nicht mehr ausreden, dass er wieder zurück zum Griffith Park gefahren sein könnte, um sich dort hochdramatisch was anzutun. Es war bereits kurz vor Mitternacht, und ich war selbst fertig genug, um es für möglich zu halten. Sie flehte mich an, sie zu fahren. Nachdem wir eine Zeitlang durch die Dunkelheit gestolpert waren, erreichten wir die Stelle, wo ich »unbefugt« mit ihm gesessen hatte – aber außer Leere fanden wir nichts.

AM SONNTAG WAREN WIR zum Brunch verabredet.

Hugo's.

Ich sah mich versetzt.

Ich checkte meine Voicebox. Ich fand eine Nachricht vom Abend zuvor. Es war Clea, die mich wissen ließ, es sei »alles in Ordnung«. Sie fahre zu ihm, sagte aber nicht, wo das war.

DIE NÄCHSTEN PAAR WOCHEN bekam ich vor lauter Arbeit gar nicht so recht mit. Und ich war froh darüber.

HBO wollte mit *Holmby Hills* den nächsten Schritt tun. Man hatte Anmerkungen für mich; Dan und ich nahmen an den üblichen Konferenzgesprächen teil. Ich nahm mir Nacht für Nacht meine »Bibel« vor, um daran zu feilen; tagsüber drehten wir die nächsten Episoden von *Starwatch*. Kein Mensch hörte auch nur einen Ton von unserem ungeratenen Paar. Nichts Gutes ahnend, suchte ich Zuflucht bei Al-Anon-Meetings, sagte mir immer wieder, ich hätte schließlich keine Macht über Clea – weder über ihren Drogenkonsum noch über ihr Liebesleben, falls es da überhaupt einen Unterschied gab.

Mit Miriam sprach ich täglich. Sie fehlte mir, aber ich war, wie ich zugeben muss, auch ziemlich verwirrt. Ich hatte seit Monaten mit niemandem mehr geschlafen außer mit ihr, und so sehnte ich mich auch physisch nach ihr. Darüber hinaus hatte mich die Kacke mit Thad und Clea völlig ausgelaugt, und ich fühlte mich gottserbärmlich allein. Ich nehme an, es wäre mir immer noch am liebsten gewesen, sie wäre zu meinen Bedingungen nach L. A. gekommen. Ich war das wandelnde Klischee eines Kerls, besessen von dem Gedanken, Meerkat ins Bett zu bekommen, und trotzdem hin und her gerissen, was die Beziehung anging. Ich hatte (auch so eine Männermacke) mit niemandem über meine Gefühle gesprochen, und so psychotisch sich das anhören mochte, es bestand durchaus die Möglichkeit, dass ich unter dem Einfluss von Echo und Nachhall meiner letzten Unterhaltung mit Thad handelte – in der er angedeutet hatte, dass Miriam ernsthaft über den Nestbau nachzudenken begann.

Mein Innenleben stand kopf. Ich blieb vor Kiosken stehen, blätterte in Gesundheitsmagazinen, überflog Artikel über männliche Hormone, die Wechseljahre des Mannes, seine tickende Uhr. (Ganz zu schweigen von den allerneuesten Krebstests.) Als Miriam endlich sagte, sie käme herüber, ging es mir auf der Stelle besser. Wir könnten über Babys sprechen, von mir aus, nachdem wir miteinander im Bett waren. Womöglich bat ich sie sogar um ihre Hand. Als ich derlei in einem AA-Meeting durchblicken ließ, meinte einer der Klugscheißer dort: »Eine Hand ist ja hin und wieder ganz nett, aber was macht man auf Dauer mit dem Rest?«

Anderthalb Wochen nachdem Clea sich aus dem Staub gemacht hatte, fand ich eine zweite Nachricht auf dem Anrufbeantworter. (Hätte sie wirklich mit mir sprechen wollen, sie hätte mich nur übers Handy anzurufen brauchen.) Sie hörte sich an, als sei sie auf Drogen und leicht verstört. Sie seien beide in Ordnung, befänden sich »aber mitten im Umzug«. Sie würde sich »wieder melden«. Etwa um diese Zeit hörte ich jemand aus der Crew sagen, er hätte die beiden am Wochenende im Palms in Las Vegas gesehen. Der Mann, ein Beleuchter, hatte sie nicht angesprochen, aber seiner Ansicht nach waren »die zwei hackedicht«. Als ich im Hotel anrief, hatten sie dort niemandem unter ihren Namen im Buch.

* * *

Miriam traf am Freitag ein und blieb bei mir in Venice. Selbst unter den gegebenen, etwas surrealen Umständen war es angenehm, mal das Paar zu spielen. Der Sex war gut. Wir benutzten ihn als Anker – und Schmerzmittel. Aus dem Fernsehen plärrten nonstop Nachrichten von den Verwüstungen, die eine Reihe von Tornados im Mittelwesten angerichtet hatten. Aber irgendwie war auch das tröstlich: mit Dreck und Tränen verschmierte Gesichter, die glücklich darüber waren, noch am Leben zu sein, während ihre Habseligkeiten in alle Winde verstreut waren. Bei jedem Blick auf die Grundmauern eines verschwundenen Hauses, das zerschlagene Rückgrat einer bescheidenen Main Street stellten wir uns Thad und Clea als fliegende Holländer vor, unfähig, vor Anker zu gehen, in welchem Hafen auch immer die eine oder Chemikalie sie gerade krängen ließ. Dann folgten die üblichen Geschichten über verschüttete Haustiere, die man wie durch ein Wunder lebend unter den Trümmern fand. Wir wünschten das auch unseren Freunden, wussten aber, dass die Chancen gegen sie standen.

Die Chancen standen immer gegen alles.

WIEDER EIN MONTAG. Ich hatte ein paar Tage frei.

Miriam war geschäftlich zum Lunch verabredet, und ich schlug die Zeit mit einem Besuch bei Dan auf dem Studiogelände tot. Ich hatte die Änderungsvorschläge am Konzept von *Holmby Hills* eingearbeitet und eingereicht – es würde wahrscheinlich eine Woche dauern, dann bekäme ich von HBO grünes Licht. Ich konnte nur hoffen, dass sie einverstanden wären mit dem, was ich da gemacht hatte, sodass ich mich an den Piloten setzen konnte; ich wurde langsam nervös. Keine Erwartungen zu haben, machte alles etwas leichter. Aber ich hatte ohnehin andere Sorgen: Clea und Thad. Dadurch, dass ich ins Studio musste, war mir meine älteste Freundin näher und ihre Abwesenheit rätselhafter denn je. Ich kam mir vor wie ein Vater, der die Entführung seines Kindes gemeldet hat – absolut hilflos.

Ich spazierte am Schneideraum vorbei, um mit Nick Sultan zu sprechen. Normalerweise wäre er längst fertig gewesen; beim Fernsehen ist es nicht üblich, dass ein Regisseur den Schnitt überwacht. Die Leute sind Angestellte, und das wissen sie auch. In diesem speziellen Fall jedoch war Nick besonders engagiert. Wegen der »Komplikationen« hatten die Produzenten ihm größere Freiheiten eingeräumt als allgemein üblich. Es war dunkel im Raum. Das Erste, was ich auf der Avid sah, war Fähnrich Rattweil im tödlichen Zweikampf im Fellcrum Outback. Die digitalisierte Action wiederholte sich unablässig, in Millionen messerscharfer staubkorngroßer Rechtecke, Bild für Bild. Die Double-Szene war unglaublich gut gemacht – kein Mensch würde je dahinterkommen, dass man einen Doppelgänger eingesetzt hatte. Als ich den Cutter fragte, wie sie das geschafft hatten, lächelte er nur und meinte: »Kinozauber«.

In diesem Augenblick erschien Nick mit einem chinesischen Salat aus der Kantine in der Tür.

»Hast du schon gehört?«, fragte er.

»Was denn?«

»Großer Gott!« Er bugsierte mich in den Flur und flüsterte. »Sie haben eben die Leichen gefunden.«

MAN BESTATTETE IHN auf Martha's Vineyard, dem Wunsch seiner Mutter entsprechend, neben Jack und Jeremy.

Sein plötzlicher Tod tilgte jeden Groll auf Morganas Seite; endlich brachte man Thad in ihre schützenden Arme. Mir kam der Gedanke, dass er seinem Bruder seit gut vierzig Jahren, seit ihrer Trennung in dem Augenblick neben der dümpelnden *Sea Horse*, nicht mehr so nahe gewesen war. Miriam sagte, er liege im Familiengrab so weit wie nur möglich von Jack entfernt, was ich irgendwie als tröstlich empfand. Sie erzählte, man habe eine Totenwache abgehalten, zu der freilich nicht der Bruchteil der Leute gekommen war wie zu der, die ich besucht hatte. Morgana spielte praktisch dieselbe Rolle wie auf der ihres Mannes – die ungestüme Hinterbliebene, tapfer, geistreich, eiskalt.

* * *

Cleas Asche verstreuten wir auf ihren eigenen Wunsch hin über dem Meer; sie hatte weder einen Grabstein noch eine Platte gewollt. Programmzeitschriften und Gazetten schlachteten den schaurigen Tod der beiden erbarmungslos aus, vor allem ihrer illustren Eltern wegen. Letzten Endes konnte sich noch nicht einmal das Licht – »Noch nicht mal das Licht!« – der Anziehungskraft dieser legendären schwarzen Löcher entziehen.

* * *

Meine Mutter kümmerte sich in diesen Tagen rührend um mich.

Sie raffte etwas von ihrer alten Energie zusammen und sorgte für eine hübsche Gedenkfeier. Es war gerade so, als wüsste Gita, dass ich mit diesem – Cleas – Tod endlich meine »Reifeprüfung« gemacht hatte, als könnten wir jetzt auf eine gemeinsame Alma Mater zurückblicken. (Wölfe mit gebrochenen Herzen im Schafspelz.) Die Feier fand am Strand statt, wo ich mir die Hochzeit der beiden vorgestellt hatte. Alle hielten sich heulend bei den Händen – Freunde von den Anonymen Alkoholikern, die *Starwatch*-Gang; Paps zog mich beiseite, auf dem feuchten Streifen im Sand, und sagte mir, meine Ansprache sei das »Schönste« gewesen, was er je gehört habe. Mit Tränen in den Augen bat er mich um Verzeihung für all seine Versäumnisse als Vater. Er war etwas angetrunken, aber es war ihm ernst. Ich vergab ihm, aus ganzem Herzen. Ich verzieh in diesem Augenblick praktisch jedem alles, auch mir selbst.

Gita hatte recht. Die Schule war aus – für immer.

ICH BESCHLOSS, NACH VEGAS zu fahren, um die letzten Tage der beiden nachzuvollziehen. (Später fragte ich mich, ob dahinter tatsächlich ein Bedürfnis nach einem »Abschluss« stand, oder ob ich mich unterbewusst bereits entschlossen hatte, die Geschichte hier zu erzählen.) Egal, ich musste mich verabschieden; ich fühlte mich einfach zu elend, die Erinnerung an ihre letzte, wehmütige Nachricht auf dem Anrufbeantworter war einfach zu viel. Wie einem Actionheld war mir nach der Jagd – nach dem verstreuten Sternenstaub meiner ersten Liebe.

Als ich Miriam von meinem Plan erzählte, wollte sie zu meiner Überraschung mitkommen. Wir hatten schon immer gescherzt, uns mal Celine Dion ansehen zu wollen. Das, so meinte sie, sei unsere Chance.

Ich mietete einen protzigen silbernen Porsche, und schon waren wir auf dem Highway, *looking for adventure and whatever came our way*. Es war noch nicht ganz Sommer, aber leidlich warm. Wir stiegen im Mirage ab, sozusagen als Hauptquartier; während Meerkat neben dem Pool lag, setzte ich mich mit dem Mann von der Kripo in Verbindung, der den Fall bearbeitet hatte – und natürlich der totale *Starwatch*-Fan war. Er versah mich mit einer Art Route: Thads und Cleas Stationen in den letzten Tagen vor ihrem Tod.

Wir kamen nicht dazu, uns Celine anzusehen, obwohl ich in diversen Casinos landete, wo man sich für 3,89 Dollar am

Frühstücksbüffet gütlich tun konnte – *all you can eat*. Der Detective sagte, Mr. Michelet sei gleich nach seiner Ankunft zu »einem Arschvoll« Geld gekommen, eine Anweisung von einer Bank aus Fort Lauderdale. Er hatte im Palms 200000 Dollar beim Blackjack verloren (eine Ironie, die mir durchaus nicht entging). Laut Telefonrechnung hatten Thad und Clea ständigen Kontakt gehabt, solange sie noch in Los Angeles gewesen war; als sie sich ihm angeschlossen hatte, hauten sie in einer heruntergekommenen Spielhalle etwas abseits vom Strip weitere 75000 Dollar auf den Kopf (größtenteils Cleas Ersparnisse, vermute ich mal); mit weiteren fünfzig »Mille« standen sie in der Kreide. Ich traf mich mit dem Besitzer des Ladens, alles in allem ein ganz anständiger Kerl. Seine Kinder waren riesige *Jetsons*-Fans, und als der Hotelier sah, in welchen Schwierigkeiten Thad steckte, erbot er sich, ihm zu helfen. Am Wochenende stand die Bar-Mizwa seines Sohnes an, und der Typ war bereit, ihm 20000 Dollar von seinen Schulden nachzulassen, wenn der Schauspieler auf der Party Autogramme gab. Sie gaben sich die Hand drauf – aber »Bonnie and Clyde«, wie er grinsend meinte, ließen sich noch nicht einmal sehen.

Miriam und ich fielen über die einarmigen Banditen her und gaben uns eine lausige Rock'n'Roll-Revue in einer Lounge. Ganz im Sinne des Mottos der Stadt – »Was hier passiert, bleibt hier« – probierte ich das Viagra aus, das ich seit Monaten in meiner Börse mit mir herumtrug; es schien mir einfach zu passend. Die Pille war okay, aber ich tat kaum ein Auge zu, und das nicht etwa aus dem Grund, an den Sie jetzt denken. Als ich endlich einschlief, träumte ich davon, Koks zu schnupfen. Gleich mehrmals. Am Morgen hatten Meerkat und ich einen dummen Streit – es war definitiv Zeit, unsere Zelte abzubrechen.

* * *

Nächster und letzter Stopp war das Tal des Todes. Miriam meinte, sie würde das nicht mehr verkraften. Was mich anbelangte, so wusste ich es selbst nicht so recht.

Ich setzte sie gegen zwei Uhr nachmittags am Flughafen ab. Sie küsste mich liebevoll und meinte, sie beneide mich nicht um das, was mir bevorstand. Ich möchte nicht allzu *noir* klingen, aber irgendwie mischte sich in unseren Abschied der Gedanke, das sei denn womöglich auch das Ende für uns. Wir drückten uns fest und lang; der Subtext der Szene war der, dass wir zusammen von verbotenen Früchten genascht hatten. Wir wussten, dass unsere Freundschaft überleben würde ungeachtet dessen, was die Zukunft noch bringen mochte. Es war ein rechter Kinomoment, teils *Casablanca*, teils *Planet der Affen* (kurz bevor Heston um die Biegung kommt, um Lady Liberty anzuheulen); wir konnten uns beide des Gefühls nicht erwehren, dass mich in der Wüste ein schreckliches, halb vergrabenes Geheimnis erwartete.

DIESMAL KAM ICH VON OSTEN – nichtsdestoweniger führten alle Straßen zum Bun Boy Motel. Etwa auf der Höhe von Pahrump stellte sich blitzartig die Erinnerung an unseren ersten Ausflug ein, in all seiner sorglosen Herrlichkeit, wie ein Flashback aus der Jugend: Ich hörte die Stimmen und das muntere Kichern der Mädchen – ich konnte sie praktisch riechen. Untrennbar mit Cleas Bild verbunden war Thads, ein leicht angegrauter, feinsinniger Widerspruch in sich selbst, laut und kultiviert zugleich, born to be wild.

Es wurde von Kilometer zu Kilometer heißer. Es dauerte nicht lange, und ich tauchte einmal mehr ein in diese ruhige, außerirdisch fremde Farbigkeit, diese infernalisch grotesken Felsformationen, die erhabene Trostlosigkeit einer Apokalypse ganz in Pastell. Déjà vu: das ungute Gefühl, das Furnace Creek Inn existiere nicht wirklich und ich hätte irgendwie die falsche Abzweigung genommen und mein überhitztes Shangri-la auf immer verpasst. Dann tauchte das Hotel mit einemmal auf, in all seiner spanisch-kolonialen Pracht, der Parkplatz merkwürdigerweise, wie schon beim letzten Mal, bis auf den letzten Platz voll.

Als ich an die Rezeption kam, musterte der Portier mein Gesicht – übrigens derselbe geschwätzige Kauz, der uns beim ersten Mal über die merkwürdigen Bewohner des in seiner Kargheit majestätischen Parks aufgeklärt hatte. (Der Mann von der Kripo in Vegas hatte ihn eine nützliche Informationsquelle genannt.) Er lächelte übers ganze Gesicht, bis mich seine Erinnerung mit dem Mann verband, den jedermann, ohne Ausnahme, posthum als Mr. Michelet bezeichnete. Seine freundliche Miene bat wortlos um eine Erklärung für meine Rückkehr; ich sagte ihm, ich sei ein Freund sowohl von Mr. Michelet als auch seiner Gefährtin gewesen – Ersteren hätte ich erst jüngst kennengelernt, Letztere seit meiner Kindheit gekannt. Er kondolierte mir taktvoll. Inzwischen standen weitere Gäste an, die einen, um sich einzuschreiben, die anderen, um den Herrn über das Gästebuch um eine Straßenkarte zu Scotty's Castle zu bitten, die er jeweils zusammen mit einem kurzen historischen Abriss herausgab. Ich sagte, ich wolle mich frisch machen, und fragte, wie lange er noch Dienst hätte. Er sagte, er habe um fünf Uhr frei, also noch eine gute Stunde. Ich sagte ihm, ich würde mich freuen, ihm den einen oder anderen Dattelshake ausgeben zu dürfen; sogar den Namen des Detectives ließ ich fallen, mit dem respektvollen Zusatz, er hätte mich praktisch zu ihm geschickt.

* * *

Wir trafen uns auf der Terrasse.

»Er ist ein wunderbarer Schauspieler. War. Einer meiner Favoriten, immer schon. Sie … Mr. Michelet und Ihre Bekannte …«

»Clea Fremantle.«

»Ich kannte sie natürlich von ihrem ersten Besuch mit Ihnen.«

»Die beiden sind schwer zu vergessen.«

»Allerdings!«, rief er aus. »Nur diesmal, muss ich sagen, sahen sie gar nicht gut aus.« Er senkte die Stimme, zögerte, die Toten zu entweihen. »Bisschen ›mitgenommen‹. Nicht so sehr, weil sie betrunken waren. Sie wirkten einfach … ich weiß nicht, erschöpft. Als hätten sie einiges hinter sich. Wir haben öfter so Leute hier im Tal, wenn auch nicht so sehr hier im Hotel. Ich sehe ein-, zweimal die Woche ›Neue‹, bevor sie sich – wie sagt man? – assimilieren? Wenn man sie dann wiedersieht, haben sie ihren Kram dann auf der Reihe. Natürlich bekommt man die meisten erst gar nicht nochmal zu sehen. Leute auf der Flucht. Die kommen hier ins Tal aus demselben Grund, aus dem man heute nach Mexiko geht, nur dass man sich hier ein bisschen schwerer tut. Über die Runden zu kommen. Sie haben hier keinen Sand, kein Meer, keine Surfer, kein Strandleben, in dem man sich verlieren könnte. Außerdem, denke ich mal, taucht es sich hier nicht so leicht unter, falls einem danach ist. Da muss man sich hier schon einen Stein suchen. Unter den es sich kriechen lässt. Na jedenfalls, am Samstagabend aßen sie im Restaurant … ich habe Detective Raintree das alles erzählt.«

»Ich weiß. Und ich weiß es zu schätzen, dass Sie's mir anvertrauen.«

»Mr. Michelet hatte kein Jackett, da habe ich ihm das gegeben, das wir für Leute haben, die nicht wissen, dass Jackettzwang herrscht. Ist eher außergewöhnlich, dass ein Gast nicht wenigstens ein Sportsakko mithat, aber wir sind vorbereitet. Sie sahen ein bisschen besser aus – ich würde sagen, sie hatten ein Bad genommen!« Wieder schien der Portier verlegen. »Und sie benahmen sich während des Abendessens. Ich glaube nicht, dass ihn jemand belästigt hat. Jedenfalls hat ihn niemand um ein Autogramm gebeten. Aber die junge Frau, Ms. Fremantle, die ist doch auch Schauspielerin, nicht?« Er war in seiner Herzlichkeit ins Präsenz gerutscht.

»Ja.«

»Ihre Mutter war Roosevelt Chandler.«

»Ganz richtig.«

»Nach dem Essen gingen sie schwimmen. Wir haben Badetücher für die Gäste draußen. Wir lassen unsere Gäste gern ihre Ruhe. Der Hausmeister sagte, sie saßen eine ganze Weile am Kamin. Als er um elf ging, waren die beiden noch da. Nicht dass sie Lärm gemacht hätten oder was, aber es ist durchaus möglich, dass sie eine Flasche mithatten. Was nicht so außergewöhnlich ist. Ist doch nett, so ein Schluck Vino unter den Sternen.

Ich hatte eine Doppelschicht. Nicht dass Sie denken, ich wohne hier, ich schwör's!«, fügte er hinzu und musste über sich selbst lachen. »Obwohl's manchmal so aussieht. Am Morgen drauf hat sie niemand gesehen, soweit ich mich erinnere. Sie hatten Frühstück auf dem Zimmer. Darüber gibt es eine Rechnung. Sie hatten keine Suite wie beim letzten Mal, als Sie gemeinsam hier waren. Es war ein Doppelzimmer, gleich an der Terrasse. Wir nennen sie die Raucherterrasse. Die Leute können sich da ihren Nikotinfix holen.

Sie bietet einen Blick auf das Tal. Ich glaube, ich habe Sie und Ihre Bekannte da oben gesehen? Wie hieß sie gleich wieder?«

»Miriam.«

Dem Typ entging aber auch gar nichts. Er erinnerte mich langsam, aber sicher an Norman Bates.

»Am Sonntag, gegen vier Uhr nachmittags, reisten sie ab. Ich glaube, man fand den Wagen am Montagmorgen, ziemlich früh schon. Soviel ich weiß, ist er auf einen Fels aufgefahren – er war nur gemietet. Ist nicht das Dümmste, Allradantrieb zu haben, wenn man zur Racetrack Playa rauffährt. Waren Sie nicht alle zusammen oben?«

»Ja«, sagte ich. »Waren wir.«

»Richtig unheimlich dort. Man hat Ihre Bekannte, Ms. Fremantle, am Rand gefunden. Mr. Michelet war ein Stück weiter draußen. Hat Detective Raintree Ihnen gesagt, wo man die Leichen gefunden hat?«

Ich unterbrach ihn; ich hatte genug von seinem Reisebericht.

Ich dankte ihm für seine Zeit und machte mich auf den Weg.

»Fahren Sie vorsichtig«, sagte er.

* * *

Als ich oben ankam, begann es fast schon zu dämmern. Während ich so am Rand entlangschlenderte, kamen einige Wanderer vorbei und winkten mir zu. Dann war ich mit den Felsen und den Phantomen allein.

Raintree hatte den Ablauf der Ereignisse folgendermaßen rekonstruiert: Man hatte Thad und Clea am späten Nachmittag im 49er Café gesehen. Sie tranken. Anderen Gästen war aufgefallen, dass er ein merkwürdiges Kostüm trug, einer der Zeugen hatte es mit einer Toga verglichen, aber alle waren sich einig, dass der eigenartige Aufzug »nicht gerade sehr sauber« gewesen war. Der Barkeeper hatte Thad auf der Stelle erkannt und freundlich mit den beiden geplauscht. Der Schauspieler sagte, sie drehten ganz in der Nähe. Clea hatte der Barmann nicht erkannt; seiner Ansicht nach, so hatte er dem Detective später gesagt, habe Thads »Begleiterin irgendwelchen Kummer gehabt«. Ich hätte schwören können, mein armer heimgesuchter Schatz war längst seine Gefangene geworden (ich hatte all die Jahre genug über das Stockholm-Syndrom und die Psychologie geschlagener Frauen gelesen, um mir da, sehr zu meinem Leidwesen, sicher zu sein). Kurz nach Sonnenuntergang waren sie losgefahren, etwa eine Stunde lang, bevor sie die Straße verlassen hatten, und tatsächlich hatten sie dann mit ihrem Taurus einen Achsbruch gebaut.

Als ich so vor mich hinschlenderte, sah ich die beiden im Geiste vor mir – Thad hatte den Racetrack mit dem sicheren Instinkt des Säufers auch so gefunden; es war mittlerweile neun Uhr abends. Irgendwie, im Streit, oder im Scherz, waren sie von der Straße abgekommen, jedenfalls waren sie aufgefahren und hatten das Fahrwerk ramponiert. Flüche und Gelächter. Er dürfte als Erstes ausgestiegen sein, um sich einen Überblick über den Schaden zu verschaffen; Clea war viel zu eingeschüchtert gewesen. Er fummelte mit den Schlüsseln herum, wühlte im Kofferraum. Holte was auch immer heraus … dann machte er sich daran, die Gegend auszukundschaften. Clea riss sich zusammen, bevor sie in die Stille hinauswanderte, stoned – oder vielleicht auch nicht, vielleicht hatte sie ihren Vorrat bereits aufgebraucht. Eine Tragödie! Benommen, auf Entzug, stolperte sie wie ein Zombie hinter ihm her. Ich sah sie beide unbeholfen über die scharfkantig steinige, blauschwarze Dunkelheit auf den trockenen See mit den uralten Monolithen zu tappen, Thad unter Gejodel, schallendem Gelächter, Gekreisch – die aufreizend alberne Art, wie er beim ersten Besuch den Mond angeheult hatte, nur dass er diesmal nichts mehr vom Charme des ausgeflippten oder eigenwilligen »Entertainers« hatte; vermutlich hatte er überhaupt nichts mehr gehabt. Clea benommen, erschüttert, wusste mit dem Instinkt des Lebewesens, dass dies das Ende war; wankend näherten sie sich dem altsteinzeitlichen Spielfeld aus versteinertem Schlamm und Grüppchen taubstummer Steine; unter Schmerzen folgte Clea dem improvisierten Pfad durch schlafendes Kreosotgebüsch, Ziest, Trichterwinden, Rahmtässchen, konspirative Windröschen und flüsternde Bartfäden, den ihr Herr und Meister einschlug.

… Sah ihn schnaufend das Seebett erreichen und – endlich – auf der glatten, unbewachsenen, unverstellten Oberfläche vor Anker gehen, eine Fläche, die fast hygienisch wirkte im Gegensatz zur chaotisch holprigen Straße; rundum herrschte eine zähflüssige Ruhe, eine Lautlosigkeit wie am Zabriskie Point. Es war jetzt kühler, wo ihr beschwerlicher Marsch, sein beschwerlicher Marsch, zu Ende war, das Dope ausgeschwitzt, endlich heraus aus den Nesseln und dornigen Ranken ihres wilden, improvisierten Treks: nicht länger zwei gemietete stierköpfige Tauri mit gebrochenem Fahrwerk, sondern zwei Gemini; jetzt war er zu Hause, ein Prinz, der in die friedliche Stille des Fellcrum zurückgekehrt war. Er hatte Kopien der Dolche dabei, die der Requisiteur in seiner Pingeligkeit hatte anfertigen lassen – Reservedolche! Doubles von Dolchen! Man stelle sich vor: zwei Wochen hatte er sie herumgeschleppt, auf der Flucht, und dann umsichtig aus dem Koffer geholt und im Wagen verstaut. Und da es sich damit nicht wirklich zustechen ließ, hatte er sie als Keulen benutzt. Ich sah ihn nach den Schlägen, in der nunmehr wieder fast religiösen Stille, Cleas

Atem immer kürzer, bis er sich schließlich verlor, sein eigener weniger gehetzt. Was er jetzt noch macht, geht ineinander über, wird mechanisch, nichts spielt noch eine Rolle, Aus- und Einatmen wird eins, der Angriff selbst wie im Traum, in einem schlechten Drehbuch, in einem schlimmen Traum, aus dem er jammernd, mit einer Migräne, erwachen und sich in seinen Trailer zurückziehen würde, vielleicht auch ins Chateau, Stunden danach oder am Morgen, um wieder von vorn anzufangen, aber als er sieht, dass er nicht wieder aufwachen würde, seine Reaktion noch immer mechanisch stumpf, empfindet er nicht etwa Reue, eher ein Unbehagen, wünscht, er könnte es ungeschehen machen, mit einem *wooosh!* Aber er akzeptiert es auch und weiß, es ist bald alles zu Ende. Ein Wissen, das unwiderlegbar ist.

Ich sah alles vor mir, als ich auf einige größere Felsen zuhielt. Der Mond war voll genug, um die Spuren zu sehen, denen der Racetrack seinen Namen verdankte, die verrutschten Felsen wie Grabsteine in Paps' alten Horrorcomics.

Der Mann von der Kripo hatte mir erzählt, der Ranger hätte Thad gegen einen dieser Felsen gelehnt gefunden, als hätte er ihn zu verschieben versucht – wieder sah ich ihn: lachend, schiebend, ein kostümierter Kriegerverschnitt oder ein Bildhauer im Kampf mit einem Sisyphusfels, hatte er sich schier einen Bruch geschoben und seinen letzten Atemzug, seine Lebenskraft ausgehaucht, als er – im atmenden Einklang mit den geheimnisvollen Kräften, die die Felsen bewegten – dagegen anstieß; Atlas strengte sich an und zuckte die Achseln, und in diesem Augenblick schoss ihm das Blut aus dem Mund, ein Strom, an dem er (laut Autopsie) schier erstickte, gestorben war er an einem Aneurysma, und ich dachte mir: Was für ein Glück, so selten wie so etwas war, wie gnädig von der Macht, die alles lenkt, wo sie genau wusste, er hätte nie und nimmer den Willen, die Kraft, selbst

Schluss zu machen, was er mit einiger Sicherheit vorgehabt hatte, da man einen Revolver im Kofferraum fand, den er vergessen hatte, vielleicht ganz bewusst; ich war mir nicht so ganz sicher, ob er die Kraft gehabt hätte, ihn zu holen, die Frechheit, das Durchhaltevermögen – nein, besser eine grausige rote Fontäne aus einem verschlissenen Blutgefäß, als den ohnehin verlorenen Verstand in Gefangenschaft zu verlieren, was für eine sinnlose Hölle; besser, sich mit der Schulter an einem Felsen im Outback zu messen, als die kranke Raserei zweifelhaften Ruhms zu erleiden, wie er mit Prozess und Inhaftierung einhergeht.

Ich rief bei dem Parkranger an, der die beiden gefunden hatte, aber er war im Urlaub. Ich überlegte, zu welcher Sorte er wohl gehörte, zu der, für die Bilder verblassen, oder der, für die sie sich ihre Schlagkraft bewahren: Klumpen Frau im ersten Morgenlicht inmitten versteinerter Fische und violett schimmerndem Insektengesumm, erschlagen und entstellt, obwohl sie aus der Ferne gesehen nur am Rande der ovalen Piste zu ruhen schien – weiter draußen wächst eine merkwürdige halb aufrechte Gestalt aus einer brackigen Lache ihres eigenen Bluts, barfuß in der interplanetarischen Arena, am Körper wie ein paillettenbesetzter Rupfensack billig gewebtes Gewand, auf dem hartkörnigen Wüstenboden, lachhaftes Instrument zur Beilegung königlichen Bruderzwists, albern stumpf, plump, ein Supermarktdolch.

Es war alles andere als der Ort, an dem ich Abschied nehmen wollte.

* * *

Am Morgen machte ich mich auf den Weg nach Badwater.

Auch dort narkotische Stille. Und Touristen. Ich ging so weit hinaus, wie ich nur konnte, bis ich kaum noch jemanden sah. Sog die Ruhe auf. Sprach ein Gebet für Clea. Sagte ihr, dass ich sie liebe und immer für sie da wäre. Ich dachte daran zurück, wie ich sie geküsst hatte, in einem anderen Leben, im Haus ihrer Mutter, und als ich daran dachte, wie Leif sie küsste, mein lieber Leif mit dem Grübchen im Kinn, und den vertrauten Stich der Eifersucht spürte, wie eh und je, da lachte ich laut auf in der heiligen Stille und stieß einen Seufzer aus angesichts der Unlösbarkeit dieses Rätsels (und auch Clea, so stellte ich mir vor, setzte sich vor Lachen auf den tätowierten Arsch). In diesem Augenblick kam mir der Gedanke, dass sie nie altern würde, dass sie immer dieses Mädchen bleiben würde, schüchtern, nervös, das Mädchen mit dem überdimensionalen Filmstar zur Mutter – und ich, der unsichere Junge, der grapschende Anbeter, in dem himmlischen Zimmer im ersten Stock, meine geliebten kalifornischen Winde wie heilige Geißeln bei der Züchtigung des voyeuristischen Geästs vor unserem Fenster. Das Problem war nur, dass sie nun mit Leif zusammen war, dass der Junge die Oberhand hatte, aber ich freute mich für ihn. Ich lächelte bei dem kitschigen Gedanken, die beiden seien nun »im Tode vereint«. Was für ein Trost!

Dankbar für die phantasmagorische Vorstellung, Clea könnte sich auf immer zwischen den Welten und Liebschaften aus Kindertagen bewegen, falls ihr danach sein sollte.

Ich verließ das Tal.

EINE WOCHE NACH MEINER RÜCKKEHR nach L.A. saß ich in meinem Trailer bei der Arbeit an *Holmby Hills*. HBO hatte sich noch nicht gemeldet, aber Dans Ansicht nach könnte ich ruhig schon mal mit dem Schreiben anfangen, allein schon gegen die Nervosität.

Und so saß ich denn da und versuchte die erste Szene in die Tasten zu klopfen, deren Umrisse ja bereits in der »Bibel« festgelegt waren – aber ich kam und kam nicht vom Fleck.

Ich steckte mir eine Zigarette an und driftete in Gedanken zurück nach Anaheim.

»Wo begegnet man mit größter Wahrscheinlichkeit einem Protagonisten?«, fragte der ölige Moderator von *Wer wird Millionär?*

Müßig begann ich zu tippen:

1. Auf der Toilette
2. In einer Geschichte
3. Unter der Motorhaube
4. In Death Valley

Mir kam der Gedanke, einen Film über unser Dreiecksverhältnis zu schreiben, aber es wollte nichts kommen – nicht dass ich groß drüber nachgedacht hätte. Es war viel zu früh für so etwas. Wie sollte ich anfangen? (Ich hatte noch nicht mal eine Bibel!) Außerdem konnte ich, wenn ich fair sein wollte, Clea nicht über Thad stellen, obwohl ich natürlich entsprechend vorbelastet war. Wie auch immer, das Ganze war ohnehin müßig, da ich es letztlich nicht riskieren konnte, ihr Andenken zu entehren, indem ich sie zur Ware machte oder, schlimmer noch, ihr mit einem Drehbuch ein Denkmal zu setzen versuchte, um dann daran zu scheitern – wäre schließlich nicht das erste Mal, dass bei mir aus einem Drehbuch nichts wird. Ich erklärte es zum Tagtraum. Es war wirklich Zeit, meine ganze Energie und Disziplin auf *Holmby Hills* zu konzentrieren. Mit frischem Eifer machte ich mich erneut an die erste Szene.

Während ich so über mein Schicksal nachsann – und dabei eine ernsthafte Lust auf etwas Mexikanisches zu Mittag entwickelte, rief Paps an. Nick Sultan habe nichts mehr mit den *Goldblüten* zu tun. Perry sagte, die letzte Version von »Prodigal Son (Episode 21-417A)« habe ihm zwar gefallen, aber »Mr. Sultan« habe beim Studio eine Prime-Time-Serie bekommen, die ihn für wenigstens zweieinhalb Jahre beschäftigen würde. Schön für ihn. »Jüngste Ereignisse« hätten meinen Vater davon überzeugt, es sei endlich Zeit, »seinen Hintern hochzukriegen« und Black Jacks Roman selbst zu adaptieren. Ich sollte mich sobald wie nur irgend möglich an die Arbeit am Skript machen. Er habe mit Dan Fauci gesprochen, und so optimistisch er den Stand der Dinge betreffs *Holmby Hills* auch sehe, meinte er, es könne nie schaden, ein paar Eisen im Feuer zu haben. Paps' Produktionsfirma würde mit einem Anwalt meiner Wahl ein Honorar aushandeln. »Ich kann dir aber schon jetzt sagen, dass es sich wahrscheinlich in der Gegend von 75000 Dollar bewegen wird«, sagte er fest, als rechne er mit meinem Protest. Da hatte er sich aber gewaltig getäuscht. Wie schon die Studiogötter sagten: »Es werde die Vetternwirtschaft!« Ich hatte einmal mehr das aufgeblasene Gefühl, ein Minimogul zu sein – daran sehen Sie, wie sehr mir nach einem Schuss Selbstwertgefühl war.

Diesen Auftrag hatte ich mir redlich verdient.

* * *

Ich gab Cleas Sachen in ein Lagerhaus.

Ihr Vermieter hatte das Haus in Venice rasch wieder an den Mann gebracht – ich wusste das, weil ich so ein bisschen zum Spanner geworden war. Ich sah einem hippen jungen Pärchen, beide knapp dreißig, beim Einziehen zu. Einige

Monate lang fuhr ich immer wieder vorbei in der Hoffnung, Cleas rastlosem Geist über den Weg zu laufen. Manchmal fuhr ich an den Straßenrand und saß dann im Dunkeln da. Ich fragte mich, ob die neuen Mieter wohl aus der Filmbranche waren.

Eine Weile träumte ich noch von ihr. Ich glaube, Cleas letzte »Heimsuchung« kam mit dem Ende meiner Lektüre der *Goldblüten*. Ich war zutiefst verblüfft von der Kraft von Michelets Roman – und seiner rachsüchtigen Bösartigkeit. Wie merkwürdig, dass ich bis kürzlich nichts von dem Skandal hinter dem Buch gewusst hatte, der bei seinem Erscheinen eine Cause célèbre gewesen war. Mein Vater hatte nie davon gesprochen; er war davon ausgegangen, ich wüsste Bescheid.

Der Protagonist des Buches heißt »Jack Michelet« (ein sozusagen präpostmoderner Zug). »Michelet« stand in der engeren Auswahl für praktisch jeden Literaturpreis, den die Menschheit geschaffen hat – die meisten hatte er tatsächlich bekommen. Seine Frau, eine dilettierende Fotografin, schoss weltweit auf Kunst gequälte Fotos von Käfigtieren in Zoos. Ihr Sohn (»Tad!«), ein erfolgloser Werbetexter und seine Verlobte, eine ehemalige Prostituierte, die mittlerweile eine Tagesstätte betrieb, kommen übers Wochenende in das Haus in den Hamptons. »Michelet« verführt die künftige Braut im Gewächshaus, wo er sich während seiner Schreibpausen seinen Pflanzen widmet.

> Tad und Melanctha waren bei einer Diskussion über irgendetwas in der Küche zu hören, eine freundschaftliche Meinungsverschiedenheit über ein Gericht, das seine Mutter zum Abendessen zubereitete. (Sie wussten, dass Michelet Cly [kurz für Clytemnestra! – BK] das Treibhaus zeigte.) Kaum hatte er »Zeig sie mir!« gesagt, als der Hals des Mädchens sich mit roten Flecken überzog

und ihr Busen sich zu heben begann. Er beobachtete das Pochen einer Vene, wie Fischer bei aufziehendem Sturm die Dünung lesen. Er ging in die Hocke, während sie sich für ihn offen hielt. Sie roch modrig, und er beugte sich vor, um den Duft einzusaugen, während Mutter und Sohn sich kabbelten – es war praktisch, als hätte er sie genommen. Ihre Möse glich einer Chrysantheme. Er wusste aus seinem Studium der Volkskunde, dass die gekochte Wurzel der Blume als Mittel gegen Kopfschmerzen galt, die violetten Blütenblätter trank man als Sud. Er hatte vor, sie zu seinem offiziellen Wappen und Siegel zu machen. Michelet wusste, dass die Goldblüte die Dunkelheit ebenso brauchte wie das Licht und dass Tad weder Sinn für ihre Pflege hatte noch für Herbstgewächse an sich, er wusste noch nicht einmal, dass diese Geschöpfe im Herbst blühen, wenn die Tage kürzer werden. Nein, sein Sohn würde nie eintauchen in das duftend unberockte Elixier, noch nicht mal um der Migränen willen, die ihn ständig plagten, noch hätte er die Geduld, die Grundlagen zu studieren, bis ins letzte Detail: »Wie bei allen Bemühungen im Garten hat es nichts mit Glück zu tun noch mit dem so genannten grünen Daumen, wenn man zu Ergebnissen kommt, sondern ausschließlich mit harter Arbeit und schmutzigen Fingernägeln.« In diesem Augenblick beschloss Michelet, sich mit dem Ding zu bekränzen – als Kranz für den Trauerzug ihres Gatten in spe sowie ihrer künftigen Schwiegermutter – aber fürs Erste würde dieses güldne, duftende Arrangement ihr Geheimnis bleiben. Schweigen war buchstäblich Gold. Mit leidenschaftlicher Aufmerksamkeit musterte er die Blütenblätter, während die Stimmen in der Küche den Tonfall eines gespielten Streits annahmen und Clys Halsschlagader wie wild zu pochen begann, bis es ihr, ohne dass er sie auch nur angefasst hätte, kam.

Am Abend, an dem »Prodigal Son« im Fernsehen lief, lud Gita mich zum Essen in ihre »Zweitwohnung« – wie sie die 1500 Quadratmeter mit trockenem Humor nannte – im Benedict Canyon ein. Sie hatte die Episode bereits über Satellit aufgezeichnet, als sie an der Ostküste gelaufen war, sodass wir während der Werbung vorspulen konnten. Wegen der Todesfälle hatte der Sender laut überlegt, ob man die Ausstrahlung nicht verschieben sollte, aber in diesem unserem Medienzeitalter hielt man die Ausstrahlung denn doch für die menschlichere Alternative. Außerdem war der morbide Rummel längst durch endlose Analysen in Talkshows – Radio und TV – so verwässert, dass er sich nahtlos in den lauwarmen Strom der Pisse globaler Gräuel und lokaler Abscheulichkeiten der Woche einreihen ließ.

Als ich so zusah, fasste ich den Entschluss, mich von der *Demeter* und ihren außerirdischen Gefilden zu verabschieden – ich glaubte nicht, dass meine Psyche – oder mein Ego – eine weitere Dienstzeit vertrug. Clea auf dem Bildschirm zu sehen, war leichter, als ich gedacht hatte, schon gar wo ihre Züge mehr oder weniger Opfer des Latex-Kubismus, des Kennzeichens der Vorbaliden, geworden waren. Der komisch-makabre Effekt machte mir meinen Kummer erträglich; mir die Episode mit Mama anzusehen, war ein weiterer Trost (Perry war in New York). Sie gab sich wortkarg, aber besorgt und antwortete nur, wenn sie sich angesprochen sah. Nicht mit einem Wort verurteilte sie diese alberne Zurschaustellung der Toten als Sakrileg. Wir waren uns im Lauf der schweren Prüfung nähergekommen, und das war der größte Trost.

Fähnrich Rattweil besiegte pflichtbewusst seinen Zwillingsbruder. (Im Augenblick seines Triumphs unterdrückte ich ein unerwartet grausiges, auf meiner Reise zur Racetrack

Playa entstandenes Bild.) Nach Ende der Episode, die ganze Crew war wohlbehalten wieder im Raumschiff, befahl Captain Laughton Kurs auf Darius 9.

Falls ihn jemand brauche, so ließ Dr. Chaldorer ihn wissen, er sei in seinem Quartier.

»Na, machen wir uns landfein, X-Ray?«, fragte der Captain.

»Es käme doch wohl einem Pflichtversäumnis gleich«, sagte der Arzt, »für die Revuegirls auf Darius nicht tipptopp auszusehen.«

»Vielleicht solltest du ein Paar Plateauschuhe auftreiben. Denk dran, dass die alle einsneunzig sind. Wäre doch schade, auf … äh, Brusthöhe stecken zu bleiben.«

»Weißt du was«, sagte der Doc lüstern. »Ich hatte welche bestellt, aber die sind nie gekommen.«

Er *whoooshte* hinaus. Laughton fragte Cabott, welche Aktivitäten er sich für seinen Landurlaub vorgenommen habe. Der Android sagte, er könne es kaum erwarten, der sagenhaften darischen Bibliothek mit ihrer angeblich über einer Milliarde alter Kostbarkeiten einen Besuch abzustatten. Ich ließ eine Anspielung auf das fallen, was er dabei alles versäumte, und sollte eben eine aufs Dach bekommen, als Shazuki ernst wurde und den Captain fragte, wie es denn gewesen sei, sich neben den Vorbaliden zu bewegen.

Er wurde nachdenklich, warf sich in die patentierte Pose poetisch-brütender Selbstreflexion, die er im Lauf zahlloser Staffeln perfektioniert hatte (in eben diesem Augenblick, in dem ich dies schreibe, fällt mir die Zeile »e le morte stagioni« wieder ein) und die für gewöhnlich für die Moral reserviert war, die sich am Ende einer Episode aus dem eben erlebten Abenteuer ableiten ließ.

»Wie es war? Nun, eine Welt voller Kontraste und Extreme … von ungeheurer Barbarei und unerwarteter Freundlichkeit … voll machiavellistischer Intrigen und bescheidener, zutiefst menschlicher Gesten. Du fragst mich, wie es war, Shazuki? Erhaben und armselig, erhebend und deprimierend – kurz gesagt, ein bisschen Himmel, ein bisschen Hölle. Der Große Dom ist ein Ort, an dem der Mensch sich gezwungen sieht, sich sich selbst zu stellen und einige unangenehme, wenn auch grundlegende Wahrheiten über sich zu erfahren. Eine universelle Erfahrung, wie mir scheint.«

»Danke, Captain«, sagte sie in schlichter Dankbarkeit.

Laughton begann in sein Sterntagebuch zu diktieren.

»Sterndatum 41-17-7. Nach einem unvorhergesehenen Umweg über das Vorbalidische System befinden wir uns wieder auf unserem ursprünglichen Kurs auf Darius 9. Unwissentlich in einen politischen Machtkampf verwickelt, hielt man mich und meine Crew in Gefangenschaft, wo wir Zeugen eines Gladiatorenkampfs zwischen Prinz Morloch und seinem Zwillingsbruder, Fähnrich Rattweil von der *Demeter*, wurden. Der despotische Thronanwärter fand unter den Händen seines Bruders den Tod, was sich als die glücklichste Folge unseres Abenteuers erwies. Als wir bei unserer Rückkehr in die Stadt die Straßen von einer jubelnden Menge gesäumt sahen, wurde klar, dass …«

»Eine Bildübertragung, Captain!«, fiel ihm Shazuki ins Wort.

X-Ray erschien zur rechten Zeit auf der Brücke, gerade als die Crew vor dem verrauschten Bildschirm zusammenkam. Einige Augenblicke später tauchte Thad auf, flankiert von Clea und der von neuem Leben erfüllten Königinmutter. Er trug eine gemmengespickte Krone und ein langes Szepter. Die drei winkten ihren Untertanen zu. Thad drehte sich so, dass sein Blick unmittelbar auf die Brücke der *Demeter* fiel. Seine Lippen formten Worte, die nicht zu verstehen waren.

»Was sagt er?«, fragte der Captain enttäuscht.

Sein Lieutenant Commander drehte hektisch an den Knöpfen. Ich habe kein Audio …«

Laughton entspannte sich, geradezu andächtig betrachtete er das Trio auf dem Bildschirm.

»Ist nicht wichtig«, sagte er.

»Der König ist nicht dabei«, bemerkte X-Ray neugierig.

»Der König ist tot«, sagte der Captain mit resolutem Wohlwollen. »Lang lebe der König! Da Morloch besiegt ist, hat unser bescheidener Fähnrich den Thron bestiegen.«

»Zweifelsohne«, sagte der Android. »Das Emblem auf seiner Uniform weist ihn als Herrscher über ihre Welt aus.«

»Welches Emblem?«, fragte der Captain und blickte genauer hin.

»Über dem Herzen, Sir«, half ich nach. »Die ›Chrysantheme‹, wenn man es so nennen will.«

Shazuki tat ihr Bestes, die königlichen Lippen zu lesen.

»Er bedankt sich bei uns, Sir … sowohl auf Englisch als auch in seiner Muttersprache.«

»Sieht ganz so aus, als hätten Rattweil und die Botschafterin was miteinander angefangen«, scherzte ich, wieder ganz der geile alte Flieger und in Hochform. »Da wird sie bald Königin sein.«

»Geben Sie eine Nachricht durch«, sagte der Captain, ganz und gar dienstlich. »Von der Crew des Raumschiffes *Demeter*. Sagen Sie ihm, dass … dass wir uns … als seine Schiffskameraden höchst geehrt fühlen, mit ihm gedient zu haben. Dass wir immer an ihn denken werden und dass er auf immer einen Platz in unserem Herzen hat. Wünschen Sie dem Monarchen und seinem Volk das Allerbeste. Und sagen Sie ihm …«

Er hielt inne, um die richtigen Worte zu finden. Seine Augen wurden feucht.

»Sagen Sie ihm, dass er ein König ist, vom Scheitel bis zur Sohle.«

Man nahm die Lichter auf der Brücke zurück, als die Kamera auf den Starscreen zufuhr. Der Bildausschnitt wurde immer enger, bis nur noch ein ausgelassen überschwängliches Paar zu sehen war: Thad und Clea, Arm in Arm, da man im Augenblick Reis auf das Hochzeitspaar zu werfen beginnt. Ich warf meine Körner mit ganzer Kraft durch Lichtjahre von Zeit und sternenübersäten Raum.

WIE ICH SCHON AM ANFANG dieses schmalen Bändchens gesagt habe: Ich saß in einem Café und wartete auf einen Latte, als ein junger Vater hereinkam, mit einem Baby im Arm. Aber lassen Sie mich paraphrasieren, ja ein bisschen ins Detail gehen, damit der Leser nicht nach vorne zu blättern braucht.

Es war ein Donnerstagnachmittag, ich befand mich in der Sugar Plum Confectionary, einem Konditoreicafé (das es nicht mehr gibt), die Hand schreibbereit über einem großen Notizblock, ein eselsohriges Exemplar von Jack Michelets *Goldblüten* ausgebreitet – verzeihen Sie mir den unglücklichen Ausdruck – vor mir. Irgendetwas behagte mir nicht. Ich hatte die Adaption aus einem Tohuwabohu von Gründen angenommen, die ich, wie ich hoffe, mittlerweile klargemacht habe. Nur, ich mochte den Roman nicht; offen gesagt, er war mir zuwider geworden. Schlimmer noch, ich fühlte mich alles andere als wunderbar, das Buch überhaupt angenommen zu haben.

Ich war bei einem dritten Latte, dieser zwangsläufig koffeinfrei. Ich habe bereits erwähnt, wie Sie sich vielleicht erinnern, dass ich, wie mich die Erfahrung gelehrt hatte, eine Art »Magnet für Babyaugen« bin – und das kleine Bündel vor mir war da keine Ausnahme. Er wand sich quengelnd in Papis Armen, während er mich mit dem erwarteten Blick fixierte, gerade lange genug, um meine Aufmerksamkeit zu erregen.

Schließlich verlagerte sich der Blick des Kleinen auf etwas hinter mir. Wie sein Vater versuchte ich zu erkennen, worauf er sich da konzentrierte, aber der Endpunkt war zu amorph, um etwas zu sehen.

In diesem Augenblick begann der Säugling, ohne den Blick abzuwenden, in unbeschreiblicher Ekstase zu krähen – er kommunizierte mit der Unendlichkeit, und wie der Bodhisattva versuchte er uns den Weg zu weisen.

»Was siehst du denn?«, fragte sein Vater. »Was siehst du denn da?«

Als ich genauer hinblickte, sah ich es plötzlich – ein Bühnenbild: ein babygesichtiger Thad und dann Clea und die ungeborenen Zwillinge, die man bei der Autopsie in ihrem Bauch fand; ich sah Castor und Pollux, Leif Farragon und mein kleines Jungen-Ich. Als ich länger hinguckte, sah ich hinter ihnen die opulente, zähe Stille Badwaters aufziehen, und hinter all den Machenschaften, ganz gleich, wie aufwändig, fadenscheinig, verzweifelt oder generös sie sein mochten, entdeckte ich den Gazevorhang, der sich – als neutraler Diffusor – endlos vor der irdischen Bühne unserer Triumphe und Fehltritte hebt und senkt. Und ich sah das alles in den Augen dieses putzigen, melodisch gurrenden Engels, dieses kleinen gurgelnden Wüstenquells, sah die ganze ausgefallen lächerliche, herzzerreißende Idiotie dieser ganzen verdammten Geschichte – und ich wusste in dem Augenblick, ich könnte nie wieder in den Spiegel sehen, wenn ich sie nicht zu Papier brachte, so gut es nur ging.

Und das habe ich hiermit getan.

Und ich könnte Ihnen nicht dankbarer sein dafür, bis zum Ende geblieben zu sein. Vielleicht – vielleicht – hätte ich Jack Michelets Rat aus dem abscheulichen Interview beherzigen sollen, in dem er meinte, gewisse Seiten gehörten verbrannt. Aber ich werfe meine Seiten – wie meine Vorsicht – in den Wind.

Weil das Leben, wie meine Mutter gern sagt, einfach zu kurz ist.

Meinen Sie nicht auch?

Zitierte Werke

Giacomo Leopardi, *Gesänge, Dialoge und andere Lehrstücke*. Übersetzung von Hanno Helbling und Alice Vollenweider. München: Winkler, 1978.

Giacomo Leopardi, *Das Gedankenbuch: Aufzeichnungen eines Skeptikers*. Übersetzung von Hanno Helbling. München: Winkler, 1985.

Lawrence Durrell, *Justine*. Übersetzung von Maria Carlsson. Reinbek bei Hamburg: Rowohlt, 1960.